Hilde Möller

Worauf noch warten

Impressum

Bibliografische Information der Deutschen Nationalbibliothek: Die Deutsche Nationalbibliothek verzeichnet diese Publikation in der Deutschen Nationalbibliografie; detaillierte bibliografische Daten sind im Internet über dnb.dnb.de abrufbar.

Herstellung und Verlag: BoD – Books on Demand, Norderstedt

ISBN: 978-3752814590

Hilde Möller

Worauf noch warten

Roman

Für Ulla
In Liebe und Dankbarkeit

Aufbruch
nicht länger mehr
an diesem Ufer harren.
Kein Schiff in Sicht.
Auch morgen wird
der Fluss noch trübe sein.
Worauf noch warten?
Du musst schwimmen,
da drüben wird es Wege geben.

Anne Heitmann
„… auch wenn ich leise bin"[1]

---

[1]Mit Erlaubnis von Anne Heitmann aus ihrem Band „auch wenn ich leise bin"

1
6 Uhr 16!

Warum kann ich den Lärm nicht einfach mit einem Knopfdruck abstellen?, dachte Lisa und hielt sich die Ohren zu.

Pünktlich wie jeden Morgen schickten die Glocken des Mainzer Doms ihren Weckruf in den beginnenden Tag. Der Klang ließ die Luft vibrieren, löschte alle anderen Geräusche aus und beendete ihre Nacht. Die viel zu kurze Nacht. Ihre Tochter Caroline reagierte stets entsetzt, wenn Lisa bei dem Glockenklang von „Lärm" sprach, aber morgens um Viertel nach sechs fehlten ihr die feierlichen Gefühle, um Verständnis zu haben.

Noch schwebten die Bilder des Traumes erst am Rande des Vergessens. Da war etwas angenehm Zärtliches, etwas wie Glück. Sie konnte dieses Schwebende nicht genau fassen, es schreckte vor der Besitznahme durch ihre Gedanken zurück. Doch das Gefühl von beschwingter Leichtigkeit blieb. Lisa räkelte sich zufrieden, genoss die Wärme des Bettes, ein Lächeln auf den Lippen. Durch die gelben Vorhänge drang erstes Morgenlicht. Alles fühlte sich noch unverbraucht, vielversprechend, ungewiss an. Sie drehte sich auf die Seite. Das Bett neben ihr war leer. Sie strich über das weiße Laken, ihre Hand suchte die warme Kuhle in Lukas Kissen – vergebens. Er hatte nicht neben ihr geschlafen, war nicht mit ihr aufgewacht, es gab nicht mehr sein erstes, noch verschlafenes Guten-Morgen-Lächeln. Nie mehr.

Der Morgen verlor sein Licht.

Lukas war nicht tot, aber seit fünf Jahren lebte er auch nicht.

Sie tastete nach der Fotografie auf ihrem Nachttisch. Ein strahlender, so lebendiger Lukas lächelte sie an. Zärtlich fuhr sie mit dem Zeigefinger über sein Gesicht. Die Kälte des Glases drang über die Fingerkuppe bis ins Herz.

Heute war Montag – Besuchstag bei Lukas – dreimal die Woche! Ein Korsett selbst gewählter Verpflichtung, das sie immer enger einschnürte. Wie ein Schatten lag es über ihren Tagen, den Wochen und Monaten, die ihren Namen verloren hatten – seit fünf Jahren. Lukas erkannte sie nicht und dennoch war da die Hoffnung auf ein Wunder. Wieder fühlte sie mit Erschrecken, wie fern, wie fremd ihr Lukas heute war, der einmal ihr Leben gewesen und nun hilflos an ein leeres Dasein gefesselt war.

Und sie? Sie fühlte sich oft so jung, wollte noch Wagnis, Leidenschaften, Abenteuer. Wenn sie sich dieser Wünsche bewusst wurde, trat ihr wie ein dunkles Gespenst das schlechte Gewissen in den Weg, und sie tauchte wieder in die beengende Zwangsjacke der Gegenwart ab.

2
14. März vor fünf Jahren

Es hatte noch einmal geschneit. Als das Telefon läutete, war Lisa so vertieft in die Planung der nächsten Reise mit ihrer Gruppe gewesen, dass sie es einfach läuten ließ. Sie erwartete keinen Anruf. Lukas war bestimmt noch auf der Autobahn, er hatte gestern gemeint, dass er gegen zwei Uhr ankäme. Caroline war in der Uni – Lisa wollte einfach nicht gestört werden. Das Klingeln verstummte, setzte aber sofort wieder ein, mehr ungeduldig als erwartungsvoll ging sie ans Telefon.

Danach war nichts mehr wie zuvor.

Das Telefon glitt ihr aus der Hand, nur noch von fern hörte sie eine Stimme, die immer weiter und weiter sprach: „Sei ruhig, bitte, sei ruhig. Was du sagst, kann nicht sein! Lukas kommt heute nach Hause!" Sie wollte nicht hören, was sich langsam in ihr Bewusstsein drängte. Nein! Nein! Das kann einfach nicht wahr sein! Es muss sich um einen Irrtum handeln. Sie legte das Telefon auf die Station zurück, riss den Mantel vom Haken, rannte die Treppe hinunter. „Taxi!" Sie schaute sich suchend um „Taxi! Gab es in dieser Stadt denn keine Taxis mehr?" Endlich – sie riss die Tür des Wagens auf, ließ sich neben dem Fahrer auf den Sitz fallen: „Uniklinik, schnell bitte schnell."

In der Klinik atemloses Fragen: „Die Notstation, bitte, ich muss zu Lukas."

„Wer ist Lukas?"

Endlich fand sich eine Schwester, die sie zur Notchirurgie

begleitete. Hat sie ihr eigentlich gesagt, wer Lukas ist? Oder wussten das alle in dieser Klinik schon, weil etwas Furchtbares ...? Nein, nicht ihrem Lukas. Ihm konnte nichts passiert sein. Er hat mir fest versprochen, gegen zwei Uhr zu Hause zu sein. Aber warum dann dieser Anruf?

Ein Mann im weißen Kittel trat auf sie zu. War er der Anrufer von vorhin? Sie stürzte auf ihn zu: „Nicht wahr, Sie meinten nicht Lukas Lohmann?"

„Ich bin Professor Zimmer. Und Sie sind Frau Lohmann?"

Lisa konnte nur nicken. „Ihr Mann", hier machte er eine hilflose Pause, atmete tief ein und sah ihr endlich in die Augen: „Ihr Mann hatte auf der Autobahn einen schweren Unfall, als er einem Falschfahrer ausweichen wollte. Wir bereiten ihn gerade für eine OP vor. Frau Lohmann, Ihr Mann ist schwer, sehr schwer verletzt. Es grenzt an ein Wunder, dass er diesen Unfall überlebt hat."

Sie umklammerte den Arm des Arztes: „Er wird aber überleben, versprechen Sie mir das?"

Professor Zimmer murmelte: „Ich kann Ihnen nichts versprechen. Wir tun unser Menschenmögliches." Er wandte sich ab und ging auf die Schleuse zu den Operationsräumen zu, verschwand dahinter.

Menschenmögliches? Das ist zu wenig! Viel zu wenig, wollte sie ihm hinterher schreien, aber die Worte blieben ihr im Hals stecken.

Die nächsten Stunden vergingen schleichend. Jedes Mal, wenn sich die Tür des Vorraums vor dem OP öffnete, sprang Lisa auf. Nichts!

„Gehen Sie nach Hause", die beruhigende Stimme von Schwester Gertrud. „Die Operation wird lange dauern, ich rufe Sie sofort an."

Nach Hause, wo war das?

Sie schüttelte nur den Kopf, wartete, betete, hoffte, schrie innerlich: ‚Lukas – das kannst du nicht machen! Du kannst nicht einfach gehen! Gehen ohne mich? Warum nur – warum?'

Sie spürte die tröstende Hand der Schwester, trank in kleinen Schlucken den heißen Tee, den sie ihr gebracht hatte. Unversehens fiel ihr Caroline ein. Sie musste ... sie sollte ... Aber warum nicht warten? Caroline nicht beunruhigen. Doch irgendwann hatte sie ihre Tochter angerufen. Mailbox!

Wenig später kam Caro angerannt: „Mama! – Mama, sag, dass es nicht wahr ist, bitte!"

Lisa nahm ihre Tochter wie ein kleines Kind in den Arm, strich ihr die zerzausten Haare aus dem tränenüberströmten Gesicht. „Pst, ganz ruhig, alles wird gut", und wusste zugleich, nichts – nichts mehr wird jemals wieder gut.

Sie warteten.

Stunden vergingen, bis ein erschöpft aussehender Professor Zimmer auf sie zuschlurfte und leise sagte: „Ihr Mann lebt."

Es war das Einzige, das in Lisas Bewusstsein drang, bevor sie sich entsetzt fragte, warum hat die Stimme des Arztes so hoffnungslos geklungen?

Intensivstation. Man hatte ihnen sterile Kleidung gegeben, hatte erlaubt, dass sie neben ihm sitzen durften. „Wach auf, bitte wach auf." Verzweifelt das Warten an der Seite des in weiße Verbände gehüllten, an unzählige Apparate angeschlossenen Lukas. Diagramme zuckten über die Bildschirme, das monotone Geräusch des Beatmungsgeräts, Atem – herausgepresst durch den Luftröhrenschnitt, aus

13

dem Kanüle ragten.

Von diesem Augenblick an reduzierte sich Lisas Leben auf wenige Stunden im leeren Zuhause und auf Tage, Wochen und Monate im Krankenhaus an Lukas Seite. Meistens allein. Caroline ertrug den Anblick ihres Vaters nicht.

Und jedes Mal, wenn Lisa die Klinik betrat – dieser Moment der Hoffnung, es könnte sich etwas am Zustand ihres Mannes verändert haben.

Aber das Einzige, was blieb, waren Traurigkeit und Fassungslosigkeit beim Anblick des nur durch zahllose Schläuche mit dem Leben verbundenen Menschen, der einst Lukas gewesen war. Mit dem Leben verbunden? Erst allmählich begriff sie, dass er abgetaucht war in ein Nichtsein.

Er war doch erst achtundfünfzig Jahre alt!

Und nun?

Was blieb ihm noch?

Eingeschlossen in gefühllose Körperlichkeit. Versunken in geistiger Dunkelheit. Für immer? Und ... was blieb ihr?

3

Langsam kehrte die Müdigkeit wieder. He Lisa, steh auf, nicht ständig diese quälenden Erinnerungen.

Sie stellte die Fotografie auf den Nachttisch zurück. Angelte nach ihren Schuhen. Fuhr sich mit beiden Händen durchs Haar. Ihr Blick fiel in den Spiegel gegenüber vom Bett. Jeden Morgen dasselbe. Jeden Morgen konfrontierst du mich damit, dass ich alt werde.

Und doch war es ihr einen kurzen Augenblick lang unmöglich, in dem Spiegelbild, das dort auftauchte, sich selbst zu erkennen. Entschlossen wandte sie sich ab.

Mit klopfendem Herzen schlich sie an der verschlossenen Tür vorbei, unter der blasses Sonnenlicht hervor schimmerte. Sollte sie ...? Zögern – dann ging sie weiter.

Sie lief die Wendeltreppe hinunter, ging in die Küche. Kochte sich einen Tee, gab einige Stücke Ingwer und ein wenig Sahne hinein. Bestrich zwei Scheiben Knäckebrot mit Frischkäse und Marmelade. Trug Teller und Tasse ins Wohnzimmer. Sie setzte sich mit angezogenen Beinen auf ihre gemütliche Ottomane und dachte spöttisch: Die hab ich auch nur gekauft, weil mir der altmodische Name so gut gefiel.

Gleichzeitig verdrängte sie die Erinnerung daran, wie ihr Lukas so viele Jahre lang beim Frühstück gegenüber gesessen hatte.

Sie stellte den Teller auf den Couchtisch, stand auf, trat an eines der großen Fenster und spürte warm die Morgensonne, die ihr Gesicht streifte.

Ihr Blick verweilte auf dem Dom. Ein Bild, immer wechselnd, je nach Tages- oder Jahreszeiten von Sonnenlicht überglänzt, in Regenwolken gehüllt.

Sie wollte nie nach Mainz. Lukas hatte es entschieden. Sie hatte gemeutert: „Die Stadt ist so was von kleinbürgerlich, nein, sie ist einfach spießig!"

Lukas meinte damals: „Lisa, bitte, lern sie erst mal kennen. Unser Dorf hier ist auch nicht gerade weltstädtisch oder? Außerdem denk an Caro. Drei Jahre vor dem Abitur, da sollten wir ihr schon die tägliche Fahrerei nach Mainz ersparen."

Wie zärtlich er sie damals angeblickt hatte, als er sein anderes Argument anbrachte: „Deine Arbeitsstelle ist schließlich auch ganz in der Nähe."

Er hatte ja recht, dennoch begehrte sie trotzig auf: „Aber ich lieb dieses kleine Dorf, unser Heim und unseren Garten." Und in Gedanken hinzugefügt: Ich liebe mein Leben im eigenen Haus, in einer Umgebung, wo ich jeden Weg kenne, wo mein Lieblingsbaum steht, den ich manchmal umarme, weil ich mir einbilde, dass er mir Kraft spendet.

Wie gut, dass Lukas damals hartnäckig geblieben war. Ihr Traum von der gemeinsamen Zukunft mit ihm im eigenen Haus hätte sich eh nicht erfüllt.

Mainz kleinbürgerlich? Spießig? Als sie anfing, die Stadt zu durchstreifen, schämte sie sich bisweilen dieser voreiligen Beurteilung. Sie entdeckte den ganz besonderen Charme von Mainz. Traditionell und zugleich modern, großzügig die Anlagen, eng die Gässchen der Altstadt.

Und unter den Straßen das andere Mainz, die unzähligen Zeugnisse vergangenen römischen Lebens. Eine versunkene Welt – heute wieder zugänglich.

Immer schon war Lisa neugierig gewesen. Wie konnte es auch anders sein, schließlich veranstaltete sie Reisen. Sie durchstreifte zusammen mit Lukas die Gegenwart und Vergangenheit dieser Bischofsstadt. Viel Zeit war ihnen nicht vergönnt gewesen!

Sie ging zum Musikschrank, suchte unter „S" nach Schubert und seinem Adagio DV 897, legte die CD ein. Spürte die Intensität dieser Musik, sehnsüchtig und unfassbar traurig.

Warum Lukas – warum? Unser Leben war so erfüllt, wir waren eine Familie, Lukas, eine glückliche Familie.

Das Damals war noch so nah und lebendig. Sie suchte nach ihrem Familienalbum, das sie und Lukas mit so viel Liebe geführt hatten. Ihre gemeinsamen Anfangsjahre, beide noch im Studium, er Jura und sie Touristik. Sie blätterte weiter, die ersten Fotos von Caroline. Der Umzug ins eigene Haus. Sie war daheim bei Caroline geblieben. Die Pause im Berufsleben hatte ihr nichts ausgemacht, da war ja neben all dem Neuen als Mutter noch ihr Hobby – die Fotografie. Wie verführerisch war es, scheinbar Unwesentliches sichtbar zu machen. Mit Licht, Schatten und Farben zu spielen, Bilder zu komponieren.

Ihre ersten Veröffentlichungen in Fotobüchern und später zwei Ausstellungen. Was war sie stolz gewesen. Sie lächelte bei der Erinnerung an ihren Wunsch, jedes nur erdenkliche Licht einfangen zu können und begriff schließlich, Licht ließ sich nicht fotografieren, nur seine Wirkung.

‚Lukas, weißt du noch, wie ich mich schon frühmorgens, nachdem Caroline gefüttert war, auf den Weg in die umliegenden Felder gemacht habe? Dieser klare hohe Himmel, das erste Glühen, wenn der Tag stärker wird als die Nacht. Manchmal dachte ich, dieses Glücksgefühl nicht aushalten zu können. Die frühe Morgenluft, noch nicht von Menschenmassen ein- oder ausgeatmet, so, als gehörte sie mir. Mir ganz allein.'

Es war noch gar nicht so lange her, dass sie Lukas begeistert erklärt hatte: „Ein Fotograf darf nicht lange schlafen, das Licht kurz nach Tagesanbruch ist einfach einzigartig."

Noch heute hörte sie seine scherzhaft hingeworfene Frage: „Und wann holst du den Schlaf nach?" Schmerzhaft die Erinnerung an die Zärtlichkeit, als sie, an ihn geschmiegt, flüsterte: „In einer ausgedehnten Siesta! Hast du Lust?" Wie viel erfüllte Sehnsucht – damals.

Als Caroline in den Kindergarten kam, wurde ihr der Beruf und das Reisen wieder wichtig. Und Lukas unterstützte sie. Es war ihnen von jeher klar gewesen, dass nicht nur sie für Caroline verantwortlich war. Lukas hatte viel Zeit für seine Berufsausbildung aufbringen können. Hatte sein Ziel, Dozent an der juristischen Fakultät der Frankfurter Universität zu werden, erreicht.

Jetzt wurde es anders. Lisa plante zwei Reisen pro Jahr, und dank Lukas hatte sie nie das Gefühl, Caroline deshalb zu vernachlässigen. Er war ein so wunderbarer Vater, erinnerte sich Lisa wehmütig.

Und wie erging es ihr selbst? Eigentlich war ihr nie klar gewesen, wie sehr sie ihre Tätigkeit als Reiseleiterin liebte und – ja, auch vermisst hatte. Reiseleiterin! Nein, das war ein viel zu sachlicher Begriff. Sie war und ist Mitreisende in einer superinteressanten Gruppe, die sich allmählich zusammengefunden hatte. Was haben sie nicht alles zusammen erlebt. Neue Welten, andere Kulturen. Waren begeistert von fremder Schönheit, berührt von der Wildheit oder Kargheit unbekannter Landschaften. Sind stundenlang durch große Städte gestreift, bewunderten ihre Opernhäuser und Marktplätze, ihre Besonderheiten, ihre Hässlichkeit und Einmaligkeit. Und zu Hause konnte sie Lukas davon erzählen. Wunderschöne Fotos dieser Reisen hatte sie in diesem Album festgehalten. Und dazwischen Caroline! Erster Schultag, große Schultüte, unsicheres Lächeln, zwei Tage zuvor war sie hingefallen und hatte sich die beiden Vorderzähnchen ausgeschlagen. Gemeinsame Ausflüge, die Bilder hatten mittlerweile einen leichten Gelbstich. Die Konfirmation, der erste Freund, wie verlegen schaute Caroline auf diesen Bildern in die Kamera, als der Vater sie fotografierte. Dann Abiturfeier und erster Tag auf der Uni. Überall und immer wieder Caroline. Sie waren so glücklich gewesen. Lisa wischte die Tränen weg. Sie schlug das Album zu, ging in die Küche, brühte sich noch einen Tee auf. Heiß musste er sein. Lukas hatte immer gelacht: „Na, hast du dir wieder die Zunge verbrannt?"

Sie kehrte in ihr Wohnzimmer zurück, ließ sich wieder auf der Ottomane nieder. Sprach mit Lukas, als säße er neben ihr, den Arm um ihre Schultern gelegt, aufmerksam zuhörend.

‚Immer wolltest du etwas über die Menschen hören, mit denen ich zusammenarbeite und die mir gerade in den letzten Jahren so wichtig geworden sind. Meine Teilnehmer und ich entscheiden gemeinsam, wohin die Reise gehen und wie lange sie dauern sollte. Wir sind nicht die typischen Touristen. Nein, es musste stets was Besonderes sein. Damals waren wir zwölf Leute, heute sind wir dreizehn, aber das weißt du schon nicht mehr.'

Nach dem 14. März hatte sie ihre Tätigkeit einem Kollegen übergeben. Erst zwei Jahre nach Lukas' Unfall fing sie wieder mit den Reisen an, gerührt über die Freude ihrer Gruppe, dass sie wieder da war.

Damals war Philipp Hochheimer aufgetaucht. Es war ein kalter Wintertag gewesen, sie wollte mit ihrer Gruppe die Frühjahrsreise nach Spanien besprechen.

Sie lächelte bei der Erinnerung an jenen Morgen. In die Parklücke neben ihrem kleinen Sportcoupé , das sie nach langem Zögern aus zweiter Hand gekauft hatte, obwohl sie nie mehr Autofahren wollte, aber die vielen Besuche im Pflegeheim, es ging nicht anders – zwängte sich ein Motorradfahrer mit seiner Maschine. Als der Fahrer den Helm abnahm, war ihr erster Eindruck – aha, ein übrig gebliebener Hippie. Und sofort war da wieder ihre Sympathie für diese Aufbruchsgeneration.

Der Mann kam auf sie zu und streckte ihr die Hand entgegen: „ Ich bin Philipp Hochheimer. Fahren Sie auch mit nach Spanien?"

Er wartete ihre Antwort gar nicht ab, sondern meinte noch: „Hoffentlich ist der Reiseleiter keiner von diesen alles besserwissenden Lehrertypen."

Klar, ein Reiseleiter musste es sein, anderes war offensichtlich undenkbar. Dabei machte er gar nicht den Eindruck eines Machos. Sie klärte ihn nicht über seinen Irrtum auf. Amüsiert und mit ein wenig Schadenfreude beobachtete sie sein verlegen-erstauntes Gesicht, während sie zum Diavorführgerät ging und anfing, den Anwesenden den Ablauf der Reise zu erklären. Später entschuldigte er sich bei ihr und bemerkte lachend: „Da bin ja ganz schön ins Fettnäpfchen getreten. Lächerlich meine Bemerkung. Übrigens – bin ich selbst Lehrer gewesen."

„Gewesen?"

„Na ja, irgendwann wird man aussortiert oder sortiert sich selbst aus." Und wieder lachte er: „Welch ein heiterer Beginn für unsere Spanienreise. Ich hoffe, Sie sehen das genauso."

Und seither nahm er an jeder Reise teil. Zuerst nach Südspanien, ein halbes Jahr später in die Provence und im letzten Jahr meldete er sich auch für Norwegen an. Zufällig war er immer an ihrer Seite. Und ... sie genoss diese angeblichen Zufälle, die stumme, erregende Spannung zwischen ihnen.

„Lukas, das heißt gar nichts. Nicht wahr, das weißt du?"

Was sollte diese ängstliche Versicherung? Bedeutete sie, dass sie nie mehr Interesse an jemand anderem haben durfte?

Während die letzten Töne des Adagio verklangen, dachte sie: Trotzdem – seit ich weiß, dass du wahrscheinlich nicht zu dir zurückkehren wirst, habe ich mich entschieden, noch einmal ganz neu anzufangen. Mit Reisen und mit einem neuen, so sehr geliebten Hobby.

Nachdenklich stellte sie das Frühstücksgeschirr in die Spülmaschine. Während sie duschte und sich anzog, beschloss sie, sich morgen wieder einmal den ganzen Tag Zeit zu nehmen, um einzutauchen in ihre neue, ihre andere Welt, die sie in den unzähligen Stunden des Wartens, Hoffens, der Verzweiflung und Trauer für sich entdeckt hatte. Wieder ging sie, wie vor zwei Stunden, an der verschlossenen Tür vorbei. Morgen ...

4
vor dreieinhalb Jahren

Am schlimmsten waren seine Augen. Diese Augen mit ihrem einst zärtlichen, lachenden, ernsten, fragenden Blick waren jetzt weit geöffnet und leer.

„Ihr Mann ist wach, aber er hat keine Bewusstheit."

„Soll das heißen, er hat das Apallische Syndrom?" Wie fremd ihr diese Ausdrücke einst waren, die sie vor Jahren noch nicht einmal vom Hörensagen gekannt hatte. Heute gehörten sie zu ihrer Sprache, ihrem Denken und ihrem Alltag.

Professor Zimmer schaute sie ernst über seine randlose Brille hinweg an: „Jede Therapie ist wirkungslos geblieben, Frau Lohmann. Wir haben alles versucht, was in unserer Macht steht. Sein Tag wird eingeteilt sein in abwechselnd zwei Stunden wach sein, dann drei Stunden schlafen. Er lebt zwar, aber davon nimmt er nach unserem heutigen Wissensstand nichts wahr."

„Und wie soll es weitergehen?" Lisa wunderte sich, dass ihre Stimme so gefasst klang. Hatte sie sich etwa mit Lukas' Situation abgefunden? Oder gab es auch für die Verzweiflung Grenzen, die nicht überschritten werden konnten?

Professor Zimmer trat auf sie zu, legte einen Augenblick seine Hände auf ihre Schultern: „Es tut mir so leid, Frau Lohmann. Es ist das Schwerste in unserem Beruf, zugeben zu müssen, dass wir mit unserem ganzen Wissen nichts mehr erreichen können."

„Sie meinen, er ist ..."

„Austherapiert."

Ein einziges Wort! Unerträgliche Endgültigkeit. Aus. Vorbei. Für immer.

Der Arzt sprach leise weiter: „Nehmen sie ihn nach Hause oder suchen sie eine gute Pflegeeinrichtung. Und seien Sie für ihn da."

Sie stand an Lukas' Bett. Blickte in das leblos-bleiche Gesicht. Nie mehr, Lukas. Erinnerungen zusammengesetzt aus winzigen Mosaiksteinchen des Erlebens. Schon so lange her: Der erste Blick. Das erste gemeinsame Lachen. Der erste Kuss. Die Heimlichkeit. Sie wollten ihre Liebe nicht gleich teilen.

Sie sollte ihnen ganz allein gehören. Wenigstens eine Zeit lang. Aufregend, dieser gemeinsame Besitz eines Geheimnisses.

Ein Jahr später das Offizielle, die Heirat. Die Zeit des Zusammenlebens. Der Pläne für eine Zukunft, erst allein, dann mit Caroline. Kleine Reisen ebenso wie große Entfernungen. ‚Lukas, wir haben uns immer so aufeinander gefreut. Unsere Feste des Wiedersehens – keine Angst vor Fremdheit.'

Austherapiert!

Einsamkeit. Du in deinem Nichtsein – ich in meinem Dasein. Und nirgends Trost. Stark sein.

Caroline im Ertragen helfen.

Unzählige Stunden an seinem Bett. Die stummen Bitten! Die innerlich bettelnde Hoffnung. Sich abfinden müssen. Es nicht können.Das Leben war zu plötzlich Vergangenheit geworden. Gegenwart und Zukunft zusammengeprallt an der Leitplanke einer Autobahn. Und es blieb keine Zeit, damit umzugehen.

Austherapiert!

‚Du zu Hause bei mir? Dieses gemeinsame Zuhause gibt es nicht mehr. Es bestünde aus der Wohnung und deinem Bett darin. Ich kann das nicht, dafür reicht meine Kraft nicht mehr, Lukas. Nein, das ist kein Verrat an dir, an unserer Liebe. Das Schicksal hat uns verraten.'

Die Überweisung in die Reha. Danach Kurzzeitpflege, die länger, viel länger dauerte, als es das Wort ahnen ließ.

Sie hatte Caroline nichts von den beiden Möglichkeiten eines zukünftigen Lebens mit Lukas gesagt. Sie ahnte, wie Caroline entschieden hätte – der Vater zu Hause.

Auf Veranlassung von Professor Zimmer hatte man sie nicht gedrängt. Sie durfte sich für ihre Entscheidung Zeit nehmen und auch für die Suche nach einem Pflegeheim.

Seit zwei Jahren lag nun Lukas im Marienstift.

Caroline hatte nie gefragt.

5

Langsam, wie in Zeitlupe, entglitt Lisa der Meißel. Mit einem leisen Aufprall schlug er auf den Boden. Genervt bückte sie sich, suchte im Staub und zwischen kleinen Steinbrocken nach ihrem Werkzeug. Nachdem sie es gefunden hatte, wandte sie sich dem breiten drehbaren Bock zu, auf dem ihre letzte, mit einem Tuch bedeckte Arbeit stand. Ertastete durch den rauen Stoff den Stein, spürte unter ihren Händen die Rundungen und Linien der Frauengestalt, die seit Monaten nicht nur ihre Träume und Fantasien gefangen hielt, sondern auch oft genug half, die trostlosen Eindrücke der Tage im Pflegeheim zu ertragen. Nirgendwo verbrachte sie so gern ihre Zeit wie hier, in diesem Raum. Schon als junges Mädchen hatte sie ihre besondere Begabung für Stein entdeckt, hatte sogar mit dem Gedanken gespielt, die Kunsthochschule zu besuchen, nahm an Ferienkursen in kleinen Ateliers teil, hatte sich dann aber doch nie vorstellen können, ihre Liebe zu Steinen beruflich zu verwirklichen. Sie vertraute ihrem Wunsch nicht. Unsicherheit und Selbstzweifel waren immer stärker, und es gab so viel anderes, was wichtiger schien.

Es war einer der traurigen und hoffnungslosen Tage nach Lukas Unfall, als sie in einer der vielen Kisten, die nach dem Umzug unausgepackt im Keller verschwunden waren, nach Erinnerungen an ihr gemeinsames Früher gesucht hatte.

Ein Stein lag zwischen all den nie vermissten Dingen ihres Lebens vor Mainz. Fast zärtlich hatte sie ihn in die Hand genommen, gelächelt, daran gedacht, wie sie als Kind aus diesem Stein, der die Form eines gedrungenen Körpers darstellte, einen Hund erschaffen hatte. Wuchtiger Kopf, breite Schnauze, schwarz gemalte Augen, massiger Rumpf und alles mit rostbrauner Farbe angemalt.

Dieser Stein, Überbleibsel aus der Kindheit, war zum Anfang ihrer wieder entdeckten Möglichkeiten geworden. Noch einmal besuchte sie Kurse in verschiedenen Ateliers, nahm an Workshops teil. Und eines Tages dann ... das eigene Atelier hoch oben in ihrer Maisonettewohnung. Eine neue Erlebniswelt. Das Kennenlernen der Materie und der eigenen Kreativität.

Bald schon gemeinsam mit Caroline der Einkauf der ersten, noch sehr einfachen Werkzeuge, Klöppel, Meißel, Feilen, Spitzhammer und Stockeisen, Schlageisen und Schmirgelpapier. Carolines Gelächter, als Lisa nach Diamant-Trennscheiben fragte: „Früher wolltest du einen Diamantring, jetzt Diamant-Trennscheiben, für was denn das?" Aber sie war offen und genoss den Einkauf mit der Mutter, froh, dass in graue Tage vielleicht wieder Licht kommen könnte.

Spannend – das Entdecken der Lebenszyklen von Steinen. Und jetzt fand Lisa in diesem hellen Raum, ihrem Atelier eine Erfüllung, die neben den Besuchen bei Lukas, ihrer Anteilnahme am Leben Carolines und dem Reiz ihrer Reisen ihr Lebensinhalt geworden war.

Manchmal dachte sie – wer mich jetzt sehen könnte! Sie stellte sich das Erstaunen ihrer Bekannten vor, die sie meist elegant und nach der letzten Mode gekleidet kannten. Das bin ich aber nur außerhalb von hier. Bei ihrer Arbeit im Atelier war sie ungeschminkt, hatte die Haare hochgebunden. Trug die Kleidung, die für ihre Arbeit praktisch war, einen Overall und feste Schuhe. Und eine dicke Brille als Schutz vor Splittern und Staub. Sie lächelte: Tja, diese Lisa gibt es halt auch, die kaum jemand kennt, diszipliniert beim Arbeiten und chaotisch zugleich. Amüsiert schaute sie auf ihre beiden Tische: Werkzeuge, Fotos, Skizzen und erste Entwürfe – alles durcheinander. Und dennoch fand sie immer alles, was sie brauchte.

An der längsten Wand ihres Atelier stand ihr großer alter Schrank, in dem sie nicht nur ihre allerersten bildhauerischen Versuche aufbewahrte, sondern auch all die zuvor in mühseliger Kleinarbeit und mit einer Geduld, die sie sich nie zugetraut hätte, geschaffenen Entwürfe in Wachs, Ton oder Modellierpaste. Nichts konnte sie wegwerfen. Jede zerbrochene Vase, jeden misslungenen Beginn eines neuen, in Ton oder Speckstein geformten Gedankens hob sie auf, unfähig, die Vorfreude und Aufregung, die in diesen Anfängen steckten, zu entsorgen. Aber auch kleine geglückte Werke aus ihrer Anfangszeit hatten dort einen Ehrenplatz.

Sie wandte sich ihren vielen kleinen Arbeiten zu. Diffuses Licht drang durch die bis zum Boden reichenden Fenster, füllte den Raum mit fremdartiger Unwirklichkeit und gab Werken aus ihrer Anfangszeit – einer Frauenbüste, einem Kinderkopf, einem Vogel mit weit ausgebreiteten Flügeln – durch Licht und Schatten eine scheinbare Lebendigkeit. Der Vogel – Sinnbild von Freiheit! Sich in die Luft erheben. Davonfliegen. Dem Strahlen der Sonne entgegen. Weit hinaus in einen niemals endenden blauen Sommerhimmel. Träume! Unerfüllbar.

Langsam trat sie wieder an den Bock, entfernte vorsichtig das Tuch, drehte den großen, auf Rädern stehenden Sockel von einer Seite zur anderen, um die tief gebeugte Gestalt einer Frau, ihr erstes großes Werk, aus jedem Blickwinkel betrachten zu können. Sanft strich sie über die Figur aus schwarzem Obsidian, dem spröden Lavagestein mit seinem leicht metallisch gläsernen Glanz. Die Frau – auf dem Bauch liegend, die Beine angezogen, den Rücken lang gestreckt, der leicht angehobene Kopf ruhte auf den Armen. Entschlossen setzte Lisa auf dem ebenmäßigen, schmalen Rücken den Meißel an, so wie sie es schon vor einer halben Stunde vorgehabt hatte, bevor ihr der Meißel heruntergefallen war. Hielt inne. Will sie die Frau tatsächlich verletzen? Vielleicht war das mit dem Meißel ja ein Zeichen. Möglicherweise sogar eine Aufforderung, nichts mehr zu ändern! Vertieft ins Für und Wider ihrer Empfindungen, hätte sie fast überhört, dass es an der Wohnungstür geklingelt hatte. Sie erwartete doch gar niemanden. Sie legte den Meißel auf den Tisch, lief die Wendeltreppe hinunter und öffnete.

„Caroline! Was treibt dich denn mitten in der Woche hierher?"

„Ich hatte in der Nähe zu tun und dachte, vielleicht ist sie ja zu Hause, meine so beschäftigte Mama."

„Was für eine schöne Idee."

„Stör ich?"

„Du und stören? Nein! Ich war gerade im Atelier bei meiner letzten Arbeit."

„Darf ich sie sehen, bitte Mama." Caroline wusste, dass ihre Mutter Arbeiten, die noch nicht ganz beendet waren, nur ungern anderen zeigte, noch nicht einmal ihrer Tochter.

Sie spürte auch sofort, dass sich Lisa erst kurz überwinden musste, bevor sie nickte und mit Caroline die Treppe in ihr Atelier hinaufstieg.

Caroline blieb überrascht an der Tür stehen. Das einströmende Licht fiel genau auf die schwarze Frauengestalt.

„Hast du – ich meine, hast du absichtlich eine Yogaübung geschaffen?" Sie ging weiter ins Atelier hinein und berührte beinahe ehrfürchtig die Figur.

„Yogaübung? Glaub ich nicht! Ich habe ja keine Ahnung von Yoga."

Verlegen strich Lisa mit ihren staubigen Händen die Haare aus dem Gesicht. „Du hast mich richtig neugierig gemacht. Also – was bedeutet diese Übung?"

„Wir nehmen im Yoga diese Stellung eines Embryos im Mutterleib ein, um Demut, Urvertrauen und völliges Loslassen zu üben."

Lisa wollte fragen: ‚Hast du es geschafft, hast du dieses Urvertrauen?' Da ihr sofort klar war, wie die Antwort ausfallen würde, meinte sie stattdessen: „Völliges Loslassen! Ich glaube, das gibt es gar nicht, und ich kann mir auch nicht vorstellen, wie man so etwas üben könnte."

Behutsam legte Caroline den Arm um ihre Mutter:

„Ich weiß, und es geht mir genauso. Es ist so ... so unvorstellbar. Eigentlich bedeutet es Sterben, also etwas nicht Begreifbares oder?"

Lisa hätte so gern geantwortet: Nicht begreifbar? Ist es so? Und wie ist es dann mit Lukas? Während sie sich einen Augenblick der Wärme der Umarmung Carolines hingab, erfüllten sie quälend die seit Jahren immer wieder unterdrückten Fragen: Hat er losgelassen? Seinen Geist, seine Seele vielleicht, aber seinen Körper? Der schafft es nicht, klammert sich an ein Dasein in der Dunkelheit des Niemandslandes.

Sie hatte Professor Zimmer geglaubt und doch ...

Es war schon eine Weile her, dass sie mit Caroline über mehr als nur den gegenwärtigen Zustand von Lukas gesprochen hatte. Seit vielen Monaten umging Caro jedes tiefer gehende Gespräch über ihren Vater. War das nicht endlich der Augenblick, um dieses Schweigen, dieses Ausweichen zu unterbrechen?

Sie strich kurz über die vor ihr stehende Figur, als wollte sie von ihr die Kraft bekommen, die sie für ein solches Gespräch brauchte. Für Caroline war der Vater ihr Ein und Alles gewesen. Er hatte immer versucht, Zeit für sie zu haben. Er war zu den Elternsprechtagen gegangen, er tröstete sie auch über den ersten Liebeskummer hinweg, er war der Mensch, dem ihr ganzes Vertrauen gehörte, mehr als der Mutter. Zuerst hatte diese Erkenntnis wehgetan, aber irgendwann akzeptierte Lisa es. Lukas war immer für Caroline erreichbar, sie nicht.

Leise fragte sie: „Ist dir mit Hilfe des Yoga die Vorstellung möglich, dass dein Vater losgelassen hat? Dass nur sein starkes Herz ihm das endgültige Gehen verwehrt?"

Caroline wandte sich abrupt von der Mutter ab, lief im Raum hin und her. Eine schmale Gestalt. Immer ganz in Schwarz. So als hätte sie ein Gelübde abgelegt, dass sie erst Farbe in ihr Leben lassen würde, wenn der Vater wieder da wäre.

Mit erstickter Stimme flüsterte sie: „Papa ist nicht tot. Eines Tages kommt er zurück. Mama, ich habe so viel recherchiert, es gibt genügend Fälle, wo Komapatienten auch noch nach Jahren wieder erwacht sind."

Lisa wollte sagen: ‚Glaubst du, dass eine solche Rückkehr für deinen Vater lebenswert wäre?' Aber sie schwieg, während Caroline noch einmal wiederholte: „Er wird wieder zurückkehren! Er ist nur mal für eine Weile in eine andere Welt gegangen." So optimistisch diese Worte auch klangen, Lisa spürte, dass ihre Tochter so gern an ein Wunder glauben wollte und ihm gleichzeitig zutiefst misstraute.

Caroline war schon aus dem Raum gelaufen, griff sich ihren Mantel, umarmte kurz die Mutter, die ihr gefolgt war und stürmte aus der Wohnung. Es glich so sehr einer Flucht, dass Lisa glaubte, der Schmerz über die Trauer ihrer Tochter müsse sie zerreißen.

Nachdenklich wandte sie sich wieder ihrer Knieenden zu. Hörte noch einmal Carolines Worte: Demut – Urvertrauen – völliges Loslassen.

Demut? Nein, sie kann beim besten Willen keine demütige Haltung in ihr sehen. Embryo im Mutterleib? Also die Vorstellung von völligem Behütetsein und gleichzeitiger unwiderruflicher Trennung – ein schöner Gedanke. Nur – was ist dann mit der jahrelangen gegenseitigen Abhängigkeit? Der Unmöglichkeit, loslassen zu können? Und Urvertrauen? Gab es das überhaupt?

Sie trat einen Schritt zurück, um einen Abstand zwischen sich und der steinernen Frau zu schaffen. Und da verwandelte sich die Skulptur in etwas ungemein Persönliches, in ein Etwas, mit dem sie sich unterhalten konnte. Unsicher dachte sie: ‚Wenn Caro all das in dir gesehen hat und wenn ich fähig bin, das zu erschaffen, warum kann ich nicht versuchen, selbst diese Stellung einzunehmen? Wenigstens äußerlich!'

Sie bückte sich, räumte Steinreste und Staub zur Seite und ließ sich langsam auf dem Boden nieder. Zuerst auf die

Knie, danach machte sie den Körper ganz lang und legte den Kopf auf die Arme. Und wartete ... Nichts geschah in ihr. Sie spürte nur die Härte des Fußbodens. Nach einer langen Weile erhob sie sich wieder mühsam und enttäuscht! Kein Wunder, was soll da auch in ihr geschehen. Schließlich lernt man das nicht in fünf Minuten.

Plötzlich war sie fest entschlossen, die Figur zu verletzen, so wie das Leben sie, Lisa, verletzt hatte. Sie war so verstrickt in Zweifel und innere Hilflosigkeit, dass sie nichts bestehen lassen konnte, das makellos und unverwundet war.

Zielstrebig brachte sie mit leichten Schlägen dem Rücken ihrer Knieenden eine tiefe Wunde bei. Vorsichtig, damit der Stein nicht splitterte. Während sie die Raspel ansetzte, fühlte sie sich verpflichtet, der Frauengestalt ihr Handeln zu erklären. ‚Du musst mich verstehen. Ich bin einfach nicht fähig, etwas Unabänderliches zu akzeptieren! Noch nicht! Und solange ich nicht weiß, wie ich damit umgehen soll, solange muss diese Verletzung ein Teil von dir sein, rau und hässlich. Aber ab heute hast du einen Namen. Caroline hat von Anusara gesprochen. Der Klang dieses Wortes ist wunderschön. Dann hab ich wenigstens das Gefühl, dass ich dir zwar etwas nehme – etwas so Wichtiges wie deine Unversehrtheit, dich aber gleichzeitig mit dem Namen aus der Anonymität herausgeholt habe.'

Während dieser Überlegungen strich sie wie tröstend über den Frauenkörper. Als Entschuldigung? Sie wusste es nicht. Das feuchte Sandpapier blieb auf dem Tisch liegen. Noch war die Zeit nicht gekommen, um Einkerbungen oder Unebenheiten dieses Eingriffs zu glätten und zu polieren.

6

Bei dem Wetter rausgehen? Lisa warf einen skeptischen Blick nach draußen. ‚Komm, stell dich nicht so an – die tägliche Monotonie des diesigen und viel zu kühlen Wetters geht mir allmählich auf die Nerven. Abschalten, einfach einmal nur abschalten.' Sie zog den Mantel über, schloss die Wohnungstür, staunte darüber, dass trotz Kälte viele Leute unterwegs waren. Lachend, diskutierend, ja, einige hatten sich sogar in die Decken, die auf den Stühlen vor den Cafés lagen, gewickelt und tranken ihren Kaffee lieber an der frischen Luft. Sie machten einen so unbekümmerten Eindruck.

An der Ecke eine alte Frau. Sie saß auf einem Klappstuhl von dem die Farbe abgeblättert und der wohl irgendwann einmal weiß gewesen war, und verkaufte die Obdachlosenzeitung. Stolz war sie. Lisa wollte ihr zwei Euro geben, ohne die Zeitung zu nehmen. Die Alte musterte sie mit einem zornigen Blick: „Kein Trinkgeld! Nimm die Zeitung!" Sofort bereute Lisa ihre gedankenlose Geste, nahm aus der spindeldürren Hand die 50 Cent Rückgeld entgegen und ging weiter. Immer noch ohne Ziel. Vom Kirschgarten ertönte Musik, eine einschmeichelnde, zärtliche Melodie, die ihr Tränen in die Augen trieb. Es war eines jener Lieder, nach dem Lukas und sie ganz am Anfang ihres Kennenlernens so gern getanzt hatten. Sie waren so ein schönes Paar gewesen! Einen Augenblick sah sie im Geist Lukas in seinem weißen Bett im Pflegeheim liegen. Lieber Gott ... warum?

Sie schritt rascher aus, so, als wollte sie vor ihren eigenen

Gedanken fliehen. War es nicht auch so? Sie betrat das Café in der Lotharstraße, wo sie früher oft mit Lukas eingekehrt war und auch heute noch gern einen Espresso trank. Sie wollte sich aufwärmen und freute sich gleichzeitig auf die Freundlichkeit der Kellnerin Lena, die zu ihrer Erleichterung nie auf Lukas zu sprechen kam. Enttäuscht stellte sie fest, dass Lena heute ihren freien Tag hatte, trank ihren Kaffee und verließ kurz darauf wieder das Café.

Nachdem sie, ohne auf das Grün der Ampel zu warten, rasch die Straße überquert hatte, warf sie noch einen kurzen Blick in die Auslagen der Buchhandlung auf der Großen Bleiche. Sie blieb vor einem der Schaufenster stehen und blickte auf die Auslage.

Das war es!

Im Schaufenster verteilt lagen aufgeschlagene Bildbände mit atemberaubend schönen Fotografien, daneben Erfahrungsberichte und Reiseliteratur über die Wüsten der Welt. Und alles unter dem Motto: *Unterwegs am Rande der Unendlichkeit.*[2]

Blitzartig dachte sie: Ist Lukas dort – am Rande der Unendlichkeit? Rasch verdrängte sie diese Gedanken. Während sie noch auf die Fotos schaute, merkte sie, wie urplötzlich wieder Lebendigkeit in ihr aufbrach, als hätte sie hinter dieser großen Glasscheibe auf sie gewartet.

Das ist es! Das möchte ich – unterwegs sein am Rande der Unendlichkeit.

Mit diesem Gedanken stürmte sie in die Buchhandlung, selbst verblüfft über ihr Ungestüm. Aber es hatte zumindest zur Folge, dass sich gleich drei Buchhändlerinnen um

---

[2] Jürgen Werner ‚Unterwegs am Rande der Unendlichkeit‘

sie scharten. Wie im Chor die Frage: „Kann ich Ihnen helfen?"

„Ja…! Ja, das können Sie", sie bemühte sich, ihre Stimme wieder unter Kontrolle zu bekommen. Dennoch klangen die Worte „ich möchte mir alle Bücher, die Sie über das Thema Wüste haben, anschauen", sehr atemlos.

Die junge Frau, die ihr am nächsten stand, fragte lächelnd: „Interessiert Sie eine ganz bestimmte Wüstenlandschaft?"

Erstaunt hörte sie sich, ohne zu überlegen, antworten: „Ja, die Sahara."

Nur keine Zeit verlieren! Sie musste diese Bücher sehen, anfassen, in ihnen blättern, sich hineinlesen und vor allem, sie auch mit nach Hause nehmen.

Für die Gruppe?

Wieso für die Gruppe?

Soll das etwa unsere nächste Reise werden? Wer wird denn überhaupt mitmachen wollen? Ist so ein Abenteuer nicht viel zu gewagt? Wer soll die Verantwortung dafür übernehmen? Sie war dazu doch zu alt! Oder traute sie sich das tatsächlich noch zu?

Ärgerlich wischte sie all die Fragen beiseite. Bisher gab es ja noch nicht mal den Ansatz eines Planes!

Und außerdem – was war mit Lukas? Konnte sie sich tatsächlich vorstellen, ihn wochenlang allein zu lassen? Nein, daran wollte sie im Augenblick schon gar nicht denken.

Die Buchhändlerin riss sie aus ihren Gedanken. Sie reichte ihr einen Band über die Sahara und gleich die einführenden, dem ersten Kapitel voran gestellten Worte von Isabelle Eberhardt[3] berührten sie so tief, dass sie nur unter größter

---

[3] Isabelle Eberhardt „Welch glückseliges Gefühl …"

Anstrengung ihre Erregung beherrschen konnte. Gebannt las sie immer und immer wieder den kurzen Text:

,Welch glückseliges Gefühl, eines Tages mutig alle Fesseln abzuschütteln, welche das moderne Leben und die Schwäche unseres Herzens uns unter dem Vorwand der Freiheit angelegt haben; sich symbolisch mit Stab und Bettelsack zu rüsten und fort zu gehen! Für den, der den Wert, den köstlichen Reiz der einsamen Freiheit kennt (denn man ist nur frei, solange man allein ist) ist der Aufbruch der mutigste Akt der Welt. Ein egoistisches Glück vielleicht. Aber für den, der es zu genießen weiß, ist es tatsächlich das Glück.'3

Einsame Freiheit – was für ein Gedankenspiel! Und was für ein Widerspruch, wenn sie es erstrebenswert fände. Sie will überhaupt nicht einsam sein! Was hat Freiheit mit Einsamkeit zu tun? Sie zögerte – und wenn es dennoch so wäre? Fragte sich: Wie ist es denn bei mir? Ich lebe einsam, ich lebe allein und bin dennoch nicht frei! Sie erschrak über ihre Gedanken. ,Lukas, verzeih mir, bitte bitte verzeih. Du kannst ja nichts dafür.'

Dennoch hatte sie das Gefühl, dass *Isabelle Eberhardt* in diesen vier Sätzen all ihre eigenen Empfindungen und Sehnsüchte nach Freiheit und Unabhängigkeit gebündelt hatte. Und sie dachte fast erleichtert: Das hat ja gar nichts mit heute zu tun. Sie hatte schon von Jugend an den Wunsch nach einer Art absoluter Unabhängigkeit. Nur ... solche Gefühle oder Wünsche zu leben, hatte sie sich nie getraut.

Entschlossen griff sie nach den Bildbänden, die ihr die Buchhändlerin mittlerweile gebracht hatte. Die junge Frau trat neben die Couch, auf der sich Lisa niedergelassen hatte und meinte: „Ich müsste wissen, wohin Sie in der Sahara wollen? Nach Tunesien, Marokko, Ägypten, Libyen oder noch woanders hin? Dann könnte ich das Thema besser einkreisen."

Lisa antwortete wiederum völlig spontan: „Nach Marokko."

Es war ihr total unklar, warum sie gerade Marokko genannt hatte, obwohl sie ja schon einmal mit der Gruppe dort gewesen war. Trotzdem war sie sich mit traumwandlerischer Sicherheit bewusst, dass sie in diesem Augenblick den ersten Schritt für einen definitiven Plan gemacht hatte.

Erst nach zwei Stunden verließ sie die Buchhandlung, beladen mit drei Bildbänden, einem Kulturreiseführer, einem Reiselesebuch und Lektüre über Wanderungen in der Wüste.

Einige Tage später suchte sie die Adresse eines marokkanischen Reisebüros heraus: Ayadi Serail.

7

An der Rezeption des Marienstifts fragte man schon lange nicht mehr nach ihrem Namen. Sie nickte Elke, die heute Dienst hatte, nur freundlich zu. Drückte auf den Knopf des Aufzugs und ließ sich in den dritten Stock bringen. In jedem Stockwerk hatte der Teppichboden eine andere Farbe, damit die Patienten, die sich noch im Haus bewegen konnten, aber schon ziemlich vergesslich waren, gleich erkannten, ob in diesem Teil des Hauses tatsächlich ihr Zimmer war. Auf der Station, auf der Lukas lag, war der Teppichboden rot – so lebendig rot! An den Wänden hingen farbenfrohe Bilder, auch uralte Fotos von Filmen aus den 20ern des vorigen Jahrhunderts.

Sie ging am Schwesternzimmer vorbei, wo Gertrud zerstreut von ihrem PC aufschaute und sie über die Brille hinweg mit einem Lächeln begrüßte.

„Was Neues?" Sie war sich sicher, dass sie sich die Frage eigentlich sparen konnte, es war eher die Routinebegrüßung, und dennoch schwang immer ein winziger Funken Hoffnung mit. Gertrud schüttelte mitfühlend den Kopf, sie verstanden sich auch ohne viele Worte.

Lisa ging bis zum Ende des Ganges, klopfte an die Tür, bevor sie vorsichtig die Klinke niederdrückte, leise das Zimmer betrat und doch genau wusste, dass sie nicht so behutsam zu sein brauchte. Wie hatte Professor Zimmer bei dem letzten, entscheidenden Gespräch gesagt? Er ist nicht bei Bewusstsein. Wie könnte Lukas sie dann hören? Und wenn er sie fühlt? Diese schreckliche, diese entsetzliche Ungewissheit. Sie vertraute dem Urteil des Arztes und hoffte dennoch, dass Lukas' Situation nicht so endgültig sein möge.

Es roch nach Desinfektionsmitteln und wieder erfüllte den Raum ein schummriges Licht, da die Vorhänge an den beiden großen Fenstern zugezogen waren. Nur die kleinen Lampen der Überwachungsgeräte zuckten rötlich durch die Dämmerung. Und die Geräusche des Beatmungsgerätes durchbrachen die Stille.

Wie oft hatte sie schon darum gebeten, die Vorhänge offen zu lassen. Licht sollte Lukas umgeben, Sonnenstrahlen und Sternenleuchten ebenso wie Mondlicht sollten ungehindert in diesen kleinen Lebensbereich fließen können. Sie zog die Vorhänge zur Seite, öffnete das Fenster weit, drehte sich um und trat an das Bett ihres Mannes.

Ihres Mannes! Ist er das denn noch? Nein, bitte nicht diese Zweifel! Hier lag Lukas, ihm hatte sie vor 26 Jahren geschworen, bis dass der Tod uns scheidet. Dennoch konnte sie sich nicht gegen den Gedanken wehren: ‚Er ist nicht mehr der Mann, dem ich vor so langer Zeit dieses Eheversprechen gegeben habe.'

Und dann wieder aufkeimende Hoffnung. Vielleicht gab es noch eine gemeinsame Zukunft! Denn warum steigerte sich die Frequenz seines Herzschlags, wenn sie ihm zärtlich über das Gesicht strich? Er schien zu spüren, wenn sie leise mit ihm sprach, wenn sie seine Lieblingsmusik auflegte. Jedes Mal eine andere Klassik-CD mit Musik von Mahler und Tschaikowsky, aber auch Mozart und Beethoven. In solchen Stunden saß sie an seinem Bett, hielt seine Hand, erzählte ihm von jenem Abend in der Alten Oper in Frankfurt, an dem sie das Klavierkonzert von Tschaikowsky gehört hatten. Erinnerte ihn an die wunderbare Aufführung von Mahlers fünfter Symphonie im Kloster Eberbach oder flüsterte ihm den Text des Liedes „Urlicht" aus Mahlers[4] zweiter Symphonie ins Ohr. Vor allem die beiden letzten hoffnungsvollen Zeilen:

Der liebe Gott wird mir ein Lichtchen geben,
Wird leuchten mir bis in das ewig selig Leben!4

Und fragte: Welches Lichtlein wird er dir geben? Oft konnte sie die Tränen nicht zurückhalten.

Sie blieb immer lange bei ihm. Half alle zwei Stunden, diesen einst so geliebten Körper neu zu lagern. Manchmal wusch sie ihn selbst sehr sanft oder beobachtete, wie er künstlich ernährt, wie seine Beatmung gesichert wurde.

Und ab und an ging sie auf die Seite des Bettes, wo nicht so viele Schläuche und Geräte sie daran hinderten, sich neben ihn zu legen. Vorsichtig, fast ängstlich umfasste sie ihn, schmiegte ihr Gesicht an seine Schulter. Wollte ihm ihre Nähe, ihre Wärme, ihre Lebendigkeit geben und spürte resignierend, dass sie nicht in das Zwischenreich seines Daseins vordringen konnte. Die Tür des Diesseits war geschlossen und die des Jenseits noch nicht geöffnet. Wie sollte sie ihn dann erreichen können?

Sie erhob sich, schloss das Fenster, flüsterte: „Ich komme wieder. Übermorgen! Hab keine Angst!" Möchte gehen und möchte bleiben und wusste, wie Verzweiflung schmeckte.

---

[4] Gustav Mahler 2. Symphonie „Urlicht"

8

Einige Tage später rief Caroline an. ‚Sag ich ihr schon was von meinen verrückten Plänen?' Nein, lieber nicht, denn zum ersten Mal seit langer Zeit klang Caros Stimme unbeschwert, ja aufgeregt und froh. „Mama, hast du morgen Zeit? Können wir uns im Augustinerkeller zum Mittagessen treffen?"

Das war viel wichtiger als all ihre eigenen Pläne. „Natürlich kann ich! Gibt es denn etwas Besonderes? Du klingst so aufgeregt?"

„Das erzähl ich dir morgen. Ich freue mich auf dich."

„Ja, ich auch und ich bin sehr gespannt", aber Caroline hatte schon aufgelegt.

Was war da los? So oft rief Caro während der Woche nicht an und Treffen gab es meistens nur an Wochenenden. Schade eigentlich, aber es war auch gut so. Caroline hatte sich ihr eigenes Leben aufgebaut, Lisa respektierte das, obwohl es damals, als sie gleich nach ihrem Studium ausgezogen war, schon weh getan hatte. Sie war zu ihrer Freundin Amelie gezogen und selbst das verstand Lisa nur zu gut. Zu Hause erinnert sie halt alles an den Vater. Das hat sie nicht aushalten können.

Lisa mochte Amelie, die eigentlich Emma hieß. Mit so einem Namen kann man heute nicht mehr herumlaufen, hatte die Freundin einmal empört zu Caroline gesagt. Und kurzerhand den Namen der Hauptdarstellerin ihres Lieblingsfilmes „Die fabelhafte Welt der Amelie" angenommen. Heute hätte sich Lisa ohnehin nicht mit Caroline treffen können, sie war mit den Leuten ihrer Gruppe im Café dell'Arte verabredet. Sie wollte ihnen ihren Plan mit Marokko vortragen.

Sie spürte eine seltsame Aufregung. Das war ihr zuvor noch nie passiert. Es hatte stets ganz klare Entscheidungen gegeben. Entweder Einverständnis oder die Ablehnung ihrer Reisepläne. Allerdings musste sie zugeben, dass selten ein Plan von ihr abgelehnt worden war. Mit ihrer Euphorie hatte sie immer die Begeisterung aller geweckt.

Hoffentlich gelingt ihr das heute auch. Sie ging die Augustinergasse entlang, beobachtete die anderen Fußgänger. Nur noch drei Wochen bis Weihnachten!

Die Leute hasteten an ihr vorbei, beladen mit Tüten und vollen Taschen.

Von ihr aus könnte man dieses Fest abschaffen. Es war so sehr mit dem Früher verbunden. Voller lebendiger Erinnerungen an Freude, an heimelige Abende, an den Morgen des 24. Dezember, wenn Lukas und sie zusammen den Tannenbaum schmückten. Und Caroline die Bescherung vor lauter Ungeduld und Erwartung kaum abwarten konnte.

Seit Lukas Unfall verbrachten sie und Caro den Heiligabend gemeinsam an Lukas' Bett, eingehüllt in die Traurigkeit des Schweigens.

Rasch verdrängte sie diese Erinnerungen, bog in die Badergasse ein und war gespannt, ob schon jemand da war.

Regine und Birgitta wollten kommen, auch Leonor, Christa und Susanne. Claudia war sich noch nicht ganz sicher, ob sie überhaupt noch verreisen würde, wollte aber wenigstens bei der Besprechung dabei sein. Auch Klaus, Philipp und Felix hatten ihr Kommen zugesagt. Mit ihr selbst waren das, wenn sich Claudia dagegen entschied, neun Leute.

Mehr sollen es auch gar nicht sein, falls dieser Plan überhaupt angenommen wird, dachte sie.

Nicht alle Mitglieder der Gruppe konnten immer jede Reise mitmachen. Diesmal war Lisa dankbar dafür.

Regine und Birgitta, Leonor und Philipp warteten bereits auf sie. Sie betraten das Café. Lisa hatte einen Tisch im hinteren Teil des Lokals reservieren lassen.

An den Wänden hingen einige gerahmte Fotografien, die Lisa Jared, dem Besitzer des Lokals, nach ihrer Fotoausstellung, die sie in seinem Lokal machen durfte, geschenkt hatte.

Mittlerweile waren auch Christa, Susanne, Felix und Klaus eingetroffen.

„Sollen wir auf Claudia warten? Sie sagte mir, dass sie heute kommen wollte, auch wenn sie die Reise eventuell nicht mitmachen würde." Lisa mochte die tiefe Stimme von Birgitta.

„Wir können uns ja erst mal einen Kaffee bestellen", mischte sich Philipp ein, der sich wie meistens neben Lisa gesetzt hatte.

Offensichtlich meint er, dass dieser Platz ihm gehört. Dass es allmählich selbstverständlich ist, dass er neben ihr sitzt. Und – ist es das?

In diesem Augenblick kam Claudia angerannt, gehetzt wie immer. Lisa atmete auf, damit brauchte sie sich ihrer eigenen Frage wenigstens jetzt nicht zu stellen.

Wieder wandte sich Philipp an Lisa: „Na Frau Reiseleiterin, du machst es ja ganz schön spannend mit unserer nächsten Reise."

Lisa musste grinsen.

„Ungeduldig?"

„Ein bisschen schon", meldete sich nun auch Felix.

Lisa bückte sich nach ihrer Aktentasche, die sie auf dem Boden abgestellt hatte, holte die Bildbände und Reiseführer heraus, breitete sie auf dem Tisch aus. Alle blickten gebannt auf die Titel der Bücher: Sahara. Marokko. Wüste.

Sofort setzte aufgeregtes Stimmengewirr ein:

„Du willst doch nicht etwa ...?"

„He, so was haben wir ja noch nie gewagt!"

„Ist das nicht ein bisschen zu viel Risiko?"

Nur Felix fragte sie direkt: „Soll das heißen, du willst wieder wie vor Jahren nach Marokko? Nach Fez oder Marrakesch, nach Casablanca oder Agadir?"

„Das wäre ja langweilig, oder? Trotzdem – Marokko ja, die Städte nein." Sie hielt einen Moment inne. Es fiel ihr schwerer als sie gedacht hatte, ihre Begeisterung, die sie bei dem Gedanken an eine solche Wüstenwanderung erfüllte, verständlich zu machen. Sie nahm all ihre Freude, die sie in der Buchhandlung empfunden hatte, zur Hilfe und meinte: „Die Städte haben wir, wie du ja schon gesagt hast, vor zwei Jahren bereits besucht. Ich dachte – ich dachte, wir machen eine Wüstentour. Vielleicht ... zwei, drei Wochen oder mehr."

„Eine Tour in der Sahara?" Regines Stimme klang ziemlich skeptisch. Aber Lisa wusste, wenn Regine zustimmte, waren alle anderen zu überzeugen.

Nein, nicht alle. Als sie von ihrem Plan sprach, als sie *Isabelle Eberhardts* Worte laut vorgelesen und von einer Erfahrung am Rande der Unendlichkeit gesprochen hatte, waren zwar alle von dieser Idee begeistert, und Klaus fasste es mit den Worten zusammen: „Lisa, das wird etwas ganz und gar Einmaliges, das wir noch nie erlebt haben." Fügte dann allerdings hinzu: „Für mich unmöglich. Ich habe beruflich etwas völlig Neues vor, da kann ich keine so lange Auszeit nehmen."

„Wäre das nicht auch für das Leben etwas Einmaliges?", fragte Philipp in Richtung von Klaus.

„Natürlich! Trotzdem muss ich, auch wenn es mir wirklich leid tut, Realist bleiben."

Und Susanne meinte: „Mit mir könnt ihr leider ebenso wenig zählen."

Da sie nicht weitersprach, fragte niemand nach dem Grund ihrer Absage. Auch Leonor mischte sich entschlossener, als es eigentlich ihre Art war, in das Gespräch ein: „Lisa, ich fahre auch nicht mit. Ich – nun, mein Freund und ich wollen einen Trip durch Kanada machen und haben alles schon organisiert. Außerdem wird unsere Reisekasse danach wohl leer sein", ergänzte sie lachend.

In die begeisterten Kommentare der anderen Gruppenmitglieder hinein fragte Philipp an Lisa gewandt: „Und wann soll es losgehen?"

Lisa verbarg ihre Enttäuschung über die Absagen und antwortete auf Philipps Frage: „Das weiß ich nicht. Ich habe mich bereits nach einer Reiseagentur erkundigt und schon eine gefunden, die für uns in Frage käme."

Sie kramte in ihren Papieren, holte Prospekte hervor und meinte: „Ich habe an die hier gedacht: Ayadi Serail Reisebüro, geleitet von einer Monira Ayadi. Sie veranstaltet diese Art von Reisen, also keine typischen Touristenunternehmungen. Ich hatte den Eindruck, dass sie die Richtige für die Planung unserer Reise ist."

„Heißt das, du hast schon mit ihr Kontakt aufgenommen? Warst du dir so sicher, dass wir überhaupt zustimmen würden?"

Lisa spürte, wie sie rot wurde, als sie Philipp antwortete: „Sicher? Nein, sicher nicht. Ich hatte es gehofft. Aber wenn ihr nicht zugestimmt hättet", sie zögerte, bevor sie dann entschlossen fortfuhr, „dann würde ich diese Reise allein machen." In die erstaunte Stille hinein, erklärte sie: „Übrigens – Frau Ayadi ist Deutsche, verheiratet mit einem Marokkaner. Eigentlich heißt sie auch nicht Monira. Wegen ihres Namens habe ich sie bei unserem ersten telefonischen Kontakt gefragt, ob sie Marokkanerin sei. Sie hat gelacht und gemeint: ‚Nein, bin ich nicht, auch wenn Monira arabisch klingt. Der Name gefiel mir einfach. „Munir" bedeutet leuchtend, hell oder strahlend. Das passt halt zu meinem Leben.' Klingt sympathisch oder?"

Lisa erwähnte nicht, dass sie dabei ein wenig wehmütig gedacht hatte: ‚Ich hätte gern Sophie geheißen – aber ich gab Namen viel zu wenig Wichtigkeit. Warum eigentlich – das Erste, wenn man jemanden kennen lernt, ist doch sein Name?'

„Da scheinen wir ja in den besten Händen zu sein", bemerkte Birgitta.

„Gut. Ich treffe mich mit Frau Ayadi und lass mir unsere besondere Art der Reise zusammenstellen. Ich möchte das aber nicht allein in die Hand nehmen."

Bevor sie den Satz noch fertig gesprochen hatte, fiel ihr Philipp ins Wort: „Ich habe Zeit. Wenn du willst ..." Eigentlich müsste sie diesem Philipp mal seine Grenzen aufzeigen. Aber ... muss sie das wirklich? Will sie das?

Erinnerungen tauchten auf. Da waren vor allem die Reisen, von denen er keine einzige versäumte, wenn sie die Gruppe leitete. Ganz besonders die letzte Reise vor Monaten nach

Norwegen. Unvergesslich das flirrende Licht, das sich auf dem Gletscher zu tausend kleinen glitzernden Sternen vervielfachte. Sie wusste nicht mehr, warum sie dort allein standen, staunend und versunken in das Schauspiel, das sich ihnen bot. Und dann leise Philipps Stimme, als spräche er nur zu sich: „Dieses Licht verwandelt die Landschaft in ein Geheimnis, da frag ich mich, warum ich mich so wichtig nehme."

Sie hatte im selben Moment Ähnliches gedacht und sich staunend gefragt, woher diese Übereinstimmung mit einem Menschen kam, den sie kaum kannte.

Er hatte wohl ihre Rührung gespürt, und als wollte er sich und sie wieder in die Gegenwart zurückholen, halb lachend, halb ernst gemeint: „Übrigens – dich treffen zu können, ruiniert mich allmählich."

Bemüht, wieder zu ihrer alten Sicherheit zurückzufinden, hatte sie gefragt: „Ich dachte, du fährst der Länder wegen mit."

Noch heute spürte sie diese Erregung, die sie durchflutete bei dem Gefühl, wieder wahrgenommen zu werden, als Frau wahrgenommen zu werden. Nach den Jahren, in denen sie sich mit ihren Sehnsüchten und dem oft atemlosen Verlangen nach Nähe, nach Berührung und Zärtlichkeit in ihre Einsamkeit und Kunst zurückgezogen hatte.

Sie erinnerte sich an Philipps Hand, die ihre Hände umfasste. Sie hatte in diesem kurzen Moment gespürt, nur ein einziges kleines Zeichen von ihr, eine zögerliche Bewegung, und ihr Leben würde sich von einem Augenblick zum andern ändern. Damals hatte sie ihre Hände vorsichtig aus seiner Umarmung, denn so hatte sie diese Geste empfunden, gelöst, bemüht, das Begehren in seinen Augen zu übersehen und hatte nur geantwortet: „Lassen wir es so, wie es ist, bitte Philipp." Nach diesen Worten hatte sie sich abgewandt, um ihm nicht die Möglichkeit einer Antwort, eines Widerspruchs zu geben, war zur Gruppe zurückgegangen und hatte gehofft, dass er ihre Ablehnung, die keine Zurückweisung war, angenommen hätte. Und gleichzeitig gewusst, dass sie sich mit diesem Hoffen etwas vormachte.

„He Lisa, wo bist du denn mit deinen Gedanken?" Es war Felix, der sie in die Gegenwart zurückholte. Rasch sagte sie: „Ok Philipp, ich rechne mit dir. Wenn ihr andern also keine Einwände habt, halte ich euch per Email auf dem Laufenden."

Als sie auseinander gingen, sagte Claudia: „Lisa, ich fahr nicht mit. Ich kann nicht. Ich habe eine kranke Mutter, die möchte ich nicht so lange allein lassen."

Es war Lisa, als hätte sie einen Faustschlag in den Magen bekommen. Und sie? Sie hatte die letzte Stunde nicht eine Sekunde an Lukas gedacht. War nur erfüllt von ihren Reiseplänen, von ihren persönlichen Wünschen, die sie nie mehr mit ihm teilen könnte. Kurz umarmte sie die junge Frau, dachte, so müsste ich auch reagieren, murmelte dann: „Ich verstehe dich", und ihre Freude war wie ausgelöscht.

9
Christa

Als Christa nach Hause kam, war sie noch ganz erfüllt von dem heutigen Treffen. Diese Reise wird was völlig Neues! Einfach toll! Die Lisa hat wirklich Mut. Fremde Landschaften, vielleicht sogar Begegnungen, die sie sich selbst jetzt noch gar nicht vorstellen kann. Sie hängte ihren Mantel an die Flurgarderobe und dabei fiel ihr Blick in den Spiegel: Diese innere Suche, von der Lisa gesprochen hat. Aufmerksam betrachtete sie ihr Gesicht. Suche nach mir selbst? Und vielleicht ein ganz neuer Weg – auch für mich!

Ohne sich deshalb schuldig zu fühlen, dachte sie: ‚Ich brauche dieses Andere. Ich ersticke an unserem immer gleichen Alltag, vor allem aber an Martin. Ich muss raus hier. Mein Leben ist doch noch nicht zu Ende, nur weil er keine Träume mehr hat. Ich – ich habe noch Wünsche, Sehnsüchte, Erwartungen.‘

Traurig beobachtete sie vom Flur aus ihren Mann, der am Esszimmertisch saß. Wie immer in die Zeitung vertieft. Kein Guten Morgen! Kein Lächeln! Zeitung. Gleich wird er murmeln: „Wo bleibt eigentlich das Mittagessen?"

Sie ging in die Küche, zog den Rollladen hoch, den sie heute Morgen vergessen hatte. Es regnete. Hatte der Tag nicht ganz anders angefangen? Vor ein paar Stunden schien noch, allerdings nur ziemlich zaghaft, die Sonne und nun dieser graue Regen!

‚Erst brauch ich mal einen starken Kaffee.‘ Sie stellte die Kaffeemaschine an. Auf dem Bord über dem Ofen stand die Tasse, die ihr Jonathan vor langer Zeit geschenkt hatte.

„Der besten Mama der Welt." Da war er noch so klein gewesen. Hatte die Tasse von seinem ersparten Geld gekauft. War sie die beste Mama der Welt? Sie wusste es nicht. Vermisste nur jeden Tag ein bisschen mehr ihren Sohn. Jonathan war in eine WG gezogen. Als sein Vater erfuhr, dass sein Sohn schwul war, hatte es nur noch Streit und Spott gegeben. Wie sehr hoffte Jonathan am Anfang noch, sein Vater würde ihn verstehen, seine Liebe zum Sohn wäre stärker als seine Kleingeistigkeit. Als sich nichts änderte, entschied er: „Mama, ich halte das nicht aus. Ich muss ausziehen, bitte versteh mich." Christa erinnerte sich voller Wut und Schmerz an die Zeit, die diesem Auszug vorangegangen war.

Sie selbst hatte von Jonathans Veranlagung schon lange gewusst. Gewusst? Nein, gespürt! Nur ein einziges Mal hatte sie mit ihm darüber gesprochen, da war er erst 15. Sie hatte ihn in den Arm genommen und beschwörend gesagt: „Jo, sei ehrlich zu dir selbst. Leb dein Leben, nicht das, welches andere dir aufdrängen wollen. Ich bitte dich nur um eines, vertrau mir, lüge mich nie an."

Danach verharrten sie lange schweigend in dieser Umarmung, bis er sich sanft von ihr löste. „Danke Mama."

Jonathans Auszug war das letzte Mosaiksteinchen, das gefehlt hatte, um ihr deutlich zu machen, wie inhaltslos ihr Leben geworden war. Martin? Wo war die Liebe zwischen ihnen geblieben? Fast unmerklich hatte sie sich im Alltag des Zusammenlebens aufgebraucht. Endgültig erloschen war sie, als er seinen Sohn verurteilte. Verurteilen wegen einer Liebe, die er in seiner Engstirnigkeit nicht nachvollziehen, nicht akzeptieren konnte. Dennoch wollte sie die Ehe mit Martin nicht aufgeben, denn da war noch Sonja, die kleine Tochter. Mit 13 wollte sie Tänzerin werden, mit 16 Jahren Schriftstellerin. „Mama, wenn ich Schriftstellerin bin, zieh ich in eine ganz kleine Wohnung hoch über Prag." Prag? Christa brauchte nicht zu fragen, warum Sonja von dieser Stadt, wohin sie gerade eine Klassenfahrt gemacht hatte, so begeistert war.

Es war sie, Christa, die ihr so oft von Prag erzählt hatte. Sie dachte gerade in letzter Zeit häufig daran, wie betört sie selbst als junge Frau von dieser goldenen Stadt gewesen war, wo sie im Café Arco Martin kennen gelernt hatte. War es Fügung, dass sie sich gerade dort und nirgendwo anders gefunden hatten? Er – der Redakteur vom Radio und später vom Fernsehen und sie – die Journalistin. Das Café Arco, wo sich einst die berühmtesten Dichter und Schriftsteller getroffen hatten, erkoren sie zu ihrem Stammcafé. Was für ein einmaliges Gefühl, die geistige Gegenwart von Kafka, Rilke oder Werfel zu genießen, wo die Erinnerungen an sie noch so intensiv in der Luft hingen wie Rauch von Zigaretten oder Duft von Kaffee.

Was war nur aus dieser Verbindung voller Träume und Erwartungen geworden? Einsamkeit, Leere, Desinteresse.

Sonja studierte schließlich Theaterwissenschaft und hatte sich vor einem halben Jahr ein kleines Zimmer in einem der Hochhäuser in Frankfurt gemietet. Bei einem ihrer seltenen Besuche meinte sie: „Ich träume immer noch von Prag. Mama, hat eigentlich jeder in seinem Leben einen unerfüllten Traum, den er mit sich herumträgt?"

Heute könnte sie ihr diese Frage bestätigen. Aber ich werde meine Träume verwirklichen und diese Reise ist der erste Schritt dahin, dachte sie, als sie die Linsensuppe für das heutige Mittagessen aufwärmte. Hätte ich auch nicht gedacht, dass eine Wüstenwanderung ein Aufbruch sein könnte. Mein Aufbruch in eine unbekannte Zukunft! Raus aus meiner unerfüllten Gegenwart.

Das Sprudeln des Wassers riss sie aus ihren Gedanken. Sie überbrühte sich ihren Kaffee, holte Teller und Besteck aus dem Schrank, deckte im Esszimmer den Tisch und dachte an frühere Mahlzeiten. Hörte noch immer das aufgeregte Geplapper der Kinder, das fröhliche Lachen der Beiden. Später dann die erregten Stimmen in heißen Diskussionen über irgendein Thema, das in der Schule zur Debatte gestanden hatte. Martin hatte sich zu dieser Zeit noch an den Gesprächen beteiligt! Damals genügte ein rascher Blick, um tausend zärtliche Gefühle zu wecken.

Wann wurden diese Blicke seltener? Wann breitete sich immer mehr Fremdheit zwischen ihnen aus? Als er entlassen und zum Frührentnerdasein gezwungen wurde? Lange versuchte sie Entschuldigungen zu finden – Martins Verletztsein, weil er beruflich nicht mehr gefragt war. Die fehlende tägliche Herausforderung. Keine Erfolgserlebnisse und Anerkennungen mehr von außen. Aber musste dann obendrein noch das Familienleben, vor allem ihre Ehe darunter leiden?

Als er sich dann noch so stur Jonathan gegenüber verhielt, hatte sie aufgegeben, an ihre heile Welt zu glauben. Geblieben waren Gleichgültigkeit. Gewohnheit. Müdigkeit. Sie konnte sich eine gemeinsame glückliche Zukunft einfach nicht mehr vorstellen!

Und dann war sie Lisa begegnet. Danach fing sie an, ihre Selbstständigkeit zu verteidigen, ihr Recht auf ein eigenes Leben!

Und jede neue Reise brachte sie ihrem Ziel, endlich wieder

nur sie selbst zu sein mit Plänen, Träumen und eigenen Wirklichkeiten ein Stückchen näher. Und jetzt dieses Abenteuer! Es schien auf sie gewartet zu haben. Etwas sagte ihr, dass sie danach die Kraft haben würde, sich von Martin zu trennen. Noch einmal ganz neu anzufangen.

Während sie ihren Kaffee trank, tauchten immer wieder die Bilder auf, die Lisa beschworen hatte: Einsamkeit, Stille, Selbstbesinnung und der stete Schritt über Sand und Geröll in einer endlosen Wüstenlandschaft.

10

Sie trafen zur selben Zeit vor dem Augustinerkeller ein. Lisa hakte sich bei Caroline unter. „Was ist los? Du strahlst ja so!" Gerührt betrachtete sie ihre so erwachsene Tochter. Wo war das kleine Mädchen geblieben mit den wippenden dunkelblonden Zöpfen, dem Ungestüm seiner Zärtlichkeit. Die Kleine, die sich vertrauensvoll in die Arme der Mutter schmiegte? Caroline war größer als sie. Sehr schlank. Ihr Haar trug sie in einem Bürstenhaarschnitt mit blond gefärbten Spitzen. Vom Schminken hielt sie offensichtlich nicht viel, nur die Augen waren mit Kajalstift schwarz betont, dazu ein sehr heller Lippenstift. Einmal hatte sie auf der nackten Schulter Carolines die Tätowierung einer kleinen schwarzen Rose entdeckt, und ein wenig spöttisch gedacht, ‚so eine Rose wollte ich auch immer auf meine Schulter tätowiert haben, und nie habe ich mich getraut.'

„Nun sag schon, was ist das für eine Neuigkeit? He, kann es sein, dass du ...?"

Zu ihrer Überraschung fasste Caroline sie um die Taille und drehte sich mit ihr ausgelassen im Kreis. „Caroline, mir wird schwindlig, lass mich runter." Die Fußgänger, die neugierig stehen geblieben waren, störten sie nicht. „Ja. Ich hab es", rief Caroline lachend.

„Sie haben dir ...", prustete Lisa atemlos, nachdem sie wieder festen Boden unter den Füßen hatte.

„Ja, ich hab die Stelle. In spätestens acht Wochen ist mein Weg nach Berlin frei."

In acht Wochen schon! In diesem Augenblick schien es Lisa,

als verdunkelte sich die Sonne, als löschte eine riesige Hand das Strahlen dieses Tages aus. Sie versuchte ihr Erschrecken zu verbergen. Es ist ja nur Berlin, also keine große Entfernung.

„Freude sieht aber anders aus!" Caroline sah ihre Mutter forschend an.

„Nein, nein, ich freue mich mit dir. Es ist nur – es kommt so unerwartet."

„Na, du bist gut. Unerwartet? Seit Monaten habe ich auf diesen Tag gewartet. Was ist daran unerwartet?" „Nichts. Du hast ja Recht. Aber solange es nur Pläne waren, hab ich mir halt nicht vorgestellt, dass du gehst."

„Heißt das, du hast die ganze Zeit sogar gehofft, dass es nicht klappen würde? Ist es wegen Papa?" „Nein, um Gottes willen nein. Er wäre der Erste, der wollte, dass du deinen Weg gehst." Sie griff nach Carolines Hand. „Bitte, versteh das nicht falsch. Ehrlich, ich freue mich für dich. Darüber, dass du erreichst, was du dir vorgenommen hast. Und dass es mit einem Job dort klappt. Trotzdem muss ich mich erst an den Gedanken gewöhnen, dass du dann weg bist. Dass es Treffen wie heute nicht mehr geben wird."

Im Stillen dachte sie: ‚Caro wird das sicher nicht verstehen. Wen wundert's, es ist wahrscheinlich purer Egoismus von mir.' In diesem Augenblick legte ihre Tochter schweigend den Arm um ihre Schultern. ‚Sie hat mich also verstanden und trotzdem ist mir zum Heulen zumute.'

Sie betraten das Restaurant. Wie gut, dass sie einen Tisch reserviert hatte, sonst hätten sie wohl keinen Platz mehr bekommen. Nachdem beide die Getränke und das Essen bestellt hatten, sah Caroline ihre Mutter erwartungsvoll an, in der Stimme schon wieder diese Vorfreude:„Willst du gar nicht wissen, bei wem und was ich arbeiten werde?"

„Natürlich. Wo, bei wem, als was? Bei deinen vielen Bewerbungen hab ich einfach den Überblick verloren."

Caroline lachte: „Du wirst es kaum glauben, ich habe eine Superstelle in der Sparte Medien beim Regins Verlag bekommen. Die haben zwar jemand mit Berufserfahrung gesucht, aber dann haben sie trotzdem mich genommen. Wahrscheinlich wegen des Studiums und meiner Sprachkenntnisse."

„Und was musst du da machen?"

„Ach Mama, mein Arbeitsgebiet ist so riesig. Wenn ich dir das alles erklären wollte, könnten wir auch gleich noch das Abendessen bestellen. Nur so viel: Ich bin als Multimedia-Redakteurin eingestellt worden, falls dir das etwas sagt."

Lisa konnte sich zwar nicht viel darunter vorstellen, aber Carolines Freude war so ansteckend, dass sie im Augenblick gar keine weiteren Erklärungen brauchte.

Caroline fragte leise: „Du besuchst mich doch in Berlin oder?"

„Worauf du dich verlassen kannst." Sie schaute Caroline voll freudigen Stolzes an. Ihr stehen alle Türen zu einem Leben voller wunderbarer Herausforderungen offen.

Aufgeregt sprach Caroline weiter: „Stell dir vor, eine Wohnung besorgen sie mir auch. Aber das ist noch nicht alles."

Sie strahlte Lisa an.

„Was denn noch?"

„Amelie wechselt mit nach Berlin, und wir werden weiter zusammen wohnen."

„Amelie kommt mit! Wie habt ihr denn das geschafft? Und was arbeitet sie in Berlin?"

„Als Steuerfachangestellte in einer ziemlich bekannten

Steuerkanzlei."

Sie schwieg einen Augenblick, sagte dann: „Papa wird sich gewiss auch für mich freuen, wenn er eines Tages von meinem Erfolg hört."

Lisa nickte nur zustimmend, hätte aber so viel lieber gesagt: Caro, mach dir bitte, bitte nichts vor. Er kann nicht mehr an deinem Leben teilnehmen.

Und wusste, dass sie das nicht laut sagen durfte.

Noch nicht ...

11

Sie wählte die Nummer des Reisebüros Ayadi Serail, während sie gleichzeitig überlegte: ‚Lisa, du weißt hoffentlich, dass du damit etwas Schwieriges in die Wege leitest?' Sie zögerte, bevor sie die letzten beiden Zahlen wählte. Was soll's! Sie wollte und fünf Mitglieder ihrer Gruppe wollten die Reise auch machen, warum dann zögern? Sie hatte versprochen, mit der Planung so schnell als möglich anzufangen.

Sie hatte Philipp eigentlich zugesagt, dass er sie unterstützen kann, sollte sie ihn nicht jetzt hinzuziehen? ‚Ja ja, aber anrufen werde ich wohl noch allein können?' Sie merkte, dass sie ihn gern sofort mit einbezogen hätte und das nicht nur wegen der Verantwortung, die dieses Unternehmen bedeutete. Verantwortung? Ist das nicht ein bisschen übertrieben gedacht? Es handelt sich schließlich nicht um einen Klassenausflug mit kleinen Kindern. Alle Teilnehmer waren erwachsen genug, um für sich selbst zu entscheiden und auf sich aufzupassen. ‚Stimmt und stimmt nicht, ich bin die Reiseleiterin', dachte sie, während sie darauf wartete, dass Frau Ayadi sich meldete.

Ayadi Serail! Der Name klang so vielversprechend nach Nie-Erlebtem, nach Fremdem.

Frau Ayadi war beim ersten Kontakt selbst am Apparat gewesen und Lisa erinnerte sich daran, wie sehr sie sich darüber gefreut hatte, dass die Reisebüroleiterin eine Frau war. Eine Frau, die sie verstand, was sie an ihrer Reaktion gemerkt hatte, als sie ihr von ihrem Vorhaben gesprochen hatte. Obgleich Frau Ayadi Lisa sofort in ihre Kundenkartei aufgenommen hatte, wurde sie nicht von Angeboten für Städtereisen und Touristikziele überschwemmt. Sie schickte ihr nur sehr ausgesuchte Prospekte über Wüstenwanderungen und verschiedene Reiseberichte zu.

Als in der Agentur das Telefon abgehoben wurde, sagte Lisa: „Frau Ayadi, hier ist Lisa Lohmann. Es ist so weit! Ich habe die Zustimmung zu dieser besonderen Reise. Sie erinnern sich?"

„Natürlich erinnere ich mich. Wir haben nicht viele Menschen, die ein solches Abenteuer buchen wollen."

„Abenteuer! Ich hoffe, es wird nicht allzu spannend und aufregend."

„Wissen Sie was? Kommen Sie einfach bei mir vorbei, ja?"

„Jetzt?"

„Warum nicht?"

„Gut, dann bis gleich."

Es blieb keine Zeit mehr, Philipp anzurufen. Außerdem kann er bestimmt nicht so schnell hier sein, versuchte sie ihr Gewissen zu beruhigen.

Frau Ayadi sah genauso aus, wie sie am Telefon geklungen hatte. Jung – temperamentvoll – herzlich. Die Sympathie war offensichtlich gegenseitig. Lisa fühlte sich wirklich willkommen, und das nicht nur als zukünftige Kundin.

„Mögen Sie einen Tee? Ich meine natürlich einen Minzetee, damit Sie sich gleich an das marokkanische Nationalgetränk gewöhnen?"

Lisa lachte: „Das haben wir schon bei unserer ersten Tour durch marokkanische Städte kennen gelernt. Ich mag eigentlich nur schwarzen Tee, aber der hat mir damals tatsächlich geschmeckt."

Sie begleitete Frau Ayadi in die kleine Küche hinter dem

Büro und während sie darauf warteten, dass das Wasser kochte, meinte Frau Ayadi: „Sie haben gefragt, wie gewagt so ein Unternehmen ist? Wenn wir genau planen und ihre Leute sich diszipliniert an alle Vorgaben halten, sollte es keine Probleme geben."

Sie überbrühte den Tee, brachte die Gläser zurück ins Büro und fuhr fort: „Fangen wir gleich mit dem Einfachsten an. Wann wollen Sie fahren?"

„Wann ist denn die beste Zeit?", gab Lisa die Frage zurück.

„Die beste Zeit ist das Frühjahr oder der Herbst. Da sind die Temperaturen noch einigermaßen erträglich, und bis dahin bleibt noch genügend Zeit, die Reise vorzubereiten." Genügend Zeit?, dachte Lisa. Das sind nur drei Monate, wenn wir den März als Reisemonat wählen. Laut meinte sie: „Also im März?"

„Ok und wie haben Sie sich bisher auf dieses Abenteuer vorbereitet?"

„In welcher Hinsicht?" Lisa nippte an ihrem heißen Tee.

„Vor allem erst mal körperlich. Eine Wüstenwanderung ist anstrengend. Sie wollen nicht nur kurz einen halben Tag ein bisschen Dünenluft schnuppern, sondern werden wandern und sicher wochenlang ohne Ihren gewohnten Komfort sein." Sie sah Lisa forschend an: „Für so ein Unternehmen brauchen Sie vor allem die körperliche Voraussetzung und natürlich auch die richtige Ausstattung."

„Was meinen Sie mit Ausstattung?"

„Kleidung, Sonnenschutz, Schlafsack, Medikamente und dergleichen. Die Zelte und alles, was täglich gebraucht wird, stellen wir zur Verfügung."

„Ich vertrau jetzt einfach mal auf das, was mir meine Leute gesagt haben. Und da scheint es mir, als wären wir gut vorbereitet. Ich meine jetzt körperlich. Und all das andere – wir haben ja noch drei Monate Zeit, um unser Gepäck zusammen zu stellen. Aber da ist noch was. Wer begleitet uns? Ich nehme an, dass Sie jemanden haben, der uns bei dieser Wanderung führt."

„Na klar. Oder wollten Sie etwa allein durch den Sand stapfen?", Frau Ayadi lachte.

„Nein, ganz sicher nicht, so viel Mut hat keiner von uns."

Frau Ayadi bot Lisa marokkanisches Gebäck an, herrlich süß zum heißen Getränk. Dann meinte sie: „Es muss Sie selbstverständlich ein Ortskundiger führen. Und zwar nicht nur einer. Meistens begleiten solche Touren mehrere Männer, die Sie persönlich versorgen werden. Ich habe bereits zwei sehr ortskundige, zuverlässige und nette Männer ausgesucht. Als Samir, ihr Reiseführer hörte, um welche Tour es sich handelt, war er ganz begeistert, und ich soll Ihnen ausrichten, dass er sich schon heute auf Sie freut. Mit Tarik, dem zweiten Mann habe ich noch nicht gesprochen. Und dann haben wir noch einen Koch und meistens zwei Kameltreiber. Wissen Sie", fuhr sie fort, „normalerweise kommen Reisende einen halben Tag in die Wüste, ersteigen die höchste Düne, lassen sich von einem Begleiter ein wenig vom Leben in der Wüste erzählen, ohne sich wirklich dafür zu interessieren und kehren danach in ihr Luxushotels zurück."

„Diese Touristen mögen Sie nicht sehr", bemerkte Lisa trocken.

„Na ja, das ist alles so normal, das haben wir täglich. Aber Sie – das ist eben etwas anderes. Da haben wir auch eine ganz andere Verantwortung."

„Apropos Verantwortung! Wie klappt es eigentlich mit der

Verständigung?"

„Darüber brauchen Sie sich auch keine Gedanken zu machen, denn ich habe eine Überraschung für Sie. Eigentlich wollte ich das noch nicht verraten, aber da Sie so direkt fragen, muss ich es wohl sagen. Die Verständigung ist nämlich kein Problem. Samir spricht deutsch und außerdem – Sie lernen halt in den drei Monaten noch ein wenig marokkanisch oder?"

Lisa scherzte: „Ja ja – wir lernen so nebenbei rasch noch marokkanisch! Aber Spaß beiseite, wieso spricht Samir deutsch?"

„Er hat Touristik in Deutschland studiert, und zwar in Stuttgart. Das macht sein Deutsch sehr liebenswert."

Nachdem Lisa noch mit ausführlichem Informationsmaterial versorgt worden war, verabschiedete sie sich von Frau Ayadi – sehr zufrieden darüber, was sie der Gruppe schon jetzt mitteilen konnte. Und dass Philipp heute nicht dabei war – na ja, davon würde die Welt auch nicht untergehen.

Als erstes musste sie jetzt an alle schreiben. Aber ohne all die Einzelheiten zu erwähnen. Am besten besprechen wir alles bei unserem geplanten Ausflug zum Schloss Sayn, so lange müssen sie eben noch warten.

12
Birgitta

Birgitta spürte, wie sie immer ungeduldiger auf Lisas Anruf wartete. Die Zeit verging so schnell! Hatte sie davon denn überhaupt noch genug, um warten zu können?

Sie saß, wie immer, allein in ihrem Wohnzimmer, blätterte in ihrem Bildband über Marokko. Nachdem Lisa ihnen im Café Dell' Arte von ihren Plänen erzählt hatte, war sie sofort in die nächste Buchhandlung gegangen, um sich dieses Buch anzuschaffen.

Ihr Blick blieb an den Worten *Uwe Georges* hängen, die er über seine Expeditionen in die Sahara geschrieben hatte:

„... *voller Irrlichter ist die Sahara, Luftspiegelungen, in denen Schein und Realität, Traum und Wirklichkeit verschwimmen.*"[5]

„Traum und Wirklichkeit verschwimmen", war es das, was sie suchte?

Wie sehr hatte sich ihr Leben in den letzten Jahren verändert.

Da war die Scheidung von Stefan, unfassbar, jedoch mit der Zeit akzeptiert. Das war nicht gleich so gewesen. Zuerst der Schock, als sie ihn überraschend auf der Straße entdeckte. Arm in Arm mit einer viel Jüngeren. Ihre Gesichter spiegelten sich in dem Schaufenster der Boutique, vor der sie lachend stehen geblieben waren.

Sollte sie die Straße überqueren? Sich neben die Beiden stellen? Freundlich grüßen? Diese Selbstbeherrschung traute

---

[5] Uwe Georges: Aus dem Bericht seiner Expedition " ...voller Irrlichter ..."

sie sich nicht zu. Sie versteckte sich hinter einem Zeitungs-
kiosk, wollte nicht glauben, was sie sah. Die Frau drehte ihr
Gesicht Stefan zu. Lächelte. Küsste ihn. Flüchtig nur. Aber
mit einer schmerzlichen Selbstverständlichkeit. Er strich ihr
zärtlich die Haare aus dem lachenden Gesicht.

Mit den gleichen Händen, mit denen er sie streichelte! Sie
hatte gedacht, über solchen Situationen stehen zu können,
aber da machte sofort die Vorstellungskraft die wildesten
Sprünge. Entkleidete er sie genauso ungestüm und dennoch zärtlich, genauso leidenschaftlich und trotzdem behutsam, wie es zwischen ihnen früher einmal gewesen war?

Bilder tauchen auf, Lippen, die sich küssen, Nacktheit, Berührungen, sie sind einfach nicht auszulöschen – diese Bilder.

Ihr Stefan! Warum hatte sie nur nichts gemerkt? Er ... er
war doch immer da.

Immer? Und die vielen Abende, die er angeblich noch Sit-
zungen gehabt hatte. Die häufigen Geschäftsreisen? Sie
hatte ihm vertraut. Jedes Wort, jedes Argument geglaubt. In
der, wenn auch knapp bemessenen gemeinsamen Zeit war
er ein liebevoller, aufmerksamer, noch immer sehr zärtli-
cher Ehemann.

Sie hatten keine Kinder. Als sie anfingen, mit dem Gedanken an Familie zu spielen, war es zu spät . Sie hatten ihrem
Beruf und ihrem Zusammensein gelebt. Stefan war Jurist,
sie Architektin und beiden war ihre Karriere sehr wichtig.
Wenn sie ehrlich war, hatte sie es nie bereut, keine Kinder
zu haben. Ihr Leben war ausgefüllt, abwechslungsreich
und, sie gestand es sich nach einiger Zeit ein, auch frei gewesen. Wollten sie verreisen, wer hinderte sie daran? Ver-
pflichtete ihr Beruf sie, sich wochenlang intensiv den ein-

zelnen Aufgaben hinzugeben, mussten sie sich keine Sorgen und auch keine Vorwürfe machen, irgendjemanden zu vernachlässigen.

Und nun das? An jenem Morgen war ihre Welt zerbrochen. Lange konnte sie ihr Wissen nicht für sich behalten. Sie wollte kein Vertrauen heucheln, wenn sie in Wirklichkeit keinem seiner Schritte mehr glaubte.

Es war ein Donnerstagabend vor sieben Jahren. Sie hatten das Feuer im Kamin angefacht, Stefan saß im Sessel und las. Sie hatte es sich auf der Couch bequem gemacht und beobachtete ihn, ohne dass er es merkte. In die warme, knisternde Stille hinein dann ihre Stimme: „Stefan, ich lass mich scheiden."

Sie sah die Szene noch immer vor sich, als wäre es gestern gewesen. Ganz langsam hatte er das Buch sinken lassen. Leise gefragt: „Seit wann weißt du ...?"

Ein brennender Schmerz hatte sich in diesem Augenblick in ihrem Innern ausgebreitet, heißer als das rotglühende Feuer im Kamin. Er leugnete nicht, er beteuerte nichts, nur diese vier Worte ‚seit wann weißt du'.

Schlimmer hätte er sie nicht demütigen können.

Nach einer dunklen Zeit, die ihr schier endlos erschienen war, wurde das Jetzt wieder strahlend, vielversprechend und unbeschwert. Sie hatte nur noch das Gefühl – ich bin frei! Sie lernte die Reisegruppe von Lisa kennen und fand neben ihrem Beruf Zeit, Neues zu erleben. Anderes zu entdecken.

Bis vor fünf Jahren. Es war ein ganz normaler Morgen gewesen. Aufstehen. Duschen – da bemerkte sie den Knoten. Vorsichtig tastete sie ihre Brust ab. Der Knoten blieb.

An diesem Morgen begann das Unvorstellbare. Biopsie,

Ultraschall, Mammographie. Diagnose: bösartig.

Sie wusste nicht, woher sie die Gefasstheit nahm, zu fragen: „Wie lange noch?"

„Das wissen wir nicht. Aber Sie haben es, Gott sei Dank, frühzeitig gemerkt. Dadurch sind die Heilungsaussichten gut."

Der Weg, den sie in diesem „Nachher" gehen musste, war lang und das Alleinsein oft unerträglich. Sollte sie Stefan von ihrer Krankheit erzählen? Nein, sie wollte keinen Kontakt und schon gar keinen vom Mitleid diktierten. Sie merkte, wie wenig Menschen sie in ihr Leben gelassen hatte – nur Margit, ihre Freundin, die versuchte, sie in all dem Geschehen, dass sie überrollte, zu begleiten.

Bei Lisas Reisegruppe hatte sie sich wegen starker beruflicher Belastung für eine Zeitlang abgemeldet. Jetzt gab es nur noch wenige Wichtigkeiten in ihrem Leben: Operation, Chemotherapie, Medikamente.

Nach langen Monaten der Angst die Worte des Arztes: „Ich glaube, ich kann sagen, sie haben es geschafft." Noch nie in ihrem Leben hatte sie eine solche von Hoffnung erfüllte Erleichterung verspürt.

Als vor ein paar Wochen die Einladung von Lisa zum Treffen ins Cafe dell' Arte kam, fühlte sie sich tatsächlich stark genug, ihr altes und dennoch ganz neues Leben wieder aufzunehmen. Neu – weil sie jeden Tag, jede Stunde mit einer nie zuvor empfundenen Intensität lebte, die dennoch irgendwo im Innern überschattet war von der Frage: Wie lange noch?

Diese bevorstehende Reise – die Vorfreude auf die Weite, auch auf die Einsamkeit und auf die Melodie der Wüste, auf das Lied des Windes, seit ewigen Zeiten erfüllt von der

Musik des Sandes, diese Vorstellungen machten ihr Mut. ‚Seit ewigen Zeiten'. Sie wagte wieder, daran zu glauben und die bedrohliche Frage „wie lange noch" verlor an Bedeutung. Was blieb waren Erwartungen und das Empfinden, mit dieser Reise die richtige Entscheidung getroffen zu haben.

13

Für diesen Dienstag war der Tagesausflug nach Schloss Sayn geplant. Während Lisa in ihren roten Anorak schlüpfte, nahm sie sich vor, endlich mit Caroline über ihre Reisepläne zu sprechen. Sie konnte nicht einfach vier Wochen fortgehen, ohne erreichbar zu sein. Eigentlich hatte Caroline sie bei all ihren Unternehmungen immer unterstützt, nur – das war vor Lukas Unfall gewesen. Danach hatte sie zwar zu den langen Wochenenden und Kurzreisen, die sie mit ihrer Gruppe machte, nichts gesagt, aber sie spürte schon manchmal den geheimen Vorwurf ihrer Tochter, und der schuf oft eine trennende Fremdheit zwischen ihnen.

‚Darüber mach ich mir heute keine Gedanken', lenkte sich Lisa ab.

Sie war so froh, dass es ihr durch die Reisen immer wieder möglich war, raus zu kommen, die Wohnung, in der sie vor Einsamkeit manchmal glaubte, ersticken zu müssen, zu verlassen. Meist kamen diese Momente beim Frühstücken. Wenn sie allein auf ihrer Ottomane saß, wenn ihr niemand einen guten Morgen wünschte, wenn keine Zeitung raschelte, keine Stimme fragte: „Hast du noch einen Schluck Kaffee?" Statt dessen Stille, eine lärmende Stille, bei der sie sich am liebsten die Ohren zugehalten hätte.

Während sie zum vereinbarten Treffpunkt auf dem Domplatz ging, überlegte sie noch einmal den Ablauf dieses sonnigen Wintertages. Sie würden mit dem bestellten Bus zum Schloss Sayn fahren, von dem sie schon so viel gehört hatte. Nicht der im ehemaligen Glanz wieder auferstandene Palast am Fuß des Burgbergs in der Nähe von Koblenz war es, der sie zu dieser Tour angeregt hatte. Sie hatte genug Schlösser, Klöster und Reste ehemaliger Tempelanlagen gesehen, gestand sie sich ein. Natürlich sagte sie dies nie laut, zu schnell hätte sie ihren Ruf als interessierte Reiseleiterin verloren. Sie wollte Ursprüngliches, Unbekanntes, Ausgefallenes, und genau das hoffte sie im Schlosspark von Sayn zu finden.

Später dann, beim Mittagessen im Schlossrestaurant „Sayner Zeit" wollte sie die Neuigkeiten, die sie von Frau Ayadi erfahren hatte, besprechen.

Nach der Ankunft zerstreute sich die Gruppe. Regine und Birgitta wollten ins Schloss. Die etwas scheue Susanne streifte allein durch den Park mit seinen hohen Bäumen, den Bächen und Teichen. Felix und Klaus wollten erst einmal einen Kaffee und Leonor und Christa schlossen sich an. Lisa grinste, als sie sah, wie sehr sich Felix um Christa bemühte und wie diese immer vorgab, davon nichts zu merken. Gleichzeitig freute sie sich, dass die Gruppe, obgleich nicht alle mit nach Marokko kommen würden, vollzählig an diesem Ausflug teilnahm. „Na ja, ein bisschen interessiert es doch alle, was die andern erleben werden."

Jetzt betraten Philipp und Claudia mit ihr den Garten der Schmetterlinge.

Zwischen Bananen, Hibiskus und vielen anderen tropischen Pflanzen, umflattert von unzähligen Schmetterlingen, fühlte sich Lisa in eine andere Welt versetzt. Neugierig lauschte sie der Beschreibung eines Gärtners, der seine Arbeit unterbrach und ihnen den großen Atlas-Spinner aus China zeigte, der bewegungslos auf Orangenscheiben verharrte, weil der Saft und Duft der vergärenden Frucht ihn betrunken machte. Gebannt folgte sie dem majestätischen

Flug des blauen brasilianischen Morpho, dessen Freiheits-
drang am Dach des Glashauses endete.

Lisa blieb abrupt stehen. Unvermutet das ganz Andere, das
Wunderbare. Etwas, das sie noch nie erlebt hatte. Sie vergaß die Gruppe, sie vergaß Claudia und Philipp. Sie fühlte
sich in diesem Stückchen tropischen Urwalds hineingezogen in das Geheimnis einer Geburt. Fasziniert stand sie vor
einem großen Glaskasten und beobachtete die verpuppten
Larven der Schmetterlinge. Voller Bewunderung verfolgte
sie, wie aus einem der an Fäden aufgehängten Kokons ein
Schmetterling schlüpfte. Ein langsames, zögerndes, abwar-
tendes Werden. Innehalten. Der fast verzweifelte Versuch,
wieder zurück zu kriechen in die Sicherheit der Hülle. Die
Unmöglichkeit der Rückkehr. Das Zaudern und nicht mehr
aufzuhaltende Entstehen eines völlig neuen Daseins – befreit von Fesseln. Aufsteigend in schwerelosem Flug.

Während sie einen Augenblick lang dachte: ‚Das könnte
meine neue Arbeit werden. Nicht wirklich gegenständlich,
eher als Spur der Bewegung, oder als ... Selbstwerdung‘,
erklang Philipps Stimme neben ihr – leise, eindringlich.
"Unglaublich. Ein verschlossener Kokon. Dann das Wagnis,
ihn hinter sich zu lassen, die Vergeblichkeit eines Zurück
und zuletzt Freiheit."

Sie schaute ihn unsicher an und meinte leise „Das würde
ich gern erschaffen wollen, eine solche Trilogie."

„Wie erschaffen? Malst Du?"

„Nein! Ich arbeite mit Stein", damit wandte sie sich ab. Sie
wollte nicht von ihrer Welt, ihrer anderen schöpferischen
Welt sprechen. Noch nicht!

Sie musste allein sein, die Vorstellung dieser Arbeit tauchte
wie aus einem Gedankennebel auf, nahm sogar Gestalt an.

Werdendes Leben aus Wachsen, Verweilen und endgültigem freiem Abschiednehmen. Welcher Stein könnte das am besten ausdrücken?

Sie lächelte, nein, das war jetzt nicht der richtige Augenblick für solche Überlegungen. Außerdem wurde es sowieso nichts mit dem Alleinsein. Claudia war neben sie getreten, auch sie hatte die Worte von Philipp gehört und meinte jetzt: „Hat das, was Philipp eben sagte, nicht auch mit Sterben zu tun?"

Lisa sah sie fragend an: „Mit Sterben? Nein, wohl eher mit Leben oder?"

„Ist nicht gerade das unsere Angst vor dem Sterben – den Schutz und die Wärme des Lebens zu verlassen? Gibt es deshalb nicht auch die Hoffnung auf unbegrenzte Freiheit?"

„Möglich. Wir wissen es nicht. Was wir aber voraussetzen können, ist, dass der Schmetterling erst einmal leben wird."

„Ich hatte an meine demente Mutter gedacht. Müsste es nicht wunderbar sein, in eine unbegrenzte Freiheit aufsteigen zu dürfen, statt im Schutz wärmender Fürsorge nichts mehr vom Leben zu spüren?"

Lisa erschrak so sehr, dass sie anfing, am ganzen Körper zu zittern. War ihr deshalb die Idee zu ihrem neuen Werk gekommen, weil sie sich von Lukas befreien wollte? Oder weil sie ihm gar den Tod wünschte? Damit sie, Lisa, frei sein konnte? War Claudia das Spiegelbild ihrer geheimen Wünsche und den damit verbundenen Schuldgefühlen? Keiner in der Gruppe wusste von Lukas. Sie hatte immer Gründe erfunden, warum sie mit dem Reisen kürzer treten wollte oder warum auch einmal ein Ausflug, eine Tagesfahrt oder ein langes Wochenende ausfallen musste, wenn sie glaubte, Lukas brauche sie.

Behutsam legte sie den Arm um Claudia und stumm begaben sie sich zu den andern der Gruppe, die sich im Restaurant versammelt hatten. Lisa war froh, dass Claudia keine Antwort von ihr erwartete und sich stattdessen zu Klaus an den Tisch setzte.

Sie selbst versuchte, ihre Fassung zurück zu gewinnen, schob alles, was ihr in der letzten halben Stunde begegnet war, von sich und begann den Anwesenden vom Gespräch mit Monira zu berichten, von der Absicht, im März zu starten und was es mit den Vorbereitungen auf sich hatte.

„Schon im März", klang es im Chor.

„Worauf eigentlich noch warten? Wir wollen die Wanderung machen, wir können uns drei Monate lang darauf vorbereiten, daher erscheint mir das Frühjahr besser als der Herbst."

Die Antwort wurde kommentarlos akzeptiert.

„Was meint diese Monira mit den persönlichen Vorbereitungen?", fragte Felix.

„Mir war das auch nicht ganz klar, also hab ich gefragt, wie sie das meint. Körperlich, seelisch oder geistig? Sie meinte, vor allem natürlich das Körperliche. Auf das Seelische und auch Geistige hätten wir uns ja schon durch die Absicht eingelassen, überhaupt eine solche Wanderung machen zu wollen. Also habe ich ihr aufgezählt, wie ich mich fit halte. Viel Laufen, Fitnesscenter und dort ein Krafttraining, Treppen steigen. Außerdem habe ich mich in einer Gruppe für besondere Atemtechniken angemeldet. Viel mehr fiel mir nicht ein, und sie fand das schon mal nicht so schlecht."

„Glaubst du, dass wir dieses Riesenprogramm innerhalb von drei Monaten schaffen?", die Stimme von Regine klang skeptisch.

"Ich glaub schon. Erstens sind drei Monate, wenn man täglich ein Fitnessprogramm durchzieht, viel Zeit. Außerdem waren unsere Reisen nie bequeme Ausflüge ins nächste Café."

Sie lachten und Regine fragte noch: „Wie ist es mit den persönlichen Dingen? Was gehört in den Koffer, was ist unnötig?"

Felix rief scherzend in die Runde: „Ihr Frauen könnt ruhig euren Lippenstift mitbringen", was ihm einen eher strafenden Blick von Regine eintrug.

Lisa ging auf Regines Frage ein: „Du meinst, was in den Koffer gehört? Monira gibt uns noch eine entsprechende Liste, hat mir dann aber schon mal einiges genannt wie: Wanderschuhe und Sandalen, ein warmer Pyjama für die Nacht und Kleidungsstücke, die in Zwiebelmanier an- und ausgezogen werden können. Eigentlich hätte sie das nicht aufzuzählen brauchen, denn das war mir natürlich klar. Allerdings an eine Taschenlampe hätte ich nie gedacht. Vielleicht auch nicht an einen Hut gegen die Sonne. Und einen Schlafsack muss ich mir noch kaufen. Kleine Zelte für je zwei Personen zum Übernachten werden gestellt, aber vielleicht schlafen wir ja eh unter freiem Himmel in unseren Schlafsäcken. Außerdem gibt es zwei Einzelzelte zum Um- oder Anziehen. Und Monira hat noch geraten, viele Feuchtigkeitstücher mitzunehmen und lachend hinzugefügt, auf Luxusbäder müssten wir in diesen Wochen leider verzichten. Ich für meinen Teil werde übrigens keinen Koffer mitnehmen. Ein Rucksack ist viel praktischer und leichter. Außerdem fände ich es ein wenig lächerlich, mit einem Koffer durch die Wüste zu wandern."

Lisa vermied, Philipp anzuschauen, schließlich hatte sie ihn ausgeschlossen aus dem persönlichen Besuch bei Monira, was nicht fair gewesen war. Sie merkte, wie die Spannung in der kleinen Gruppe stieg, so, als würden sich alle erst in diesem Moment bewusst, dass dieses Abenteuer Wirklichkeit werden würde. Gleichzeitig spürte sie das Bedauern derjenigen, die die Reise hatten absagen müssen. Leonor sprach ihnen aus dem Herzen, als sie meinte: „Ich wäre so gern mitgefahren, es ist einfach nur schade."

Lisa legte ihren Arm um Leonor: „Die nächste Reise kommt ganz sicher und unsere Unternehmungen sind doch immer etwas Besonderes." Und fügte dann noch, zu den andern gewandt, hinzu: „Ich nehme noch ein Schreibheft und Kugelschreiber mit und natürlich meinen Fotoapparat."

Im Bus setzte sich Philipp neben sie: „Schade, dass du mich nicht angerufen hast. Hatte das einen besonderen Grund?"

„Nein, Monira hatte nur gesagt, ich solle gleich kommen, da blieb einfach keine Zeit."

„Lisa, ich weiß, dass es nicht deine erste Reise ist und dass du mich eigentlich nicht brauchst. Schließe mich bitte trotzdem nicht aus, ich – ich möchte halt einfach nur mit dir zusammen sein", er legte einen Augenblick seine Hand auf ihren Arm! Sie erschrak darüber, was diese kleine Geste in ihr auslöste, nahm behutsam diese Hand, die so viel Zärtlichkeit zu versprechen schien, legte sie auf sein Knie: „Nicht Philipp, bitte bitte nicht."

Den Rest der Fahrt blieben sie stumm und dennoch hatte Lisa das Empfinden, als wären sie sich sehr nah, zu nah. Sie konnte sich nicht dagegen wehren.

14
Regine

„**W**as für ein tolles Gefühl, nicht in eine leere Wohnung zu kommen." Regine hängte ihren Mantel auf, streifte wie immer sofort ihre Schuhe ab und rief: „Simone, ich bin wieder da."

Die Freundin trat auf den kleinen Flur ihrer gemeinsamen Wohnung und begrüßte Regine mit einem zärtlichen Kuss auf den Mund.

„Schön, dass heute keine Überstunden fällig waren."

„Nein, es war auch so anstrengend genug. Ich hätte nie gedacht, dass es so viele verschiedene Temperamente auf so kleinem Raum geben kann."

„Na, du bist gut – kleinem Raum. In der Gutenberg-Residenz leben immerhin 120 Seniorinnen und Senioren, da stürmt einfach jeden Tag unheimlich viel auf dich ein. Ich sag dir ja immer wieder, such dir einen anderen Job. Mit deiner Ausbildung bekommst du jederzeit Arbeit."

„Mag ja sein und klar, es ist anstrengend, auf alle Wünsche und Beschwerden eingehen zu wollen, aber ich bekomme auch sehr viel Anerkennung. Natürlich könnte ich mit meiner Ausbildung auch eine private psychotherapeutische Praxis aufmachen ..."

Simone lachte laut auf: „Glaubst du, mit seelisch kranken Menschen zu arbeiten, wäre weniger anstrengend?"

Regine hielt einen Augenblick erschrocken den Atem an – das Gespräch nahm keine gute Wendung, wenn sie daran dachte, dass ...

Schnell antwortete sie: „Ich weiß es nicht – mir macht es

einfach Freude, zu spüren, dass oft einfach nur meine An-wesenheit oder eine simple Berührung, ein Lächeln auf das Gesicht eines Menschen zaubert, der im Nebel von Alzhei-mer gefangen ist."

Während die beiden Frauen eng umschlungen ins Wohn-zimmer gingen, meinte sie noch: „Ich habe dir ja von dieser Frau Heinz erzählt, die vor einiger Zeit mit ihren 97 Jahren meinte, ich solle ihr einmal ein paar anspruchsvolle Bücher bringen, sie hätte die Liebesromane in der Bibliothek der Residenz so satt. Sie hat mir heute einen irischen Segens-spruch zugesteckt." Regine kramte in ihrer Hosentasche, zog einen zerknitterten Zettel heraus und las vor: *„Mögen die Grenzen, an die man stößt, einen Weg für Träume offen las-sen."*[6]

Erstaunt fragte Simone: „Warum hat sie das getan und wa-rum gerade einen solchen Spruch?"

„Das hab ich sie auch gefragt und sie antwortete, sie hätte den Eindruck, ich sei im Augenblick überfordert."

„Hast du ihr von deinem bevorstehenden Plan erzählt?"

Klang da ein bisschen Spott aus Simones Stimme? Regine nahm sich vor, das zu überhören und meinte: „Natürlich, sie hat sich auch gleich Bildbände von Marokko bringen lassen und fragt mir ein Loch in den Bauch, wohin in Ma-rokko und wie viele Personen wir wären und warum wir keine Städte besuchen. Das geht mir manchmal schon auf die Nerven. Andererseits finde ich es wirklich lieb von ihr, sich so viel Sorgen um mich zu machen und der Spruch ist sehr schön oder?"

„Stößt du an deine Grenzen? Auch in unsrer Beziehung?"

---

[6] Irischer Spruch

Simone sah die Freundin eindringlich an.

„Quatsch, auch wenn ich ihre Fürsorge rührend finde, kann ich mir nicht erklären, wieso die Frau auf eine solche Idee kommt. Mit dir", behutsam berührte sie Simones Gesicht, zeichnete mit ihren Fingern eine Linie von den Augen über die Wangenknochen bis zu ihrem Mund nach, „mit dir bin ich einfach nur glücklich. Mach dir nicht immer so viele Gedanken. Ich wollte nicht ohne dich sein, mehr noch, ich kann mir ein Leben ohne dich gar nicht mehr vorstellen."

Simone griff mit beiden Händen in Regines braune Lockenpracht: „Mir geht es genauso. Es ist einfach nur schön, dass es dich gibt. Und jetzt essen wir erst mal, ich habe nämlich dein Lieblingsessen gekocht. Anspruchsvoll bist du ja wirklich nicht – Spinat mit Spiegeleiern – da braucht man nicht viel zu kochen. Und dann hast du vielleicht Lust, an deinem Buch weiter zu schreiben?"

„Du meinst mein Kinderbuch über unser kleines Kuscheltier?" Sie trat ans Sofa, hob einen braunen Zottelbär hoch und meinte: „Na, Mäxchen, hattest du auch einen anstrengenden Tag?"

Simone lachte: „Wenn dich jemand hören würde! Du sprichst gerade so mit ihm, als könnte er dich verstehen."

„Mich hört aber niemand und außerdem, er kann mich verstehen. Davon bin ich fest überzeugt. Warum muss man eigentlich immer so ernst sein? Ich weiß zum Beispiel, dass Lisa ganz fest damit gerechnet hat, mich von ihren Wüstenplänen zu überzeugen, weil dann die andern viel eher mitmachen würden. Warum eigentlich?"

„Warum? Du bist vielleicht gut, du strahlst einfach Autorität aus und auch das nötige Verantwortungsgefühl, da hat sie vollkommen recht, wenn sie auf dich zählt und vor allem auf deine Zustimmung."

Als Simone in die Küche ging, um das Essen zu holen, trat Regine ans Fenster ihrer Penthouse Wohnung. Während sie wieder, wie schon so oft, die Spiegelung des verblassenden Sonnenuntergangs in den Scheiben der gegenüberliegenden Bank bewunderte, dachte sie: „Manchmal habe ich Angst – Glück ist etwas so Zerbrechliches."

Wie sehr wünschte sie sich, Simone würde die Reise nach Marokko mitmachen, wusste aber gleichzeitig, dass dies noch viel zu anstrengend für sie war. Wie schön, dass sie wenigstens durch Beschreibungen und die Bilder aus den Büchern ein wenig daran teilnehmen konnte. Und dann träumten sie davon, sich nach langem, anstrengendem Wandern über endlose Weiten, auf die noch warme Erde zu legen und mit dem Sternenhimmel zuzudecken, umgeben von den geheimnisvollen Geräuschen der Nacht.

15

Am Morgen nach dem Ausflug zum Schloss Sayn ging Lisa in ihr kleines Lager im Kellergeschoss. Es schien ihr manchmal, als warteten die dort gehorteten Steine darauf, für eine besondere Aufgabe verarbeitet zu werden. In solchen Momenten schalt sie sich zwar eine törichte Träumerin, denn wie konnten Steine fühlen, denken, warten. Und war trotzdem immer wieder erstaunt, wie sie stets genau den Stein fand, der für die nächste Skulptur, für die geplante Idee am geeignetsten war. Auch heute geschah das gleiche, für sie mit einem unerklärlichen Geheimnis Verbundene, als sie den weißen Macael entdeckte. Sie erinnerte sich an den Tag, als sie ihn aus der Vielzahl unbehauener Steine ausgewählt hatte, den weißen Marmor aus der Nähe von Almeria. Seit mehr als siebenhundert Jahren zierten diese Steine die Alhambra von Granada in Spanien.

Und da stand nun der einzelne Block, aufgetaucht aus der Vergangenheit und bereit für eine Zukunft. Sie hatte keinen Augenblick gezögert, ließ ihn vom Besitzer der Steinmetzerei auf ihren zweirädrigen Schubkarren laden, den sie sich extra für solche Gelegenheiten angeschafft hatte. Gab dem Fahrer des kleinen Transporters ein großzügiges Trinkgeld, der ihn ihr dann bis in ihren Keller gebracht hatte. Damals hatte sie den Stein auf dem Karren stehen lassen, so dass sie ihn jetzt nur hinter sich her zum Aufzug ziehen musste und von dort in die Wohnung. Ein Problem war die schmale Treppe, aber auch dafür hatte sie mit einer fachmännisch angebrachten Hebebühne eine Lösung gefunden. Danach telefonierte sie mit Karl Stamm, dem Besitzer des

Dekorationsgeschäftes ihr gegenüber. Seine beiden Angestellten hatten ihr schon so manches Mal geholfen. „Wir kommen gleich", war die freundliche Antwort am Telefon. Zu zweit hievten sie den Stein auf ihren Bock, schauten sich wie immer sehr interessiert ihre Arbeiten an, gaben ihre Kommentare ab und freuten sich übers Trinkgeld.

Die schwarze Frau, die noch vor Tagen auf diesem Bock geruht hatte und der sie nach Carolines Besuch in ihrem Atelier den Namen Anusara, der sinngemäß „sich im Fluss des Lebens bewegen" bedeutete, gegeben hatte, fand einen neuen Platz – nicht zu übersehen und doch unaufdringlich. Sich im Fluss des Lebens bewegen – war es nicht das, was sie sich auch für sich noch wünschte? Nachdenklich strich sie über diesen Frauenkörper. Ob sich Caroline darüber freuen wird, dass sie sich ihre Erklärungen zum Yoga gemerkt habe?

Als ihre beiden Helfer gegangen waren, ließ sie einige Minuten verstreichen, in denen sie sich ein wenig entspannte, als sie plötzlich das Gefühl hatte, als wollte dieser Macael, dessen Reinheit im frühen Licht besonders intensiv strahlte, wie mit einer geheimen Kraft all ihre Aufmerksamkeit auf sich lenken. Sie spürte den intensiven Wunsch, mit ihm zu sprechen, ihm zuzuflüstern: ‚Hallo, kannst du mich hören? Ich habe dich ausgesucht, um aus dir heraus etwas Wunderbares zu gestalten – bist du damit einverstanden?'

Gleichzeitig empfand sie eine Magie, die von dem Stein auszugehen schien, obgleich er bisher für sie noch nichts anderes verkörperte als einen Traum. Nein, nicht nur Traum – er war mehr, viel mehr – er war ein Zeichen für Unvergänglichkeit. Vor Tagen hatte sie in einem Buch über Mythen eine kleine indonesische Geschichte gefunden, die

sie so sehr berührte, dass sie das Büchlein mit ins Pflegeheim genommen und Lukas daraus vorgelesen hatte. Wollte sie ihn mit diesem Vorlesen mit einbeziehen in ihre
Arbeit, in ihre Träume und Pläne? Leise begann sie

*„Dieser Mythos spielt am Anfang aller Zeit, der Himmel war
noch ganz nah über der Erde.*

*Eines Tages ließ Gott für das erste Menschenpaar seine Gaben an
einer Schnur hinunter. Einmal schickte er ihnen einen Stein, aber
erstaunt und verletzt wiesen die Menschen ihn zurück. Ein wenig später ließ Gott an der Schnur eine Banane hinunter, die
sofort freudig entgegengenommen wurde. Da hörten sie über sich
die Stimme des Schöpfers: „Ihr habt die Banane angenommen,
also wird euer Leben so vergänglich sein wie das einer Frucht.
Wenn ihr aber den Stein gewählt hättet, so wäre euer Leben wie
das des Steins, unveränderlich und unsterblich.[7]"*

Unsterblich! Während sie sich dieser kleinen Parabel erinnerte, überfiel sie eine tiefe Trostlosigkeit. Sie vergrub ihr
Gesicht in beiden Händen. Angst! Tod! Nichts!

Sie hätte Lukas so gern gefragt, ob er dieses Nichts empfinden konnte? Ob er noch Angst hatte? Sie je gehabt hat?

Wieder einmal verdrängte sie diese Gedanken und kehrte
in die Gegenwart, in ihr Atelier zurück. Sie hob den Kopf,
ein Sonnenstrahl, der durch die weit geöffneten Fenster
schien, blendete sie. Und da sah Lisa den Macael in jenem
unwirklichen, eher überirdischen Licht aufleuchten, einem
Licht, das das Gegenwärtige verdrängte. Jede Pore und jede
Kante, jede Schnittstelle und Unregelmäßigkeit strahlte in
einem Glanz, wie sie ihn noch nie wahrgenommen hatte.
Sie erhob sich, ertastete mit bebenden Händen die Oberflä-

---

[7] Indonesischer Mythos

che des Steins, legte ihre Finger in seine Vertiefungen, und ihr schien, als wollte der Stein sein Geheimnis enthüllen. Tränen liefen ihr übers Gesicht, als sie dachte: ‚Ich fühle mich so lebendig, ich sehne mich so sehr danach, aufzubrechen!'

Wohin?

Sie wusste es nicht. Vielleicht in eine neue Gedankenwelt, in fremde Kontinente, in noch nie gelebte Erfahrungen?

Und Lukas ...?

Und Caroline ...?

16

Auf ihrem Handy fand Lisa eine Woche später eine kurze SMS. Ich muss dich sprechen. Caroline.

Das ist aber überhaupt nicht Caros Art. Seltsam! Sie weiß eigentlich, dass sie keine SMS mag. Entweder Telefon oder Mail, aber diese bis ins Unkenntliche abgekürzten Mitteilungen, nein, die mochte sie nicht.

Als sie zurückrufen wollte, war das Handy von Caro ständig ausgeschaltet, nur die Mailbox war an. Deshalb schrieb sie ebenso kurz zurück: „Wann?"

Postwendend kam die Antwort „Komm morgen zu dir."

Also hatte sie die Nachricht gehört? Was war geschehen? Warum die Kürze und warum keinen persönlichen Kontakt?

Caroline kam schon sehr zeitig. Aber da Lisa damit gerechnet hatte, war sie früher als gewöhnlich aufgestanden. Hatte Kaffee gekocht und ein wenig Gebäck hingestellt.

Wortlos ging Caro an der Mutter vorbei, drehte sich dann abrupt um und sagte mit mühsam unterdrücktem Zorn: „Ich war im Marienstift!"

Am liebsten hätte Lisa geantwortet: „Na und." Aber sie wartete ab, was kommen würde.

„Ich habe mit Professor Zimmer gesprochen, der einige frühere Patienten besucht hat."

„Und? Gibt es etwas Neues? Das müsste dann aber sehr unvorhergesehen geschehen sein, denn ich war erst gestern bei deinem Vater."

„Nein, Neuigkeiten gibt es nicht. Es sei denn, du empfindest die Tatsache, von der du schon lange gewusst hast, nämlich dass Papa auch zu Hause hätte gepflegt werden können, als Neuigkeit. Dass es diese andere Möglichkeit auch gegeben hätte, habe ich im Stift von Professor Zimmer erfahren."

Lisa spürte, wie die Beine unter ihr nachzugeben drohten. Nun war es also geschehen. Sie hätte Caroline so gern verschwiegen, dass zwei Lösungen möglich gewesen wären. Sie ließ sich auf einen Sessel sinken und sagte: „Ich wollte nicht, dass du dies erfährst. Ich wollte nicht, dass wir beide mit dem Zweifel weitergelebt hätten, ob die oder jene Entscheidung richtiger gewesen wäre."

„Die oder jene Entscheidung! Machst du Witze? Es hätte für mich nur eine einzige Entscheidung gegeben."

Bitter dachte Lisa: Klar, du ziehst hier aus, und ich bin den ganzen Tag ans Haus gefesselt, vielleicht Monate oder gar Jahre!

Laut sagte sie: „Ich fühlte mich nicht in der Lage, diese Verantwortung zu übernehmen."

„Aber er ist dein Mann! Du hast ihn einfach der Pflege anderer überlassen! Hast nur an dich gedacht!"

„Caroline, es reicht", Lisa war aufgesprungen. „Deine Vorwürfe kannst du dir sparen. Oder hättest du Berlin abgesagt, um mit mir die Pflege deines Vaters zu übernehmen? Hättest du auf irgendetwas verzichtet? Wärst du nicht zu Amelie gezogen, weil dein Vater hier gelegen hätte? Weißt du, was es bedeutet, Tag und Nacht bereit sein zu müssen? Für seine Ernährung sorgen. Für seine Verdauung. Ihn zu waschen und zu windeln. Die Urinbeutel zu leeren. Ihn alle zwei Stunden anders zu betten, damit er sich nicht wund liegt trotz der Sonderanfertigung seiner Matratze? Kannst du dir das überhaupt vorstellen? Und obendrein die Angst, irgendetwas falsch zu machen, der Aufgabe und vor allem der Verantwortung nicht gerecht zu werden? Ich habe nicht Medizin studiert, ich habe keine pflegerischen Erfahrungen."

Caroline blickte ihre Mutter verächtlich an. „Das mag alles stimmen, aber wenn ich einen Menschen liebe, hätte ich mir diese Kenntnisse eben angeeignet. Du hättest dir tagsüber eine Schwester dazu holen können. Nein, gib es einfach zu. Du wolltest frei sein. Du wolltest diese Verpflichtung nicht. Du wolltest deine Reisen, deine Kunst, deine Zeit für dich."

„Selbst wenn es so wäre, was ist daran so schwer verständlich? Ich war 47, als dieser Unfall passierte. Jahrelang kannte ich nichts anderes als meine Zeit am Bett meines Mannes zu verbringen. Ich konnte verstehen, dass du das Leid, deinen geliebten Vater so da liegen zu sehen, nicht ertragen konntest und deshalb immer seltener ins Krankenhaus kamst. Ich wollte bei ihm sein. Ich hoffte, ihm meine Kraft geben zu können. Ich wartete auf ein Lebenszeichen, Stunde um Stunde. Ich betete und fluchte und weinte und klammerte mich an all die positiven Geschichten, die ich über diesen Zustand im Internet recherchiert habe – aber nichts geschah. Ich war allein! Ganz allein! Ich hatte niemanden. Begreifst du das nicht? Niemanden! Und so sollte es den Rest meines Lebens weitergehen? Nein, das konnte ich nicht ertragen. Du kannst meine Entscheidung akzeptieren oder auch nicht – ich jedenfalls konnte einfach nicht mehr. Nach der endgültigen Diagnose von Professor Zimmer habe ich sehr lange nach einem guten, einem gepflegten und schönen Heim für Lukas gesucht. Gott sei Dank hat mir der Professor Zeit für die Suche gelassen. Mir – nicht uns! Dich wollten wir damit nicht belasten. Bitte, versuch wenigstens, mich zu verstehen."

Lisa merkte, wie flehend ihre Stimme klang. Das wollte sie nicht, nein, sie möchte ihre Tochter nicht anflehen, ihre Handlungsweise zu begreifen. Dafür verbindet sie viel zu viel, sie muss, sie wird ihre Mutter verstehen!

Caroline drehte sich nur um, schnappte sich ihren kleinen Rucksack und wandte sich zum Gehen. „Ich dachte, Papa wäre deine große Liebe. Ich dachte, eine Ehe bedeutet, alles miteinander zu teilen. Wie heißt es so schön: Freud und Leid! Offensichtlich hat deine Liebe für die Freude gereicht, aber nicht fürs Leid."

Lisa stellte sich ihrer Tochter in den Weg.

„Caroline, dein Vater war mit dir zusammen das Ein und Alles in meinem Leben. Aber er kennt uns nicht mehr! Sein Leben, wenn man es überhaupt so nennen will, spielt sich in Zonen ab, in die ich nicht vordringen kann. Er existiert nur noch, aber ich lebe! Du gehst in deine Zukunft, und ich bin stolz darauf, wie du das bewältigst. Und ich? Auch ich muss in meine Zukunft gehen. Und die kann nicht aus Selbstaufgabe und Einsamkeit bestehen. Ich glaube auch nicht, dass du mir das wünschst. Einsame Tage. Leben in der Vergangenheit. Das kannst du einfach nicht von mir verlangen."

Caroline schob sie ungeduldig zur Seite. „Lass mich durch. Was ich denke, interessiert dich sowieso nicht. Du tust wie immer eh das, was du für richtig hältst."

Lisa starrte ihre Tochter entgeistert an. „Das ist nicht dein Ernst. Über mich, über dich hat das Schicksal entschieden. Ich hatte einen wunderbaren Mann und du einen Vater, wie ein Kind ihn sich nur wünschen kann. So wird es nie mehr sein. Auch wenn du solche Gedanken ablehnst, du weißt so gut wie ich – sollte er eines Tages aufwachen, wogegen alle Tatsachen sprechen, bleibt sein Gehirn so schwer geschädigt, dass wir für ihn auch dann nicht mehr existieren!"

Caroline stürmte an ihr vorbei zur Tür, riss sie auf und stieß wütend hervor: „Ich verstehe dich nicht. Nein! Du hast Papa abgeschoben. Und das willst du nicht zugeben."

Die Tür fiel mit einem lauten Knall ins Schloss.

Lisa blieb wie betäubt zurück. Suchte Halt. Hatte das Empfinden, als sei in diesem Moment ihre ganze Welt untergegangen. Hastig trat sie ans Fenster. Zerrte ungestüm am Fenstergriff. Wollte rufen, als Caroline aus dem Haus stürzte, mit einer Passantin zusammen stieß, sich aber nicht mit einer Entschuldigung aufhielt, sondern davon rannte. Lisa brachte keinen Ton heraus.

Erregt ging sie ins Zimmer zurück. Was hatte sie nur falsch gemacht? Ihre Tochter und so viel Egoismus! Egoismus? Nein, das ist es nicht. Es ist kindliches Aufbegehren gegen Unabänderliches.

Aber das Wort „abgeschoben" dröhnte in ihrem Kopf wie ein von Donnerstimme gesprochenes Urteil.

Unversehens erfüllte sie ein unbändiger Zorn, den sie laut herausschrie: „Soll ich etwa auf Abruf bereit stehen? Kein eigenes Leben mehr führen dürfen? In trauernden Erinnerungen verharren? Leb ich nicht genauso wie du? Hab ich kein Recht darauf zu fühlen, zu lieben und noch etwas anderes in meinem Dasein zu haben als Besuche im Pflegeheim, meine Arbeit und ansonsten darauf zu warten, dass mich meine Tochter braucht?"

Ihre Wut brach so rasch in sich zusammen, wie sie gekom-

men war. ‚Lukas – du weißt, ich habe dich nicht abgeschoben. Ich habe so verzweifelt nach einem Weg gesucht, für
dich, aber auch – für mich.'

17

Kein Wort von Caroline. Was hatte sie auch erwartet? Was?

Ein wenig Verständnis. Die Absicht, einzulenken. Vielleicht sogar die Erkenntnis, dass die Mutter nicht anders hatte handeln können?

Von Schwester Gertrud vom Marienstift hörte sie, dass Caroline seit neuestem öfter zu ihrem Vater kam, sich aber immer die Tage aussuchte, an denen sie sicher sein konnte, ihrer Mutter nicht zu begegnen. Lisa respektierte diesen Wunsch, vor allem deshalb, um keine Auseinandersetzung in der Nähe von Lukas zu riskieren.

Die Besuche im Marienstift verliefen meist in bleierner Gleichförmigkeit. Manchmal suchte sie noch nach einer kleinen Änderung im Dasein von Lukas, fand aber nichts, was auf irgendeinen Wechsel hingedeutet hätte. Das Zimmer erfüllt vom rasselnden Geräusch des Beatmungsgerätes, dem Aufleuchten der Werte des Monitors. Der Geruch von Putzmitteln und Waschlotions. Von der Straße drangen Stimmen, fern, als wagten sich die Töne nicht ins Zimmer.

Sie wollte Lukas von ihrem Alltag erzählen, aber alles schien hier so unwichtig.

Was sie erfüllte, was ihr wichtig war, was sie bewegte, erstarrte in dieser Umgebung, als hätte sie kein Recht auf ein Eigenleben. Schon oft hatte sie versucht, von ihren Wüstenplänen zu sprechen, so, als wollte sie seinen Rat zu diesem Unternehmen. Aber die Worte blieben ihr in der Kehle stecken. Sinnlos – das war das Gefühl, das durch ihre Adern floss, sich in ihrem Kopf festsetzte.

Bitte lieber Gott oder wer auch immer, mach, dass ich Lukas nicht eines Tages hasse.

Sie erschrak über ihre Gedanken, legte ihr Tränen überströmtes Gesicht in die leblose Hand ihres Mannes. Schuld! Weil sie leben wollte? War es das, was sie verstummen ließ? Was es ihr unmöglich machte, ihn wenigstens in Worten an ihrem Leben teilnehmen zu lassen? Teilnehmen? Immer noch geisterten diese Worte gleich Spiegelbildern von Lebendigkeit durch ihre Gedanken, wenn sie bei ihm saß.

Schuld! Gab es keinen Freispruch? Am liebsten würde sie einmal wochenlang nicht hierher kommen. Wagte es nicht.

Ihr fiel das Gedicht von Kathrin Tiedemann ein, das, als sie noch ein junges Mädchen gewesen war, jahrelang in ihrem Zimmer eingerahmt an der Wand gehangen hatte.

Du bist stärker[8]
Jedes Mal, wenn du schweigst und den Ärger runterschluckst
wirst du ein Stückchen kleiner.
Jedes Mal, wenn du denkst, du könntest nichts ändern
wirst du ein bisschen glatter
ein bisschen mehr so, wie sie dich haben wollen.
Angepasst und leicht zu handhaben!
Mit jedem Schweigen und Runterschlucken
entfernst du dich von dir selbst, bekommt dein Rückgrat einen
Knacks
bis eines Tages nichts mehr übrig ist,
was sie brechen könnten.
Dann ist es zu spät!

---

[8] Kathrin Tiedemann „du bist stärker"

90

Zeig ihnen, dass du lebst, wie du leben willst,
zieh die Konsequenzen und übernimm die Verantwortung
Du bist stärker

Nach diesem Besuch bei Lukas veränderte sich ganz langsam ihr Erinnern. Es gab sie nicht mehr, die Flucht in gemeinsam mit ihm erlebte Stunden, in Glücksgefühl und Zusammengehörigkeit. Sie spürte, dass sie sich immer weiter entfernte und blieb dennoch oft bis spät in der Nacht bei ihm sitzen, eingesponnen in das Nichtsein des Mannes, der regungslos vor ihr ruhte.

Wenn Lisa nach solchen Tagen endlich zu Hause ankam, schien ihr jeder Raum eiskalt, leer und einsam. Nur in ihrem Atelier spürte sie noch Lebendigkeit, aber wie etwas Fremdes, nicht ihr Gehörendes.

18

Der Anruf kam am zweiten Weihnachtsfeiertag. ‚Wer ruft mich denn heute an?'

Neugierig nahm Lisa das Telefon von der Station. Caroline wird es sicher nicht sein!

Die vergangenen beiden Tage waren eine Qual gewesen. Eingeschlossen in Traurigkeit, Ratlosigkeit und Alleinsein. Die Wohnung ungeschmückt. Kein Kerzenlicht flackerte über Wände. Füllte nicht die Räume mit Wärme und Festlichkeit.

Sie ging an beiden Tagen ins Marienstift, hielt Lukas' Hand, wollte ihm von früheren Weihnachtsfeiern erzählen. Davon, wie sie gemeinsam ihr Haus für dieses Fest geschmückt hatten. Vom Tannenbaum, der nach den Feiertagen immer sein Leben im Garten fortsetzen konnte. Aber sie blieb stumm, legte nur auf dem kleinen CD-Player neben seinem Bett das Weihnachtsoratorium von Franz von Suppé auf, das sie beide einst im Autoradio gehört hatten und so begeistert davon gewesen waren, dass sie einfach auf einen Parkplatz gefahren und im Auto sitzen geblieben waren, um es bis zum Ende zu hören. Und die CD beim Nachhause kommen sofort bestellt hatten.

Vom Gang drangen die Stimmen von Familienangehörigen. Der Besucherstrom war an Feiertagen immer besonders groß. Beruhigung des schlechten Gewissens?

Oder doch Liebe für die Angehörigen?

Was trieb sie selbst hierher?

Auf dem Weg nach Hause kaufte sie sich beide Male in einem kleinen Restaurant eine Pizza. Gleichgültig welche.

Saß stundenlang im nur von der Straßenlaterne erleuchteten Wohnzimmer. Antriebslos. Tatenlos.

Und jetzt das Läuten des Telefons. Eine ihr wohlbekannte Stimme meinte: „Ich wollte dir ein frohes Fest wünschen."
Froh? Ach Philipp!
Aber sie sagte diese Worte nicht laut, sondern bemühte sich, ihre Stimme zwanglos klingen zu lassen. „Das wünsche ich dir auch. Bist du in Konstanz"?
Irgendwann hatte er ihr erzählt, dass er am Bodensee wohnte, aber sehr häufig nach Mainz käme, vor allem, nachdem er Teil ihrer Reisegruppe geworden war. Sie glaubte ihm diese Begründung nicht ganz, fand aber die Idee, er könnte ihretwegen so oft hierher kommen, auch wenig glaubhaft.
„Ich bin in Mainz. Aber was ist los, deine Stimme klingt nicht nach fröhlicher Weihnacht. Bist du krank? Klappt was nicht mit unseren Plänen?"
„Das sind ja viele Fragen auf einmal. Weihnachten war für mich noch nie das sogenannte ‚Frohe Fest'. Ich mag es nicht, wenn ich an irgendeinem bestimmten Datum dazu gezwungen werde, fröhlich, traurig oder sonst wie zu sein."
„Nun, ich nehme an, du bist nicht allein. Du hast gewiss Familie!" Das war ein ziemlich plumper Versuch, mehr über ihr Privatleben erfahren zu wollen. Bisher hatte sie strikt zwischen privat und ihrer Tätigkeit als Reiseleiterin getrennt. Und so sollte es auch bleiben. Sie brauchte kein Mitleid. Von Lukas sollte er jedenfalls vorläufig nichts erfahren.
So antwortete sie nur: „Meine Tochter ist bei ihrer Freun-

din. Und du – hast du denn keine Familie, die dich heute bei sich erwartet?"

„Ich habe keine Kinder und meine Frau – meine Frau ist vor zwei Jahren gestorben."

„Oh, das tut mir leid." Sie wusste nicht, was sie noch sagen sollte, die Situation war zu eindeutig. Zwei die einsam waren. Da kommt bestimmt noch mehr. Sie lächelte über die rasche Frage von Philipp: „Hast du Lust, heute Abend mit mir essen zu gehen?"

Blitzschnell lief vor Lisa der Film ihres kommenden Abends ab, wenn sie nein sagte. Er würde nicht viel anders sein als die beiden letzten. Warum also nicht? Damit vergab sie sich nichts. Also sagte sie zu.

„Ich hol dich in deiner Wohnung ab."

Ganz sicher nicht, war Lisas spontaner Gedanke. Rasch sagte sie: „Treffen wir uns doch besser am Domplatz. Dann suchen wir das Restaurant aus, das uns am besten gefällt."

Sie legte das Telefon auf die Station zurück, erhob sich, spürte, dass ein wenig ihrer Lebendigkeit zurückkehrte, als sie ihren Kleiderschrank nach der passenden Garderobe für den Abend inspizierte.

Am Domplatz schlug Philipp vor, zum Bassenheimer Hof zu gehen.

„Der ist aber nicht gerade billig", wandte Lisa zögernd ein.

„Macht nichts. Ich beichte es lieber gleich – ich habe dort schon einen Tisch bestellt. Man hat mir nämlich gesagt, dass es sonst ziemlich schwer wäre, an einem solchen Abend auch nur noch einen Stuhl, geschweige denn einen Tisch zu bekommen."

Lisa fühlte sich zu ihrer eigenen Überraschung nicht überrumpelt, obgleich sie es überhaupt nicht mochte, dass man

Entscheidungen ohne sie traf. Aber es war schon so lange her, dass irgendjemand irgendetwas für sie entschieden hatte, und so empfand sie Philipps Vorschlag eher als verwöhnt werden. Er hakte sich sofort bei ihr unter. Sie merkte, dass sie sich unwillkürlich versteifte, musste lächeln und passte ihren Schritt dem seinen an, als sie die Ludwigstraße in Richtung Schillerplatz entlang gingen.

Nach einer Weile fragte er zögernd: „Verzeih mir meine Frage, aber du hast vorhin eine Tochter erwähnt! Die hat doch sicher einen Vater?"

Was sollte sie bloß machen? Sie wollte ihm nicht von Lukas sprechen, aber lügen mochte sie auch nicht. Also antwortete sie so ruhig sie konnte: „Ja, den gibt es. Aber davon möchte ich nicht sprechen."

„Entschuldigung. Ich wollte nicht neugierig oder aufdringlich sein", war die schnelle Antwort von Philipp. Lisa musste ein Lächeln unterdrücken, denn warum, wenn nicht aus Neugierde, stellte er seine Fragen?

Im Bassenheimer Hof herrschte festliche Stimmung. Ein Tannenbaum strahlte im Lichterglanz, auf den weiß gedeckten Tischen standen Kerzen und Blumengebinde, die Unterhaltung der Gäste klang gedämpft herüber, so dass man selbst auch die Chance hatte, sich zu unterhalten, was bei vielen anderen Restaurants heute nicht mehr der Fall war.

Lisa war zum ersten Mal hier. Ihr gefiel die Wahl des Restaurants, und so vertiefte sie sich voller Lust in die Speisekarte. Philipp hatte als Aperitif Sekt bestellt, lächelnd prosteten sie sich zu.

Und danach: Schweigen.

Lisa suchte verzweifelt nach einem neutralen Gesprächsstoff, wurde allerdings von Philipps Blicken, seinem Lächeln und der Zärtlichkeit in seinen Augen zu Gefühlen verführt, die sie so einfach nicht zulassen wollte. Wirklich nicht? Ablenkend fragte sie rasch: „Was machst du eigentlich neben dem Reisen in deinem Rentnerdasein?"

„Wieder dieses schreckliche Wort, da fühl ich mich gleich zehn Jahre älter. Aber was deine Frage betrifft: Ich schreibe an einem Buch."

„Ein Buch! Toll! Über was? Einen Roman? Oder einen Krimi? Oder vielleicht etwas ganz anderes?"

Er lachte: „Ein Krimi ist es nicht. Aber, wenn ich es mir recht überlege, dem Thema ‚was ist Zeit' nachzugehen, kann schon zu einem Krimi werden."

Lisa fragte verblüfft: „Über die Zeit? Ein ziemlich umfangreiches Thema. Welche Zeit meinst du denn? Die menschliche Lebensdauer? Die Zeit nach dem Sterben und Tod? Die Zeit seit Bestehen der Erde? Oder die Zeit des Universums? Aber – wie hältst du das Nichts oder das Alles fest?"

Philipp strich sich über seinen Bart, den er sich neuerdings wachsen ließ und merkte, dass es gar nicht so leicht war, sein Vorhaben in klare Worte zu fassen. Als er ansetzte: „Das sind viele Überlegungen und Ausgangspunkte auf einmal. Es liegt mir so viel dran, dass du verstehst, was ich sagen, bzw. schreiben möchte ...", unterbrach der Kellner die Unterhaltung und fragte nach ihren Getränkewünschen. Es entspann sich eine angeregte Diskussion über Wein und Philipp entschied sich, nachdem er Lisa gefragt hatte, zur Vorspeise für einen Monopol und für den Rest des Menüs für einen Vega Sicilia. Lisa verstand von Wein wenig bis gar nichts, sah aber am schwärmerischen Blick, mit dem der Kellner die Bestellung aufnahm, dass Philipp wohl etwas Außergewöhnliches gewählt hatte.

Nachdem der Kellner gegangen war, griff Philipp den Faden wieder auf und meinte: „Zeit, es gibt keine Zeit des Universums, es gibt auch keine Zeit nach der Zeit. Mich interessiert die Zeit als Vorgang – das Nacheinander. Das Unabänderliche. Vor allem das nicht Wiederholbare. Ich geb's zu, das Thema ist eine Herausforderung."

Seine Stimme klang immer drängender, als er fortfuhr: „Das Geheimnis ‚Zeit'. Es hat mich seit jeher gefesselt. Schon meine Diplomarbeit habe ich über die Bedeutung der Zeit geschrieben, wie ich sie sehe, also nicht unbedingt etwas Neues für mich. Allerdings ist es was völlig anderes, ob ich mit 20 darüber schreibe oder mit 56. Ich sagte eben ‚Herausforderung'. Ist es wohl auch, denn sollten wir nicht, unserem Geist zuliebe, versuchen, etwas bisher Ungelöstes ergründen zu wollen? Und die Zeit ist noch nicht ergründet!"

Er merkte, dass gerade der Lehrer mit ihm durchgegangen war und schwieg verlegen. Er empfand es in diesem Augenblick fast als erlösend, dass die cremige Knoblauchsuppe serviert wurde und er den Weißwein probieren konnte. Entschuldigend sagte er dann: „Das Thema ist nicht unbedingt das Richtige für ein gemütliches Abendessen. Aber du hast mich gefragt, was mir wichtig ist. Und dieses Buch nimmt meine gesamte Freizeit in Anspruch. Außer natürlich die Reisen mit dir."

Wieder dieses Lächeln. Lisa flüchtete sich in den Genuss der Suppe. Nach einer Weile fragte Philipp:

„Und was machst du außer reisen?"

Da waren sie wieder, die persönlichen Fragen, auf die sie am liebsten nicht geantwortet hätte. Aber das wäre unfair, also antwortete sie zwischen zwei Löffeln Suppe: „Ich arbeite mit Steinen."

„Ja, so was hast du in Schloss Sayn schon angedeutet. Aber wie kann ich mir das vorstellen?"

Wie soll ich ihm nur erklären, was für mich an meiner Arbeit so wichtig ist? Zögernd fing sie an: „Ich mache Skulpturen."

„Was! Du bist Bildhauerin?"

„Nein – ja, das wäre eine Übertreibung, ich arbeite halt mit Steinen, erschaffe Figuren, versuche sogar so manchen Traum in meinen Arbeiten Wirklichkeit werden zu lassen."

„Beide arbeiten wir kreativ. Nicht nur das Reisen verbindet uns also!"

Sie hätte so gern wieder gesagt: Bitte, Philipp, sprich nicht weiter. Aber dafür war es schon zu spät.

„Lisa, du weißt, dass ich nicht nur der Reisen wegen immer mit deiner Gruppe unterwegs bin."

Sie sah ihn mit einem gequälten Lächeln an:

„Philipp, lass es bei der Reisebekanntschaft und manchmal einem Treffen wie heute Abend. Mehr geht nicht, und ich möchte dir nicht den Grund sagen."

An seinem Gesichtsausdruck erkannte sie seine Enttäuschung, aber, zumindest äußerlich, schien er ihre Antwort zu respektieren.

Schweigend genossen sie die Vorspeise – ein Thunfisch-Carpaccio mit Blutorange.

„Schmeckt es in all euren Restaurants so köstlich oder nur hier?"

„Nein, ich glaub nicht, hab aber auch kaum Vergleichsmöglichkeiten. Ich kann mir diese Restaurants nicht leisten. Aber schließlich ist Weihnachten. Also war deine Idee mit dem Bassenheimer Hof genau das Richtige. Wir lassen uns einfach ein wenig verwöhnen."

Einen Augenblick legte Philipp seine Hand auf Lisas Hand. Erinnerung – Sehnsucht.

Rasch lenkte sie ab: „Erzähl mir bitte weiter von deinem Buchprojekt, magst du?"

„Du merkst schon, dass du ablenkst? Aber gut, sprechen wir von der Zeit, die vielleicht auch einmal zwischen uns etwas ändern wird. Du hast nach dem Alles und Nichts gefragt. Gegenfrage: Was meinst du mit dem Nichts? Wenn ich über Zeit nachdenke, gehört sie für mich ausschließlich zum menschlichen Dasein. Ansonsten bin ich überzeugt davon, dass es nach unserer Zeit, also nach unserem Leben auch noch etwas gibt. Das Nichts, nein, das kann ich mir nicht vorstellen. Es gibt so viel, wofür wir keine Begriffe haben, weil sie außerhalb unseres Denkens liegen."

„Ich beneide dich um diesen Glauben", wie unsicher ihre Stimme klang.

„Warum beneiden! Wenn ich nicht von einem Nachher überzeugt wäre, hätte ich ganz schreckliche Angst vor dem Tod."

„Hab ich ja auch", flüsterte Lisa und wusste gleichzeitig, dass sie im Begriff war, die von ihr gesetzte Grenze zwischen ihnen zu überschreiten, da diese letzten Worte zu viel von ihr preisgaben.

Aber Philipp machte es ihr leicht, indem er nicht auf ihre Bemerkung einging, sondern eindringlich fortfuhr:

„Lisa, unser Leben hier kann einfach nicht alles gewesen sein. Es muss noch etwas anderes geben. Ich denke dabei an Sokrates und seine Rede kurz vor seinem Tod durch den Schierlingstrunk. Er meinte, zu allem gibt es immer auch das Gegenteil. Zum Ungeraden das Gerade, zur Unsicherheit die Sicherheit und zum Leben …?"

"Den Tod", ergänzte Lisa leise.

„Ja, aber zum Tod auch wieder das Leben! Das bestätigt mich in meinen eigenen Gedanken. Aber genug davon, ich möchte ja auch noch bei anderen Treffen mit dir was zu erzählen haben." Es sollte wohl ein Scherz sein, klang dafür aber viel zu ernst.

Lisa hob ihr Glas, trank einen Schluck von dem wunderbaren Rotwein, wartete bis der Kellner den Hauptgang serviert hatte. Sie spürte, dass sie nun an der Reihe war, ein wenig von sich zu erzählen. Sie sprach von ihrem Atelier, von ihrer letzten Arbeit, ohne auf die damit verbundenen seelischen Probleme einzugehen und von dem Schmetterlingserlebnis in Schloss Sayn: „Als ich das beobachtete, dachte ich, dass dies meine nächste Arbeit sein würde. Dieser Kampf ums Geborenwerden, um die Selbständigkeit bis hin zum befreienden letzten Schritt, in diesem Fall dem des Davonfliegens."

„Muss ich wohl, obwohl – auch ich habe zum ersten Mal über mein Buchprojekt gesprochen, also verstehen kann ich es schon. Aber … würdest du mir irgendwann einmal dein Atelier zeigen?"

„Gern", so spontan hatte sie gar nicht antworten wollen.

Nach Stunden begleitete Philipp sie noch zu ihrer Wohnung. „Du musst hier einen wunderbaren Blick zum Dom haben, stimmt's?"

„Ja. Gute Nacht Philipp und vielen Dank für den wunderschönen Abend."

Mit einem zärtlichen Handkuss verabschiedete er sich, und Lisa war froh, als sie die Haustür hinter sich und dem Sog verführerischer Wünsche schließen konnte.

Langsam stieg sie die Treppen hinauf: Warum wehrte sie sich so gegen Philipp? Sie schloss die Wohnungstür auf, empfand wieder einmal die Leere, die sie empfing, als etwas Unerträgliches. Sie zog ihren Mantel aus, betrachtete sich kurz im Spiegel des kleinen Flurs. Ich will mich nicht länger wehren, ich möchte ... ja was eigentlich?

Sie betrat ihr Wohnzimmer, schaltete kein Licht an, die Weihnachtsbeleuchtung auf der Straße und dem Platz vor dem Haus erfüllte den Raum mit schummriger Helligkeit. Erregt ließ sie sich auf ihre Ottomane fallen. ‚Lukas – bitte, ich möchte so nicht weiterleben. Ich sehne mich, ich sehne mich so sehr nach dem Geschmack von Küssen, nach zärtlich streichelnden Händen, nach dem erregenden Beben ganz tief in meinem Körper. Einmal wieder vor Lust stöhnen, einmal wieder einfach nur lebendig sein. Ich werde Philipps Werben nachgeben, Lukas. Irgendwann – und ich will mich nicht länger schuldig fühlen.'

19

Caroline stand am Fenster und blickte in den kahlen Volkspark. Es war ein grauer Januartag – vom Horizont schob sich ein bleierner Himmel über die Landschaft. In der Ferne das Dröhnen eines Flugzeugs. Amelie saß in dem einzigen Sessel, den sie sich neben einer Couch angeschafft hatten, umgeben von gepackten Kisten.

„Caroline, so geht es nicht weiter. Wo ist dein Elan geblieben, die Vorfreude auf Berlin. Und wo das Glücksgefühl, etwas ganz Neues zu erleben?"

Amelie erhob sich, trat hinter Caroline und legte ihr die Hand auf die Schulter.

"Was soll ich nur machen?", stammelte Caroline. „Ich bin so enttäuscht, und … mir tut alles weh!"

Sie dachte immer wieder an das Gespräch mit ihrer Mutter, so als würde es gerade stattfinden. Dabei war es schon anderthalb Monate her.

Leise sagte sie: „Anderthalb Monate. Noch nicht mal an Weihnachten habe ich mich gemeldet. Nie hätte ich gedacht, dass wir uns so lange nicht sehen, nichts voneinander hören würden."

"Dann mach endlich Schluss mit diesem Schweigen zwischen dir und deiner Mutter. Nur du kannst das. Sie versucht, mit dir Kontakt aufzunehmen, aber du gehst weder ans Telefon noch an dein Handy", schimpfte Amelie.

"Ist das so schwer zu verstehen?", entgegnete Caroline trotzig. "Seit dem Unfall meines Vaters belügt sie mich schon. Sie erzählt mir nicht, dass Professor Zimmer von den beiden Möglichkeiten gesprochen hatte – meinen Vater zu

Hause oder in einem Heim zu pflegen. Und warum hat sie ihn dann ins Heim gegeben? Sie haben mich mein ganzes Leben lang glauben lassen, dass das zwischen ihnen die große Liebe sei. Aber so war es nicht. Sie schiebt ihn ab – sie schiebt ihn einfach ab! Und redet nicht mit mir, hat kein Vertrauen."

Etwas spöttisch unterbrach Amelie die Freundin: „Du siehst ja selbst, welche Katastrophe dieses Vertrauen ausgelöst hat."

Ihr Tonfall wurde weich und sie streichelte Carolines Arm. „Schau mal, seit dem Kindergarten sind wir beide die besten Freundinnen. Wir kennen uns so lange und so gut, und ich erinnere mich noch daran, wie sehr du bei dem Unfall deines Vaters gelitten hast, wie sehr du ihn auch heute noch vermisst. Und wie ungerecht dir das Leben erscheint. Die vielen Tränen, deine Wut, deine Verzweiflung und all unsere Gespräche, ich werde sie nie vergessen. Aber – meinst du nicht, dass deine Mutter genauso gelitten hat wie du?"

„Gerade deshalb kann sie Papa nicht einfach abschieben!" Energisch wurde ihr Jammern von ihrer Freundin unterbrochen: „Lass endlich mal das Wort ,abschieben'. Das hat sie nicht getan. Jahrelang ist sie täglich ins Krankenhaus gegangen, hat sich um ihn gekümmert, saß den ganzen Tag an seinem Bett, verzichtete auf ihren Beruf, auf ihre Reisen, auch auf ein normales Leben mit dir!"

„Amelie, es gibt noch Hoffnung. Wenn Papa heute zu sich kommt, wenn er aus dem Koma erwacht – was muss das für ein Gefühl sein, wenn er merkt, dass sie ihn nicht zu Hause hatte haben wollen!"

„Verdammt Caroline", die Freundin wandte sich ab und

setzte sich auf die Lehne des Sofas. Das tat sie immer, wenn sie kurz davor war, die Wohnung zu verlassen. „Caro – du bist kein Kind mehr. Du meinst, solange Lisa ihre Rolle als deine Mutter und Frau deines Vaters nach deinen Vorstellungen und Erwartungen erfüllt, kann sie sich deiner Liebe und Aufmerksamkeit immer gewiss sein. Aber ihr eigenes Leben darf sie nicht leben! Dann bestrafst du sie, indem du kein Wort mehr mit ihr redest?"

„Das habe ich nicht gesagt", erwiderte Caroline leicht gereizt. „Sie lebt ja ihr eigenes Leben. Sie hat ihre Reisen, ihre Kunst. Ist das nicht Leben, ist das nicht genug?"

„Willst du deiner Mutter etwa vorschreiben, was genug ist und was nicht? Glaubst du, ein Recht dazu zu haben?"

Als Caroline nicht antwortete, fuhr Amelie fort: „Was verlangst du eigentlich von deiner Mutter? Dass sie sich lebendig in ihren Erinnerungen begraben lässt? Du machst dir was vor, wenn du glaubst, dass nach all diesen Jahren das Leben wieder ganz normal weiter gehen könnte, wenn dein Vater aus dem Koma aufwachen würde. Und das weißt du auch! Die Chancen stehen so schlecht – warum willst du das nicht endlich einsehen? Deine Mutter hat es erkannt. Deine Mutter hat sich fürs Leben entschieden, ohne Lukas zu vernachlässigen. Reicht dir das nicht? Wäre es dir lieber, sie würde sich aufgeben? Dann hättest du nicht nur den Vater, sondern auch die Mutter verloren. Ist es das, was du willst?"

„Ich brauch einfach noch etwas Zeit", war Carolines einzige Antwort auf Amalies Worte.

„Zeit? Wozu?", fragte Amelie, während sie den Reißverschluss der Jacke hochzog und sich einen Schal um den Hals wickelte. „Um dich daran zu gewöhnen, dass deine

Mutter Recht hatte, dass es gar keinen anderen Weg für sie gegeben hat? Braucht man dafür Zeit? Oder meintest du noch mehr Zeit, um zu schweigen und deiner Mutter damit zu verstehen geben, wie sehr sie dich verletzt hat?"

Caroline ging nicht auf Amelies Antwort ein, fragte stattdessen leise: „Musst du heute unbedingt zu diesem Termin?"

„Tut mir sehr leid, ich würde wirklich lieber bei dir bleiben, aber ich muss da hin. Vielleicht ist es auch besser so. Ich habe dir meine Meinung gesagt. Überleg's dir, ob du wirklich nach Berlin gehen willst, ohne vorher mit deiner Mutter zu sprechen."

Und ein wenig maliziös fügte sie hinzu: „Du weißt ja, wo das Telefon steht und die Nummer deiner Mutter wirst du wohl noch auswendig können."

Caroline sah ihrer Freundin nach, wie sie nach einer kurzen, aber liebevollen Umarmung die Wohnungstür hinter sich zuzog. Amelie war immer für sie, Caroline, da gewesen, und sie sehnte sich jetzt schon danach, sie in ein paar Stunden wieder zu sehen, um mit diesem Durcheinander ihrer Gefühle nicht allein zu sein.

Entmutigt ließ sie sich auf die Couch sinken. Ihre Gedanken wechselten zwischen Wut, Traurigkeit und Hilflosigkeit. Wollte sie Lisa wirklich mit ihrem Schweigen bestrafen? Oder war sie mit der jetzigen Situation einfach überfordert? Aber wenn sie damit schon überfordert war, wie viel mehr musste es ihre Mutter sein – der Mann, der sie nicht mehr erkennt, die vielen Besuche im Pflegeheim, den Mut, noch einmal neu zu beginnen und nun auch noch die Tochter, die sie nicht versteht.

Aber es ist mein Papa! Er war immer für uns da. Und jetzt?

Ich bewege mich ständig im Kreis! Ich halt das nicht mehr aus.

In Gedanken setzte sie die abgebrochene Diskussion mit der Freundin fort: Warum ich mehr Zeit brauche, Amelie? Vielleicht – weil in mir ein Riesendurcheinander herrscht. Vielleicht – weil ich erst mit mir ins Reine kommen muss, damit ich dann ein ehrliches Gespräch mit meiner Mutter führen kann. Das kann ich einfach noch nicht!

Sie beschloss, dass sie erst einmal nach Berlin fahren, sich in der fremden Umgebung, in der Wohnung und der neuen beruflichen Verantwortung einrichten würde. Und dann ...? Sie zog die Beine eng an den Körper und legte das Gesicht auf ihre Knie. Sie fror und war müde und selbst der Gedanke an Berlin und ihr Leben dort hatte seinen Reiz verloren.

Papa, was sagst du denn dazu?, hörte sie sich leise fragen. Du und Mama, ihr gehört doch zusammen. Euch kann nichts und niemand trennen. Auch kein Unfall, keine Krankheit. Du kommst sicher wieder zu uns zurück. Du hast mir versprochen, mich nie im Stich zu lassen, weißt du noch?

Es war dunkel geworden. Sie stand auf, ging zum Fenster und zog die Vorhänge zu. Dann suchte sie in ihrem CD-Schrank nach einer Musik, die ihrer Verzweiflung entsprach. Sie griff nach Ulysses Gaze von Eleni Karaindrou, wickelte sich in ihre Kuscheldecke und setzte sich auf den Boden mit dem Rücken zum Heizkörper. Bei der vierten Variation über Ulysses Thema begann sie zu weinen, als könnte sie nie mehr damit aufhören.

20

Heute hatte Lisa sich mit Monira Ayadi verabredet. Die Anrufe der Gruppenmitglieder wurden immer drängender, in denen sie nach einem genauen Datum und weiteren Einzelheiten fragten.

Sie hätte allein gehen können, aber das wollte sie Philipp nicht wieder antun. Noch dazu wo er in Mainz war, wie er ihr gestern am Telefon sagte.

Sie entsann sich ihrer sehnsüchtigen Gefühle nach dem Zusammensein mit Philipp an Weihnachten, schob die Erinnerung ungeduldig zur Seite und fragte sich gleichzeitig, warum gesteh ich mir nicht einfach ein, dass ich mit ihm zusammen sein will, nein – mehr, viel mehr als nur zusammen sein.

Sie erschrak über die Heftigkeit ihrer Empfindungen, versuchte ihre Fassung zurück zu gewinnen, suchte nach ihrem Handy, rief Philipp an und verabredete sich mit ihm in der Schillerstraße. Da sie auf ihn warten wollte, ging sie in das kleine Eiscafé, bekannt für seinen exzellenten Espresso. Als Philipp schon nach kurzer Zeit auftauchte – hatte er ihren Anruf eventuell erwartet – machten sie sich auf zu ihrem Treffen mit Frau Ayadi, die ihnen freudestrahlend die Tür ihres Reisebüros öffnete.

Neben ihr stand ein junger Mann. Groß, schlank, von der Sonne gebräunt. Lisa schätzte ihn auf ungefähr 30 Jahre. Irgendwann erfuhr sie, dass sie ihn um zwei Jahre älter gemacht hatte. Der Fremde ging wie selbstverständlich auf Lisa und Philipp zu, verbeugte sich leicht und meinte in tadellosem Deutsch mit leichtem Akzent: „Ich bin Samir, ihr zukünftiger Wüstenbegleiter." Sein Händedruck war fest, sein Lächeln gewinnend und sein Deutsch mit der schwäbischen Betonung weckte sofort ihre Sympathie. Die gemeinsame Sprache schuf eine Brücke der Verständigung, und Lisa war erleichtert, denn damit waren zumindest keine sprachlichen Barrieren zu erwarten.

Sie reagierte sehr schnell und meinte mit einem verschmitzten Lächeln: „Salam alaikum" und merkte, dass er diese Begrüßung genauso empfand, wie sie gemeint war – als Respekt dem Gast gegenüber.

Frau Ayadi lachte übers ganze Gesicht. „Na, ist die Überraschung gelungen?"

„Ich freue mich so sehr auf diese Reise mit Ihnen", wandte sich Samir an Lisa und Philipp.

„Wollen Sie uns etwa heute schon abholen", scherzte Philipp.

„Nein, nein, aber ich wollte Sie, bevor Sie nach Marokko kommen, gern kennen lernen. Wissen Sie, es geschieht sehr selten, dass sich eine Gruppe entscheidet, nicht die berühmten Städte wie Fez, Casablanca oder Marrakesch zu besuchen, sondern durch die Wüste wandern will. Bei Einzeltouristen geschieht dies öfter, nicht aber bei Gruppen!"

Hier fühlte sich Lisa aufgefordert, dem jungen Mann ein wenig zu erklären, was sie selbst und die Gruppe von der Wanderung erwarteten. „Samir, ich darf Sie doch so nennen, vor allem auch deshalb, weil es mir lieb wäre, wenn Sie zu mir „Lisa" und nicht Frau Lohmann sagen. Wir sind eine ganz besondere Gruppe. Wir kennen uns schon sehr viele Jahre, haben bereits die schönsten Reisen gemacht und immer haben wir typische Touristenziele gemieden. Als ich die Wüste als nächste Tour vorschlug, war ich mir nicht sicher, wie die andern reagieren würden. Aber ohne langes Überlegen waren fünf von ihnen mit der Idee nicht nur einverstanden, sondern geradezu begeistert und so entstand der Plan für diese Reise." Mehr wollte sie nicht sagen, das konnte noch in Marokko mit der ganzen Gruppe ein wenig ausführlicher erläutert werden. Dennoch spürte sie, dass er sie sofort verstand.

Er meinte: „Ich freue mich, dass wir uns heute schon getroffen haben, weil ich einfach wissen muss, was sie sich unter dieser Reise vorstellen. Leider konnte Tarik nicht mitkommen ..."

Philipp unterbrach ihn: „Wer ist Tarik?"

„Tarik wird auf der Reise der Führer ihrer persönlichen Kamele sein."

„Was meinen Sie mit persönlichen Kamelen?" Lisas Stimme drückte nicht nur Neugier, sondern auch Erstaunen aus.

„Sie sind sechs Personen mit Gepäck, das auf Tariks Kamele, bzw. Dromedare gepackt wird. Das Küchengerät, die Essensvorräte, die Zelte und alles, was wir sonst noch brauchen, wird auf zwei weitere Kamele, ach, ich meine natürlich Dromedare geladen und diese haben einen Extratreiber. Nur so viel jetzt, von dem anderen Treiber werden Sie nicht viel merken, er gehört zu einer solchen Tour einfach dazu. Außerdem werden wir noch einen Koch haben, der sich um Ihr Essen kümmert."

„Das wird ja eine richtige Luxustour", meinte Lisa fast ein wenig enttäuscht, denn gerade die Einfachheit einer solchen Wanderung hatte sie sofort begeistert. Als sie sich setzten, meinte Samir lächelnd, „na ja, eine Luxustour würde ich ihr Vorhaben nicht nennen, aber das merken Sie noch früh genug." Während Frau Ayadi Tee servierte, stellten Lisa und Philipp Samir Fragen nach Planung, Ausrüstung, Wünschen.

„Über Wünsche können wir vielleicht noch nicht sprechen", meinte Philipp. „Wir wissen so wenig über diese Tour außer den Informationen, die wir", er nickte in Richtung von Frau Ayadi „von unserer Reiseplanerin und jetzt von Ihnen erhalten haben."

„Ich mache Ihnen einen Vorschlag – wir treffen uns in den nächsten Tagen mit Ihrer Gruppe. Sie bestimmen den Zeitpunkt. Und ich werde mich bemühen, all Ihre Fragen zu beantworten. Außerdem kann ich mir vorstellen, dass Ihre Mitreisenden auch denjenigen kennen lernen wollen, der sie auf dieser Tour begleiten wird."

Lisa und Philipp waren mit diesem Vorschlag einverstanden. Sie wollten im Augenblick auch weder von Samir noch Tarik, noch von Treibern und Köchen, ja noch nicht einmal von ihrer Reise mehr wissen, als sie bisher gehört hatten. Gemeinsam mit der Gruppe wollten sie alles erfahren, denn vor allem Lisa wünschte sich, dass gerade diesmal die Gruppe nicht aus einzelnen Teilnehmern bestehen sollte, sondern eine Einheit mit verschiedenen Aspekten bilden würde – wie ein Kaleidoskop, eingefasst in ein rundes gleichmäßiges Äußeres, aber innerlich sich in schillernden, verschiedenen und immer anders aufleuchtenden Farben darbietend. Sie verabschiedeten sich, nachdem Lisa versprochen hatte, dass sie heute noch alle anrufen würde, damit man schnell einen Termin fände, an dem sie sich mit ihrem neuen Reiseleiter treffen könnten.

21
Felix

„Und wovon willst du die Reise bezahlen?" Peter sah seinen Freund skeptisch an. Felix räkelte sich in seinem Sessel, hob sein Glas und prostete seinem Gegenüber zu. Peter war sein Freund, der einzige, wie er sich eingestand.

„Du weißt ja", er grinste, „mein Reisesparbuch ist wirklich nur für meine Reisen bestimmt. Da verzichte ich lieber auf anderes. Und diesmal wird sie gewiss etwas ganz Außergewöhnliches – diese Wüstenwanderung. Ich muss schon sagen, Lisa hat Mut."

„Warum müsst ihr, musst du unbedingt in die Wüste?"

„Ich weiß nicht, ob es so wichtig ist, nach dem Warum zu fragen. Vielleicht – weil wir uns etwas ganz Besonderes, bisher noch nie Gelebtes versprechen? Vielleicht – weil wir alle gern einmal kurz der Zivilisation entfliehen wollen? Vielleicht ... weil wir Gefühle wie die Freude über Unerwartetes, Angst vor Fremdem, vor allem uns fremden Empfindungen intensiv erleben wollen? Vielleicht ... weil alles nur Sand, Wind, Licht, Stein und Weite ist?"

Er schwieg nachdenklich, während Peter bestätigend nickte. So viel hatte er schon über dieses Vorhaben gehört. Offensichtlich hatte es diese Lisa Soundso, den Nachnamen konnte er sich nie merken, fertig gebracht, eine ganz besondere Reisegruppe zu gründen und Ziele anzusteuern, die in ihrer Einmaligkeit faszinierend waren. Manchmal beneidete er Felix um diese Erlebnisse. Trotzdem wäre er nie auf die Idee gekommen, sich bei dieser Gruppe einzuschreiben. Er hatte eine panische Angst vorm Fliegen, seit seine Eltern vor Jahren bei einem Flugzeugunglück ums Leben gekommen waren. Damals hatte er gerade sein Literaturstudium beendet, die erste Anstellung an der Universität in Frankfurt bekommen. Wie lange das schon her war.

Felix spürte, dass sein Freund mit seinen Gedanken gerade ganz woanders war, daher schwieg auch er. Sein Blick schweifte über die Reihen Bücher, die die Regale füllten. Manchmal empfand er immer noch ein großes Staunen über den Weg, den er bisher gegangen war. Denn eigentlich hatte er Musiker werden wollen – Pianist wie sein Idol Daniel Barenboim. Er musste aber nach seinem Musikstudium einsehen, dass dieses Ziel ein unerreichbarer Traum bleiben würde. Und mit weniger als der Erfüllung höchster Ansprüche hatte er sich noch nie zufrieden gegeben. Außer während seines zweiten Studiums, dem der Betriebswirtschaft, als er sich die Studienjahre mit Gelegenheitsauftritten als Pianist in schummrigen Bars finanzierte.

Betriebswirtschaft! Welch ein Unterschied zu seinem Wunsch, Musik zu studieren. Nach einigen Jahren in der Werbebranche kam sie ganz unerwartet – die Wende vor drei Jahren. Er erinnerte sich noch an den Tag, als wäre es gestern gewesen.

Es war ein Mittwoch, die Sonne schien warm vom blauen Himmel. Er war durch die Straßen geschlendert ohne wirkliches Ziel, was eigentlich nicht seine Art war. Und außergewöhnlich für ihn war es auch, dass er sich mitten in der Woche einfach einen freien Tag gegönnt hatte. Wenn er später von diesem Tag sprach, sagte er immer: „Es sollte so sein, das war vorbestimmt, dass ich gerade an diesem Mittwoch diesen kleinen Laden entdeckte."

Eine Buchhandlung, damals völlig heruntergekommen,

aber irgendetwas lockte ihn, einzutreten. Die kleine Glocke über der Tür läutete nervtötend schrill. Hinter einem wackligen Tisch saß ein alter Mann, vor ihm eine der verzierten, altertümlichen Rechenmaschinen und ein Telefon mit Wählscheibe. Ein Hauch von Vergangenheit wehte Felix an, der immer stärker wurde, je länger er sich in dieser Buchhandlung aufhielt. Denn in den verstaubten Regalen fand er wahre Schätze. Sonderausgaben, selten und wertvoll, wie er mit einem Blick feststellen konnte.

„An diesem Tag lernte ich Axel Langmeister kennen", erzählte er oft. Und fuhr dann fort: „Der Mann war einfach zu alt, um noch irgendetwas an seinem Laden ändern zu wollen, er verstand sich als Hüter eines verborgenen Schatzes. Es kam mir so vor, als habe er auf mich gewartet, so vertraut waren wir uns vom ersten Augenblick an."

Die Buchhandlung war wie eine andere Welt – verzaubert und geheimnisvoll mit dem schweren Duft nach Papier und Alter. Felix bot Axel Langmeister an, sie zu übernehmen. Ein spontaner Entschluss, und oft genug hatte er sich später gefragt, ob er verrückt sei, von Buchhandlungen verstand er nichts, absolut nichts. Um etwas aus diesem Laden zu machen, müsste er einen Kredit aufnehmen. Aber wie immer, wenn er einen Entschluss gefasst hatte, konnte ihn kaum etwas von seinem Vorhaben abbringen. Auch diesmal nicht. Sie vereinbarten, wenn er in absehbarer Zeit mit dem Geschäft Erfolg haben würde, wollte er Langmeister eine kleine Rente zahlen. Seltsamerweise wehrte der Alte sich gegen dieses Angebot, obgleich er nicht gerade so aussah, als wäre er mit materiellen Gütern gesegnet. Es war der Optimismus des jungen Mannes, in dem er sich selbst wieder erkannte, der ihn veranlasste, Felix die Bücherei zu überlassen.

Mit welcher Liebe und Begeisterung hatte dieser damals seine Buchhandlung *Bücherwurm* aufgebaut. Er arbeitete von da an freiberuflich als Werbefachmann, aber die meisten Stunden, oft bis tief in die Nacht verbrachte er im Bücherwurm, der mit der Zeit zu einer Lebensaufgabe wurde. Immer mehr Menschen waren in den vergangenen paar Jahren zu Stammkunden geworden. Alle kannte er mit Namen, von allen wusste er die Vorlieben und die Lieblingsschriftsteller. Für alle war er Felix, der Glückliche, und so empfand er sich selbst auch.

Aber wie bei jedem Glück, irgendwann zerbarst es wie eine Luftblase. Er hatte geheiratet und wurde auch wieder geschieden. Und das Internet begann an der Existenz des Ladens zu nagen. Am Anfang hatte Felix noch gedacht, kein Onlineladen und kein Billiganbieter würde den persönlichen Kontakt zu den Kunden ersetzen können. Bis er enttäuscht merken musste, dass er sich geirrt hatte und so sehr er sich über diese Anbieter auch ärgerte, musste er einsehen, dass die Bequemlichkeit der Leute anfing, über ihn und all die kleinen Buchhandlungen und Läden zu siegen. Warum auch rausgehen, wenn man vom Sofa aus mit ein paar Klicks das Buch bereits am nächsten Tag erhalten konnte. Manchmal überkam Felix eine ungeheure Wut, und dann wieder fragte er sich, ob er es anders machen würde, wenn er nicht der Besitzer einer Buchhandlung wäre.

Damals sagte er: „Peter, wir müssen uns was einfallen lassen. Ich schließe ganz sicher nicht, das schwöre ich dir!"

„Ob du schwörst oder nicht interessiert deine Gläubiger überhaupt nicht."

„Es muss einen Weg geben. Du kennst mich, ich mag ja

manch miese Eigenschaften haben, meine ehemalige Frau würde dir wahrscheinlich gleich eine ganze Liste davon aufzählen können – aber aufgeben gehörte nie dazu."

Peter hatte seinen Freund forschend angesehen. Wie gut, dass er so entspannt über seine gescheiterte Ehe sprechen konnte, das war ihm lange nicht gelungen. Laut hatte er damals geantwortet:

„Nein, stimmt, aufgeben liegt dir nicht. Ich habe eine Idee – wir machen aus dem Bücherwurm ein Büchercafé mit Musik."

„Das ist nicht dein Ernst! Das Fressen dicker Sahnetorten beim Schmökern in meinen herrlichen Büchern, die dann trotzdem nicht gekauft werden", hatte Felix ungläubig erwidert.

„Nee, natürlich nicht. Nur Kaffee oder Tee, dazu leise klassische Musik, ein paar gemütliche Sitzecken, der Raum ist groß genug. Die gestrige Idee, die Hälfte des Ladens zu schließen, legen wir ad acta, wir brauchen den Platz. Und dann machen wir Werbung im Fernsehen, im Radio, auf der Straße, verteilen Handzettel." Peter hatte sich in Begeisterung geredet, erregt hatte er noch gemeint: „Du hast mich einmal gefragt, ob ich Lust hätte, den Bücherwurm mit dir gemeinsam zu führen. Damals sah ich keine Arbeit für uns beide. Aber mit diesem Plan ...", er schlug sich an die Stirn, „warum bin ich nicht früher auf eine solche Idee gekommen?"

„Weil früher allein die Bücher wichtig waren. Heute dagegen? Bei Lesungen ist es das Gleiche. Bietest du was zum Essen an, und wenn es nur eine Laugenbrezel ist, vielleicht dazu noch einen billigen Sekt oder Orangensaft hast du Publikum."

„Nun sei nicht so bitter. Bei dem Internetangebot müssen wir uns einfach etwas einfallen lassen, was die nicht bieten können. Zumindest vorläufig nicht", fügte Peter lachend hinzu.

Das Gespräch hatte vor vielen Monaten stattgefunden. Mittlerweile hatten sie die Idee Wirklichkeit werden lassen, der Bücherwurm war gerettet und in einem neuen, ganz besonderen Licht wieder erstrahlt. Auch die Kundschaft war zurückgekehrt.

Jetzt war Felix aufgestanden, ging zwischen den Büchertischen hin und her. Er liebte seine Bücher, hatte mittlerweile auch Werke moderner Dichter und Schriftsteller in sein Programm aufgenommen, wehrte sich aber entschieden dagegen, E-books oder Hörbücher zu verkaufen. Für ihn waren Bücher lebendig, er musste sie berühren, riechen, anfassen, wollte vor- oder zurückblättern können, wenn ihm etwas besonders gut gefallen hatte. Und verwundert stellte er fest, dass die Bücher und die beiden jährlichen Reisen mit Lisa sein Leben so besonders machen.

Er sah seinen Freund fragend an: „Sollen wir die paar Wochen eigentlich schließen, bis ich wieder zurück bin?"

„Um Gottes willen, nein! Selbstverständlich übernehme ich, und ich freue mich sogar darauf. Schließlich ist es ja ein großer Vertrauensbeweis des Bücherwurm-Inhabers oder sehe ich das falsch", scherzte er.

Felix stieß ihn freundschaftlich vor die Brust: „Quatsch, schließlich warst du der Retter von all dem hier", er deutete mit einer umfassenden Geste in die Runde, die alles einschloss, seine Bücher, die gemütlichen Sessel, die kleine Bar in einer Ecke mit ihrem Samowar und der Kaffeemaschine.

Und in Gedanken malte er sich aus, dass vielleicht eines

Tages auch Christa hier weilen würde, in einem Sessel kauernd, ein Buch in Händen, ab und an einen Schluck heißen Kaffees nehmend und dazwischen ein Lächeln, das nur ihm gelten würde. Nicht mehr lange, dann würde er Tag und Nacht in ihrer Nähe verbringen – den Spuren von Fremdem folgend, die seit Ewigkeiten eingegraben waren in die Leere und Weite einer Wüstenlandschaft.

22

Lisa und Philipp schlenderten die Ludwigstraße in Richtung Domplatz entlang, nahmen unterwegs noch einen Espresso, als Philipp meinte: „Wenn ich schon mal in Mainz bin, darf ich dann dein Atelier sehen? Es interessiert mich so sehr, was du aus Stein machst, was dir bei deiner Kunst wichtig ist."

Sie erschrak! Heute schon?

„Also gut, gehen wir kurz zu mir. Und ich schlage vor, dass wir danach beim Italiener nebenan essen gehen, natürlich nur, wenn du Lust hast." Ihre Stimme klang ruhig, obgleich sie innerlich ziemlich aufgeregt war und sich gleichzeitig fragte, warum eigentlich? Er will nur dein Atelier sehen! Aber – ihn in ihr Atelier zu lassen, bedeutete gleichzeitig, ihm den Zugang zu ihren Träumen zu erlauben. Und ein wenig dramatisierend dachte sie noch: Nicht nur zu meinen Träumen, es ist auch ein Teil meines Selbst, den ich bisher nicht versteckt, aber gehütet habe wie ein unendlich wichtiges Eigenes. Vor wem versteckt? Für wen gehütet?

Sie schluckte: Für Lukas? Lukas, der noch da war und dennoch nicht mehr das Leben mit ihr teilte? Lukas, den sie nicht mehr in dem Menschen erkennen konnte, der auf der Pflegestation des Marienstifts lag, nicht tot und nicht lebendig! Ein so heftiger Schmerz durchzuckte sie bei diesen Gedanken, dass sie einen Augenblick strauchelte und nur dank des festen Griffs von Philipp nicht stürzte.

Philipp fasste dieses Straucheln natürlich anders auf, er konnte ja auch von diesem Teil ihres Lebens nichts wissen.

„Lisa, lass uns ehrlich zueinander sein. Wenn du, aus welchem Grund auch immer, nicht möchtest, dass ich dein Atelier sehe, sag es einfach. Ich interessiere mich wirklich sehr für deine Kunst", er zögerte und fuhr dann leise fort: „Es ist mir so wichtig, dich kennen zu lernen. Ich weiß sehr wenig von dir, aber das, was du ausstrahlst, deine Art zu sein, zu handeln hat mich von der ersten Minute an beeindruckt."

Mein Gott, das ist ja fast eine Liebeserklärung, dachte Lisa verwirrt und sehr berührt. Sie musste mit ihm sprechen, sie konnte ihn einfach nicht so im Ungewissen lassen über Lukas und allem, was ihr Leben ausmachte. Aber heute noch nicht. Sie wird ihm ihr Atelier zeigen, sie werden von ihrer Kunst sprechen, und von Lukas wird sie ihm noch vor ihrer Tour erzählen. Alles andere wäre einfach unfair. Aber wie sollte sie jetzt reagieren?

Sie überwand all ihre Bedenken, hängte sich bei ihm ein und meinte: „Zu meinem Atelier ist es gar nicht weit. Du kennst ja bereits den Weg."

Sie gingen jetzt zielstrebig die Augustinergasse entlang bis zu dem Eckhaus mit der abgerundeten Fassade, in dem Lisa wohnte. Sie nahm diesmal nicht den Aufzug. Einerseits wollte sie den Moment, in dem Philipp ihre Wohnung betreten würde, hinauszögern, andererseits sollte er ganz bewusst Schritt für Schritt in ihr Dasein kommen. Ob er das ebenso empfand, wusste sie nicht. Vielleicht dachte er auch, dass es ihre täglichen sportlichen Übungen wären, aber das war ihr gleichgültig. Oben angekommen, schloss sie die Tür auf, ließ ihm den Vortritt, was eindeutig eine Einladung in ihr Leben bedeutete.

Staunend stand er vor den großen Fenstern: „Was für ein Ausblick! Traumhaft." Er wandte sich ins Zimmer zurück und schaute sich neugierig um. „Und dein Atelier? Ist es da oben?", und er deutete auf die Treppe zum oberen Stockwerk. Sie nickte und ging ihm voraus, stand einen Moment zögernd vor der geschlossenen Tür. In wenigen Minuten wäre sie nicht mehr nur eine Reisebekanntschaft. Er würde viel – viel mehr von ihr wissen, als sie je beabsichtigt hatte zu zeigen.

Energisch drückte sie die Klinke hinunter: „Komm."

Der Raum war durchflutet von Sonnenlicht, was allen Skulpturen, fertigen und unfertigen Werken eine besondere Lebendigkeit verlieh.

Stumm war ihr Philipp gefolgt, als wüsste er um die Bedeutung, die dieser Raum für Lisa hatte. Dann blieb er stehen: „Das – das ist deine Welt!?"

Er ging tiefer in den Raum hinein, bemüht, leise aufzutreten, was Lisa beinahe die Tränen in die Augen trieb.

Er näherte sich ihrer Anusara, betrachtete sie von allen Seiten. Ohne sich nach Lisa umzudrehen, die an der Tür stehen geblieben war, fing er leise an: „Lisa, ich glaube, ich kann dein Zaudern nachempfinden. Das hier scheint ganz allein deine Welt zu sein, und trotzdem bat ich darum, deine Arbeiten sehen zu dürfen. Ich habe dir von meinem Buch erzählt. Was war ich verunsichert."

Er drehte sich zu ihr um: „Würdest du verstehen, was ich schreiben möchte? Könntest du nachvollziehen, was mir bei diesem Thema so wichtig war? Du hast mich verstanden, und das hat mich einfach nur glücklich gemacht."

Er zögerte, fügte dann hinzu: „Trotzdem gab es einen Unterschied. Du hast nicht erwartet, dass ich dir von meinem Schreiben erzähle. Vielleicht ist „erwarten" nicht das richtige Wort. Ich meine, ich bin auf dich zugegangen, ich war es, der Lust gehabt hat, dir von meinem Buch zu sprechen. Aber heute ist es anders. Du hast mir nicht angeboten, hierher zu kommen. Du wolltest mir deine Arbeiten nicht zeigen. Hast du es getan, weil ich dich darum bat? Oder ... ist es Vertrauen?"

Lisa hatte Philipp stumm, fast regungslos zugehört. Sie wusste, er lag mit seiner Vermutung richtig und auch wieder nicht. Sie hatte Angst vor der Nähe. Sie fühlte sich Lukas gegenüber schuldig, dass sie sich das Zusammensein mit Philipp so sehr wünschte. Sie traute ihren eigenen Gefühlen nicht, während sie keinen Moment an der Ehrlichkeit Philipps, seines Interesses, sogar seiner Zuneigung zu ihr zweifelte.

„Vertrauen – ich glaube, es ist Vertrauen", fast unhörbar flüsterte sie diese Worte und war ihm dankbar, dass er sie mit seiner nächsten Frage einer ausführlicheren Antwort enthob.

„Warum hast du dich für Stein entschieden?"

„Ich habe mich immer schon für Steine interessiert, habe Formen in sie hinein interpretiert, Geschichten über sie ersonnen, wollte ihre Seele erkunden. Lächerlich, was?"

Nach einem kurzen Zögern sprach sie weiter: „Vielleicht weil der Stein das Sinnbild der Unvergänglichkeit ist – jedenfalls für mich."

„Sinnbild der Unvergänglichkeit! Komisch – hast du nicht von deiner Angst vor dem Nichts gesprochen? Davon, dass du an Unvergängliches nicht glauben kannst? Und dennoch schaffst du Werke, die unvergänglich sein sollen! Schließt nicht das eine das andere aus?"

„Möglich – vielleicht finde ich Trost darin, Steine deshalb zu berühren, weil sie schon seit Jahrmillionen existieren.

Doch, wahrscheinlich hast du Recht, möglicherweise ist es tatsächlich ein Widerspruch", und fügte in Gedanken leise hinzu: Wie so vieles in meinem Leben.

Laut sagte sie: „Komm, ich mach uns auf diesen Stühlen hier Platz, dann können wir noch ein wenig bleiben."

Sie räumte Tücher, herumliegende Feilen und Schmirgelpapier, Schlag- und Spitzeisen auf ein Wandgestell, wischte flüchtig über die staubigen Sitze. Langsam ließ sich Philipp nieder, den Kopf gesenkt, der Rücken gebeugt, die Arme zwischen den Knien. Beide schwiegen sie. Lisa gab sich ganz der Stimmung des Raumes hin. Einer Stimmung erfüllt von den hier erlebten und gedachten Emotionen, vom hellen Tageslicht, dem Glanz und den Schatten der Figuren und noch unbehauenen Steinen. Sagte genau das alles nicht mehr über sie aus als jedes gesprochene Wort? Schaffte es dieses Empfinden der Zusammengehörigkeit, vor dem sie ständig zurückwich? Es war gar nicht so neu, sie hatte dieses Gefühl schon früher im Zusammensein mit Philipp empfunden. Damals – bei dem Gespräch über die Zeit. Aber gab es das überhaupt, sich in der Kunst zu finden und gleichzeitig frei zu bleiben?

Sie schloss einen Augenblick müde die Augen, sah im Geist Lukas vor sich: ‚Morgen gehe ich zu ihm. Ich werde ihm von Philipp erzählen, ihm von meinen Gefühlen sprechen. Und – befreit mich das dann von der Verantwortung? Bilde ich mir wirklich ein, dass es damit leichter zu ertragen, zu akzeptieren wäre, dass ich ihn betrüge, wenn auch bisher nur in Gedanken und Empfindungen? Verspreche ich mir Absolution von einem Menschen, der mich nicht hören, nicht sehen, nicht verstehen kann?

Als sie spürte, dass sie immer mehr in ihren Gedanken versank, als das Schweigen zwischen Philipp und ihr lastend wurde, kehrte sie zu ihrem Gespräch zurück:

„Warum Stein? Vielleicht deshalb, weil der Stein schon immer da war, weil er etwas Unbezwingbares, Ewiges bedeutet", und dachte, ob Philipp sie überhaupt verstehen konnte? Klingt das alles nicht einfach nur übertrieben? ‚Quatsch, ich weiß ja, dass es nicht übertrieben ist, zumindest nicht für mich.'

Sie schwieg noch einen Augenblick, sagte dann gequält: „Ich möchte so gern an eine lebendige Unendlichkeit glauben. Aber ich schaff es einfach nicht! Und wenn ich dann mit Steinen eigene Vorstellungen, ja, sogar Visionen ausdrücken kann ...", sie schluckte, es war so schwer, sich verständlich zu machen. Sie holte tief Luft, fuhr dann fort: „Meine Skulpturen sind Träume. Es ist ein wenig schwierig, das alles zu erklären."

„Wir haben ja Zeit. Ich möchte das alles so gern verstehen."

Lisa strich sich eine Haarsträhne aus dem Gesicht, wie sie es immer tat, wenn sie unsicher war. Dann meinte sie: „Also – wenn ich in die Zeitlosigkeit der Steine eindringe, indem ich meine Skulpturen aus ihnen ...", wieder machte sie eine kleine Pause: „Ich meine, wenn ich sie aus ihnen herauslocke, schenken sie mir vielleicht eines Tages die Einsicht, dass nichts vergänglich ist – auch ich nicht", fügte sie mit leiser Stimme hinzu.

Philipp schien zu spüren, wie schwer es ihr fiel, sich ihm seelisch so zu öffnen. Sie empfand es als erlösend, als er aufstand und noch einmal zu ihrer letzten Arbeit ging, dem hingestreckten Frauenkörper. Sie beobachtete, wie er nachdenklich über den verletzten Rücken strich. Aber vielleicht würde er das ja gar nicht als Wunde wahrnehmen! Seine nächste Frage bewies allerdings das Gegenteil: „Musstest du der Figur diese Verletzung beibringen? Versinnbildlicht sie etwas, das dich nicht loslässt, das dich am Lebenkönnen hindert?"

Sie stand auf, fest entschlossen, seine Frage unbeantwortet zu lassen. Er würde bald wissen, was mit ihr los war, spätestens wenn er das Zimmer von Lukas betrat.

Munterer als ihr zumute war, sagte sie: „Komm, lass uns rasch zum Italiener gehen, ich habe Hunger, und dann rufe ich alle aus der Gruppe an."

23

Von Caroline hatte Lisa nichts mehr gehört, bis sie eine kurze Nachricht von Amelie in Händen hielt: „Lisa, Caro wird in einem Monat endgültig nach Berlin ziehen. Ich wollte, dass du das weißt, obgleich Caro es vielleicht als Verrat auffassen könnte, dass ich dir das schreibe. Sie weiß nichts davon. Ob du davor noch einmal Kontakt zu ihr aufnehmen möchtest, kann ich nicht beurteilen. Vielleicht solltest du Caroline Zeit lassen – sie ist im Augenblick völlig verwirrt, aber sie liebt dich, sie braucht dich, auch wenn sie sich dies nicht eingesteht."

Der Zettel fiel ihr aus der Hand, sie bückte sich nicht. Stammelte: Caroline braucht mich? Caroline liebt mich? Und Caroline zieht ohne ein Wort einfach fort! Ein Schmerz, schlimmer als jede Geburtswehe, fuhr durch ihren Körper, durch die Gedanken. Erinnerungen tauchten auf, angefüllt mit kleinsten Bildern, Szenenfetzen, Augenblicken und Gerüchen. Aber auch mit Schatten und Selbstvorwürfen, denn wie oft hatte sie gedacht, als Mutter zu versagen, weil ihr neben der Familie auch der Beruf wichtig war. Lisa spürte, wie die Beine unter ihr nachgeben wollten, kraftlos ließ sie sich auf ihre Ottomane sinken: ‚Caroline, das kannst du mir nicht antun! Was habe ich denn getan, was nicht auch du tust? Ich hab' mein Leben versucht zu leben, ohne meinen Mann und war dennoch nie frei!

Und was hat Caroline damit zu tun? Da war sie wieder, die hartnäckige Stimme, die ihr stets jede Verteidigung zerstörte: Sie ist ja schließlich nicht mit Lukas verheiratet. Aber sie lässt ihn doch auch allein, sie ist seine Tochter. Du weißt genau, dass das etwas völlig anderes ist.

Jaaa, es war ein Schrei, der ihr entfuhr, der sie aufrüttelte.

Wie oft hatte sie sich als Mutter schuldig gefühlt und diese Gefühle immer erfolgreich verdrängt. Dabei waren sie lebendig wie einst. Damals, als sie der Kleinen das Kuscheltier ausgeredet hatte. Jede Nacht schlief sie mit diesem kleinen zerdrückten Pinguin ein. Er hatte sie getröstet, wenn sie krank war, mit ihm hat sie geredet, wenn sie wütend auf die Mutter gewesen war. Mit der Zeit war der Kleine zerzaust und schmutzig geworden und sie, die Mutter? Sie hatte sich vor lächerlichen Bakterien gefürchtet, die Caroline infizieren könnten, und den traurigen Ausdruck in den Augen ihres kleinen Mädchens, als sie den Pinguin entsorgt hatte, bewusst übersehen.

Der erste Tag im Kindergarten, wie jämmerlich hatte das Weinen der Kleinen den Weg bis dorthin begleitet. So viele Fenster waren aufgegangen und Stimmen hatten trösten wollen: „Carolinchen, du kommst ja bald wieder heim." „Carol wein nicht!" Noch immer sah sie den dicken Bistrobesitzer vor sich, der der Kleinen beruhigend übers Haar gestrichen hatte.

Sie war so überzeugt davon, dass Caroline den Kontakt mit anderen Kindern brauchte und hatte nicht wahrhaben wollen, dass sie nur bei ihrem Vater und bei ihr sein wollte, geborgen im Schutz liebevoller Nähe.

Und wie oft hatte sie zu ihr gesagt, ich habe gerade keine Zeit! Im Nachhinein ein kaum nachvollziehbarer Satz. Was ist denn wichtiger, als für das Kind, für seine vielen Fragen, seine Spiele und Kümmernisse Zeit zu haben?

Es hielt sie nicht mehr auf der Couch, sie stand auf, möchte am liebsten mit dem Kopf gegen die Wand rennen, um dem inneren Schmerz den äußeren entgegen zu setzen. Sie nahm das große Bild von Caro vom Bücherschrank, strich sanft über das Glas, wünschte sich, es möge das Gesicht ihres Kindes sein und war ratlos wie nie zuvor.

Was sollte sie nur machen, wie reagieren? Gab es wirklich nur das Warten? Oder sollte sie einfach in einigen Wochen nach Berlin fahren? Unmöglich – ihr waren Grenzen gesetzt worden, die sie nicht ohne das Einverständnis ihrer Tochter überschreiten durfte. Dazu hatte sie kein Recht!

Aber verflixt noch mal, welches Recht hat sie denn überhaupt? Sie darf sich nicht in das Leben ihrer Tochter mischen und hat gleichzeitig auf ein eigenes zu verzichten. Das kann es einfach nicht sein!

Sie blickte auf die Fotografie in ihren Händen. Immer hatte sie das Bild ihrer Tochter begleitet. Jedes Jahr wurde es ausgetauscht. Aus dem kleinen Mädchen war eine junge, wunderschöne Frau geworden. Und nun wollte sie gehen – ohne ein Wort, einfach so.

Ihr Blick schweifte im Zimmer umher und blieb an dem Bildband über die Sahara auf dem Couchtisch hängen, in dem sie jeden Tag gelesen hatte. Ihr fiel das erste Gespräch mit ihrer Gruppe im Café dell'Arte über ihre Wüstenpläne ein. Als sie gefragt wurde, was sie gemacht hätte, wenn die Gruppe nicht mit dieser Reise einverstanden gewesen wäre. Es schien ihr Ewigkeiten her, seit sie damals geantwortet hatte: „Dann hätte ich sie allein gemacht."

Es war nicht das Abenteuer gewesen, das sie lockte. Es war der Wunsch, sich eine Auszeit zu nehmen, unerreichbar für jeden und alles.

Behutsam stellte sie die Fotografie wieder ins Bücherbord und mit aller Entschlossenheit, zu der sie fähig war, entschied sie, morgen zu Caroline zu gehen.

Am nächsten Morgen regnete es in Strömen. Dennoch war die leise Ahnung des kommenden Frühjahrs nicht mehr auszulöschen. Regen, grauer Himmel, ‚das passt ja zu dem, was ich vorhabe', dachte Lisa, als sie ins Auto stieg, um in die Görresstraße zu fahren.

Ob Caroline um diese Zeit überhaupt zu Hause ist?

Sie parkte vorsichtshalber in der Windthorststraße, weil sie nicht riskieren wollte, dass Caroline sie vielleicht schon vom Fenster aus entdeckte und ihr einfach nicht aufmachen würde.

Je näher sie der Wohnung ihrer Tochter kam, desto langsamer wurde ihr Schritt. War es wirklich richtig, hierher zu gehen? Sollte sie nicht Caroline die Initiative überlassen und erst mal mit ihrer Entscheidung, gleichgültig, wie sie ausfallen würde, versuchen zu leben? Fragen nichts als Fragen!

Aber sie ist mein Kind! Sie kann nicht einfach so weg gehen! Nein? Klar kann sie das!

Lisa merkte, wie ihr die Tränen kamen. Nein, nicht jetzt! Um Gottes Willen kein Mitleid erregen. Sie suchte in ihrer Jacke nach einem Taschentuch und dachte: Sie wird es tun und irgendwann – irgendwann wird sie die Mutter vielleicht verstehen oder zumindest einsehen, dass ein anderer Weg für mich unmöglich gewesen wäre. Aber wann?

Zögernd näherte sie sich der Haustür. Hielt einen Augenblick inne, bevor sie auf den Klingelknopf neben Carolines und Amelies Namen drückte. Sie wohnten hoch oben im letzten Stock mit einem traumhaften Blick bis zum Volkspark.

Als der Türöffner summte, drückte Lisa leise die Tür auf.

Wie gut, dass es keinen Aufzug gibt. Sie möchte jede Stufe einzeln nehmen. Zeit gewinnen? Ja, wahrscheinlich!

Sie wurde immer aufgeregter. Wie würde Caroline reagieren, falls sie überhaupt da war? Wie würde die Begegnung verlaufen? Sie blieb einen Augenblick stehen, um zu verschnaufen. Ob sie ihr klarmachen könnte, dass sie, Lisa, nicht aus egoistischer Bequemlichkeit den Vater einer guten Pflege anvertraut hatte. Sondern dass sie sich nicht in der Lage fühlte, den Anforderungen einer solchen Pflege gerecht zu werden. Und dass sie, genau wie ihre Tochter, noch ein Recht auf ein eigenes, ein erfülltes Leben hatte, was ja nicht bedeutete, dass Lukas keinen Platz mehr darin hätte. Aber welchen Platz denn? Nein, so wollte sie nicht denken, nicht in diesem Augenblick.

Carolines Wohnungstür war nur angelehnt. Wer immer zu Hause war, musste jemanden erwarten. Sie wollte nicht einfach eintreten. Daher drückte sie nochmals auf den Klingelknopf und hörte gleich darauf Carolines Stimme: „Christian, komm rein! Ich bin gerade in der Küche."

Wer war Christian? Wieder einmal wurde ihr bewusst, wie wenig Caroline sie an ihrem Leben teilnehmen ließ.

Trotz der Enttäuschung darüber stärkte sie dieses Wissen aber auch. Sie würde dem, was nun kommen mochte, ruhig entgegen treten. Vorsichtig öffnete sie die Wohnungstür ganz und ging in Richtung Küche, der Stimme Carolines nach. Ihre Tochter stand mit dem Rücken zu ihr am Herd und briet kleine Pfannkuchen.

„Warum bist du denn so schüchtern, ich habe doch absichtlich die Tür …" in diesem Augenblick entdeckte sie ihre Mutter.

„Ach, du bist es", ihre Miene verriet keinerlei Regung.

Lisa hatte sich auf einen kühlen Empfang vorbereitet, aber nicht auf diesen ablehnend-gleichgültigen Ton. Caroline konnte sich noch nie verstellen, stets hatte Lisa schon am Klang der Stimme erkannt, was und wie sie sich fühlte.

Caroline wandte sich wieder ihren Pfannkuchen zu, als sei Lisa Luft für sie.

„Caroline, wir müssen sprechen! Dieses Schweigen zwischen uns zerreißt mich, es ist einfach unerträglich. Dein Umzug nach Berlin rückt immer näher. Willst du so weggehen?"

Sie hasste den bettelnden Ton in ihren Worten und konnte dennoch nicht anders.

Caroline nahm den letzten Pfannkuchen aus der Pfanne, schaltete die Herdplatte ab und blieb noch einen Augenblick abgewandt stehen. Dann drehte sie sich um und sagte leise: „Ich kann es nicht fassen, dass du Papa so verrätst. Immer hast du behauptet, er und ich wären dein Leben, offensichtlich war das gelogen, denn du lässt ihn einfach allein mit fremden Menschen."

Jedes Wort war wie eine Ohrfeige. Bevor Caro weiter sprechen konnte, unterbrach Lisa sie: „Stimmt, ihr wart der Inhalt meines Lebens, von meinem Beruf mal abgesehen." Sie schaute Caroline ernst an und fuhr eindringlich fort: „Aber es stimmt nicht, dass ich meinen Mann allein lasse. Ja, Lukas liegt im Marienstift, das Warum habe ich dir versucht zu erklären. Aber, so grausam es klingt, er ist nicht mehr der Lukas, den du geliebt hast, der zu unserem Leben gehörte. Mit dem ich und auch du die lebendigsten, die innigsten Augenblicke geteilt haben, die für ihn nicht mehr existieren."

Während sie sprach, ermahnte sie sich gleichzeitig: Ruhig,

nicht aus der Fassung bringen lassen. Deshalb schwieg sie einen Augenblick, atmete tief durch und fügte hinzu: „Viereinhalb Jahre ist es her, dass ich diesen schrecklichen Anruf bekam. Viereinhalb Jahre ist es her, dass alles, unser ganzes Leben, unsere Pläne, unser Zusammensein für immer zerstört worden waren. In wenigen Sekunden an einer Leitplanke der Autobahn."

„Du brauchst mich nicht daran zu erinnern. Mir hat sich der Tag gewiss genauso unauslöschlich eingeprägt wie dir."

Caroline ließ sich auf einen Küchenstuhl sinken, ihrer Mutter bot sie keinen an. Lisa konnte den Anblick ihrer Tochter kaum ertragen. Sie wollte zu ihr, sie in den Arm nehmen, ihr erklären, dass ihre Entscheidung, die Pflege Lukas' Menschen zu überlassen, die ihm das Leben, sofern man es noch so nennen konnte, erträglicher machten als sie es könnte, aus Liebe getroffen worden war.

Aber nichts an Caroline deutete darauf hin, dass sie eine Umarmung erlauben würde. Lisa trat ans Fenster. Ihr Blick streifte über den einsam dem Regen überlassenen Volkspark. Genauso einsam, wie sie sich in diesem Augenblick fühlte.

„Caroline, ich konnte und kann die Pflege von Lukas nicht übernehmen. Ich bin nicht entsprechend geschult. Im Marienstift sind Pflegerinnen und Pfleger, die wissen, wie sie ihn betten, wie sie ihn waschen und beatmen müssen. Wie sie ihm am verträglichsten die Nahrung einflößen können. Ich hatte dir nie gesagt, wie sehr ich um eine Lösung gerungen habe. Ich habe ein für seine gute Pflege bekanntes Haus gesucht – ein Haus in einer schönen Lage, mit allem, was sein Dasein in irgendeiner Weise verschönern konnte.

Glaub mir endlich, dass ich es mir nicht leicht gemacht habe. Dich wollte ich damit nicht belasten. Ich hatte mir gewünscht, du würdest nie von einer anderen Möglichkeit, die für mich nie eine Möglichkeit gewesen war, erfahren." Atemlos hielt sie inne. Sie hatte wie gehetzt gesprochen, wollte Caroline erreichen, ihr ihre Beweggründe begreiflich machen. Umso härter trafen sie Carolines nächste Worte: „Warum machst du dir eigentlich etwas vor? Du hast dir wunderbare Erklärungen zurecht gelegt, denn du wolltest ungestört dein eigenes Leben führen. Du hättest die Pflege erlernen können. Du hättest dir Hilfe holen können, die sogar bei uns hätte wohnen können, nachdem ich ausgezogen war. Aber das würde bedeuten, dass du deine Reisen, deine Kunst, deine Art zu leben hättest einschränken müssen. Das war dir Papa nicht wert!"

Lisa spürte wie ein ungeheurer Zorn in ihr hochstieg. Sie ballte die Hände zu Fäusten, so fest, dass sie schmerzten, um ihre Wut zu unterdrücken.

„Wie leicht du es dir machst. Mich verurteilst du, aber selbst hast du nicht daran gedacht, auch nur einen Augenblick deines Lebens dem Vater zuliebe zu ändern." Am liebsten hätte sie geschrien, aber sie nahm ihre ganze Beherrschung zu Hilfe, sagte: „Das hättest du auch nicht machen müssen, ich hätte das nicht zugelassen. Aber es ist eben so leicht, anderen die Verantwortung zuzuschieben und sich selbst ins eigene Leben zurückzuziehen".

Caroline stand auf. „Es ist besser, du gehst. Ich erwarte gleich Besuch und ... ."

Weiter kam sie nicht. Lisa war bereits zur Tür gegangen. Hatte sie ganz langsam geöffnet, hoffend, dass Caroline noch irgendetwas Versöhnliches sagen würde, dass sie die

Mutter zurückhalten würde. Aber es kam nichts. Da verließ sie rasch die Wohnung, rannte fast die Treppen hinunter, wäre beinahe mit einem jungen Mann zusammengestoßen, das war wohl der erwartete Christian, fuhr es ihr durch den Kopf, aber sie blieb nicht stehen, lief aus dem Haus, zum Auto, warf sich hinter das Steuer, ließ den Wagen an und raste los. Ein paar Meter weiter hielt sie an und brach in hemmungsloses Weinen aus.

24

Mit der Gruppe traf sich Lisa wieder im Café dell'Arte, das zu ihrer aller Lieblingstreffpunkt geworden war. Samir, den sie zu diesem Treffen eingeladen hatte, war schon da und begrüßte gerade alle Reisemitglieder mit seinem strahlenden Lächeln, seinem schwäbischen Akzent und einem festen Händedruck. Viele Fragen stürmten auf ihn ein, aber offensichtlich konnte ihn nichts aus der Ruhe bringen, denn geduldig gab er Antwort.

Lisa beobachtete vor allem die Gruppe und war sehr stolz darauf, dass alles, was Regine oder Birgitta, Felix, oder Christa und auch Philipp wissen wollten, sachlich fundiert war. Nicht einen Augenblick lang spürte sie Unsicherheit oder Ängste bei ihnen.

Ein wenig beunruhigt schaute sie allerdings zu Christa, die offensichtlich von Samir nicht nur als zukünftigem Reisebegleiter begeistert war. Er schien ihr auch als Mann absolut nicht gleichgültig zu sein. Während Felix' Gesichtsausdruck sich immer mehr verdüsterte. Das fehlte noch – Eifersuchtsdramen in der Wüste. Und sie nahm sich vor, mit Christa zu sprechen.

Warum eigentlich mit Christa? Sie hatte wohl ziemlich deutlich gezeigt, dass sie nichts von Felix wollte. Also musste sie mit ihm sprechen. Das könnte ja eigentlich Philipp machen? Nein, besser nicht, sie wollte ihm auf gar keinen Fall eine Sonderstellung innerhalb der Gruppe einräumen, obgleich ... hatte er die nicht schon längst? Nein, ihre Gefühle hatten nichts damit zu tun. Es war unmöglich, dass es in der Gruppe bei dieser Reise noch jemanden geben konnte, der außer der Reiseleiterin das Sagen hatte. Herrgott nochmal, warum muss nur alles immer so schwierig sein? Und auch wenn sie sich gegen solche Gedanken wehrte, fragte sie sich, wie es mit ihr und Philipp weitergehen würde. Wie werden wir während der Tour mit so viel Nähe fertig? Sie wusste es nicht. Lass halt einfach alles auf dich zukommen. Vielleicht sind solche Überlegungen sowieso unsinnig, beruhigte sie sich selbst. Sie würden ja erst in sechs Wochen starten. Da konnte noch so viel geschehen ... Samir bemühte sich, alle Fragen, die die Einzelnen sich aufgeschrieben hatten, zu beantworten. Er sprach von ihrer Ankunft in Casablanca: „Dort kann ich Sie leider nicht abholen, aber noch am gleichen Abend geht Ihre Maschine nach Ouarzazate, wo ich Sie dann am Flughafen erwarte." Er nannte ihnen auch schon das Hotel, in dem sie die erste Nacht verbringen würden. Er ließ Bilder herumgehen von den Zelten, die während der Wanderung für alle, die nicht im Freien übernachten wollten, zur Verfügung standen. Er sprach von den Treibern und den Tieren, die sie begleiten würden. Und schwärmte vom leckeren Essen, für das ein Koch sorgen würde und das jeden Tag frisch auf den Tisch käme, was ihm niemand so recht glauben wollte. Bei seiner Schilderung leuchtender Sonnenuntergänge und nächtlichem Sternenhimmel wurden die Mienen der Anwesenden immer verträumter, und Lisa hatte den Eindruck, als wären alle am liebsten sofort zum Flughafen gefahren.

Samir begleitete Lisa und Philipp noch zum Domplatz, dort nahm er ein Taxi, und es war Lisa, als ginge ein Freund. Und das nach den wenigen Stunden, die sie sich gesehen haben? Sie empfand es als gutes Vorzeichen und als sie es Philipp sagte, war er der gleichen Meinung.

„Hast du heute noch was vor?"

Was sollte sie schon vorhaben? Ihre Tochter wollte sie nicht sehen, ihr Mann merkte nichts von ihrer Anwesenheit, warum nicht ein wenig mit Philipp durch Mainz streifen?

„Wir könnten gemeinsam essen gehen, einverstanden", war ihre Antwort. Sie wählte den Augustinerkeller, die Atmosphäre dort gefiel ihr und obendrein war das Essen gut.

Als sie nach dem schummrigen Licht des Restaurants wieder in die Tageshelle traten, meinte Lisa: „Was hältst du davon, ein wenig in die römische Vergangenheit von Mainz, vielleicht in den Isistempel. hinabzusteigen? Ich könnte mir vorstellen, dass er dir genauso gefallen wird wie mir", fragte sich allerdings im gleichen Augenblick auch – und was – wenn er sich gar nicht für etwas interessiert, was ihr wichtig ist?

Aber alle Zweifel verschwanden, als sie beobachtete, wie er staunend mit ihr die vielen Treppen hinunter in die Dunkelheit mit dem schummerigen Licht indirekter Leuchten stieg. Und als sie leise murmelte: „Diese Stille hier – für mich ist es wie das unhörbare Atmen der Vergangenheit", merkte sie an seinem zustimmenden Nicken, dass er sie verstand.

Um die anderen Besucher nicht zu stören, erklärte Lisa flüsternd: „Ein Tempel für die altägyptische Gottheit Isis. Als Mater Magna verehrt und angebetet seit dem 3. Jahrhundert vor Chr. in Rom. Und zwar als Muttergottheit, also als Frau."

Sie hielt einen Augenblick inne – und wunderte sich über ihren Mut, ihm gegenüber zu diesen sehr intimen Empfindungen zu stehen: „Ich glaube, zu ihr könnte ich beten. Nicht zu einem Mann. Nicht zu einem Vater."

Philipp sah sie erstaunt an: „Warum nicht? War das schon immer so?"

Sie überlegte einen Augenblick, bevor sie antwortete: „Bewusst – nein, dafür war ich zu traditionell erzogen. Aber schon bald fand ich die Idee einer ausschließlich männlichen Gottesgestalt ungerecht. Stell dir nur mal vor, hier ist der Tempel einer Muttergottheit aus dem 3. Jahrhundert vor Chr., und heute dürfen Frauen in vielen Religionen noch nicht mal einfache Priesterinnen werden, von einer Gleichberechtigung in jeder Hinsicht ganz abgesehen."

Sie merkte, dass ihr das Gespräch entglitt und auch nicht so recht in diese Umgebung passte, also fügte sie nur noch hinzu: „Übrigens war es schon dreihundert Jahre nach Chr. mit diesem Kult hier in Mainz vorbei. Das bedeutet, dass 1700 Jahre die Menschen über diese Stätte gelaufen sind und nicht gewusst, nicht einmal geahnt haben, welch verborgene Schätze unter ihren Füßen ruhten."

Sie hatte sich bei Philipp untergehakt: „Ist das nicht schrecklich? Vor 1700 Jahren wurde hier gebetet, wurden Opfergaben auf Altären verbrannt, und dann versinkt alles im Abgrund des Vergessens, um eines Tages, bei dem banalen Bau einer Einkaufspassage, zufällig gefunden zu werden."

„Und was ist daran so erschreckend?"

„Verstehst du denn nicht? So viel intensives Leben, gelebter Glaube, so viel Liebe und dann ... nichts mehr, einfach unter- oder in anderen Kulturen aufgegangen und dann irgendwann zufällig wieder entdeckt. Das ist es, was mich erschreckt. Ich habe Angst vor diesem Nicht-Sein. Hier haben wenigstens Zeugnisse von Kulturen überlebt. Was aber bleibt von uns, von mir?"

Philipp hatte zärtlich ihren Arm gedrückt – für einen Augenblick das Gefühl von Nähe und Verstandenwerden. Schweigend waren sie noch an Tafeln mit erklärenden Texten zu den ausgestellten Funden vorbei gegangen, bevor sie Lust hatten, wieder ans Tageslicht zu steigen, um in die Gegenwart zurückzukehren. Einer Gegenwart, die mit ihrer Hetze, den einkaufenden Menschen, dem Stimmengewirr und der Überfülle der Angebote in einem so krassen Gegensatz stand zu der Welt, aus der sie gerade aufgetaucht waren.

Sie gingen ins Eiscafé der Römerpassage, bestellten einen Espresso und Lisa meinte: „Du hast noch gar nichts zu den Erklärungen von Samir gesagt. Gibt es noch Fragen? Glaubst du, dass alle sich nun ohne Vorbehalte vorbereiten können?"

„Welche Vorbehalte? Jeder hat seine Fragen gestellt und beantwortet bekommen. Jetzt werde ich langsam die Sachen zusammen suchen, die mir für die Reise wichtig erscheinen, und das wird den andern genauso ergehen. Wie schnell sind sechs Wochen vergangen. Freust du dich oder machst du dir Sorgen darum, ob alles klappen wird?"

„Quatsch, ich bin nicht für erwachsene Menschen verantwortlich. Allerdings bin ich die Reiseleiterin, und da muss ich schon sicher sein, dass erst einmal alle Unklarheiten beseitigt sind."

„Mach dir nicht so viele unnötige Gedanken."

Er bestellte ihnen noch einen Espresso und während sie auf den Kellner warteten, fragte er: „Darf ich dir mal einen Vorschlag machen?"

Lisa sah ihn neugierig an: „Welchen?"

„Hast du Lust, auch einmal nach Konstanz zu kommen,

einfach um die Stadt kennen zu lernen, in der ich wohne?"
Sie hatte alles erwartet, nur das nicht. Doch bevor sie sich
bewusst wurde, was er da eigentlich gefragt hatte, hörte sie
sich sagen: „Warum nicht? Gar keine schlechte Idee, es ist
Ewigkeiten her, dass ich am Bodensee gewesen bin."

25

Am Abend nach diesem mit so vielen Eindrücken und Empfindungen angefüllten Tag saß Lisa lange am Bett von Lukas. Die Besuchszeiten waren zwar längst vorbei, aber sie wusste, dass sie jederzeit kommen konnte. Man hatte sich auf der Station an sie gewöhnt und oft hatte sie das Empfinden, als wären die Schwestern der Meinung, sie gehöre hierher als ein Teil von Lukas.

Sie griff nach der Hand ihres Mannes und dachte: Wenn nur einmal, ein einziges Mal eine Reaktion zu spüren wäre. Sie strich über sein Gesicht, einst so lebendig und geliebt und konnte die Tränen nicht mehr zurückhalten, die sie mit einer solchen Trostlosigkeit überschwemmten, dass sie meinte, daran zu ersticken. Wann hatte sie zum letzten Mal so hemmungslos am Bett von Lukas geweint? Hatte sie sich nicht eingebildet, sich an das Leben ohne ihn und trotzdem bestimmt durch ihn, längst gewöhnt zu haben?

Lukas, ich möchte dir von Caroline sprechen, von Philipp, von meiner Reisegruppe und unserer Wüstenwanderung, von meiner Kunst, aber du hast mich allein gelassen. Lukas, es gibt niemanden in meinem Leben, mit dem ich all das teilen könnte!

Nein? Und wo war Philipp? Wie lange wollte sie sich noch etwas vormachen, wie lange noch fliehen vor Gefühlen und Wünschen?

Sofort wich sie diesen Gedanken aus und sprach weiter: ‚Caroline versteht mich nicht. Für sie gehörst du nach Hause. In ihren Augen bin ich egoistisch. Sie verlangt, dass ich mich, dass ich mein Leben aufgebe, weil sie immer noch nicht begriffen hat, dass es unser Leben, deines und meines nicht mehr gibt. Und jetzt geht sie nach Berlin! Ohne eine weitere Aussprache, ohne einen Abschied!' Wieder stiegen Tränen hoch und völlig verzweifelt legte sie ihren Kopf auf Lukas Brust, hörte den Herzschlag, der Leben vortäuschte. Und dachte, selbst jetzt verschweigst du ihm Philipp. Dass er der Mensch in ihrem Leben ist, der sie versteht, der sie begehrt, und mit dem sie sich vorstellen könnte, ein neues Leben zu wagen. Aber was heißt denn ‚ein neues Leben'. Das alte würde sofort alles ersticken. Zu einer neuen Beziehung gehörte nicht nur Liebe und gegenseitiges Verstehen, nein, auch Freiheit war wichtig. Sie aber war nicht frei, würde es, so lange es Lukas gab, nie sein.

‚Lukas, kannst du verstehen, dass ich leben möchte? Ich hatte keinen Unfall, mein Leben endete nicht an einer Autobahnplanke, und ich möchte wieder fühlen, lieben, begehren, ich sein. Und wage es nicht!'

Und in diesem so einmaligen Moment die Erkenntnis, um genau dieses „Ich" sein zu können, musste sie Philipp mit ihrer Situation konfrontieren. Alles andere wäre Betrug, nicht nur an Philipp, auch an Lukas.

Ein kreisendes Chaos in ihrem Kopf machte es ihr unmöglich, sich zu erheben und wegzugehen. Wenn ich einfach hier liegen bleibe? Mich – gemeinsam mit dir – nicht mehr einem Draußen aussetzen? Noch während sie dies dachte, wusste sie, dass ihre Lebensgier diese Entscheidung sofort zunichte machen würde. Mit brennender Klarheit erkannte sie, gleichgültig, für was sie sich entscheiden würde, es bliebe immer eine tiefe Wunde aus Schmerz und Bereuen, und die würde sich nie mehr schließen.

Mit schweren Gliedern erhob sie sich, beugte sich über Lukas, küsste ihn sanft auf die Stirn und entfernte sich mit leisen Schritten von seinem Bett. Bevor sie die Tür öffnete, drehte sie sich um und flüsterte. ‚In zwei Tagen fahre ich nach Konstanz, Lukas'.

26

Zwei Tage nach dem Besuch im Marienstift holte Lisa ihren kleinen Sportwagen aus der Garage, stellte das Navi ein und fuhr los in Richtung Konstanz.

Es war ein für Februar viel zu milder, sonniger Tag. Sie schob eine CD in den Player – Christoph Willibald Gluck. Er war einer ihrer Lieblingskomponisten. Die Oper Alceste oder die Ballettmusik aus Don Juan, aber am meisten der Reigen seliger Geister aus Orpheus und Euridice. Während sie den Wagen durch den regen Verkehr lenkte, gestand sie sich allerdings ein, dass die Arie „ach ich habe sie verloren" nicht die richtige Begleitmusik fürs Autofahren war. In den ersten Wochen nach Lukas Unfall war es die einzige Musik gewesen, die sie ertragen hatte.

Ich sollte etwas anderes auflegen, die gehört zu Lukas und mir, und ich bin auf dem Weg zu Philipp.

Sie hielt kurz auf dem nächsten Parkplatz an, suchte im Radio einen Sender mit Unterhaltungsmusik, ging ein paar Schritte, was sie immer machte, wenn sie länger mit dem Auto unterwegs war. Als sie weiterfuhr, freute sie sich auf die kleine Pension „Gretel", die zumindest auf ihrer Homepage einen sehr guten Eindruck machte. Schlicht möblierte Zimmer, wobei sie das etwas teurere genommen hatte, denn Dusche auf der Etage, nein, aus dem Alter war sie raus.

Sie hatte Philipp nicht geschrieben, dass sie kommen würde, sie wollte ihn überraschen, um ihn mitten in seinem Alltag zu erleben und nicht schon auf sie vorbereitet wäre.

Sie merkte, dass sie zu schnell fuhr – Sehnsucht konnte das

ja nicht sein, eher Neugier, Aufregung und ... ja, auch Freude. Sie wiederholte leise die Frage, die sie vor einigen Tagen in einem Buch gelesen hatte: Welche Farbe hat die Freude, welchen Klang die Hoffnung?

Gibt es sie überhaupt noch in meinem Leben – Freude – Hoffnung? Doch, es muss sie noch geben, und sie würde sie sich auch nicht nehmen lassen. Die Worte hallten wie eine Botschaft von irgendwoher durch ihren Kopf, als sie Stunden später ins Zentrum von Konstanz einbog, sicher von ihrem Navi zur Zollemstraße geleitet.

Schon auf den ersten Blick gefiel ihr dieses mittelalterliche Häuserensemble. Und als sie in ihr Zimmer kam, wusste sie, dass sie eine gute Wahl getroffen hatte. Hier könnte sie es dieses lange Wochenende, das vor ihr lag, aushalten. Rasch packte sie ihren Koffer aus, dann griff sie zum Handy. Legte es wieder weg. Immer noch zögernd! Immer noch unsicher! Warum nur? Sie hatte sich doch schon längst entschieden! Wirklich? Ja – ja, und sie spürte völlig unerwartet Sehnsucht, die ihren ganzen Körper und jede Zelle durchflutete.

Sie möchte ihn fühlen, seine Haut riechen, sich seinen zärtlichen Händen hingeben. In seinem Begehren die Antwort auf ihre Wünsche finden. Es ist schon so lange her, dass sie sich solche Gefühle eingestanden hatte.

Mit Lukas, ja, aber das ist Vergangenheit. Vergangenheit? Ja – Vergangenheit. Am liebsten hätte sie losgeschrien: Ich kann mich ja kaum noch an seine Zärtlichkeiten erinnern. Höre nicht mehr den erregten Klang seiner Stimme, wenn er mir die verrücktesten Liebesworte ins Ohr flüsterte. Ich weiß nicht mehr, was ich empfunden habe, als er langsam in mich eindrang, immer darauf bedacht, uns gleichzeitig

Lust zu schenken.

Aber das war nicht immer so. Manchmal war sie noch da, die Erinnerung.

Wenn die warme Stimme Nat King Coles erklang, wenn er ihr gemeinsames Lieblingslied sang.

Leise summte sie den Text vor sich hin:

Oh, how I miss you tonight, [9]
miss you while lights are low.
Oh, how I need you tonight,
more than you'll ever know.'

Und nun ... Philipp?

Entschlossen griff sie nach ihrem Handy, wählte seine Nummer.

„Hallo", nie meldete er sich mit seinem Namen. Lisa zögerte einen Augenblick zu lang, hörte seine fragende Stimme: „Lisa?"

Warum rechnete er mit ihrem Anruf? Und warum nicht?

„Philipp!"

„Lisa, wo bist du? Ist was passiert? Soll ich kommen?"

„Ja, Philipp, komm. Aber du brauchst nicht nach Mainz zu fahren. Ich bin in Konstanz, in der Pension Gretel", und ohne eine Antwort abzuwarten, legte sie auf.

Die nächste halbe Stunde war freudvolle Erregung. War ungestümes Warten, das es ihr fast unmöglich machte, sich zu bewegen. Es schien eine unendlich lange Zeit vergangen, bis es endlich an ihre Zimmertür klopfte. Sie standen sich gegenüber, zögernd, beinahe schüchtern. Bis Philipp die Tür hinter sich zuzog.

---

[9]Lied gesungen von Nat King Cole

Bis er Lisa einfach in die Arme nahm.

„Endlich", seine Stimme, so zärtlich und leidenschaftlich. Das Gefühl, sich nie mehr loslassen zu wollen. Keine Zeit mehr zu verlieren. Sein Mund suchte ihre Lippen, strich mit der Zunge darüber, bis sie sich öffneten zu einem hungrigen Kuss voll Begierde und Sehnsucht. Ungeduldig zogen sie sich gegenseitig aus. Seine Hände in ihrem Haar, Finger, die ihr Gesicht nachzeichneten, über den Hals zu ihren Brüsten glitten. Sie zitterte, möchte mehr und mehr, wehrte sich nicht, ließ seine Hände und Lippen gewähren, sie überall berühren, spürte sein Erschauern, als sie seine Zärtlichkeiten erwiderte!

Ihre Haut brannte, der Körper glühte, ein helles Lachen stieg in ihr auf – ich bin jung. Ich bin stark und schön und ich lebe. Und zu leben ist herrlich!

Als sie wieder zu Atem kamen, sagt er sehr leise direkt an ihrem Ohr „Ich hab so auf dich gewartet. Könnte es so nicht immer sein?"

Diesmal ließ sie ihre Zweifel nicht zu Wort kommen, fragte nicht „wie lange ist immer?" Sie kuschelte sich in seine Wärme. Seine Arme hielten sie fest. Ihr Gesicht an seinem Hals. Tief atmete sie den Geruch nach Schweiß und Rasierwasser ein – glücklich wie seit Jahren nicht mehr.

27

Die Tage waren angefüllt mit Konstanz und die Nächte mit der Glut einer Wirklichkeit gewordenen Sehnsucht. Sie machten lange Spaziergänge durch die Stadt, schlenderten über die Uferpromenade. Beobachteten die Menschen, die auch zu dieser Jahreszeit das Seeufer bevölkerten. Das Wetter verwöhnte sie, so dass sie sich treiben ließen, die zaghaft scheinende Sonne, den Blick über die gleißende, flimmernde Oberfläche des Wassers genießend. Und unterhielten sich über Philipps Buchprojekt.

Zögernd fing er an: „Du hast mich am Weihnachtsabend gefragt, was die Zeit eigentlich misst. Die Antwort lautet schlicht und einfach: wir wissen es nicht."

Sie unterbrach ihn: „Auf unserem Planeten wissen wir es schon. Oder?"

„Das bilden wir uns ein. Wirklich begreifen können wir nur was wir riechen, fühlen, sehen. Oder bist du anderer Meinung?" Er ließ ihr keine Zeit zu antworten: „Das ist bei der Zeit eben unmöglich. Aber dennoch existiert sie. Vielleicht machen wir uns einfach von der Zeit ein falsches Bild. Ich glaube, du hast bei unserem letzten Gespräch gesagt, dass fünf Minuten Freude scheinbar schneller vergehen als fünf Minuten Schmerz. Obendrein ist man noch dahinter gekommen, dass wir den Augenblick offensichtlich mit einer kurzen Verzögerung wahrnehmen. Frage? Gibt es dann überhaupt eine Gegenwart? Kaum haben wir sie erlebt, ist sie ja schon wieder vergangen. Oder: Während wir sie erleben, muss sie ja schon vorbei sein, wenn es stimmt, dass wir sie mit Verzögerung wahrnehmen." Philipp hatte immer eindringlicher gesprochen. Mit lebhaften Gesten begleitete er das, was er deutlich machen wollte.

„Soll das heißen, unser Zusammensein eben ist schon Vergangenheit?", es sollte lustig klingen, war es aber nicht. Denn Lisa spürte, wie sehr ihn dieses Thema beschäftigte und das wahrscheinlich nicht erst seit kurzem. Sie erinnerte sich daran, wie er vom Tod seiner Frau gesprochen hatte. War dieses Thema also sein Fluchtpunkt wie für sie die Steine? Sie hatte ihre Frage fast schon vergessen, als Philipp sagte:

„Vielleicht! Ich weiß es nicht."

Sie waren während des Gesprächs langsam in die Innenstadt zurückgekehrt. „Lass uns morgen oder in den nächsten Tagen weiter sprechen. Ich möchte dir noch so viele meiner Überlegungen erklären, dafür reicht ein Nachmittag einfach nicht."

Arm in Arm, ohne Hast wurden sie Teil des Touristenstroms, bis sie beim Café *Aran* Halt machten. „Du – ich habe Riesenlust auf einen Kaffee. Und das Aran ist für mich das, was für dich das Café dell'Arte in Mainz ist. Hast du Lust?"

„Und wie", versicherte Lisa, und während Philipp für den Kaffee anstand, suchte sie eine gemütliche Ecke.

Als sie in den bequemen Sesseln der kleinen Nischen ihren Kaffee tranken, meinte Lisa: „Lass uns noch ein wenig über dein Thema sprechen. Es interessiert mich sehr und ...", sie hielt einen Augenblick inne, bevor sie leiser fortfuhr: „Es berührt wahrscheinlich auch etwas sehr Wichtiges in mir."

Philipp sah sie forschend an, ging aber nicht weiter auf den letzten Teil ihres Satzes ein, wofür sie dankbar war. Sie drängte ihn geradezu weiter zu sprechen:

„Philipp, ich möchte wirklich, dass du deine Gedanken weiter spinnst. Ich kann einfach nicht immer nur davon laufen und mich den wichtigsten Fragen nicht stellen."

„Nein, das brauchst du ja auch gar nicht. Denn im Grunde erreicht gerade die Auseinandersetzung mit diesem Thema das Gegenteil von Angst und Alptraum. Zeit kann man nicht einfach in Schubladen stecken. Sie ist etwas", er zögerte und fuhr dann mit einer Begeisterung fort zu sprechen, die Lisa berührte, „sie ist etwas Fließendes und genau deshalb so schwer zu fassen. Glaub mir, es ist mir auch schwer gefallen zu akzeptieren, dass unsere menschliche Zeit eingeteilt ist in scheinbare Gegenwart, aber auch in Vergangenheit und Zukunft. Ich betone, unsere menschliche Zeit und das heißt nun mal, dass es die Vergänglichkeit und den Tod gibt."

Lisa nickte bestätigend, wollte sagen, das ist es ja gerade, was mich ängstigt. Aber sie schwieg und Philipp fuhr fort: „Für uns ist die Zeit eine Grenze zwischen der Unendlichkeit und der Ungewissheit."

Über die Ungewissheit wollte Lisa im Augenblick eigentlich nichts hören, fragte stattdessen:

„Sag mal, wie kamst du eigentlich auf dieses Thema?"

„Wie? Da kann ich dir sogar ein genaues Datum sagen. Es war 2009, als es genau 40 Jahre her war, dass der Mensch ins Universum aufgebrochen ist, ich meine, dass er sich wagte, ins All vorzustoßen. Das bedeutete, dass er zum ersten Mal in der Menschheitsgeschichte auf den eigenen heimatlichen Planeten, nämlich auf die Erde blicken konnte. Stell dir das mal vor! Da schwebte in schwarzer Nacht unter den Astronauten schwerelos ein leuchtender Körper. Ich erinnere mich, wie sie geradezu überschwänglich von

diesem Ereignis mit den Worten schwärmten: *‚Die Erde erschien vor der unendlichen Schwärze des Alls als ein leuchtender Saphir auf schwarzem Samt.'*[10]
Das löste etwas in mir aus. Etwas, nach dem ich vielleicht immer schon gesucht habe. Es war nicht nur der Blick auf die Erde, es war mir, als seien sie aus der menschlichen Zeit ausgebrochen. Eine phantastische Vorstellung! Darüber musste ich einfach schreiben. Über die Bedeutungslosigkeit unserer Zeit und als Gegensatz dazu die einzig gültige Wirklichkeit." Lisa unterbrach ihn skeptisch: „Die einzig gültige Wirklichkeit? Ist das der Glaube, von dem du vorhin gesprochen hast?"

„Nenne es Glaube, nenne es Vorstellung oder Überzeugung. Für mich gilt jedenfalls, dass es eben hinter der von Menschen zu wichtig genommenen Zeit noch eine Wirklichkeit gibt, auch wenn wir sie nicht kennen, sondern nur an sie glauben können."

„Du glaubst also an eine Ewigkeit?"

„Ja! Mir hat der Gedanke, dass es etwas gibt, das nach dem Tod kommt, lange Zeit Kraft gegeben."

Lisa schwieg und trank nachdenklich ihren Kaffee.

Nach einer Weile unterbrach Philipp die Stille: „Vor Jahren habe ich einmal in einem kleinen indianischen Poesieband ein Gedicht von Barbara Boots gefunden, das mich so erschreckte, dass ich es nie vergessen habe. Willst du es hören?"

Sie schmiegte sich in seinen Arm: „Ja, natürlich."

Mit monotoner Stimme deklamierte Philipp:

---

[10]Sätze der Astronauten bei der ersten Mondlandung

150

„Ich habe das „Morgen"[11]
Von meiner Seele gestreift,
da alles sicher zu sein schien.
Die Zukunft verwirrt nicht länger meine Gedanken
Denn da ist
Nichts!
Verscharrt wie ein alter Hundeknochen
Weggeworfen, begraben ...
die Leere hat über die Träume gesiegt".

Plötzlich war die Kälte greifbar, sie strömte durch Lisas Gedanken, durch ihren Körper: „Das ist – das ist so schrecklich hoffnungslos", sie konnte nur flüstern.

„Ist es nicht das, was du nach dem Tod erwartest – das Nichts, die Leere, die über die Träume siegt?" Philipp bemühte sich, beruhigend zu sprechen.

„Aber wenn ich unfähig bin, meine Zweifel und damit meine Angst zu überwinden? Wenn ich mir das, was du für selbstverständlich hältst, nicht vorstellen kann?" Sie merkte selbst, wie verzweifelt ihre Stimme klang.

Philipp nahm sie wortlos in die Arme und die Angst wich dem Gefühl von Sicherheit.

---

[11] Barbara Boots ‚Ich habe das Morgen ...'

28

Schattenkälte – lärmende Stille. Die Frau machte kein Licht.
Angst – überall nur Angst. Der Puls jagte. Das Blutdruckmess-
gerät – auf dem Nachttisch. Es leuchtete in furchterregenden
grellen Farben. Immer greifbar. Gesetz der Kontrolle!
Jetzt erhob sich die Fremde aus ihrem Bett. Schaudernd erkannte
Lisa, dass sie selbst die Fremde war. Sie lief ruhelos in der Woh-
nung auf und ab.
Es war das Herz – wenn es nun stehen blieb?
Atemnot – das Gefühl zu ersticken.
Sie fiel auf einen Stuhl in einer kleinen fremden Küche. Der
Herzschlag dröhnte in ihrem Kopf, hämmerte gegen die engen
Wände ihres Körpers, verselbständigte sich und wurde zum
dumpfen Geräusch, das die Küche ausfüllte.
Tiefe Einsamkeit und … Angst.
War es das Ende?
Plötzlich war da ein kleines Mädchen. Es stand am Bett der toten
Mutter. Erschrak vor den skelettartigen Händen. Den leeren Au-
gen. Dem leicht geöffneten Mund.
Das Bild wechselte, es war wieder sie selbst, die durch die Küche
hastete. Aufräumen, sie muss aufräumen. Kein schmutziger Tel-
ler, kein gebrauchtes Glas durfte mehr in der Spüle stehen. Alles
musste blank geputzt sein. Dann hetzte sie ins Wohnzimmer,
schüttelte Kissen auf, rannte ins Bad, polierte die metallenen
Wasserhähne. Wischte über Wände, Waschbecken, Spiegel.
Dabei lärmten stets die gleichen Worte in ihrem Kopf. War das
das Ende? Sie wollte fliehen, und dennoch das unsinnige Bestre-
ben, immer bereit sein zu müssen – bereit für den Tod. Ein Ge-
danke, der ihr die Luft zum Atmen nahm, den Mund austrockne-

te, ihre Hände zittern ließ.

Unvermutet tauchte Philipp auf, aber es war nicht wirklich Philipp, er sah nur so aus. Sie ahnte, dass es Lukas war. Sie fing an zu betteln. ,Ich will nicht sterben! Lukas holst du mich?

Weil ich mit Philipp ...?

Das Herz raste.

Farbsplitter leuchteten auf. Menschen, die sich liebten oder stritten, lachten oder weinten. Leben!

Sie wollte dabei sein – immer – und wusste gleichzeitig: Nie mehr Musik hören! Nie mehr im Gras liegen und in die Sonne blinzeln! Nie mehr barfuß durch warmen Sand laufen und dem aufgeregten Spiel der Wellen zuschauen! Nie mehr erste Regentropfen auf dem nach oben gewandten Gesicht! Nie mehr streichelnde Hände und stöhnende Lust.

Denn ... sie wäre tot! Alles, was sie empfunden, was sie gedacht, was sie erlebt hatte von Flammen verbrannt oder von unzähligen Würmern zernagt, zerfressen, ausgelöscht.

Dieses Labyrinth der gnadenlosen Angst.

Sie erwachte davon, dass Philipp sie schüttelte. „Lisa, was ist? Du hast geschrien. Es ist nur ein Traum, nichts als ein Traum."

Zitternd klammerte sie sich an ihn, möchte in seinen Armen Schutz, nur Schutz suchen.

29

Lisa blieb zwei Tage länger, als sie beabsichtigt hatte. Am Montagmorgen entschloss sie sich, Philipp eine Nachricht zu hinterlassen und nach Hause zu fahren. Sie brauchte fast eine Stunde für die paar Worte, die sie schließlich auf die aus einem Prospekt herausgerissene Seite schrieb.

„Philipp, bitte versteh mich. Du spürst und weißt, dass ich dir gegenüber nicht ehrlich bin. Ich kann nicht mehr damit leben, dass etwas zwischen uns steht, was ich dir bisher nicht erklären konnte. Aber hier geht es nicht. Wenn du mir meine überstürzte Abreise verzeihen kannst, warte ich auf dich in Mainz. Lisa."

Sie hatte ihre paar Sachen schon in der Nacht, die sie nicht zusammen verbracht hatten, gepackt, bezahlte die Rechnung, ließ den Brief für Philipp am Empfang. Den erstaunten Blick von Therese, der jungen Angestellten, übersah sie.

Auf der Rückfahrt versuchte sie sich vorzustellen, wie sie Philipp am behutsamsten von Lukas erzählen würde. Alles war nun wieder ganz nah – das Pflegeheim, Lukas, die Unversöhnlichkeit von Caroline, all die Trostlosigkeit, die sie in den paar Tagen mit Philipp verdrängt hatte.

Warum sage ich ihm nicht einfach die Wahrheit?

Weil es keine eindeutige Wahrheit gab. Hier war Philipp, von dem sie sich, vor allem nach den vergangenen Tagen, wünschte, dass er zu ihrem Leben gehören möge, und dort war Lukas und der Gedanke an ihn, an ihren Mann, der nicht mehr ihr Mann sein konnte, war unerträglich. War es Verrat an Lukas, wenn sie mit ihrem Geliebten über ihn sprechen würde? Wenn sie gar gemeinsam ins Marienstift gingen, sie und Philipp.

Immer diese Fragen! Ich halte es nicht mehr aus! Wenn Philipp kommt, dann werde ich ihm alles erklären. Oder ... zeigen? Sie schämte sich darüber, wie sie an Lukas dachte. War er etwa ein Etwas, ein Neutrum, das man vorführen darf? Blödsinn, so denke ich doch gar nicht an ihn. Nein – aber es gibt dennoch nur den Weg der Konfrontation. Erst dann wird es eine Entscheidung geben.

Entscheidung – für wen, für was? Ihr Kopf brummte. Das war alles zu viel. Sie wollte sich darüber nicht immer Gedanken machen müssen und war dennoch unfähig, das Denken, das Fragen abzuschalten. Und wenn er sie daraufhin verlässt? So einen Schock – den akzeptiert man nicht einfach so. Vielleicht verurteilte er sie, weil sie mit ihm geschlafen hatte?' Sie stöhnte auf: Hör auf! Hör endlich auf! Das bringt nichts!

Philipp stand drei Tage später vor ihrer Tür.

„Warum dieser Abschied? Ich stand ziemlich blöd ein paar Stunden später in der Pension Gretel." Seine Stimme klang zwar leicht verärgert, dennoch hatte Lisa das Empfinden, dass er sichtlich bemüht war, zu verstehen – sie zu verstehen!

„Das tut mir so leid, Philipp. Ich konnte nicht anders, dabei weiß ich gar nicht wirklich, warum ich so unvermittelt gegangen bin. Feigheit? Vielleicht. Angst dich zu verlieren? Ganz sicher!"

„Warum solltest du mich verlieren? Ich begreife das nicht!"

„Noch nicht, aber du wirst es verstehen. Komm, wir gehen."

„Und wohin?" Widerstrebend sah er sie an.

„Bitte! Komm einfach mit!"

Sie rief ein Taxi, sagte dem Taxifahrer als Adresse den Straßennamen und nicht das Stift, um den Augenblick der Wahrheit hinauszuzögern.

Sie wollte so gern nach Philipps Hand greifen, seine Wärme spüren. Und sagte sich gleichzeitig, dass dies unmöglich sei. Keine körperliche Nähe zu Philipp auf dem Weg zu Lukas.

Und empfand nur noch Panik, wenn sie sich die nächsten Minuten vorstellte.

Als der Taxifahrer sie absetzte, blickte Philipp sich um. „Und nun? Was sollen wir hier?"

Er steckte die Hände tief in seine Anoraktaschen. Gewiss nicht nur wegen der Kälte. Es bedeutete auch Abwehr, Unsicherheit. Durfte sie ihn so im Ungewissen lassen? Sie wusste keinen anderen Weg – irgendwelche Erklärungen wären einfach zu armselig.

Sie antwortete nicht, ging auf das Stift zu. Sie hörte seine fragende, zögernde Stimme: „Lisa ...", aber jetzt gab es kein Zurück, sie verhielt nicht den Schritt, bemüht, die aufkommenden Tränen zu unterdrücken.

Im Marienstift begrüßte man sie wie immer sehr herzlich, während Philipp neugierig gemustert wurde. Er blieb stehen. „Lisa, warum sind wir hier?"

Verzweifelt schaute sie ihn an: „Bitte Philipp, hab Vertrauen zu mir. Danach – danach wirst du verstehen, wirst du dich entscheiden müssen."

Widerstrebend folgte er ihr, als sie den Aufzug betrat und auf den Knopf des letzten Stockwerks drückte. Oben angekommen, gingen sie den roten Teppichboden entlang, der ihre Schritte dämpfte. ‚Ich bewege mich fast lautlos auf den entscheidenden Augenblick meiner Zukunft zu', dachte Lisa mit leichtem Schaudern. Dann blieb sie abrupt vor Zimmer 17 stehen.

Entschlossen klopfte sie, wie sie es immer tat, an Lukas Tür. Sie wollte nicht einfach jederzeit und ungefragt eintreten, auch wenn nie eine Antwort kam. Vorsichtig öffnete sie. Das Zimmer war von kalter Februarluft durchflutet, alle sonst geschlossenen Fenster standen weit offen, so, als ob Schwester Gertrud oder war es Elke von ihrem heute ganz besonderen Kommen gewusst hätten. Wegen der einströmenden Kälte schloss Lisa die Fenster, dann wandte sie sich an Philipp, der zögernd an der Tür stehen geblieben war. „Philipp, das ist mein Mann."

Philipp näherte sich dem Bett. Verharrte einen Augenblick vor Lukas – drehte sich um und verließ das Zimmer.

30

Lisa schaute ihm entsetzt hinterher, dann ging sie ihm nach. Er stand noch am Aufzug und vermied es, sie anzuschauen. Erst als sie in den Garten, der zum Stift gehörte, hinaustraten, wandte er sich ihr zu. Seine Stimme klang unendlich traurig. „Lisa, warum, um Himmels Willen, warum hast du mir das so lange verschwiegen? Ich wollte nicht am Bett deines Mannes sprechen, aber bitte, erkläre es mir."

„Warum? Ach Philipp. Da war vor fast fünf Jahren der schreckliche Unfall und der Kampf um sein Leben. Es gab nichts anderes, als bei ihm zu sein, keine Sekunde wollte ich Lukas allein lassen. So viel Hoffnung, jeden Tag – jeden Tag. Irgendwann die Gewissheit – er wird nicht zurückkehren. Er lebt und er lebt nicht. Ich habe es nicht akzeptiert, ich wartete. Wochenlang, monatelang, jahrelang. Bis ich aufgab, bis ich einsah, einsehen musste, dass unser gemeinsames Leben zerstört war – für immer. Ich suchte lange nach einem Ort, der ein Zuhause für ihn sein könnte. Ich selbst hatte weder die Kraft noch das Wissen, ihn heim zu nehmen, und so entschied ich mich für das Marienstift."
Sie schwieg, wischte sich mit dem Ärmel ihres Mantels übers Gesicht, sie wollte nicht weinen.
Als Philipp nichts sagte, sprach sie leise weiter: „Es traf nicht nur mich. Caroline – sie konnte es lange nicht fassen, dass ihr Vater nicht mehr für sie da war. Sie hatten ein so inniges Verhältnis zueinander. Und völlig unvorbereitet stand sie am Bett eines Mannes, der sie nicht mehr erkannte, mit dem sie nicht mehr sprechen konnte, der nicht mehr

für sie erreichbar war. Nicht nur meine, auch ihre Welt war untergegangen." Sie holte tief Luft, waren das nicht viel zu viel Erklärungen? Aber sie wünschte sich so sehr, dass er sie verstand, dass er nachempfinden konnte, warum sie ihm ihre ganze Situation verschwiegen hatte.

Sie gingen nebeneinander, so nah und dennoch so weit voneinander entfernt. Sie fing wieder an zu sprechen: „Bis ich eines Tages spürte, dass ich trotz allem weiterleben wollte. Auch für mich gab es noch das Lachen und die Freude, gab es all das, was den erfüllten Alltag ausmacht. Nur – die vielen Zweifel, die konnte ich nicht zum Schweigen bringen. Dieses ständige Hinterfragen all meiner Wünsche. Durfte ich mich wirklich so wichtig nehmen? War es nicht meine Bestimmung, für Caroline da zu sein und meinen Mann regelmäßig im Heim zu besuchen? Ich hatte zwar meine Reisen wieder aufgenommen, aber immer begleitet von schlechtem Gewissen."

Sie blieb stehen, hob den Ball auf, der auf den Weg gerollt war, sah sich suchend um und warf ihn dem kleinen Jungen zu, der auf sie zugerannt kam.

Sie spürte, wie Philipp nach ihrem Arm griff.

Das gab ihr Mut, weiter zu sprechen: „Und dann lernte ich dich kennen. Weißt du noch, damals vor der Spanienreise? Vom ersten Augenblick an gab es etwas zwischen uns, das viel mehr war als Sympathie – es war wie ein Ruf zurück – zurück ins Leben. Ich habe mich dagegen gewehrt. Wie konnte ich an mich denken, da war doch Lukas! Vor allem aber auch Caroline. Vor einiger Zeit hat sie erfahren, dass ich Lukas hätte nach Hause holen können – seither existiere ich für sie nicht mehr. Sie kann einfach nicht verstehen, dass ich nicht 24 Stunden am Tag für ihren Vater, für meinen Mann da sein kann!" Leise fügte sie hinzu: „Auch nicht mehr da sein möchte".

Es war, als erwachte Philipp aus der Starre, in die ihn die Konfrontation mit Lukas versetzt hatte. „Aber das wäre Wahnsinn! Du könntest gar nicht so für deinen Mann sorgen, wie er es braucht."

Mit mutloser Stimme antwortete sie: „Philipp, was nutzen alle verstandesmäßigen Erklärungen? Die Welt ihrer Kindheit, ihrer Jugend ist von einem Tag, von einer Stunde auf die andere kaputt gegangen. Sie kann mein Handeln einfach nicht verstehen. Und wenn ich ihr auch noch von dir sprechen würde, hätte ich sie wahrscheinlich für immer verloren."

Lisa schluckte, einen Augenblick war es ihr unmöglich, weiter zu sprechen. Nach einer kleinen Pause und einigen tiefen Atemzügen fuhr sie fort: „Dennoch begriff ich, dass ich so nicht weitermachen wollte. Und da geschah das bisher Undenkbare – ich begann, mich innerlich von meinem Mann zu trennen. Philipp, es war grauenhaft, denn da warst du, meine Sehnsucht nach dir, und da waren meine Schuldgefühle. Immer die anklagende Stimme in mir: Du verrätst Lukas. Er ist so wehrlos. Ich stand an seinem Bett, da lag der Mensch, der einst alles für mich war, und ich sah nur noch einen Mann, ausgesetzt einer schrecklichen Hilflosigkeit, eingeschlossen in eine entsetzliche Existenzlosigkeit."

Sie schluckte, presste einen Augenblick ganz fest die Lippen aufeinander, als wollte sie sich verbieten, weiter zu sprechen. Tat es dennoch: „Das ist aber noch nicht alles. Ich weiß doch noch nicht einmal, ob er mich nicht doch hört, ob er versteht, was ich sage, ob nicht noch Empfindungen da sind. Das macht mich fast wahnsinnig."

Lisas Stimme hatte immer verzweifelter geklungen. „Das Schicksal kann einfach nicht von mir verlangen, dass ich meine Gegenwart und meine Wünsche an eine Zukunft aufgebe. Dauernd bin ich hin und her gerissen zwischen meinen Empfindungen für dich, meinen Schuldgefühlen meinem Mann gegenüber und dem Anspruch Carolines." Sie schluchzte auf: „Für alle da sein, nur nicht für mich. Da bin ich zu dir gefahren. Und ich bereue es nicht, auch nicht am Bett meines Mannes."

Philipp legte den Arm um Lisa, sie fühlte sich geborgen in seiner Wärme, als er leise sagte: „Ich wusste nichts, gar nichts von dir. Nur dass ich vom ersten Augenblick unserer Begegnung an entdeckte, dass ich nach dem Tod meiner Frau wieder lieben konnte. Du hast es so schwer gehabt, und ich habe nichts davon gewusst. Vielleicht habe ich geahnt, dass du mir etwas dir unendlich Wichtiges verschweigst. Aber all das, was du gesagt hast, nein, das konnte ich mir nicht vorstellen. Ich war so glücklich darüber, dass du nach Konstanz gekommen warst. Für mich der erste Schritt in eine Zukunft, die wir vielleicht gehabt hätten. Und jetzt?"

„Was meinst du mit ‚und jetzt'." Sie schwieg. Was wollte er ihr sagen mit diesem ‚und jetzt'? Konnte er ihre Situation nicht ertragen? Flüchtete er vor der Ungewissheit, vor der Zwiespältigkeit ihrer künftigen Beziehung? Einer Beziehung zwischen Liebe und Schuld. In diesem Augenblick sah sie, wie Caroline den Garten betrat, zu ihr hinüber schaute und reglos stehen blieb ...

31

Philipp spürte Lisas Erschrecken, er sah zu der jungen Frau, die gerade den Garten des Stiftes betreten hatte und wusste, das konnte nur Caroline sein. Rasch nahm er den Arm von Lisas Schultern, murmelte: „Noch ist Zeit, soll ich gehen?"

Lisa hätte am liebsten ‚nein' geschrien! Ob heute oder später, einmal musste Caroline von Philipp erfahren.

Aber so? Und hier? Unvermutet fühlte sie sich nur noch erschöpft. Ich will nicht mehr – ich kann nicht mehr. Müde sagte sie: „Philipp, geh. Bitte, das hat nichts mit dir, nichts mit uns zu tun. Caroline hat ein Recht auf eine Erklärung. Versteh mich, bitte versteh mich. Ich rufe dich gleich nachher an."

In Philipps Augen war nur noch Traurigkeit, als er sich abwandte und mit großen Schritten den Weg weiter ging, der zu einem anderen Tor führte, ein direktes Zusammentreffen mit Caroline vermeidend.

Lisa konnte nichts anderes mehr tun als auf Carolines Reaktion zu warten. Dass sie Philipp gesehen hatte, war klar und auf ihre Fragen würde sie antworten.

Caroline kam zögernd auf die Mutter zu. Lisa fürchtete, ihr könnte die Stimme versagen, wunderte sich im gleichen Augenblick, dass sie eher gelassen klang, auch wenn sie selbst sich keineswegs so fühlte, als sie sagte: „Hallo Caroline."

„Wer war der Mann eben?" Auch wenn Carolines Frage kaum hörbar zu ihr drang, spürte Lisa die Angst und den Zorn, welche die paar Worte begleiteten.

Sie ging auf die Frage nicht ein, sagte nur: „Ich wusste nicht, dass das heute dein Besuchstag bei Papa ist. Ich wollte keine Begegnung erzwingen."

Caroline hatte immer noch wütend den Blick auf Lisa geheftet. „Wer war der Mann?"

„Der Mann heißt Philipp, und ich möchte nicht hier von ihm sprechen."

Die Stimme ihrer Tochter wurde schrill: „Was wollte der hier? Ist er der Grund, dass Papa hierher abgeschoben wurde?"

„Caroline – bitte. Glaubst du, dass das Marienstift der geeignete Ort für eine solche Auseinandersetzung ist?"

„Wo gibt es einen besseren Ort für deine Erklärungen als in der Nähe von Papa?"

„Gut, wie du willst. Dann eben hier", sie wandte sich um, ging in Richtung Marienstift. Caroline folgte ihr.

„Du möchtest etwas über Philipp wissen. Wie kannst du behaupten, dass Papa seinetwegen hier ist. Es hatte keine andere Lösung gegeben, wenn ich wollte, dass dein Vater gut versorgt ist. Aber darüber haben wir schon einmal diskutiert, darüber ist alles gesagt."

„Alles gesagt? Nichts hast du mir gesagt, außer dass du dich nicht fähig fühlen würdest, Papas Pflege zu übernehmen."

„Stimmt und nach wie vor bin ich der gleichen Meinung. Trotzdem bin ich die meiste Zeit bei ihm. Nur – ich habe noch ein Leben außerhalb des Krankenzimmers deines Vaters, der noch nicht mal weiß, dass ich da bin."

„Woher willst du das wissen?"

„Glaubst du nicht, dass ich mich das schon tausendmal gefragt habe? Dass dieses Nichtwissen ein schrecklicher

163

Zustand ist? Aber trotz aller Zweifel – ich möchte wieder ein normales Leben führen – mein Leben. Es wäre", sie unterbrach sich, hatte Angst, die Stimme würde ihr nun doch versagen, fuhr dann aber fort: „Es wäre so schön, wenn du wenigstens versuchen würdest, mich zu verstehen."

„Nein, das tu ich nicht! Ich möchte nur wissen, ob der Mann, der eben so überaus liebevoll den Arm um dich gelegt hatte, Papas Nachfolger ist?" Carolines Stimme triefte vor Hohn, aber auch vor unterdrückter Angst.

Lisa spürte, wie sie wütend wurde und ermahnte sich: Bleib ruhig, bleib ganz ruhig. Sie legt es darauf an, dich zu provozieren. Laut meinte sie: „Ich wollte dir schon länger von Philipp erzählen, aber ... na ja, du hast es nicht erlaubt."

Da von Caroline kein Widerspruch kam, fuhr sie fort: "Philipp und ich haben uns bei der Spanienreise kennen gelernt." Ein wenig atemlos hielt sie inne. Sie hatte gewusst, dass es ihr schwer fallen würde, Caroline von Philipp zu sprechen.

Caroline sagte immer noch nichts, sie war stumm neben der Mutter gegangen, bemüht, keinerlei körperlichen Kontakt zwischen ihnen zuzulassen. Lisa war über Carolines Schweigen erstaunt.

Ob sie vielleicht ...?

Was? Dich verstehen wird? Lisa, du kennst deine Tochter. Selbst wenn sie wollte, würde sie nicht so schnell nachgeben.

Trotzdem kam eine leise Hoffnung auf, noch verstanden zu werden. Die zerstob aber in dem Moment, als Caroline sagte: „Und ich dachte, nach Papa gäbe es keinen Mann mehr in deinem Leben."

Lisa blieb stehen. Ihre Stimme flehte geradezu um Verständnis: „Caroline, ich versuchte schon vor Wochen, dir die Ausweglosigkeit unserer Situation zu erklären. Es gibt keine Verbindung mehr zwischen deinem Vater und mir, nur noch von mir zu ihm. Keine Gemeinsamkeit mehr, kein Gespräch, kein Lächeln – nur nichts. Du – ich – wir erleben es täglich, entweder bei unseren Besuchen im Marienstift oder in unseren Gedanken und Gefühlen wie entsetzlich diese Hilflosigkeit ist, wie schwer es uns fällt, zu akzeptieren, dass es deinen Vater, meinen Mann, wie wir ihn kannten und liebten, nicht mehr gibt. Qualvoll und unerträglich dieses Wissen und dennoch müssen wir uns ihm stellen."

Sie ging langsam weiter: „Caro, du und ich, wir leben. Du gehst nach Berlin. Und ich – ich muss mit meinem Leben zurecht kommen. Und ich will nicht, dass es nur noch aus Erinnern und Alleinsein besteht. Das ist es doch nicht, was du von mir verlangen kannst."

Caroline drehte sich dem Ausgang zu „Und in dem Augenblick, als du das entschieden hast, ist Philipp aufgetaucht, ja? Wie praktisch!" Sie schob Lisa, als sie sich ihr in den Weg stellte, ungeduldig zur Seite. „Lass mich durch. Wie immer dürfte dir meine Meinung gleichgültig sein."

Lisa sah ihre Tochter entgeistert an: „Das ist nicht dein Ernst. Deine Vorwürfe sind absurd. Ich sagte es dir schon einmal: Über uns, über dich und mich hat das Schicksal entschieden. Ich wäre froh, wenn der Unfall nicht passiert wäre, wenn ich mit meinem Mann hätte alt werden können. Aber das wurde mir, von wem oder welcher Macht auch immer, nicht erlaubt. Wir hatten wundervolle Pläne, wir wollten reisen, irgendwann gemeinsam die Länder kennen lernen, die ich beruflich besucht hatte. Wir wollten vor allem erleben, wie deine Zukunft aussieht. Aber so ist es nicht gekommen. Ich wollte es lange nicht glauben, nicht wahrhaben, dass all das gemeinsame Leben, dass die Träume und Pläne vorbei waren, für immer vorbei. Aber mein Leben ist noch nicht zu Ende, ich bin erst 52."

„Du sprichst dein Alter an", fauchte Caroline. „Du bist nicht erst, sondern schon 52, und du hast noch so viel. Du hast mich, du hast deine Kunst, und Mama", ihre Stimme klang nach mühsam unterdrückten Tränen, „noch lebt Papa. Noch atmet er, noch gibt es Hoffnung, noch kannst du sein Herz schlagen hören, denn noch ist dein Mann nicht tot, nicht begraben. Genügt dir das nicht? Ist das nicht genug Leben?"

Lisa fühlte sich hin und her gerissen zwischen einem überwältigenden Mitleid und einer tiefen Liebe für ihre Tochter, aber auch Zorn über ihre Uneinsichtigkeit, darüber, dass sie annahm, nur was sie empfand, wäre richtig. Betont sachlich antwortete sie: „Machst du es dir nicht sehr bequem? Wann ich genug gelebt habe, entscheidet der Tod. Habe ich mit 52 Jahren kein Recht mehr auf Liebe?"

„Du meinst auf Sex oder?"

Lisa verschlug es einen Augenblick lang den Atem. Sie ballte die Hände zu Fäusten und antwortete sehr ruhig, obgleich sie diese Ruhe wirklich nicht empfand:

„Du gehst zu weit und du weißt das. Ich habe dir von Philipp gesprochen, mit dem mich bis vor wenigen Tagen nur eine wunderbare Freundschaft verband. Ich bin dir wahrlich keine Rechenschaft schuldig, aber du kannst mir glauben, wenn es mir, wie du es ausdrückst, lediglich um Sex ging, wäre erstens Philipp nicht der geeignete Mann dafür, und zweitens hätte ich dir nichts von ihm erzählt."

Caroline stürmte an Lisa vorbei zum Gartentor, riss es auf und stieß wütend hervor: „Ich verstehe dich nicht, aber das wird dich wahrscheinlich nicht davon abhalten, weiter mit deinem Philipp zusammen zu bleiben. Gott sei Dank, bin ich in einigen Wochen nicht mehr da." So sehr sie sich um Fassung bemühte, war ihr Gesicht Tränen überströmt.

„Caroline", aber Lisas Schrei blieb ungehört.

Die Tür schloss mit einem quietschenden Geräusch.

Lisa blieb wie betäubt zurück. Dachte: Und ich wollte ihr noch von der bevorstehenden Reise erzählen, ich wollte so viel mit ihr besprechen und nun scheint alles zu Ende zwischen uns. Sie wird nach Berlin gehen, Brücken abbrechen und irgendwann – irgendwann werden wir uns wieder begegnen – als Fremde.

32

Lisa irrte durch den ans Stift angrenzenden Volkspark, hoffte, dass Philipp irgendwo auf sie wartete. Gerade als sie nach der Bushaltestelle Ausschau hielt, sah sie ihn – trotz der Kälte saß er auf einer der vielen Bänke, den Kopf in beide Hände gestützt. Wie verloren er wirkte und wie unendlich traurig. Still setzte sie sich neben ihn, wartete, unsicher, ob sie das Schweigen zwischen ihnen brechen durfte. Nach einer langen Weile griff er nach ihrer Hand: „Lisa, ich fahre heute nach Konstanz zurück. Ich muss erst einmal allein sein. Es ist zu viel heute Morgen geschehen, ich brauche ein wenig Zeit. Kannst du das verstehen?"

Obgleich Lisa ein tiefes Gefühl der Verlassenheit überkam, nickte sie. Philipp war aufgestanden, legte zärtlich den Arm um sie: „Ich liebe dich, Lisa". Mit diesen Worten verließ er sie, den Park, hielt ein gerade vorbei fahrendes Taxi an, stieg ein, drehte sich nicht mehr um.

Plötzlich wurde sich Lisa der beißenden Kälte bewusst, die nicht nur von außen kam. Auch sie stand auf, hatte nur noch den einen Gedanken: „In vierzehn Tagen sind wir in Marokko, in vierzehn Tagen haben wir alle Zeit der Welt, um zu sprechen, um zu versuchen, den gemeinsamen, den so sehr ersehnten Weg in unser zukünftiges Dasein zu finden." Warum tröstete sie diese Vorstellung nicht, warum gab es nur dieses innerliche und äußerliche Frieren, die Kälte, die versuchte, sie auszulöschen?

Die nächste Zeit verging zwischen Unwirklichkeit, die alles

einzuhüllen schien und den Vorbereitungen für die Reise. Es gab so vieles, was dieses Unternehmen schon rein äußerlich von anderen Reisen unterschied. Da war kein Koffer zu packen, ein großer Rucksack musste reichen. Jedes Stück, das sie einpackte, wurde mindestens zwei- oder dreimal gegen etwas Bequemeres, Notwendigeres eingetauscht. Sie nahm nur das absolut Wichtigste mit – keine Cremetöpfchen, keine Schminke, keine Kleider – Hosen, Pullis, T-Shirts. „Am besten Kleidung, die Sie in Zwiebelmanier an- und ausziehen können", hatte Frau Ayadi geraten. Außerdem feste Schuhe, der zusammengerollte Schlafsack. Sonnencreme.

Dazwischen weilte sie stundenlang in ihrem Atelier, sprach mit ihren Figuren, fühlte sich getröstet, wenn sie den schwarzen Leib ihrer knienden Frauenfigur berührte. Wenn sie ihre Hände auf den Stein legte, jede Pore des Steins ertastend.

Sie blieb vor dem Macael stehen und stellte sich vor, wie aus diesem Stein langsam die Trilogie emporsteigen würde, die ihr seit dem Besuch in Schloss Sayn in solcher Klarheit vor Augen schwebte, als hätte sie sie schon geschaffen.

Zwei Tage vor ihrer Abreise setzte sie sich an ihren Schreibtisch, um an Caroline zu schreiben. Keine langen Erklärungen, keine Bitten um Verständnis, sie sollte nur wissen, wo ihre Mutter sich aufhielt, falls sie, wider jedes Erwarten, noch einmal ein Zusammensein suchen würde. Wünschte sich, all ihre Gefühle, die sie für Caro empfand, mit in diesen Umschlag packen zu können. Und konnte nicht vermeiden, dass sie, während sie ihn zuklebte, wieder anfing zu weinen. Es war so unfassbar, was zwischen ihr und Caroline in den letzten Wochen geschehen war – sie konnte, sie wollte es nicht akzeptieren. Und wusste, dass es im Augenblick keinen Weg gab, der zu ihrer Tochter geführt hätte. Da zerriss sie den Brief.

Gott sei Dank, dass sie schon übermorgen Philipp wieder sehen würde, mit ihm sprechen könnte. Noch immer klangen seine Worte – ich liebe dich, Lisa – wie ein Versprechen in ihr nach, das Versprechen, dass noch alles gut würde.

Das Handy hielt sie lange nachdenklich in der Hand – mitnehmen – hier lassen? Einen Augenblick noch einmal der Gedanke, damit Caroline von unterwegs erreichen zu können. Dann legte sie es entschlossen auf den Tisch zurück.

Am nächsten Morgen ging sie ins Marienstift. Seit der Auseinandersetzung mit Caro war sie nicht mehr bei Lukas gewesen. Und ab morgen gäbe es auch für eine ganze Weile nicht mehr ihre Besuche bei ihm. Nur – was würde das ändern? Nichts. Sie blieb lange an Lukas' Bett sitzen, hörte auf die dumpfen, abgehackten Geräusche des Beatmungsgeräts, strich scheu über sein Gesicht, legte ihre warme Hand auf seine auf der Bettdecke leblos ruhende Hand und wehrte sich vehement gegen aufsteigende Verzweiflung.

Als sie nach Hause kam, ging sie zuerst an ihren Briefkasten und hielt erstaunt einen Umschlag mit Philipps Schrift in Händen.

Was war geschehen? Warum schrieb er ihr? Wir sehen uns doch!

In ihrer Wohnung angekommen, riss sie den Umschlag auf.

„Liebste Lisa, ich weiß, ich werde dich mit diesem Brief unendlich enttäuschen. Ich liebe dich, du bist der Mensch, mit dem ich leben möchte. Ohne dich ist mein Leben leer, das merke ich mit jeder Minute, die ich ohne dich verbringe. Dennoch – ich brauche Zeit und ich glaube, auch du brauchst sie. Deshalb werde ich diese Reise nicht mitmachen. Samir ist von meinem Entschluss unterrichtet. Ich weiß, es ist schrecklich, was ich dir antue. Und ich bin mir bewusst, dass ich dich allein lasse. Aber unsere Zukunft hängt davon ab, wie du sie dir vorstellst. Deine Entscheidung möchte ich nicht mit meiner Anwesenheit beeinflussen. Ob du mich verstehen kannst? Ich wünsche es mir so sehr und hoffe von ganzem Herzen dass du zu mir zurückkehren wirst."

‚Nein – nein – nein, was denken die sich eigentlich alle ? Ich muss, ich soll, ich darf nicht. Ich habe es satt, ich habe es so unsagbar satt. Lasst mich einfach alle in Ruh. Seit Jahren hängt alles an mir, seit Jahren wird erwartet, dass – ja, was eigentlich? Wie ich leben soll, was ich fühlen darf, auf wen ich Rücksicht zu nehmen habe. Und wo bin ich! Wo bin ich! Worauf soll ich warten? Nein Philipp, du gibst mir nicht die Gelegenheit, eine Entscheidung zu treffen. Du lässt mich schlicht und einfach im Stich. Du bist ein Feigling! Ein elender Feigling.'

Noch während sie dies herausschrie, wusste sie, dass es so nicht stimmte. Sie war der Feigling gewesen. Sie hatte ihm gegenüber geschwiegen. Sie hatte sich vor seiner Reaktion gefürchtet. Er hatte nur die Konsequenz aus allem gezogen. Er hatte ihr mit seinem Verzicht auf die Reise die Möglichkeit gegeben, sich für eine Zukunft mit ihm oder gegen ihn zu entscheiden. Fassungslos schluchzte sie auf: ‚Ich kann nicht mehr!'

Als ihr bewusst wurde, was sie da sagte, stand sie entschlossen auf. Dann war das Wochenende in Konstanz eben eine Affäre gewesen. Vorbei – ich werde meinen Weg allein gehen. Und niemand wird mich aufhalten, niemand mich mehr zu irgendetwas drängen, niemand wird mich je wieder allein lassen. Auch du nicht, Philipp.

Sie zerknüllte den Brief, warf ihn voller Wut auf den Tisch. Dabei stieß sie an die große Vase, die ihr so besonders gefiel. Taumelnd stürzte diese zu Boden und zerbrach in tausend Stücke. Lisa bückte sich nicht, ließ die Scherben liegen und verließ den Raum.

33

Die Maschine der Royal Air Maroc startete pünktlich um 13 Uhr vom Frankfurter Flughafen zu ihrem Flug nach Casablanca. Bei all ihren vielen Flügen war dies normalerweise der Augenblick, dass Lisa der panische Wunsch überfiel, aufzuspringen, gegen die Kabinentür zu hämmern, in letzter Minute das Flugzeug zu verlassen.

Heute saß sie auf ihrem Fensterplatz, schaute auf die Landschaft, die, je höher sie stiegen, immer mehr versank, bis sie hinter den Wolken verschwunden war. Ein seltsamer Zustand, denn Lisa hatte das Gefühl, dass die Landschaft sie selbst wäre. Scheinbar verschwunden und dennoch da.

Sie wusste nicht mehr, wie sie an den Flughafen gekommen war. Welche Worte sie für Philipps Abwesenheit gefunden hatte. Teilnahmsvoll hatte Regine gefragt: „Philipp ist nicht etwa krank geworden?"

Lisas entschiedenes „nein" ohne weitere Erklärungen erstickte alle Fragen sofort im Keim. Sie schaute sich nach dieser kurzen Antwort ängstlich in ihrer Gruppe um, hoffentlich war keiner beleidigt. Das wäre wirklich kein guter Beginn der Reise. Aber niemand schien gekränkt, niemand stellte weitere Fragen. Sie warteten darauf, an Bord gehen zu können.

Lisa war froh, am Fenster zu sitzen und auch darüber, dass Birgitta neben ihr saß. Sie konnte sich nicht erklären, warum sie gerade zu ihr so eine seltsam vertraute Verbindung spürte, suchte aber auch nicht nach verstandesmäßigen Antworten. Einmal spürte sie Birgittas Hand wie tröstend auf ihrer Schulter, reagierte aber nicht. Warum auch trösten, es war ja alles gut! Philipp hatte einfach keine Lust gehabt, die Reise mitzumachen, was war daran so schlimm? Nur – solche banalen Gedanken halfen wenig, innerlich mit ihren Empfindungen klar zu kommen. Sie strahlte zwar äußerlich eine gewisse Ruhe aus, aber in ihr war nur ein riesengroßes Warum. War Philipp wirklich nur eine Affäre? Waren ihre Gefühle für ihn nur Ablenkung von ihrer inneren Trostlosigkeit, die sie seit Lukas' Unfall immer wieder versuchte, zu überspielen?

Nein, im Augenblick war nicht die richtige Zeit für solche Überlegungen – sie saß im Flieger nach Marokko, nachdenken konnte sie später. Vorläufig musste sie die Verantwortung für diese Reise übernehmen, die ihr bis gestern so viel bedeutet hatte.

Sie ging in Gedanken noch einmal den bevorstehenden Ablauf der nächsten Stunden durch. Samir würde sie in Ouarzazate abholen und für die erste Nacht in Marokko im Hotel Ibis Moussafir unterbringen.

Es war, als hätte Birgitta ihre Gedanken gelesen, denn sie meinte: „Ich habe unser Hotel übrigens gegoogelt, wie wir alle, nehme ich mal an. Es ist einfach toll. Mich hat natürlich schon aus beruflichem Interesse ein solcher Lehmbau, auch wenn er nur eine Nachahmung ist, sehr interessiert."

Felix, der auf dem dritten Platz neben Birgitta saß, mischte sich ins Gespräch: „Im Stil der alten Kasbahs schon, aber so was von großartig ausgestattet. Ich war ganz begeistert."

Regine, deren Platz zwar in der gleichen Reihe, aber jenseits des schmalen Ganges lag, beugte sich zu ihnen herüber und sagte lachend: „Klar, das ist eine ziemlich schlaue Entscheidung von dem guten Samir. Er will uns noch einmal, bevor die Wanderung losgeht, mit Luxus verwöhnen."

Lisa war dankbar für diese leichten Sätze, die hin und her flogen und meinte: "Erinnert ihr euch noch, wie begeistert wir bei unserem letzten Marokkoaufenthalt von der Straße der Kasbahs waren? Von diesen archaischen jahrhundertealten Lehmburgen?"

„Ja, und dazwischen das üppige Grün der Gärten in den Oasen und im Hintergrund die rötlich schimmernden Berge." Mit einer nicht zu überhörenden Sehnsucht in der Stimme fügte Christa noch hinzu: „Leute, was haben wir schon für großartige Reisen gemacht. Lisa, ich jedenfalls bin dir sehr dankbar dafür, dass du diese Gruppe gegründet hast."

Die anderen nickten zustimmend, aber Lisa wehrte ab: „Ich profitiere von unserer Gruppe genauso wie ihr – ohne euch wären diese Reisen unmöglich." Und fügte innerlich hinzu: Ohne Philipp auch, jedenfalls hatte sie das bis gestern gedacht. Sie spürte, wie die Trauer über seine Entscheidung sie zu überfluten drohte. Rasch presste sie ihre Fingernägel in den Handballen der linken Hand, der Schmerz ließ sie ihre Fassung bewahren.

„Bleibt es eigentlich dabei, dass Samir uns erst in Ouarzazate abholt?"

Sie nickte Felix zu: „Ja, und morgen früh fahren wir mit seinem Kleinbus nach Erfoud – unserem Ausgangspunkt für die Wanderung."

Christa zuckte ängstlich zusammen, als der Flieger in eine Wolkenlücke tauchte, und sie alle ziemlich durchgerüttelt wurden. Über den Sitzen leuchtete „bitte anschnallen" auf. Felix legte einen Augenblick beruhigend die Hand auf Christas Arm: „Ist nur ein Luftloch, keine Angst!"

Um 17 Uhr 30 Ortszeit setzte die Maschine auf dem Flugha-

175

fengeländer von Casablanca auf.

Regine schaute Lisa fragend an: „Machen wir es so wie geplant? Geben wir unsere Rucksäcke ab und gehen noch einmal, wie beim letzten Besuch zur Moschee Hassan II.?"

Lisa nickte, was sollte sich auch an ihren Plänen geändert haben, nur weil Philipp nicht mehr da war? Entschlossen wandte sie sich an die Gruppe „Machen wir. Los Leute, beeilen wir uns ein wenig. Wir haben noch drei Stunden Zeit, bis wir wieder am Flughafen sein müssen."

Sie eilten zu den Schließfächern, stiegen danach in die vor dem Flughafen parkenden Taxis, die sie zur Moschee Hassan II. brachten.

Alle kannten Casablanca schon von ihrer ersten Reise her und hatten gemeinsam entschieden, in dieser kurzen Zeit ihres Aufenthaltes nur die Moschee mit ihrer unvergleichlichen Atmosphäre aufzusuchen.

Die Gruppe trennte sich, nachdem sie einen Treffpunkt und die Uhrzeit der Rückkehr festgesetzt hatten. Das wäre der Moment gewesen, wo sie gemeinsam mit Philipp die Schönheit dieses Bauwerks wiederentdeckt hätte ...

Na und – jetzt war sie eben allein, deshalb vergeht die Erhabenheit dieser Moschee trotzdem nicht. Manchmal waren solche trotzigen Reaktionen sogar hilfreich.

Langsam schlenderte sie durch die Anlage. Sie beobachtete neugierig, aber unauffällig die Menschen: Eine Frau, die aus einem blau gekachelten Brunnen Wasser schöpfte. Einen alten Mann, eingehüllt in seine weiße Dschellabah, wie er gleichsam majestätisch durch den Säulengang schritt und auf eines der vielen aus Bronze und Titan geschaffenen Tore zuging. Menschen, die alle Zeit der Welt zu haben schienen. Die rötlichen Licht- und Schattenbilder zwischen den unzähligen Bögen des Säulenganges.

Während sie durch den wunderschönen Innenhof streifte, begegnete ihr Birgitta, die wie sie diese Stunde allein verbringen wollte. Dennoch gingen sie jetzt zusammen weiter – schweigend:

Nach einer Weile fragte Birgitta: „Willst du darüber sprechen?"

Einen Augenblick war Lisa tatsächlich bereit, von dem wirklichen Grund für Philipps Abwesenheit gerade mit Birgitta zu sprechen, erlaubte sich aber dann doch nicht, von ihrem Privatleben mehr preiszugeben als bei den andern. Leise antwortete sie: „Nein, vielleicht später irgendwann", und war froh, dass Birgitta nicht weiter nachfragte, sondern mit einer weiten Handbewegung die Moschee zu umfassen schien.

„Gefällt sie dir nicht doch trotz der Machtgelüste von Hassan II, von denen du uns beim letzten Besuch hier gesprochen hattest?"

Lisa zögerte mit der Antwort: „Gefallen? Sie beeindruckt mich. Allein der riesige Gebetsraum. Die Höhe des Minaretts, aber", sie beendete den Satz nicht.

„Was aber?"

Sie wandte sich Birgitta direkt zu: „Ich hab es damals schon angedeutet, es erging mir beim ersten Besuch so und heute auch wieder. Ich mag einfach nichts, was Macht darstellen soll. Und schon gar keine religiöse. Dieses Empfinden kann man natürlich bei allen religiösen Bauten haben. Aber Hassan wollte über alle triumphieren, deshalb sollte diese Anlage hier größer, höher, weiter sein als jedes Bauwerk anderer Religionen. Das ist Fanatismus, das bedeutet fast immer Gewalt, Krieg, Leid. Niemand hat das Recht, Glauben derart zu missbrauchen. Das erscheint mir so vermessen." Sie holte tief Luft und fügte hinzu: „Aber diesmal ist es noch einmal ganz anders als bei meinem ersten Besuch."

„Wieso anders?"

Fast hätte Lisa geantwortet: Weil ich an Lukas und sein Ausgeliefertsein denke, weil mich Caroline und unser Nichtverhältnis bedrückt, weil ich hier gern gemeinsam mit Philipp die Entscheidung für unser weiteres Leben getroffen hätte, es fielen ihr so viele „weil" ein, die sie nicht anführen konnte.

Da Birgittas Stimme aber nicht neugierig geklungen hatte, sondern nur mitfühlend interessiert, antwortete sie offener, als ihr zumute war: „Vielleicht weil ich auf der Suche bin. Vielleicht weil ich an einem Punkt meines Lebens angekommen bin, wo es noch einmal etwas ganz Neues geben könnte, aber ganz sicher keine Demonstrationen von Macht und Fanatismus."

Auch wenn Birgitta nicht antwortete, wusste Lisa, dass sie selbst nicht die Einzige in der Gruppe war, die diese Reise als Suche empfand.

Deshalb fügte sie nach einer Weile noch hinzu: „Im Grunde weiß ich nicht genau, warum ich hier bin, warum ich dieses Land, diesen Aufenthalt, diese Wochen gewählt habe. Möglicherweise möchte ich mir einfach darüber klar werden, ob meine Wünsche an die Zukunft richtig sind. Ich hoffe so sehr, die nächsten Wochen werden es mir zeigen."

„Hast du Angst?" Lisa schaute Birgitta erstaunt an. Die Worte hatten eher so geklungen, als wüsste Birgitta von den Erfahrungen, die sie, Lisa, vielleicht nur in diesem Land und auf dieser Wanderung machen konnte, die sie aber im Stillen fürchtete. Nein, darauf wollte sie nicht näher eingehen. So schüttelte sie nur verneinend den Kopf, schaute stattdessen auf die Uhr: „Es ist gleich acht Uhr, lass uns zum verabredeten Treffpunkt gehen. Wir müssen uns wieder Taxis besorgen. Und ich muss wohl am pünktlichsten sein", schloss sie mit einem Versuch, zu lächeln. Wie schwer war es, in die Rolle der Normalität zu schlüpfen, wenn einem alles zu entgleiten drohte.

Der Weiterflug nach Ouarzazate verlief reibungslos.

34

„Wer holt uns eigentlich am Flughafen ab? Samir oder Tarik?" Felix sah Lisa fragend an.

„Versprochen hat es uns Samir, wir werden es ja gleich sehen", antwortete Lisa und ging mit der Gruppe zur Gepäckausgabe, um ihre Rucksäcke abzuholen.

Als sie das Flughafengebäude verließen, winkte ihnen Samir schon von weitem zu. Er entschuldigte Tarik, der in Erfoud auf sie warten würde, weil er noch einige Reisevorbereitungen zu treffen hätte.

Wie gut, dass Samir keinerlei Bemerkungen über die Abwesenheit von Philipp machte. Während sie auf einen Kleinbus zugingen, den er ganz in der Nähe geparkt hatte, meinte er: „Schön, dass Sie sich für die eine Nacht fürs Hotel Ibis Moussafir entschieden haben. Eine wirklich gute Wahl, wie Sie gleich sehen werden. Allerdings müssen wir morgen, wenn wir in Erfoud ankommen, leider noch einmal in einem Hotel übernachten."

„Wieso denn das", fragte Felix ein wenig genervt. „Wir dachten, wir könnten gleich mit unserer Wanderung beginnen."

Samir schaute ihn lächelnd an: „Ich nehme an, Sie haben sich alle über die Wüste informiert. Überlegen Sie mal – wir kommen frühesten erst mittags in Erfoud an, das bedeutet also, in der heißesten Stunde des Tages. Da herrschen in der Sahara in dieser Jahreszeit bis zu 30 Grad und manchmal auch mehr. Dem kann ich Sie nicht gleich am Anfang Ihres Unternehmens aussetzen. Wenn wir um diese Zeit losgingen", er machte eine kleine Pause und ließ einen Landrover vorbei, der mit überhöhter Geschwindigkeit hinter dem Kleinbus Blinksignal gegeben hatte, dann fuhr er fort, „wäre das ausgesprochen unverantwortlich von mir. Sie sind weder das Wandern in der Wüste gewohnt, noch diese Hitze, die um zwei Uhr mittags dort herrschen kann. Vielleicht erkläre ich es Ihnen am besten anhand einiger Zahlen. Bei diesen Temperaturen würde ihr Körper schon in nur einer Stunde einen Liter Flüssigkeit verlieren, das bedeutet zwei Prozent ihres Körpergewichts, vor allem dann, wenn sie sich bewegen. Nach zwei Prozent Verlust haben Sie schon nicht mehr Ihre geistige und körperliche Leistungsfähigkeit und bei fünf Prozent ...“

„Hören Sie auf, Samir, ich habe verstanden. Was aber wenn wir viel trinken?“

„So viel, wie Sie alle um diese Zeit trinken müssten, können wir gar nicht mitnehmen. Ganz davon abgesehen, warum wollen Sie sich solchen Strapazen aussetzen? Sie wollen zwar ein Abenteuer erleben, aber das Abenteuer heißt Wüste – Weite – Einsamkeit, nicht tödliche Gefahr und übergroße Anstrengungen.“

Alle hatten aufmerksam zugehört und nun nickte auch Felix ein wenig kleinlaut. „So hatte ich es mir nicht überlegt.“

Lisa sah Samir fragend an: „Ich vermute mal, Sie haben auch in Erfoud längst Zimmer für uns in einem Hotel gemietet.“

„Natürlich, das Hotel Le Riad liegt genau in der Richtung, in die wir gehen werden. Und außerdem verspreche ich Ihnen, übermorgen früh starten wir dann ungefähr um sieben Uhr mit Ihrer Wanderung – was bedeutet, dass wir etwa vier Stunden haben, die wir laufen können. Dann ruhen wir uns ein wenig aus und am Nachmittag gehen wir nochmals zwei Stunden, das dürfte für den Anfang genug sein."

Christa schaute ihn strahlend an. „Und was ist das für ein Hotel – dieses Ibis Moussafir, wo wir heute übernachten werden?"

Na, wenn der nicht merkt, dass er bei Christa ankommen könnte, dachte Lisa und fühlte sich bei diesem Gedanken nicht sehr wohl. Hier Samir und da der arme Felix, der sich vielleicht für diese Reise Chancen ausgerechnet hatte!

Sie hätte fast Samirs Antwort überhört, als er sagte „Lassen Sie sich einfach überraschen, ja?"

Auf dem Weg zum Moussafir stellten sie erstaunt fest, wie weit entfernt ihnen Deutschland schon vorkam.

Lisa rechnete rasch nach: Dort muss es bereits drei Uhr morgens sein! Kein Wunder, dass sie so fertig war. Unvermutet spürte sie die seit Tagen unterdrückte Müdigkeit im ganzen Körper und dachte gleichzeitig beschämt: Nicht nur Deutschland. Auch Lukas und das Marienstift, ja sogar Caroline sind hier so unwirklich. Und Philipp?

Samirs nächste Frage holte sie in die Gegenwart zurück: „Warum sind Sie eigentlich nicht über Rabat gekommen, statt nach Ouarzazate zu fliegen?"

„Weil die Fahrt von Ouarzazate nach Erfoud ein wirkliches Erlebnis ist. Ich sagte ihnen ja schon in Deutschland, dass wir bereits in ihrem Land gewesen sind. Dabei erschien uns Erfoud damals zwar unwahrscheinlich nichtssagend, aber die Fahrt, die war einfach einmalig."

„Lisa hat recht", unterstützte sie Felix, der Christa ostentativ den Rücken zugedreht hatte. „Es lohnt sich einfach, das noch einmal zu erleben."

„Stimmt. Es gibt ja auch viel zu besichtigen. Wir können

uns ruhig Zeit lassen", dabei schaute ihr Begleiter Lisa einen Augenblick so an, als wüsste er ihre Antwort bereits. „Nein, Samir, nichts Touristisches diesmal. Frau Ayadi hatte mir nur gesagt, dass der Start in die Wüste von Erfoud aus besser ist. Da entschieden wir uns eben für den Flug nach Ouarzarzate." Und in Gedanken fügte sie hinzu: Wenn er jetzt fragt „besser für was" ist er nicht der Reisebegleiter, den sie sich gewünscht hatte. Aber zu ihrer Erleichterung blieb er stumm, bis sie am Hotel angekommen waren.

Sie merkten alle sofort, was er vorhin gemeint hatte, als er von einer guten Wahl gesprochen hatte. Das Hotel war genauso eindrucksvoll wie auf den Bildern im Internet.
Der rötliche Lehmbau erstrahlte in der Dunkelheit im Licht der auch um diese Zeit noch nicht erloschenen Scheinwerfer wie ein Palast aus anderen Zeiten. Regine flüsterte: „Wie schön", und Lisa verstand, warum sie geflüstert hatte. Diese beiden leisen Worte umfassten, was sie alle empfanden.
Samir half ihnen, das Gepäck an die Rezeption zu bringen. Verhandelte mit dem Mann am Empfang und meinte dann: „Ich hole Sie morgen schon sehr zeitig ab, sagen wir halb acht? Ich habe eben mit Mustafa gesprochen, Sie bekommen um diese Zeit schon Ihr Frühstück. Es sind ungefähr fünf Stunden, die wir, wenn wir Glück haben, bis Erfoud brauchen, auch ohne Besichtigungen", und er fügte lächelnd hinzu: „Tesbah ala Khir."[12] Lisa freute sich über sein erstauntes Gesicht, als sie ihm diesen Gutenachtwunsch mit „Tebka ala Khir" beantwortete.

---

[12] Tesbah ala Khir ‚Verbringen Sie eine gute Nacht‘

Die Zimmer waren klein, aber gemütlich. Allein brauch' ich ja auch nicht mehr Platz, dachte Lisa halb spöttisch, aber auch traurig. Ob Philipp vielleicht – nein, nicht darüber nachdenken. Er hatte sich entschieden, und sie würde irgendwann wissen, wie sie mit seiner Entscheidung umgehen wollte.

Bevor sie sich todmüde aufs Bett fallen ließ, warf sie noch einen Blick durchs Fenster auf die dunklen Umrisse der Berge mit einem leuchtenden Sternenhimmel darüber.

Neugierig auf die kommenden Wochen und dennoch auch mit dem Gefühl einer leichten Ängstlichkeit kroch sie unter die dünne Decke. Was würde sie bringen, diese nächste Zeit, war ihr letzter Gedanke, bevor sie in einen tiefen Schlaf sank.

Der Zimmerkellner weckte sie schon nach vier Stunden. Sie duschte ausgiebig, ging danach zum Frühstücken ins Restaurant. Schon an der Tür empfing sie das gedämpfte Lachen ihrer Gruppe, die sich angeregt unterhielt. Von Müdigkeit keine Spur.

Pünktlich um halb acht stand ihr Reiseleiter in der Empfangshalle. Er hatte seine europäische Kleidung abgelegt. War in den dunkelblauen Dschellabah der Tuaregs gekleidet und hatte um den Kopf den Schesch geschlungen.

Lisa sagte leise zu Birgitta, die neben ihr stand: „Er sieht fremd aus und dennoch vertraut."

„Ja", bestätigte Birgitta Lisas Worte: "Mehr noch – es ist mir seit gestern, als wäre mir hier nichts wirklich fremd."

Lisa schaute die junge Frau nachdenklich an. Was sie wohl alles schon erlebt haben mochte? Fragen? Nein. Alle in der Gruppe hatten, ohne das vorher vereinbart zu haben, beschlossen, so wenig wie möglich Reisen und Privates zu mischen. Eigentlich schade – vielleicht schafft dieses Erlebnis eine ganz andere Nähe zwischen uns. Aber wollte sie das überhaupt?

Samir begrüßte alle mit „Sabah Khir."

Belustigt dachte Lisa: Diesen Begriff hab ich mir auch noch aufgeschrieben, aber ich sollte ihm endlich sagen, dass ich keine Ahnung von seiner Sprache habe.

Entschlossen wandte sie sich an ihn: „Samir, wir haben keine Ahnung von ihrer Sprache. Ich habe mir nur von unserem marokkanischen Gemüsehändler, besser gesagt, von seiner Tochter einige Redewendungen sagen lassen. Deshalb weiß ich, dass Sabah Khir „Guten Morgen" heißt, aber mehr wirklich nicht. Daher sind wir ja auch so froh, dass sie deutsch sprechen."

Sie blickte in ein lachendes Gesicht: „Das habe ich natürlich schon an Ihrer Aussprache gemerkt, aber Ihr Versuch, mit mir auf Arabisch zu sprechen, hat mich sehr berührt."

Da noch nicht alle mit dem Frühstück fertig waren, lud sie ihn zu einem Fencheltee ein, mehr wollte er nicht. Bevor sie aufbrachen, reichte er jedem von ihnen noch eine kleine Reisetasche. Lisa schaute ihn fragend an und auch die anderen wussten nicht so recht, was sie mit diesem weiteren Gepäckstück anfangen sollten.

„Was ist das?",fragte Felix an Lisas statt.

„Ein kleines Willkommensgeschenk von Frau Ayadi. Ich habe auf ihre Anregung hin einige Kleidungsstücke zusammengestellt, die in der Wüste besser schützen."

„Schützen vor was?"

„Vor Sand, vor Wind, gegen die Hitze", antwortet er lakonisch. Eine warme Welle der Zuneigung durchströmte Lisa, als sie den Namen Ayadi hörte. Typisch Monira. Neugierig zog sie den Reißverschluss der Tasche auf. Ihr Blick fiel auf eine blaue Gandoura, ein wadenlanges Hemd, mit silbergrauen Stickereien am Hals und einen Schesch. Als sie ihn herausnahm, staunte sie über seine Länge. Da hörte sie schon Regines belustigte Stimme: „Um Gottes Willen, wie soll man sich den denn um den Kopf schlingen?"

„Das ist doch gar nicht schwer", sagte Christa und begann, ihren Kopf in das Tuch zu wickeln.

„Na ja, ein bisschen dämlich, wenn man dann gar nichts sehen kann. Findest du nicht auch", lachte Birgitta, als sie den völlig umwickelten Kopf von Christa sah. Felix meinte spöttisch, „das ist manchmal vielleicht sogar besser", und alle lachten.

„Das lernen Sie schon noch", beruhigte Samir die Gruppe. „Ich kann es Ihnen auch zeigen."

Jetzt meldete sich Regine wieder zu Wort: „Sollen, oder besser gefragt, dürfen wir denn diese Berberkleidung überhaupt anziehen? Ich dachte, das sei eine Volkstracht?"

Felix, der neugierig den Inhalt seiner Tasche untersucht hatte, nickte zustimmend.

„Für eine Weile gehören Sie ja zu meinem Volk, sonst hätten Sie eine ganz andere Reise gewählt. Außerdem werden Ihnen die Menschen hier in dieser Kleidung mit mehr Respekt begegnen. Auch wenn ich der Meinung bin, dass Respekt nicht von der Kleidung abhängen sollte."

Wenn Samir Lisa nicht schon zuvor sympathisch gewesen wäre, hätte er allein mit diesen Worten ihr Vertrauen gewonnen. Zögernd fragte Regine weiter: „Sollen wir uns gleich umziehen?"

„Nein, warten Sie bis Erfoud. Wie gesagt, ich rechne damit, dass wir zur Mittagszeit dort sein werden. Nach dem Mittagessen werden Sie den Nachmittag in Erfoud oder am Swimmingpool genießen und am nächsten Morgen wird Tarik zu uns stoßen und dann", er lächelte und Lisa ergänzte: „Dann beginnt etwas ganz Neues. Zumindest für uns."

Samir hatte den kleinen Bus vor dem Hotel geparkt und lud all ihre Rucksäcke in den dafür bestimmten Stauraum. „Ihre Koffer, wenn Sie überhaupt welche haben, geben wir am besten in unserem Büro ab, wenn es Ihnen recht ist. Dort sind sie sicher." Christa war rot geworden, weil sie die Einzige war, die neben einem riesigen Rucksack auch noch einen Koffer hinter sich herzog.

Als Lisa in den Kleinbus stieg, hatte sie das bestürzende und gleichzeitig glückselige Empfinden, ihre bisherige Welt zu verlassen. Aufmerksam betrachtete sie eine Postkarte, die über dem Aschenbecher angebracht war. Es war eine Wüstenlandschaft mit einem Satz von *Jean Baudrillard:*[13]
„In der Wüste muss ich die Einsamkeit nicht erst suchen, ich bin Teil davon. Ich bin auch nicht mit mir selbst allein ... das wäre wieder die romantische, westliche Form der Einsamkeit. Nein, die Wüste ist für mich die klarste, schönste, hellste, stärkste Form der Abwesenheit."
Birgitta, die der Karte am nächsten saß, deutete auf die paar Worte: „Komisch, soll das Zufall sein? Der Text hat mich schon seit Wochen begleitet! *Jean Baudrillards Worte von der Einsamkeit in der Wüste tauchten immer wieder in all meinen Bildbänden über Marokko auf."*
Samir schaute sie erwartungsvoll an. Als sie nichts weiter sagte, schwieg auch er. Es musste eben nicht alles kommen-

---

13 Jean Baudrillard ‚In der Wüste ...'

tiert und in Erklärungen gepresst werden. Auch das eine neue Erfahrung!

35

Hatten sie wirklich gedacht, schon auf der Fahrt von Ouarzazate nach Erfoud etwas von Einsamkeit spüren zu können? Die stark befahrene Straße führte zunächst vorbei an Kasbahs vor bergigem Hintergrund und Lisa sagte leise zu Birgitta: „Für diese Landschaft müsste eine neue, eine einzigartige Farbe erfunden werden."

„Ich versteh, was du meinst – sie sprengt alles bisher Gesehene", war die einfache Antwort.

Samir spielte auch nicht den nervigen Reiseführer, wofür Lisa ihm sehr dankbar war. Er meinte nur nebenbei: „Sie kennen ja die Route der Kasbhas."

Lisa ergänzte: „Wie gut ich mich noch an all die verfallenden, verfallenen und traumhaft schönen Kasbhas erinnere", und beobachtete dabei Frauen, die ihre Wäsche im Fluss wuschen. Daneben magere Ziegen, die in der steppenähnlichen Landschaft und an kahlen Hängen nach etwas zum Fressen suchten. Und immer wieder Scharen von Touristen, die sich in stinkenden Landrovern zum „Tor" der Wüste bringen ließen. Aber auch ärmlich gekleidete Kinder am Straßenrand, schüchtern lachend und winkend.

Nichts hat sich seit ihrem letzten Aufenthalt verändert – wie lange noch? Aber diese Gedanken behielt sie lieber für sich.

„Können wir nicht kurz anhalten", wandte sich Christa an Samir. Und fügte hinzu: „Wir können einfach nicht an diesen bittenden Augen und den ausgestreckten Händchen vorbei fahren!"

„Doch, das können wir, das müssen wir sogar. Es würde

sich rasend schnell herumsprechen, dass hier ein Bus mit Touristen anhält, und dann sind wir umringt von bettelnden Kindern und Frauen."

„Mag ja sein", schaltete sich Regine ein, „aber ich habe ein ganz schlechtes Gewissen, wenn wir einfach weiter fahren. Immer dieses Wegschauen."

„Ein schlechtes Gewissen brauchen Sie nicht zu haben. Ihre paar Münzen werden hier nichts ändern, das müssen wir schon selbst in die Hand nehmen."

Lisa ahnte, was er meinte, und es war wohl besser, das Gespräch nicht zu vertiefen, denn was er bisher in kurzen Andeutungen von seinem Leben und seiner Familie preisgegeben hatte, ließ keinen Zweifel daran, dass auch hier durch einen Umbruch ein Aufbruch kommen würde. Und dass er daran beteiligt wäre.

Der dichte Verkehr in Richtung Erfoud hatte ihren Zeitplan zunichte gemacht. Später als erwartet machten sie in Tinerhir, dem einstigen Militärposten Halt, nachdem Samir sich nach Durst und Hunger erkundigt hatte.

„Wir haben noch knapp 150 km vor uns. Wollen Sie schon hier etwas essen oder bis Erfoud warten?"

Lisa wäre gern weiter gefahren. Sie wollte endlich ankommen. Dann schämte sie sich ihrer Ungeduld und stimmte mit der Gruppe überein, die sofort mit einem Stopp einverstanden war.

Sie setzten sich auf die kleine Terrasse des Cafés, bestellten Gemüsetajine und Bruschettas und während sie auf das Essen warteten, überlegte Lisa, wir sollten Samir ein wenig mehr das „Warum" unserer Tour durch die Wüste erklären. Sie wandte sich fragend an Regine, aber diese meinte: „Mach du das mal lieber. Du bist hier die Reiseleiterin, und das soll er schon wissen."

„Das weiß er – aber ..."

„Nein nein, nichts „aber", du kannst das von uns allen am besten", unterbrach Regine ihren unvollendet gebliebenen Satz.

Lisa beugte sich zu Samir hinüber, der neben Christa saß. Er neben Christa oder eher umgekehrt, dachte sie noch, bevor sie anfing zu sprechen.

„Samir, erinnern Sie sich an unser Gespräch bei Frau Ayadi."

Er schaute sie fragend an.

„Ich meine, als wir davon sprachen, warum wir nicht die bekannten Orte anfahren wollen, sondern uns für die Wüstenwanderung entschieden haben? Wir erklärten damals, dass wir die berühmten Stätten und Städte von Marokko bei unserer ersten Fahrt erlebt haben und dass wir damals versuchten, Geschichtliches und Menschliches zu verstehen und gleichzeitig so viel Bewundernswertes kennen lernten."

Sie machte eine Pause, da gerade die dampfenden Speisen serviert wurden. Dann fuhr sie fort und nun hörte auch die Gruppe gespannt zu. „Ich weiß, wir haben damals schon darüber gesprochen, dass diesmal alles anders sein soll. Aber weil uns das Thema wichtig ist, will ich einfach noch einmal darauf zurückkommen. Welche Gründe jeder Einzelne von uns hat, einer Wüstenwanderung zuzustimmen, weiß ich nicht – geht mich auch nichts an. Nur eines weiß ich, uns allen sind Stille und das Geistig-Mythische, von dem immer berichtet wird, aber auch das Licht und die Farben wichtig."

Birgitta fügte noch hinzu. „Und das Gehen. Die Stetigkeit,

von der wir so viel gehört haben."

Samir blickte ernst in die Runde, wandte sich dann direkt an Lisa. „Lisa, ich sitze zwar hier mit Ihnen am Tisch, wir sprechen uns mit Vornamen an, und wir werden einige Wochen zusammen verbringen – trotz allem – ich bin nur Ihr Reiseführer. Sie brauchen mir überhaupt keine Erklärungen zu geben. Ich hatte mir, nach unserem Treffen im Café dell'Arte schon ein ungefähres Bild von der Gruppe machen können. Und heute bin ich davon überzeugt, dass es eine erfüllte Zeit werden wird, die vor uns liegt. Und was ich von meiner Seite dazu beitragen kann, will ich gerne machen."

Ein allgemeines Aufatmen ging durch die Gruppe, so als wären alle erleichtert darüber, verstanden worden zu sein. Danach galt ihre Aufmerksamkeit nur noch dem köstlich duftenden Essen. Das Restaurant war gut besetzt mit Einheimischen und Touristen, es herrschte ein lebhafter Lärm von durcheinander klingenden Sprachen, von Lachen und Geschirrgeklapper.

Christas Stimme durchdrang den Lärm, als sie mit strahlendem Augenaufschlag zu Samir sagte. „Wie machen Sie es eigentlich auf einer solchen Wanderung mit dem Essen? Wird es nicht schwierig mit der Verpflegung, wenn Sie für uns eventuell etwas anderes mitnehmen müssen als für sich selbst? Wäre es nicht viel spannender, wenn wir die nächsten Wochen so leben würden, wie Sie es auf Wüstenwanderungen gewohnt sind. Zum Beispiel auch das zu essen, was Sie essen. Das würde unseren Aufenthalt gewiss um vieles authentischer gestalten oder? Und wir würden Ihnen nicht so viel Mühe machen."

Lisa hatte Christa schweigend beobachtet, im Innern musste sie ihr recht geben, aber dennoch wurde sie das bedrückende Gefühl nicht los, dass es in nächster Zeit Schwierigkeiten geben könnte. Samir reagierte sehr diplomatisch, als er sagte. „Mühe, nein, die Kocherei macht keine Mühe, dafür haben wir ja auch außerdem unseren Koch René, da können Sie ganz beruhigt sein." Er lächelte. „Cous Cous, dieses typisch marokkanische Essen, das auch zu unseren Mahlzeiten gehören wird, ist unglaublich vielfältig. Sie glauben gar nicht, wie viele Arten es gibt, diese Gerichte zuzubereiten. Außerdem nehmen wir immer für zehn Tage die frischen Zutaten mit."

„Und danach? Ist dann Fasten angesagt", Lisa lachte.

„Natürlich nicht. Nach Ablauf dieser Zeit bekommen wir Nachschub, aber davon merken Sie gar nichts."

„Wieso nicht? Wer bringt diesen Nachschub?", jetzt waren auch die anderen neugierig geworden.

„Na ja, René, der für unser Essen verantwortlich ist, trifft sich mit einem Mann, der auf die Versorgung solcher Touren spezialisiert ist. Die Routen unserer Wanderungen sind mehr oder weniger festgelegt, damit wir erreichbar sind. Wir haben feste Treffpunkte, zu denen der Zulieferer kommt. All das erledigt René, bevor Ihr Tag beginnt."

„Und wie halten sich die Speisen bei der Hitze? Entschuldigen Sie, aber das interessiert mich wirklich. Schließlich sollten wir auch über praktische Einzelheiten Bescheid wissen", warf Birgitta ein.

„Natürlich sollen Sie das. Alles, was wir fürs Essen brauchen, kommt in mit feuchten Tüchern ausgeschlagene Weidenkörbe, die Tarik auf unserem Dromedar transportiert. In den Nächten kühlen diese Tücher so weit ab, dass die Körbe wie kleine Kühlschränke funktionieren. Und zubereitet wird das Essen jeden Abend frisch."

„Wer René ist, haben wir ja jetzt mitbekommen. Aber wer ist eigentlich Tarik?", fragte Felix interessiert.

„Hab ich Ihnen das noch nicht gesagt? Entschuldigung. Tarik ist zuständig für unsere beiden persönlichen Dromedare und wird in Erfoud zu uns stoßen."

„Was heißt persönlich? Sie haben schon angedeutet, dass noch mehrere Tiere unsere Karawane begleiten werden – wie muss man sich das vorstellen?", Felix war echt interessiert.

„Ich sagte es ja schon, dass Ihre Sachen auf zwei Dromedaren transportiert werden. Da Sie aber nicht so viel Gepäck haben, können wir im Notfall für kurze Zeit auch einmal alles auf ein einziges Tier laden?"

„Und das heißt auch, wir könnten sogar manchmal auf einem reiten, oder?"

„Na ja, das eigentlich weniger. Das gilt eher für den Fall, dass sie stürzen, sich was brechen oder krank werden und wer soll sie dann transportieren? Mal rasch ein Taxi zu rufen, ist wohl ziemlich unmöglich", fügte er scherzend hinzu.

„Also Unfälle und Krankheiten schieben wir mal ganz weit von uns weg, vielleicht macht es einfach nur Vergnügen, ab und an eine Wegstrecke auf dem Rücken eines Dromedars zurückzulegen," Lisa versuchte, aufkommende Ängste zu zerstreuen, als Samir noch hinzufügte.

„Und dann sind da noch zwei andere Dromedare, ein weiterer Treiber und wie gesagt René, unser Koch, der sie auf Ihrer Wanderung verwöhnen wird."

Er fügte noch hinzu: „Außer mit dem Koch kommen Sie mit dem anderen Treiber und den beiden zusätzlichen Tieren wahrscheinlich nicht weiter in Berührung, die sind sozusagen eine Ergänzung unserer eigenen Ausrüstung für eine ungestörte Wanderung wie Biwaks, großes Zelt, Kochgeschirr und was wir sonst noch brauchen."

„Hat der Treiber nicht auch einen Namen? Und wieso heißt der Koch René, ist ja nicht grade ein marokkanischer Name", Lisa mochte dieses Anonyme nicht, dafür waren sie bei so einem Unternehmen viel zu sehr aufeinander angewiesen. Sie spürte, dass Samir sich über ihr Interesse freute, als er jetzt antwortete: „Unser Koch hat lange mit Franzosen zusammengelebt, deshalb nennt er sich René – ob das sein wirklicher Name ist, habe ich nie herausbekommen. Und der andere Mann heißt Naim, aber wie gesagt, Sie werden ihn selten sehen, meist nur beim Auf- und Abladen der Tiere und beim Zeltaufbau. Ansonsten mögen diese Männer normalerweise keinen engeren Kontakt. René und Naim suchen ihre Rastplätze immer etwas weiter entfernt vom eigentlichen Lager."

Mittlerweile waren sie mit dem Essen fertig und brachen zur Weiterfahrt auf.

Die Landschaft veränderte sich. Zu beiden Seiten Feigen- und Obstbäume, Oasengärten und Palmen, während der kleine Bus vorsichtig die großen Kurven nahm. „Ob Sie die Gegend gleich wieder erkennen werden?", in Samirs Stimme schwangen Freude und Neugier mit, „denn ich nehme ja an, Sie machten bei Ihrem letzten Marokkoaufenthalt auch diese Tour."

Sie schauten gespannt aus den Fenstern, und dann erklang ein einstimmiger Freudenschrei. „Klar, so etwas kann man doch gar nicht vergessen!" Neben der Straße der Verlauf einer Schlucht, mit herabstürzenden rotbraunen und kalkfarbenen Felswänden. Riesigen Gesteinsbrocken, dazwischen Palmen und sogar ein paar Birken, niedriges grünes Gestrüpp.

„Wisst Ihr noch, wir haben damals den Bus stehen gelassen und sind tief in diese Todraschlucht hineingegangen."

"Du erinnerst dich sogar noch an ihren Namen", staunte Regine. „So was Einmaliges kann man doch gar nicht vergessen", schwärmte Lisa. „Einmalig und bedrohlich gleichzeitig, jedenfalls in meiner Erinnerung", fügte Felix hinzu und fuhr fort: „Ich habe mir damals vorgestellt, in einem der paar Häuser zu wohnen, aber das hätte ich, glaub ich, nicht ausgehalten so dicht neben so viel Fels." Und Christa ergänzte: „Und dann hörte die schmale Straße auf einmal einfach auf, kein weiterer Durchgang mehr, so, als wollte die Landschaft sagen, bis hierher und nicht weiter."

„Ach, Sie kennen ja schon alles, ich kann Sie also mit nichts mehr überraschen", aber sie merkten, dass die Enttäuschung Samirs nur gespielt war. Er meinte noch: „Das mit der Durchfahrt hat sich ein wenig geändert seit damals, aber eindrucksvoll ist die Schlucht nach wie vor."

Es herrschte, entgegen Samirs Befürchtungen, eine angenehme Temperatur von 29 Grad, als sie endlich gegen vier Uhr Erfoud erreichten. Auch wenn Lisas Erinnerung an ihren letzten Aufenthalt stimmte – Erfoud war wirklich eine nichtssagende Stadt – empfand sie es diesmal anders. Woher kam es nur, dass der Ort heute einen ganz besonderen Glanz besaß? Einbildung, nichts als Einbildung, verspottete sie sich selbst. Der Spott half aber nicht, sie musste zugeben, dass die Stadt zu dieser Stunde auf sie wirklich wie ein Tor wirkte, ein Tor zu einem anderen Leben. Sie wagte nicht zu fragen, zu welchem.

Samir schien sich in dieser Stadt sehr gut auszukennen. Ohne zu zögern, steuerte er die Avenida Moulay Ismail an, wo das Hotel lag. Und wieder hatte er nicht zu viel versprochen – das Le Riad war im Berberstil erbaut und Regine meinte fast ein wenig bedauernd: „Hier könnte ich es ein paar Tage aushalten, vor allem im Swimmingpool."

Sie merkten zwar bald, dass dem Hotel eine Renovierung guttun würde, aber keinem von ihnen erschien das wichtig.

Samir half ihnen noch mit dem Gepäck und versicherte danach, dass er morgen gegen halb sieben Uhr kommen würde.

„Hat jemand Lust zu einem Stadtbummel?" Alle lachten über Lisas Frage.

„Stadtbummel? Von welcher Stadt sprichst du?", meinte Regine, Neugierde vortäuschend.

„Na ja, Erfoud ist ein nettes Städtchen. Wenn ich mich recht erinnere, ist der Bazar ganz schön und vielleicht fällt Euch ja noch was anderes ein, was wir besichtigen könnten", bemerkte Birgitta, den Ort ein wenig verteidigend.

„Ich geh zum Swimmingpool", entschied Christa und da niemand Lust hatte, überhaupt irgendwohin zu gehen, schlossen sich alle Christas Entscheidung an.

Als sie sich eine halbe Stunde später am Pool trafen, sich genüsslich in die Liegestühle sinken ließen, meinte Lisa. „Christa, ich glaub, das war die beste Entscheidung. Ich nehme an, das werden vorläufig die letzten so entspannten Stunden sein", und sie versuchte, die zärtlichen Blicke, mit denen Felix Christa anschaute, zu übersehen.

36

Es war noch dunkel, als sie am nächsten Morgen wieder den Kleinbus bestiegen. Sie verließen Erfoud und folgten noch einige Kilometer einer endlosen Schlange von verschiedensten Fahrzeugen, die alle das gleiche Ziel zu haben schienen. Samir stoppte neben einem Mann mittleren Alters, der anscheinend auf sie gewartet hatte und wandte sich an die Gruppe: „Das ist also Tarik, der uns von nun an begleiten wird. Er spricht nur arabisch, aber ein Lächeln wird er immer verstehen."

Tarik stieg mit einer Verbeugung in Richtung der Gruppe in den Landrover. Trotz dieser höflichen Begrüßung spürte Lisa eine fast düstere Zurückhaltung, die sie bei Samir nicht einen Augenblick lang empfunden hatte. Lag es daran, dass die Gruppe überwiegend aus Frauen bestand? Oder weil sie seine Sprache nicht beherrschten und er ihre nicht? Was wusste sie schon von ihm – Samir hatten sie ein wenig kennen lernen dürfen, so sollten sie Tarik auch Zeit geben.

Rasch überwand Lisa ihr Zögern und begrüßte Tarik mit den paar auswendig gelernten Worten in seiner Sprache, wie damals bei Samir. Er reagierte auf ihr Salam aleikum wieder mit einer kleinen lächelnden, formellen Verbeugung.

Christa blickte erstaunt in Richtung des Platzes, vor dem sie nach einigen Minuten hielten. „Das sieht ja aus wie ein riesiger Parkplatz, nur nicht für Autos, sondern für Kamele."

Voller Bewunderung beobachteten sie, wie Tarik, nachdem er ausgestiegen war, sofort ein Tier, das anscheinend für sie bestimmt war, aus den Wartenden herausfand, dem sich in ruhigem Schritt zwei andere anschlossen, gefolgt von zwei weiteren Männern. Sie trugen die typische Kleidung der Nomaden, eine schwarze am Saum bestickte Hose und ein langes bis zu den Knöcheln reichendes Übergewand. Nur den üblichen Gesichtsschleier hatten sie noch nicht angelegt. Samir spürte die Neugier seiner Gruppe und bemühte sich, ihr diese Kleidung zu erklären: „Die Kleidung soll gegen den Sand und den Wind schützen, der Gesichtsschleier muss den Mund verdecken, da Körperöffnungen als unrein gelten."

Die Gruppe schwieg und wartete auf weitere Erklärungen. Samir fuhr auch schon fort: „Es gibt noch eine andere Erklärung dieses Verschleierns von Männern. Da sie häufig in der Wüste und in den Bergen unterwegs sind, müssen sie sich vor den Kel Eru, den Geistern der Toten, schützen, die versuchen, auf dem Weg über den Mund Besitz von den Lebenden zu ergreifen."

„Das klingt ja schrecklich!", Christa schüttelte sich. „Und warum tragen sie jetzt den Schleier nicht?"

„Ganz einfach, weil sie wissen, dass sie eine ausländische Gruppe begleiten werden, da verschleiern sie sich nur, wenn sie allein sind."

„Bedeutet das, unsere Gruppe ist Schutz genug für sie?", lachte Felix.

„Wenn Sie es so sehen wollen, finde ich das eine gelungene Auslegung der Situation."

„Und was geschieht mit dem Landrover? Lassen Sie den jetzt einfach so hier stehen?" Wenn sich Lisa auch in Gegenwart von Samir nicht mehr nur als Reiseleiterin empfand, wollte sie doch jede Einzelheit erklärt haben.

„Keine Sorge, der wird morgen von einem kleinen Transportunternehmen, das mit uns zusammenarbeitet, abgeholt."

Tarik belud die beiden Dromedare, die ihm gefolgt waren, mit den Rucksäcken der Gruppe und ihrem eigenen Gepäck. Während die Zelte, Kochgeschirr mehrere Kanister Trinkwasser und verschlossene Körbe, Decken und Luftmatratzen und noch vieles mehr den beiden anderen Tieren aufgeladen wurde.

Samir deutete jetzt auf die Tiere, die so selbstverständlich Tarik gefolgt waren und meinte: „Das sind übrigens, ich habe es ja schon einmal angedeutet, Dromedare."

„Und wo liegt der Unterschied?", fragte Felix. "Ich habe im Internet nur nach Kamelen gegoogelt und fand die Tiere eigentlich schön, stolz und vor allem genügsam."

Samir lachte. „Genügsam – ja! Schön? Einen Schönheitswettbewerb unter Tieren könnte weder das Kamel noch das Dromedar gewinnen, wobei es fürs Dromedar noch schwieriger wäre. Es würde eher einen Wettbewerb für Hässlichkeit gewinnen."

„Wie gemein, so von Tieren zu sprechen", empörte sich Regine halb im Spaß.

„Stimmt, Sie haben recht, noch dazu, wo alles an seinem Körperbau für ein Leben in der Wüste Sinn macht."

„Haben unsere Begleiter eigentlich auch Namen?"

Samir übersetzte Tarik Lisas Frage, und sie spürte an dem aufleuchtenden Gesicht des Mannes, dass sie genau die richtige Frage gestellt hatte.

„Die beiden, die in Ihrer Nähe sein werden, nennen wir ‚Ata Allah – Gottesgabe', das ist der Name von diesem Tier." Samir strich ihm zärtlich über die Nüstern, während er die Antwort von Tarik übersetzte: „Und die hier ist unsere Fatima, was so viel bedeutet wie ‚die Enthaltsame'."

Fatima – Ata Allah – Enthalsame und Gottesgabe – von diesem Augenblick an spürte Lisa, dass ihr einmaliges Erlebnis begonnen hatte.

Es war mittlerweile dämmrig geworden, gebannt blickte die Gruppe zum Himmel. Langsam – als wollte sie das Schauspiel noch spannender machen, als es ohnehin schon war, tauchte die aufgehende Sonne Wüste, Himmel und die paar Sträucher und Palmen in leuchtende Farben.

„Wir gehen jetzt erst einmal in südöstlicher Richtung, das ist von hier aus der schönste Anfang Ihrer Wanderung", wandte sich Samir an die Gruppe, die seltsam still geworden war, als könnten sie es noch immer nicht glauben, dass das, was vor ein paar Monaten nur ein Plan gewesen war, tatsächlich Wirklichkeit geworden ist Regine fragte: „Wieso schönste?"

„Ein Korallenriff. Eigentlich was fürs Meer und nicht für die Wüste oder?"

„Ach, darüber habe ich tatsächlich gelesen. Das muss man sich mal vorstellen, heute gehen wir durch eine braune Steinwüste und da ist völlig überraschend ein Korallenriff, das irgendwann mal im schlammigen Grund eines alten Meeres gelegen hat. Unglaublich!", begeisterte sich Felix.

„Tja, das mit dem Meer stimmt. Der Boden ist hier noch immer übersät von Überresten zahlloser versteinerter Mereslebewesen", erklärte Samir.

Erfüllt von ungeheurer Anspannung machte Lisa den ersten Schritt in die Wüste. Dieser Moment mit all seinen auf sie einstürmenden Empfindungen traf sie mit einer Gewalt, die ihr ganzes Sein erfasste. Sie konnte sich nicht daran erinnern, jemals von einer einfachen Handlung so angerührt gewesen zu sein. Es war doch nichts weiter als ein einfacher Schritt, und gleichzeitig so viel mehr. Alle ihre Erwartungen, ihre Hoffnungen, aber auch ihre Verzweiflung und Mutlosigkeit, ihre antwortlosen Fragen bündelten sich in diesem ersten Schritt. Für sie war dieser Aufenthalt nicht nur eine Reise in eine unbekannte Landschaft. Es war auch eine Reise in ganz besondere innere und äußere Erfahrungen in einer Umgebung, die alles versprach – Stille und Weite – Sonne und Sterne, Gefahr und Herausforderung, den Raum und die Zeit ihres ganz persönlichen Lebens.

Wie sehr wünschte sie sich in diesem Augenblick mutiger zu sein. Dann hätte sie sich auf den Boden gelegt, in den grenzenlosen Himmel geblickt und die Wüste im ganzen Körper gespürt. Nur im Körper? Nein, in der Seele. Eine unerklärliche Sehnsucht galt diesem Augenblick. Sie wusste nicht, warum und vor allem nicht, woher sie kam und nach was sie sich eigentlich sehnte.

Schnell kehrte sie in die Gegenwart zurück. Der Wunsch nach Alleinsein war ohnehin illusorisch. Touristenströme eroberten die Landschaft, Stimmengewirr erfüllte die Luft, spitze Freudenschreie klangen von Kamelrücken.

Birgitta blickte entsetzt zu Samir. „Bleibt das so?"

Er winkte ab. „Nein. Erfoud ist eben das sogenannte Tor zur Wüste, da brechen alle auf, vor allem Gruppen, die den Sonnenauf- oder -untergang sehen wollen, die einmal eine Düne erklettern möchten. In ein paar Stunden fahren sie in ihr Hotel zurück. Und die Langzeittouristen mit ihren Landrovern und Jeeps suchen sich asphaltierte Pisten aus, die wir meiden werden. Die Wüste ist groß genug für alle. Vertrauen Sie uns einfach – heute laufen wir nur eine Kurzstrecke, schließlich ist diese Art des Wanderns für Sie alle neu, also begnügen wir uns erst mal mit den zehn Kilometern, das reicht noch nicht bis zum Korallenriff. Wenn Sie gegen Abend Lust haben, gehen wir noch ein wenig weiter in Richtung Rissani und Merzouga."

„Nur zehn Kilometer?", fragte Felix erstaunt.

„Nur?", antwortete Samir. „Scheint wenig, nicht wahr und Sie haben sich ja so toll auf diese Anstrengungen hier vorbereitet."

Klang da ein wenig Spott mit?

„Allerdings", warf Birgitta ein und zählte lachend auf. „Marathonlauf, Fitnessstudio, Muskeltraining, wir sind topfit!"

Samir nickte. „Das bezweifle ich keinen Augenblick. Aber selbst ein Marathonlauf ist nicht mit dem hier zu vergleichen. Sie müssen erst Ihren Rhythmus finden, keine sehr leichte Aufgabe. Und ich sag Ihnen, der Muskelkater nach den ersten Tagen ... na ja, ich will Ihnen keine Angst machen. Außerdem ist es mittlerweile schon acht Uhr, später, als ich aufbrechen wollte."

„Ja", unterbrach Christa ungeduldig. „Deshalb sollten wir endlich losgehen oder!" Ihr Protest war wohl eher für die Gruppe bestimmt als für Samir.

Ist eigentlich ganz angenehm – Leitung, Planung alles hat Samir übernommen, und sie war eine Reiseteilnehmerin wie alle andern, dachte Lisa mit einem Gefühl der Erleichterung. Aber dann kehrten ihre Gedanken zu Philipp zurück. Das wollte sie mit ihm erleben. Vielleicht sogar eine Lösung finden. Aber sie war allein – er hat den einfacheren Weg vorgezogen, zumindest den für ihn bequemeren. He, lass die Kritik an Philipps Reaktion, du selbst hast dies mit deinem blöden Zögern ausgelöst. Und in Gedanken fügte sie noch hinzu. Was heißt hier überhaupt Lösung. Welche denn? Alles Schwachsinn! Nichts hätte sich an der Situation selbst geändert. Die Lösung müssen wir zwischen uns finden, ganz egal wo – ob in Mainz oder in der Wüste.

Christas Lachen brachte sie in die Gegenwart zurück. Sie hatte Halt suchend nach Samirs Arm gegriffen, als sie mit einem Fuß tief in eine Sandverwehung getreten war und jetzt versuchte, nicht ihre Balance zu verlieren. Die Szene wirkte ein wenig zu offensichtlich, aber in diesem Moment sogar nachvollziehbar.

Lisa meinte an Samir gewandt: „Versteh ich es richtig, wir müssen also zuallererst eine bestimmte Form des Gehens finden? Auch wenn wir uns auf einiges vorbereitet haben, scheint alles ganz anders zu sein?"

Samir nickte. „Sie haben völlig recht. Das richtige Laufen verhindert nämlich, dass wir frühzeitig müde werden. Wir können ab übermorgen bei weitem größere Strecken zurücklegen, aber auch nicht mehr als 15 oder 18 km. Jetzt müssen Sie erst einmal einen eigenen Rhythmus finden. Das klingt nach Musik, gewiss fragen Sie sich, was hat denn Laufen mit Rhythmus zu tun?"

Wie seltsam seine Stimme klingt. So als wollte er gleich eine ganz intime Erfahrung mit uns teilen.

Birgitta sah Samir neugierig an.

Dieser fuhr nachdenklich fort: „Sie werden vielleicht fragen, was soll das alles? Gehen ist gehen und fertig. Nun – das stimmt so nicht. Hier ist es einfach nicht damit getan, einen Fuß vor den andern zu setzen. Es ist nicht so nebenbei zu machen. Begriffe wie „Hier und Jetzt" sind so verbraucht, aber wenn sie irgendwo zurecht gelten, dann bei den einzelnen Schritten, die zusammen das Gehen ausmachen."

Nach einer Weile, in der sie schweigend ihren Weg fortsetzten, stellte Birgitta leise fest. „So schwer habe ich mir das gar nicht vorgestellt."

Regine pflichtete ihr bei und meinte: „Es muss wunderbar sein, sich vereint fühlen zu können mit der Landschaft, mit dem Gang von Ata Allah und Fatima und sogar mit der Stimmung, die über diesem Morgen liegt." Sie schwieg verlegen, fügte dann aber fast trotzig hinzu: „Ich weiß, das klingt übertrieben, aber ich stell mir das Gehen als ganz bei sich zu sein vor."

Und dachte. Ganz bei sich? Wie sehr hätte ich mir das für Simone gewünscht. War es nicht ein Fehler, dass sie sich nicht auf dieses Abenteuer eingelassen hatte? Sie sehnte sich nach der Freundin und hatte gleichzeitig Angst, Simone könnte vielleicht ohne sie wieder einen Rückfall erleiden.

Auch Lisa hätte sich diese gleichmäßige Beständigkeit für ihre Gedanken gewünscht. Noch herrschten in ihrem Kopf Beobachtungen, Ängste und Erwartungen. Und keineswegs all das, was sie beim ersten Schritt in Sand und Steine vor Stunden empfunden hatte. Da waren die unauslöschlichen Bilder – Lukas in seinem weißen Bett, Caroline in ihrem Zorn und ihrer Verurteilung der Mutter. Philipp, dem sie nicht genügend vertraut hatte ...

Und einmal mehr fragte sie sich. Warum wollte ich eigentlich in die Einsamkeit? Für sie bedeutete Einsamkeit doch immer auch Angst! Einsamkeit gleich Verlassenheit gleich Trostlosigkeit. Wenn sie nur mal mit jemandem darüber sprechen könnte. Auch über die Leere, die sie alle hier umgibt, nur unterbrochen von einigen dürren Gräsern, kleinen

Akazien, viel Geröll und Steinen! Und über die Hitze, den Wind und den Sand, der sich überall einnistete.

Sie blieb stehen und während sie in den Anblick von Weite und Farben, von einem Horizont, der die Landschaft wie eine riesige Scheibe erscheinen ließ, versank, war es ihr, als würde sie in der Nähe Philipps Stimme hören, wie er leise sagte: Lisa, Einsamkeit bedeutet nicht dieses Nichts, vor dem du dich so fürchtest.

Aber da war kein Philipp. Dennoch antwortete sie: Philipp, ich wünsche mir so sehr, diese innere Ruhe zu finden. Keine Angst mehr, kein innerer Absturz mehr. Einfach nur Vertrauen.

Und unerwartet die Gewissheit, dass genau das ihre Sehnsucht war, ihr Traum, warum sie diese und keine andere Reise hatte machen wollen. Eins werden mit Einsamkeit und Leere, wo das Ich nicht mehr wichtig wäre – eine Befreiung von allen Zwängen und Verpflichtungen, von jeder Angst.

37

Nach drei Stunden trat Samir neben Lisa. „Lisa, wir sollten bald einen Rastplatz suchen. Ich schlage vor, dass wir jetzt eine längere Pause machen und gegen Abend noch anderthalb bis zwei Stunden laufen, das reicht für heute. Ich spüre, dass die Gruppe erschöpft ist. Sie müssen sich erst einlaufen, und dann legen wir auch größere Strecken zurück. Versprochen."

Birgitta hatte Samirs Kommentar gehört und mischte sich ins Gespräch.

„Warum auch weitergehen? Immer dieses Weiter und Weiter, diese verschwommene Idee, Ziele erreichen zu müssen. Welches Ziel eigentlich? Wollen wir nicht alle genau das überwinden?"

„Ja, stimmt. Diese Tour sollte uns von Gewohnheiten befreien, die uns zu ihren Sklaven machen."

Entschlossen wandte sich Lisa Samir zu: „Sie haben recht. Es gehört wirklich zu den Erfahrungen, die ich machen möchte, dazu, dass ich erst lernen muss, dass Zeit und Leistung und geographische Ziele keine Bedeutung haben."

Birgitta drückte einen Augenblick Lisas Hand, und dieser Händedruck bedeutete so viel mehr als jedes Wort. Es fühlte sich nach beginnender Freundschaft an.

Nachdem Samir und Tarik einen fürs Ausruhen windgeschützten Platz gefunden hatten, während Naim noch ein Stück weiter ging, befreite René Ata Allah von einem großen Rucksack, in dem wahrscheinlich Zutaten für ein Picknick verstaut waren.

Lisa schaute sich neugierig um. „Ziemlich verschieden,

meine Vorstellungen von Wüste und der Wirklichkeit."

Felix war neben sie getreten und griff die Worte auf: „Na ja, wenn ich bisher an Wüste dachte, habe ich goldfarbenen Sand gesehen und sanfte Hügel und eine endlos leere Landschaft. Das heute war meist Geröll, Gestein und aschgrauer Sand."

Lisa grinste. „Dazwischen gab es aber die herrlich grünen Palmenhaine und verstreut liegenden kleinen Dünen. Und für Christa gab's doch genügend Sand oder?"

„Ja, ja sehr aufregend, wie gut, dass Samir ihr Retter war! Aber ansonsten gab es nur Landschaft mit den Ziegenherden dazwischen und den Kindern, die sie begleiten."

Regine sah Felix fragend an. „Erscheint dir das zu eintönig? Mich interessiert viel mehr, warum die Kinder nicht näher kommen."

Samir schien Fetzen des Gesprächs mitbekommen zu haben und lachte. „Warten Sie ab, wenn Sie nur eines ansprechen, werden sofort von irgendwoher 20 auftauchen. Und dieses Irgendwo meine ich ernst, denn wir fragen uns immer, wo sie sich eigentlich verstecken und wie ihr Wüstentelefon funktioniert."

Da niemand aus der Gruppe den Männern bei der Vorbereitung des gemeinsamen Rastplatzes helfen konnte, stieg Lisa langsam die nächstgelegene, niedrige Düne hoch – und wartete. Worauf? Sie wusste es nicht. Während sie ihre Augen über die Landschaft schweifen ließ, dachte sie. So ähnlich muss es sein, wenn man ganz allein auf der Welt ist – ohne Zeit und Raum. Umgeben von atemraubender Stille. Ihr fiel das Gespräch mit Philipp über sein Thema „Zeit" ein. Ach Philipp, warum bist du nicht da? Hier könntest du nachempfinden, was Zeit bedeutet. Du hättest nicht nur

darüber nachgedacht und geschrieben, du hättest sie gefühlt, die Zeit. Nichts, aber auch nichts hat der Mensch in
dieser Landschaft wirklich verändern können. Hier hättest
du die Gelegenheit gehabt, in die Urzeit zu schauen, in die
Zeit ohne Leben, Zeit, die nur geprägt ist von Steinen und
Sand. Eine zeitlose Zeit, Philipp.

Sie bückte sich, hob eine Handvoll Sand auf, ließ ihn langsam durch die Finger rieseln, dachte. Zeit – Raum, ich habe
beides, und sie gehören nur mir, mir ganz allein – in diesem
Augenblick. Ein Gedanke durchfuhr sie. War es vielleicht
nicht nur negativ, dass Philipp nicht da ist? Sie war frei, frei
wie nie in ihrem bisherigen Leben. Aber in einem ganz anderen Sinn, als jenem, der sonst mit „Freiheit" verbunden
ist. Hier gelten nur die Macht der Natur und das Ausgeliefertsein des Menschen an sie. Also keine Schuldfragen, keine Verpflichtungen, keine Be- oder Verurteilungen.

Sie legte sich auf den sandigen Boden, nachdem sie zuvor
eine Decke, die sie wegen der Hitze, die der Sand ausstrahlte auf Anraten von Samir immer bei sich trugen, ausgebreitet hatte. Ihr Blick verlor sich im Unendlich des Himmels,
über den jetzt Wolken zogen, die sich rasch ausdehnten,
Besitz ergriffen vom Blau, das eben noch die Welt einzuhüllen schien. Ein leichter Wind kam auf, wehte ihr Sandkörner ins Gesicht, spielte mit ihrem Haar, strich sanft über
ihre erhitzte Haut. Empfindung von Auflösung, vom Zer-
fließen der Wirklichkeit. Sie war nicht mehr Lisa, sie war
der hohe Himmel, der Sand, die Sonne und die Luft, die sie
einhüllte.

Nach einer Weile stand sie auf und machte sich auf den
Weg zurück in die Realität.

Samir und Tarik hatten auf dem Wüstenboden dicke Kelimteppiche ausgebreitet, René hatte Brote und einen kalten Salat aus Äpfeln, Tomaten, Mais, Zwiebeln und Oliven vorbereitet, dazu gab es einen Knoblauch-Milch-Drink, der stark nach Zimt schmeckte.

„Ich hab tatsächlich Hunger", meinte Regine erstaunt. „Dabei haben wir so ausführlich gefrühstückt."

Felix lachte. „Das ist ja schon eine ziemliche Weile her und schließlich haben wir die letzten Stunden nicht gemütlich auf einem Sofa gesessen. Übrigens", er wandte sich an René, „es schmeckt sehr gut, auch dieses Getränk, fremd aber lecker." René nickte, so, als hätte er Felix verstanden. „Vielleicht solltest du mit ihm französisch sprechen", neckte Lisa ihn.

„Würde ich ja gern, aber ich bin schon froh, dass mich wenigstens mein Englisch durch die Welt tragen könnte", grinste Felix.

Hungrig machten sie sich über die Brote und Salate her, während Samir und Tarik ein wenig abseits saßen und sich unterhielten. René hatte sich zu den Tieren gesetzt, als gehörte er nicht zur Gruppe. Von Naim und den beiden anderen Tieren war nichts zu sehen. „Da muss es doch Regeln geben, die ohne vorherige Absprache eingehalten werden", überlegte Lisa und blickte wieder zu Samir und Tarik.

Obgleich beide sehr leise sprachen, spürte Lisa eine Heftigkeit hinter ihren Worten, die sie sich nicht erklären konnte. Ob sie sich über irgendetwas stritten? Sie wollte es nicht wirklich wissen und konnte dennoch ein beklemmendes Gefühl nicht loswerden. Wenn sie tatsächlich Krach hatten, warum dann schon am Anfang ihrer Tour? Sie müssen sich doch vorher über alles klar gewesen sein!

Warum misstraute sie Tarik eigentlich? Na ja, hat keinen

Sinn, so viel darüber nachzudenken, morgen würde sie mit Samir darüber sprechen. In diesem Augenblick beobachtete sie, wie dieser fast liebevoll den Arm um Tariks Schultern legte. Beruhigt dachte sie, das sieht nicht nach Streit aus, eher nach persönlichen Problemen.

38

Nach einigen Stunden des Ausruhens, in denen es allen gelungen war, im Schatten niedriger Akazien oder halb verdorrter Sträucher einen Platz zu finden, machten sie sich wieder auf den Weg. Rasch gaben sie sich dem Rhythmus des Gehens hin, jeder in seine eigenen Gedanken vertieft, schweigend.

Ab und an bückten sie sich, hoben eine der vielen Versteinerungen auf, bis Samir lächelnd meinte: „Denken Sie daran, unser Weg ist noch lang, wir sind erst am Anfang der Gegend, wo Sie Fossile finden können. Abgesehen davon, dass Steine ziemlich schwer sind, gibt es auch Ausfuhrverbote für Fossilien Bei einem Stein sagt niemand etwas, aber wenn Sie sich die Taschen vollstopfen ...!" Er lächelte dabei, so dass Lisa sich stillschweigend zwei der schönsten aussuchte, von denen, die sie schon gesammelt hatte, den Rest ließ sie wieder fallen, und die andern taten es ihr gleich.

Samir bestimmte das Tempo und alle spürten, dass es ihrer Unerfahrenheit und Ungeübtheit angepasst war. Regine, Christa und Felix gingen zusammen, während Birgitta neben ihr ging und ihr ruhiges Schreiten fast im gleichen Rhythmus mit ihr teilte. Völlig überraschend hatte Lisa den unwiderstehlichen Wunsch, mit Birgitta zu sprechen. Während sie ihre Sonnenbrille zurecht rückte, fragte sie: „Geht es dir auch so, dass du hier, in dieser Umgebung, in dieser Landschaft so vieles in deinem Leben infrage stellst und trotzdem das Gefühl von einer so intensiven Lebendigkeit spürst, die alles bisher Dagewesene in dir verändert?"

Statt einer Antwort fragte Birgitta: „Erinnerst du dich, dass ich eine lange Zeit nicht zur Gruppe kam und auch keine Reisen mitmachte?"

„Ja, du hattest damals gesagt, du hättest zu viel zu tun, was ich sehr bedauerte. Denn in dieser Zeit waren wir in Norwegen und auch in Spanien, alles unvergessliche Eindrücke."

„Ich hatte Krebs, wollte es aber nicht publik machen."

Lisa erschrak und dachte, jeder hier hat sein eigenes Schicksal, mit dem er fertig werden muss. Hatten sie sich deshalb zu dieser besonderen Tour zusammen gefunden? Laut antwortete sie: „Das tut mir leid, ich wusste es nicht. Hoffentlich ist dir nicht alles zu anstrengend?"

„Nein, im Gegenteil. Ich möchte", sie zögerte, gab sie nicht zu viel von sich preis? Wollte sie das? Doch dann sprach sie weiter: „Ich habe mit den Ärzten gesprochen und sowohl der Psychotherapeut als auch der Arzt, der mich operiert hat, gaben ihre Zustimmung. Ich – ich habe lange gebraucht, bis ich diese Krankheit akzeptierte, bis ich sie nicht mehr nur als Feind ansah. Und ich glaube, ganz geschafft habe ich es immer noch nicht."

Lisa schwieg, Mit diesem Schweigen wollte sie Birgitta sagen, „sprich weiter, bitte sprich weiter."

Birgitta nahm die Unterhaltung wieder auf: „Als ich diese Diagnose bekam, glaubte ich an der Grenze meines Lebens angekommen zu sein. Ich dachte nicht an die vielen Heilungen, an die Menschen, die ich selbst kenne und von denen ich weiß, dass sie die gleiche Erfahrung gemacht haben, dass es nicht das Ende bedeutet hat, dass sie leben, gern leben. Nur – ich brauchte unendlich viel Zeit, auch dies zu sehen. Aber jetzt glaube ich, bin ich auf dem Weg, wieder Unbeschwertheit empfinden zu können. Allerdings erst auf dem Weg! Viel erwarte ich von unserer Tour. Vielleicht dass es möglich wäre, in der Stille, in der Weite, in der Notwendigkeit des Überlebens in einer Umgebung, die von einem Augenblick zum andern dein Feind werden kann, die Angst zu überwinden. Angst – die immer irgendwo lauert, in jedem kleinen Unwohlsein, in jedem stechenden Schmerz, in jeder unbegründeten Müdigkeit. Akzeptanz zu lernen und zwar nicht nur was die Krankheit angeht."

Sie hielt inne. „Entschuldige, ich belaste dich mit meiner Geschichte, dabei wollten wir ja das Private immer draußen lassen."

„Mein Mann liegt nach einem schweren Verkehrsunfall seit fast fünf Jahren im Koma." Lisa empfand Birgittas Erschrecken fast körperlich. „Oh mein Gott, wie kann man damit leben", fragte sie fassungslos und voller Anteilnahme.

„Zwischen Schuld und Lebenwollen. Der Grund, warum ich hier bin – auf der Suche nach einem Weg."

„Und Philipp?"

„Ich war monatelang zu feige gewesen, mit ihm zu sprechen und habe ihn erst wenige Tage vor unserer Abreise mit meiner Situation konfrontiert. Er konnte wohl nicht anders, als diese Tour abzusagen."

Lisa merkte, dass Birgitta noch etwas fragen wollte, aber wohl aus Taktgefühl schwieg. Deshalb beantwortete sie selbst die unausgesprochene Frage ihrer Begleiterin: „Caroline kann nicht verstehen, dass ich mit Philipp versuchen wollte, ein neues Leben zu beginnen. Sie wartet aufs Erwachen ihres Vaters – allen medizinischen Beurteilungen zum Trotz. Außerdem", sie sprach sehr leise weiter, „außerdem würde ich das Lukas auch nicht wünschen, die Ärzte haben

mir versichert, dass sein Gehirn schwer geschädigt sei."
Behutsam legte Birgitta den Arm um Lisa und schweigend
setzten sie ihren Weg fort.

Es war eine Stunde vergangen, als Samir entschied, einen
vor Wind geschützten Platz für ihre erste Nacht in der
Wüste zu suchen. Er meinte an alle gewandt: „Weiter zu
laufen hat keinen Sinn, Sie merken erst zu spät, dass Sie
nicht mehr können und dann müssten wir irgendwo Halt
machen. Aber ein „Irgendwo" ist in der Wüste nicht ungefährlich!"
Lisa lächelte ihn an. „Samir, es ist so angenehm, auf einer
Reise mal keine Entscheidungen treffen zu müssen. Bitte
machen Sie es so, wie Sie es für richtig halten. Sie kennen
sich aus, wir nicht."
Sie gingen noch eine Viertelstunde weiter, bis die Männer
entschieden, dass sie den Platz gefunden hatten, wo sie die
Nacht verbringen wollten.
Lisa schaute sich um, diesmal gab es höhere und hohe Dünen in ihrer Nähe, sie entschied sich für die nächstgelegene
hohe, vom Nachtlager etwas abgelegene, die sie langsam
erklomm. Was gar nicht so leicht war – denn immer wieder
rutschte sie ab, krallte sich an verdorrten Halmen fest, fand
ihr Gleichgewicht wieder und stieg weiter.
Oben angekommen schaute sie sich um, breitete weit die
Arme aus, atmete tief die trockene Luft ein und meinte, das
gesamte Universum umfassen zu können. Dies hier war ihr
Erlebnis, es gehörte ihr ganz allein! Doch neben diesem
Glücksgefühl war gleichzeitig Machtlosigkeit. Wie winzig
und unbedeutend wir sind, wie ausgeliefert der Natur, mit
der wir täglich so unachtsam umgehen, dachte sie erschro-

cken.

Sie ließ sich auf dem Hügel nieder. Während die Wärme des Sandes trotz der Decke durch ihre Kleider drang, versank sie in den Zustand innerer Grenzenlosigkeit. Dann überraschend der Wunsch, zu irgendeiner höheren Macht zu beten. Eins zu werden mit einem wortlosen und bedingungslosen Vertrauen.

Dabei glaubte sie gar nicht daran. Wen schert schon ihr kleines Schicksal? Jeder Mensch muss seinen eigenen Weg suchen, finden und gehen. Sie merkte, wie sich ein innerer Widerstand gegen diese pragmatischen Gedanken wehrte. Nein, so wollte sie nicht denken, wenigstens heute nicht.

Und im Licht der Weite die Erkenntnis der Stille und des Alleinseins, nicht der Einsamkeit – nein – nur des Alleinseins. Gehört dazu nicht auch die absolute Ehrlichkeit sich selbst gegenüber? Keine Lügen, keine Suche nach Entschuldigungen, nur die Wahrheit über sich selbst, nichts als die Wahrheit. Nur – was für eine Wahrheit? ,Ich weiß es nicht – ich weiß es einfach nicht!'

War eine Stunde vergangen? Oder mehr? Ihr fröstelte, heute würde es wohl keinen Sonnenuntergang zu bewundern geben. Die Wolken verbargen ihn und nur das dahinter verdeckte sanfte Leuchten ließ erahnen, wie es sein würde, diese Augenblicke in voller Pracht erleben zu können. Nach einer kurzen Dämmerung brach unvermutet schnell die Nacht herein. Lisa erhob sich, strich den Sand von ihrer Kleidung. ,Niemandem werde ich von diesem Erlebnis hier erzählen, außer vielleicht – eines Tages Lukas, er wird mich verstehen, auch wenn er mich nicht hören kann, er wird es fühlen.'

Sie machte sich auf den Rückweg, war dankbar, dass ihr

der Feuerschein aus dem Lager den Weg hinab zeigte – ihre Taschenlampe war im Rucksack!

Auf halber Höhe des kleinen Abstiegs kam ihr Felix entgegen. „Das würde ich an deiner Stelle nicht machen!" Lisa sah ihn erstaunt an. „Ich meine so ganz allein im Dunkeln. Klar wollen wir alle auch mal Zeit ganz für uns haben, aber muss das unbedingt nach Einbruch der Dunkelheit sein?" Er schluckte. „Entschuldige, geht mich ja eigentlich nichts an, mir war halt ein wenig mulmig zumute, als ich dich beobachtete."

„Du hast ja recht, aber Sorgen brauchst du dir wirklich keine zu machen. Trotzdem – danke." Wie gut so viel Fürsorglichkeit tat.

Offensichtlich waren die weiter entfernt lagernden Dromedare nicht nur von Zelten und Decken und Luftmatratzen befreit worden, sondern auch von Küchengeräten und Essenskörben, denn über dem Feuer brutzelte ein Gemüsecouscous in einer erdfarbenen Tajine, in den Gläsern dampfte Minzetee und frisches Fladenbrot war in Stücke gebrochen. Sie ließen sich zu ihrem ersten richtigen Essen dieser Wanderung auf dem Teppich nieder, fast feierlich, weil alles so ungewohnt war und eher einer rituellen Handlung glich. Das Feuer vertrieb mit seiner Wärme die langsam aufsteigende nächtliche Kälte.

Friede lag über der kleinen Gruppe – das Schweigen hatte etwas Selbstverständliches, Erfülltes. Und das schienen alle so zu empfinden.

Nach einer Weile erhob sich Lisa, trat aus dem Lichtkreis der züngelnden Flammen und erschrak, als ihr Blick gegen die Wand einer schwarzen Undurchdringlichkeit prallte. Jäh hatte sie das Gefühl, keine Luft mehr zu bekommen.

Dunkelheit. So etwas hatte sie noch nie erlebt – vor ihren Augen nichts als tiefste Schwärze. Kein Licht der Stadt – keine erleuchteten Fenster, keine Straßenlampen, keine Autoscheinwerfer und offensichtlich war auch die Wolkendecke, die sie schon vor Stunden beobachtet hatte, so dick geworden, dass kein Sternenlicht mehr durchdringen konnte – nur Dunkelheit.

Sie wandte sich langsam zum erlöschenden Feuer zurück. Christa und Felix saßen etwas abseits, vertieft in gemeinsames Schweigen. Scheint so, als hätte sie sich umsonst Gedanken um die Beiden gemacht, stellte Lisa erleichtert fest.

Regine schrieb – etwas umständlich – beim Schein ihrer Taschenlampe in ein dickes Heft. Birgitta saß, den Kopf auf die angezogenen Beine gelegt, vor dem Feuer, starrte in die kleiner werdenden Flammen.

Samir und Tarik unterhielten sich, eindringlich, aber ruhig. Von René und Naim war nichts zu sehen.

Lisa merkte, wie müde sie nun doch war, wünschte allen eine Gute Nacht und zog sich in ihr kleines Biwak zurück, das sie mit niemandem teilen musste, wofür sie sehr dankbar war. Noch vor wenigen Tagen hätte sie anders darüber gedacht. Aufkommende Traurigkeit wurde von Ängstlichkeit überschattet. Wie ist das eigentlich mit den andern Bewohnern der Wüste, nicht mit den Menschen, sondern mit den Tieren? Mit Echsen und Schlangen, mit Spinnen und Mäusen? Und das bei ihrer Phobie gegen Spinnen!

Über all diesen Gedanken musste sie eingeschlafen sein. Irgendwann in der Nacht wurde sie wach, stand auf und trat vorsichtig vor das Zelt. Das Feuer war erloschen und um sie herum gab es nichts als tiefste Stille, eine Besitz ergreifende tiefe Stille ohne Grenzen und Begrenzungen. Und über ihr endlich das glitzernde, funkelnde, strahlende Meer von Sternen, Millionen und Millionen Sternen.

39

Leises Sprechen weckte Lisa. Draußen war es noch dunkel. Tröstlich der Gedanke, dass die Sonne bald aufgehen würde. Sie wollte sich rasch fertig machen, aber ganz so schnell war das nicht möglich. Zuvor ging sie noch zu den Klozelten, über die sich alle gestern Abend so amüsiert hatten, als sie Naim, Tarik und Samir dabei beobachteten, wie sie zwei Löcher im Sand ausbuddelten, dann eine Schaufel, Klopapier, Seife und etwas Wasser zur Katzenwäsche und Desinfektionsmittel daneben gestellt und dann je ein kleines Zelt über diesen Löchern aufgeschlagen hatten. Jetzt genoss Lisa sogar die kurze Waschmöglichkeit, während sie sich gleichzeitig schwor, nie mehr Wasser zu verschwenden, als sie sich vergebens bemühte, den Sand aus Ohren, Mund und Nase zu entfernen. Danach kehrte sie in ihr Biwak zurück und versuchte, mit der neuen Kleidung, die ihr noch fremd war, fertig zu werden. Als sie endlich angezogen war, konnte sie sich in keinem Spiegel betrachten. Gut so, dann hört endlich die ständige Auseinandersetzung mit ihrem Körper auf weil sie kein Bild von sich hatte. Bedeutet das nicht, dass sie in gewisser Weise von sich selbst befreit war?' Sie lachte: ‚Na ja von mir befreit ist ziemlich übertrieben, jeden Knochen könnte ich einzeln zählen.' Hoffentlich war das nur ein paar Tage so, sie stellte es sich ziemlich grausig vor, wochenlang jede Bewegung, jeden Schritt verbunden mit Schmerzen zu machen.

Als sie ins Freie trat, waren Samir, Tarik und René schon mit den Frühstücksvorbereitungen beschäftigt. Der Guten–

Morgen-Gruß von Samir und René war sehr freundlich und Samir erkundigte sich fast liebevoll, wie die Nacht gewesen wäre und wie es ihr nach dem gestrigen Tag ginge. Tarik grüßte kurz und freundlich, aber irgendwie unbeteiligt. Wieder dieser Verdacht, dass irgendetwas mit ihm nicht stimmte. Trotz einer gewissen Besorgnis verscheuchte sie solche Gedanken und um sich erst einmal abzulenken, ging sie auf Samirs Fragen ein. „Tja, ich muss wohl dafür danken, dass wir gestern nicht weiter gelaufen sind. Sonst könnte ich mich wahrscheinlich überhaupt nicht mehr bewegen."

Er lachte. „Ich gebe Ihnen nachher eine selbst zubereitete Salbe – sie nimmt zwar nicht alle Schmerzen, hilft aber wenigstens ein bisschen. Und in drei, vier Tagen sind diese Begleiterscheinungen des Laufens Vergangenheit", versicherte er ihr noch. „Das wäre tröstlich", war Lisas kleinlaute Erwiderung.

Allmählich tauchten auch die andern auf, noch sehr verschlafen, aber angelockt vom Duft des Frühstücks.

„Bist du immer so früh auf", wunderte sich Regine.

„Warum? Wie viel Uhr ist es denn", fragte Lisa und stellte fest, dass sie, wohl zum ersten Mal in ihrem Leben, nicht gleich beim Aufstehen auf die Uhr geschaut hatte.

Christa unterdrückte ein Gähnen, streckte und reckte sich erst einmal, bevor sie murmelte: „Wir haben gerade mal 5 Uhr."

„Na ja, noch habe ich halt deutsche Zeiten im Kopf und da wäre es immerhin schon 7 Uhr."

Birgitta schien hellwach und schaute sich in der noch herrschenden Dämmerung interessiert um, während Felix gleich auf das Feuer zuging. „Jetzt einen heißen Kaffee –

gäbe es etwas Köstlicheres?"

Lisa lachte. „Mein lieber Felix, ich habe das Empfinden, hier musst du dich mit verschiedenen Teesorten wie Fenchel, Minze oder grünem Tee begnügen."

Samir, der ihre Bemerkung gehört hatte, meinte: „Nein, wir wissen schließlich, wie sehr Sie alle ihren Kaffee brauchen – zumindest bis Sie sich akklimatisiert haben, deshalb haben wir immer auch Kaffeepulver dabei."

Bald zog verführerischer Kaffeeduft über die Lagerstätte und die strahlenden Gesichter rundherum bestätigten Samirs Worte.

Die Gruppe genoss das Frühstück – Fladenbrot, einige belegten es mit Ziegenkäse, Tomaten- und Gurkenscheiben, und andere griffen neugierig nach den Baghrirs, marokkanischen Crepes, die köstlich nach Zimt dufteten und genauso schmeckten. Dazu die leckere Knoblauchmilch, die mit ihrem Zimtgeschmack zu den Crepes passte und Lisa konnte sich gut vorstellen, dass dies ihr morgendliches Getränk werden könnte.

In diesem Augenblick ging langsam in einem grandiosen Farbenspiel die Sonne hinter den niedrigen Hügeln auf und tauchte den kleinen Zeltplatz in rötliches Licht. Kühl war es noch, Lisa schlang ihre Jacke enger um den Körper.

Tarik, Naim und René hatten längst mit dem Abbau der Biwaks begonnen und beluden die beiden namenlosen Dromedare bereits mit allem, was im Augenblick nicht mehr gebraucht wurde. Danach ging Tarik zu Fatima und Ata Allah, die sich ein Stück weit vom Zeltplatz entfernt niedergelassen hatten. Die Tiere lagen im Sand. Fatima hatte den schlanken Hals hoch aufgerichtet, während Ata Allah mit dem Kopf auf dem Boden lag – Augen geschlossen, scheinbar schlafend. Felix meinte, auf die Tiere deutend: „Wenn die so ruhen, erinnern sie mich an Statuen, sogar an eine Art archaischer Monumente."

Samir nickte. „Beobachten Sie mal, wie sie sich gebärden, wenn Tarik jetzt zu ihnen kommt."

Alle schauten neugierig-gespannt zu den Tieren. In dem Augenblick, als Tarik sich den beiden näherte und versuchte, sie zum Aufstehen zu bewegen, änderte sich das Bild. Jetzt wurden Ata Allah und Fatima unerwartet zu leidenden Kreaturen, die stöhnten, als hätte man ihnen die Lasten bereits aufgeladen. Den Hals hin und her drehend, die Augen blickten ängstlich und voller Panik und schaumiger Speichel lief aus ihrem Maul in den Sand.

„Samir," Regines Stimme klang total entsetzt, „Samir, leiden die wirklich so, wie es scheint? Das sieht ja schrecklich aus!" Auch die andern waren entsetzt, beobachteten Tarik, der schrie und mit der Zunge schnalzte und an den Tieren zerrte, bis sich diese mühsam erhoben.

„Nicht aufregen – es sieht schrecklicher aus als es ist", beruhigte Samir. Bedächtig bepackte Tarik die Tiere mit dem Wenigen, das die Gruppe gestern für unentbehrlich gehalten hatte, während er leise auf die Beiden einredete. Er schien in einer völlig anderen Welt zu leben, sobald er in der Nähe der Tiere war.

Lisa wandte sich an die Gruppe und bezog auch Samir mit ein, als sie meinte: „Was haltet ihr davon, wenn wir jeden Morgen den Tagesverlauf besprechen. Nur im Groben natürlich, aber es wäre beruhigend, eine Idee zu haben, wie der Tag ungefähr abläuft."

Birgitta lachte. „Mensch Lisa, lass das ständige Planen. Das gehört einem anderen Leben an. Man merkt so richtig, wie sehr du noch zu Hause bist. Stellen wir uns mal lieber vor, wir wären von jetzt auf gleich vom Himmel in die Wüste gefallen – haben alles, aber auch alles hinter uns gelassen. Die Uhrzeiten, die Feststellung, wie viel Kilometer wir gelaufen sind, was in einer Stunde geschieht, was am Mittag oder am Abend. Deshalb sind wir ja hierher gekommen! Wir wollten so gern frei sein – frei von allem, was uns bisher ausgemacht hat. Ist es nicht so?"

Lisa wollte erst widersprechen, dann merkte sie, wie recht Birgitta hatte – dass sie selbst noch ganz gefangen war in allem, was sie bisher gelebt hatte. Zögernd antwortete sie: „Glaubst du denn, dass dies so einfach ist? Dass man einfach alles hinter sich lassen kann? Noch haben wir die Bilder im Kopf, die wir von zu Hause mitgebracht haben – unsere Sorgen, unseren Alltag, die Arbeit, die Bindung an Menschen?"

„Klar ist das nicht einfach", antwortete Birgitta. „Aber wenn wir gleich wieder jeden Tag mit einem festen Programm beginnen, wenn wir jede Stunde planen, wenn wir uns selbst wieder diese Grenzen setzen, die wir auf dieser Wanderung hinter uns lassen wollten, warum sind wir dann überhaupt hier?"

Die anderen hatten die Unterhaltung der beiden Frauen aufmerksam verfolgt, als sich jetzt Samir meldete: „Wenn Sie mir erlauben, möchte ich etwas dazu sagen. Ich glaube, Birgitta hat recht und auch wieder nicht. Wir brauchen uns nicht extra vorzunehmen, dass wir all das, was wir bis heute waren, hinter uns lassen wollen. Das macht die Wüste mit uns. Das Licht, das Gehen, man hört nur noch seinen Schritten zu, dem Wind, wenn er über den Boden streicht oder dem Rascheln eines flüchtenden kleinen Tieres. Sie werden ganz anders sehen, hören, fühlen lernen und Sie selbst werden merken, dass Sie genau den Zustand erreicht haben, weswegen Sie diese und keine andere Reise gewählt haben."

Tarik hatte mittlerweile seine Arbeit beendet und sich langsam mit Ata Allah und Fatima, mit Naim, René und den beiden anderen Dromedaren auf den Weg gemacht. Die Gruppe schaute Lisa erwartungsvoll an. Sie stand auf, meinte nur: „Gehen wir. Ich glaube, sowohl Birgitta als auch Samir haben recht – mein Vorschlag kommt wohl daher, dass ich früher für unsere Touren verantwortlich war, dafür, dass alles reibungslos klappte, dass unsere Unternehmungen nicht zu anstrengend waren und was noch alles damit verbunden war. Jetzt kann ich loslassen, daran habe ich mich noch nicht so richtig gewöhnt."

Während alle versuchten, sich den blauen Schesch mit vielen Verrenkungen um den Kopf, aber nicht um das Gesicht zu schlingen, trat Birgitta neben Lisa. „Bist du jetzt verärgert? Ich wollte nicht deine Stellung als Reiseleiterin angreifen, ich dachte nur bei deinen Worten vorhin, dass ich alles so satt habe, was mich an mein alltägliches Leben kettet. Ich will einfach nur die Arme ausbreiten, wenn ich könnte, würde ich fliegen wollen, um dieses Gefühl der Freiheit und der Ungebundenheit ganz intensiv zu spüren."

Lisa antwortete nicht, stattdessen umarmte sie Birgitta, murmelte „danke", dann wandten sich alle zum Gehen.

Über ihnen strahlte die Sonne vom blassblauen Himmel, vor ihnen ein Horizont, der sich anscheinend mit jedem Schritt weiter und weiter zu entfernen schien.

Sie gingen über ausgedörrte Sandebenen, durch ehemalige Flussbetten mit ihrem steinigen Geröll, über verdorrtes braunes Gras, und dazwischen durch reich und verschwenderisch blühende Oasen und Palmenhaine. Vorbei an verschleierten Frauen mit Kindern auf dem Arm oder an ihrem Rockzipfel hängend. Sie waren wie aus dem Nichts aufgetaucht, boten Datteln an. Irgendwo dazwischen Ziegen oder das Zelt einer Nomadenfamilie.

Lange Ruhepausen legte die Gruppe nicht ein. Niemand wollte aus dem gleichförmigen ruhigen Rhythmus seiner Schritte herausgerissen werden. Schon wegen der immer drückender werdenden Hitze gingen sie recht langsam, und Lisa hörte wie Birgitta an Samir gewandt meinte: „Ich bin so froh, dass es wenigstens einmal nicht auf Leistung ankommt. Zeit haben – was für eine wunderbare Erfahrung."

Er lächelte Birgitta verstehend zu.

40

Sie trafen zur gleichen Zeit vor Lisas Wohnung ein, so, als hätten sie sich verabredet. Philipp war nicht zufällig in Mainz. Er wollte zu all den Stätten, wo er mit Lisa gewesen war. Er suchte verzweifelt nach den Momenten des Glücks in ihrer Beziehung. Und war sich schon längst nicht mehr sicher, ob seine Entscheidung, nicht mit nach Marokko zu fahren, richtig gewesen war. Als er ihr den Brief geschrieben hatte, war er überzeugt davon, dass dies der einzige Weg wäre, um Lisas Situation zu akzeptieren. Ihnen Beiden. Aber auch gleichzeitig die Möglichkeit eines gewissen Abstandes zu verschaffen, um sich der nächsten Schritte sicher sein zu können. Er wusste seit Monaten, dass er sie liebte und wurde erst sehr langsam mit seiner Enttäuschung darüber fertig, dass sie kein Vertrauen zu ihm gehabt, dass sie ihr Leben, einen sehr wichtigen Teil ihres Lebens vor ihm so lange verborgen hatte.

Philipp erkannte Caroline sofort, war ihm doch der Augenblick im Park des Marienstiftes nur zu deutlich in Erinnerung. Und auch Caroline zweifelte keinen Augenblick daran, Philipp vor sich zu haben. Sie war mit einem Ruck stehen geblieben. Widerstreitende Gefühle kämpften in ihr, Erstaunen, Wut, aber auch Neugier und vor allem wollte sie wissen, wo ihre Mutter war. Nachdem sie sich in Berlin eingerichtet hatte, beschloss sie doch noch einmal Kontakt mit Lisa aufzunehmen – ein Wunsch, der sie verunsicherte und ihr dennoch so wichtig war. Auch wenn sie sich das noch nicht eingestand.

Aber ihre Mutter war nicht zu erreichen ...

Entschlossen streckte Philipp ihr die Hand hin, die sie geflissentlich übersah, stellte sich vor und meinte trotz der Zurückweisung Carolines freundlich: „Ich freue mich, dass ich Sie treffe. Ich bin zufällig in Mainz. Da geh ich zum Mittagessen gern hier in der Nähe in den Augustinerkeller." Caroline durchschaute das Fadenscheinige seines Argumentes und fragte schnippisch: „Wohnen Sie nicht in Konstanz? Welch ein Zufall, dass wir uns gerade an diesem Ort treffen." Dann besann sie sich aber darauf, warum sie eigentlich hier war und meinte: „Eigentlich aber unwichtig, warum wir uns hier treffen. Nun sind wir schon mal da, also können wir auch gemeinsam versuchen, heraus zu finden, wo meine Mutter ist. Oder ... wissen Sie es?" Philipp schaute Caroline nachdenklich an. Wenn Lisa ihrer Tochter nicht gesagt hatte, wo sie die nächsten Wochen verbringen würde, hatte er eigentlich kein Recht dazu, diesen Entschluss Lisas zu missachten. Caroline bemerkte Philipps Zögern, entschlossen öffnete sie die Haustür und sagte zu Philipp gewandt: „Kommen Sie." Es war alles andere als eine freundliche Einladung, es klang eher nach dem Wunsch einer Auseinandersetzung mit dem Mann, der ihr die Mutter und dem Vater die Frau weggenommen hatte. Gleichzeitig dachte sie. Du bist ungerecht, du bist es, die nichts mehr von der Mutter wissen wollte. Ja und? Trotzdem bleibt die Tatsache, dass sie Papa hintergangen hat. Bevor wieder das Gefühl der Verlassenheit die Oberhand bekommen konnte, sagte sie, während sie die Treppen hochstiegen. „Muss ich es unbedingt akzeptieren, dass Sie mir nicht sagen wollen, wo meine Mutter ist? Ich gebe zu, ich hatte jede Gelegenheit für ein persönliches Gespräch ungenutzt vorübergehen lassen. Aber trotzdem bin ich beunruhigt, überhaupt nichts von ihr zu hören. Ich nehme an, Sie wissen, dass ich in Berlin lebe und dass ich ... na ja, dass meine Mutter und ich eine heftige Auseinandersetzung hatten."

Philipp nickte und ohne auf Carolines letzte Bemerkung einzugehen, wiederholte er vor Lisas Wohnung noch einmal, dass er es verstehen könnte, wenn Caroline allein sein wollte. Diese meinte:

„Es muss ja eine Bedeutung haben, dass wir uns ohne jede Verabredung getroffen haben, also sollten wir die Gelegenheit nutzen, miteinander zu sprechen."

„Gern", antwortete Philipp entschlossen und dachte, du bist sehr nett, aber du scheinst dir mit einer gewissen Flapsigkeit Mut machen zu wollen, und folgte Caroline in die Wohnung. Er hatte nicht damit gerechnet, dass ihn beim Betreten von Lisas Heim so viel Sehnsucht, verstärkt durch den Schmerz der selbst verschuldeten Trennung, fast atemlos machen würde.

Er blieb einen Augenblick an der offenen Wohnungstür stehen, während Caroline sofort aufs Fenster zusteuerte und, während sie dieses öffnete, erstaunt feststellte: „Das riecht ja derart muffig. Ich nehme an, meine Mutter ist verreist. Es ist ihr nämlich normalerweise sehr unangenehm, wenn es in ihrer Wohnung schlecht riecht."

Wehmütig erinnerte sich Philipp daran, dass Lisa es eher vorgezogen hatte zu frieren, als eine ungelüftete Umgebung zu akzeptieren.

Caroline fand den Zettel mit Philipps Nummer, den ihr ihre Mutter hingelegt hatte, und Philipp merkte, dass sie mit unsicherem Blick rasch das Zimmer nach einer persönlichen Nachricht absuchte und dann enttäuscht den Zettel in ihre Manteltasche stopfte.

„Sie haben wirklich keine Ahnung, wo meine Mutter sein könnte?" Carolines Stimme klang nach unterdrückten Tränen, und Philipp musste sich zusammen nehmen, diese junge Frau nicht tröstend in den Arm zu nehmen.

Stattdessen meinte er: „Ich koch uns erst mal einen Kaffee, und dann sprechen wir miteinander, einverstanden?"

Als Caroline nickte, ging er in die Küche, stellte die Kaffeemaschine an, nahm zwei Tassen aus dem Schrank, rief fragend ins Zimmer, „trinken Sie Milch und Zucker", und war froh, dass Caroline nur Zucker wollte, Lisa hätte wohl kaum etwas so Verderbliches wie Milch während ihrer Abwesenheit im Kühlschrank aufbewahrt.

Caroline dachte. Eigentlich ist er sehr sympathisch, trotzdem …' und merkte gleich, dass dieses „trotzdem" nicht mehr die gleiche Bedeutung hatte wie noch vor Wochen.

Philipp kehrte, die beiden Tassen und die Zuckerdose auf einem kleinen Tablett balancierend, wieder ins Zimmer zurück, stellte alles auf den Tisch und setzte sich Caroline gegenüber, die es sich auf dem Sofa bequem gemacht hatte, nicht ohne voller Traurigkeit daran zu denken, wie sie vor Monaten auf dieser Ottomane den letzten Nachmittag mit ihrer Mutter hier verbracht hatte.

Nachdem Caroline drei Löffel Zucker in ihren Kaffee getan und auch Philipp sich bedient hatte, war eine Weile nichts anderes zu hören, als das Klirren der Löffel in den Tassen, bis Philipp das Schweigen brach.

„Caroline", er zögerte, „ich darf Sie doch so nennen", und als sie nicht widersprach, fuhr er fort: „Ich weiß, wenn ich es auch nicht so richtig nachempfinden kann, dass es für Sie ein Schock gewesen ist von mir zu erfahren. Glauben Sie mir, ich wollte und will Ihnen nicht die Liebe Ihrer Mutter wegnehmen. Das ginge ja auch gar nicht, Sie sind Lisas Tochter und ich weiß, wie sehr sie Sie liebt und wie sehr sie unter dem Streit zwischen ihnen leidet."

Caroline unterbrach ihn mit rauer Stimme: „Nichts wissen Sie. Sie sind in unser Leben eingedrungen, das konnte ich meiner Mutter und auch Ihnen nicht verzeihen und kann es bis heute nicht verstehen."

„In Ihr Leben eingedrungen? Das ist der falsche Ausdruck. Per Zufall entdeckte ich die Reisegruppe Ihrer Mutter, ich war begeistert von dieser ganz anderen Art zu reisen. Sehr langsam nur erlaubte Ihre Mutter eine gewisse Nähe, bis daraus Freundschaft und schließlich mehr wurde. Wollten Sie Ihrer Mutter für immer eine solche Verbindung verbieten?"

„Meine Mutter hat ihr Leben gelebt, sie hatte einen Mann, meinen Vater sehr geliebt, und ich empfand es als Verrat an mir, an meinem Vater, an unseren Erinnerungen, an unserem Leben." Caroline trank einen Schluck Kaffee, dachte, das geht dich alles gar nichts an, ich werde auf nichts mehr antworten. Aber noch während sie sich dies vornahm, hörte sie sich sagen: „Ich möchte sie nicht verlieren, und mit ihrem Fortgehen hat sich eine Kluft zwischen uns aufgetan."

Behutsam meinte Philipp: „Sie sind zuerst gegangen. Das hat sie einfach nicht begreifen können. Ich habe selten einen Menschen so verzweifelt gesehen …", und dachte, ich habe sie auch im Stich gelassen, und wieder war da nichts als ein brennender Schmerz.

„Wollen Sie, dass ich mich schuldig fühlen soll?", unterbrach Caroline seine Überlegungen.

„Sie wissen selbst sehr gut, dass ich das nicht will. Ich möchte nur, dass Sie versuchen, Ihre Mutter zu verstehen. Sie selbst leben Ihr eigenes Leben und das mit allem Recht. Es wäre schlimm, wenn wir in einer solchen Symbiose mit unseren Kindern leben müssten, dass weder der eine noch der andere mehr ein Recht auf ein eigenes Leben hätte."

„Haben Sie Kinder?", Carolines Stimme klang sehr aufmüpfig.

„Nein, aber ich war Lehrer, ich hatte immer mit Kindern und später mit fast erwachsenen Jugendlichen zu tun. Ich möchte mir auch gar kein Urteil erlauben, ich möchte Ihnen nur erklären, was Ihre Mutter empfunden hat und dass einfach kein Mensch vom andern verlangen darf, dass er sein Leben nur noch ihm oder ihr widmet."

„Das hätte ich ja auch nicht verlangt, meine Mutter lebte mit ihren Reisen und ihrem eigenen Alltag völlig ungebunden."

„Und das sollte bis an ihr Lebensende alles sein – versteh ich Sie da richtig?"

Caroline fühlte sich in die Enge getrieben. So, wie er es sagte, hätte ein „Ja" von ihr unmöglich geklungen, und dennoch hätte sie es am liebsten gesagt. Gleichzeitig wusste sie, dass ihre Einstellung sehr egoistisch war und in langen Gesprächen mit Amelie war ihr das auch klar geworden. Nur – jetzt konnte sie es ihrer Mutter nicht sagen und diesem Mann da vor ihr wollte sie einfach nicht recht geben. Was für eine kindische Haltung, schimpfte sie sich selbst. Aber ich kenne ihn ja gar nicht, nur die paar Sätze von Mutter und nun diese Begegnung. Warum soll ich gerade ihm erklären, dass ich heute weiß, wie falsch meine Ansprüche an meine Mutter gewesen waren.

Philipp hatte sie über den Rand seiner Tasse beobachtet. Sie tat ihm leid, weil er nachempfinden konnte, was in ihr vorging, weil er spürte, dass sie erkannte, dass sie im Unrecht war und es ihr dennoch unmöglich war, dies einfach zuzugeben. Aber warum soll sie denn überhaupt irgendetwas zugeben, und ganz gewiss nicht ihm gegenüber. Er saß hier, statt an der Seite von Lisa zu versuchen, mit den Problemen fertig zu werden.

Philipp stellte vorsichtig die Tasse auf den Tisch, lehnte sich im Sessel zurück, presste die Hände gegeneinander und fing mit leiser Stimme an zu sprechen.

„Caroline, ich liebe Ihre Mutter, ich möchte weder ihr noch Ihnen wehtun. Dennoch habe ich versagt. An dem Tag, da wir uns im Marienstift begegneten, erfuhr ich zum ersten Mal von Ihrem Vater. Ich hatte zwar gespürt, dass etwas Ihre Mutter belastete, aber da sie schwieg, habe ich das respektiert. Vielleicht war ich auch zu feige, wollte nach dem Tod meiner Frau einfach nur mal glücklich sein."

Er wartete einen Augenblick, hoffte auf eine Reaktion von Caroline, aber als sie ihn nur entgeistert anblickte, sprach er weiter: „Ihre Mutter ... Ihre Mutter ist in Marokko. Eigentlich hatten wir vor, diese Reise gemeinsam zu machen. Wir hatten uns sehr darauf gefreut, denn es sollte ein ganz besonderes Abenteuer sein. Keine touristischen Ziele, keine Städte, dafür eine Wanderung mit einer kleinen Gruppe zwei oder drei Wochen durch die Wüste unter Führung von Samir vom Reisebüro Ayadi. Er ist marokkanischer Wüstenführer, der in Deutschland studiert hat, hervorragend deutsch spricht und genau die Reise veranstaltet, die wir gesucht hatten. Und dennoch war ich zu feige, diese intensive, vor allem intime Erfahrung gemeinsam mit Ihrer

233

Mutter zu machen. Nachdem sie mich mit ihrer Lebenssituation an dem Tag, an dem Sie uns beobachteten, konfrontierte, war ich unsagbar geschockt."

Wieder unterbrach er sich, das ging die Frau vor ihm überhaupt nichts an. Trotzdem musste er weitersprechen, so, als wollte er endlich auch sich selbst gegenüber ehrlich sein. So fuhr er fast flüsternd fort.

„Ich habe Angst – Angst sie zu verlieren, weil ich nicht verstehen konnte, wahrscheinlich nicht verstehen wollte, warum sie bisher geschwiegen hatte. Sie wollte nach den Jahren des Leidens einfach eine kurze Zeit nichts Schwieriges zwischen uns treten lassen. Das verstehe ich heute, aber das ändert nichts daran, dass ich sie allein gelassen habe. Und ich weiß nicht, ob meine Reaktion nicht alles zwischen uns zerstört hat."

Caroline hatte ihm fassungslos zugehört. Jetzt erhob sie sich, trat ans Fenster, aber sie sah weder die Menschen auf der Straße noch nahm sie den einzigartigen Blick auf den Dom wahr. „Wollen Sie mir wirklich sagen, dass Sie nichts von meinem Vater, von seinem Unfall und von dem Koma, in dem er schon so lange vor sich hindämmert, gewusst haben? Wie egoistisch ist das denn von meiner Mutter?" Und dachte. Das bedeutet ja, dass ich völlig im Unrecht war, zumindest, was diesen Mann betrifft. Er hat überhaupt keine Schuld, was nichts an der Tatsache ändert, dass meine Mutter den eigenen Mann, den Vater betrogen hat. Sie trat vom Fenster zurück, ließ sich kraftlos auf die Couch fallen.

„Nein, es ist nicht Egoismus. Ihre Mutter hatte Angst. Sie kennen gewiss ihre inneren Auseinandersetzungen mit Tod und Sterben und vielleicht hat sich das noch verstärkt durch das, was Ihrem Vater widerfahren ist. Sie sucht eine Erklärung, obgleich es keine gibt. Sie sprach so oft von ihrer Angst vor dem Nichts. Wollte Erklärungen, aber wer kann das Nichts erklären? Sie erfuhr es – täglich, am Bett ihres Mannes. Er war von einer Minute zur nächsten abgetaucht in dieses Nichts. Sie konnte das einfach nicht nachvollziehen." Er unterbrach sich, dachte, ich darf hier keine großen Reden schwingen. Aber muss ich ihr denn nicht begreiflich machen, was ihre Mutter bewegt? Zweifelnd fragte er sich, und woher willst du das wissen, du, der sie allein gelassen hat?

Er überwand seine Zweifel, sprach seine Überlegungen laut aus.

„Vielleicht braucht Lisa die bisher noch nie gelebten Erfahrungen. Sucht die Konfrontation mit sich selbst, möchte gegen die Grenzen kämpfen, die die Angst ihr setzt. Und ich sollte sie begleiten, wir wollten beide wahrscheinlich die Möglichkeit einer gemeinsamen Zukunft erproben."

Caroline unterbrach ihn: „Muss sie deshalb gleich in die Wüste gehen?" Es sollte spöttisch klingen, war jedoch eher Verzweiflung, die sie erfüllte. Und sie fügte noch hinzu: „Sie vergessen meinen Vater – er ist noch nicht tot!"

„Caroline – es tut mir so unendlich leid. Aber können Sie nicht nachempfinden, wie es Ihrer Mutter geht? Sie möchte einen Aufbruch und dann auch wieder nicht, weil sie sich gleichzeitig schuldig fühlt."

Er machte eine kleine Pause, hob in einer müden Bewegung die Hände. „Das sind alles nur Annahmen, Caroline, ich weiß nichts, absolut nichts und … ich vermisse sie sehr. Ich kann Ihnen nur so viel sagen, dass ich auf sie warten werde, dass ich da sein möchte, wenn sie zurückkehren will, wenn sie überhaupt je wieder etwas mit mir zu tun haben möchte."

Er schwieg erschöpft – nicht nur wegen des Gesagten, sondern weil es auch für ihn das erste Mal war, dass er sich all diese Gedanken erlaubte, dass er versuchte, zu verstehen, wo es eigentlich kein Verstehen gab. Nur Zweifel, manchmal Bitterkeit. Oft Traurigkeit und viel Sehnsucht.

Caroline stand schweigend auf, nahm die leeren Tassen, trug sie in die Küche und Philipp wusste, das war keine Unhöflichkeit, sie rang nach Fassung, nach Verständnis.

Er hörte Wasser rauschen, vermutete, dass sie die Tassen ausspülte, abtrocknete, wieder auf ihren Platz stellte, dann das Tablett abwischte, die Zuckerdose wegräumte und war sich klar darüber, dass sie nichts wollte, als Zeit gewinnen, dass sie ihm im Augenblick einfach nicht antworten konnte.

Als sie wieder ins Zimmer kam, war er aufgestanden, hatte seinen Mantel angezogen, wandte sich der jungen Frau zu.

„Ich bin froh, dass wir uns begegnet sind."

Sie legte ihre Hand auf seinen Arm. „Danke für Ihre Ehrlichkeit. Es wäre schön, wenn wir uns noch einmal sehen könnten, bevor ich nach Berlin zurückkehre. Ich möchte meine Mutter verstehen können, ich möchte gern frei von ihr sein und trotzdem mit ihr zutiefst verbunden bleiben."

Philipp meinte aufmunternd: „Sie haben meine Telefonnummer, rufen Sie mich an, wann immer Sie wollen. Von Konstanz bis hierher ist es nicht so weit. Und ich verspreche Ihnen, wenn ich irgendetwas von Ihrer Mutter höre, melde ich mich bei Ihnen", er zögerte, „falls Sie mir Ihre Telefonnummer geben möchten."

Sie griff nach ihrer Tasche, holte eine Visitenkarte hervor, reichte sie ihm – wortlos verließ Philipp die Wohnung.

Caroline wartete am Fenster, bis er aus dem Haus trat und schaute ihm nach.

‚Ich verstehe allmählich meine Mutter – wenn ich ihr das nur sagen könnte.'

41

Es war zwei Tage später. Sie hatten Ortschaften unbeachtet liegen gelassen, wanderten durch die Oasengärten, wichen einigen Touristen aus, indem sie sich ihren eigenen Weg suchten, entlang eines schmalen Kamelpfades, stapften über Geröllhalden und versanken manchmal auch in tiefem Sand, was das Gehen erschwerte.

Es war ein so klarer Tag, dass Lisa sich einbildete, in der Ferne schon die Silhouette der Erg Chebbi zu erkennen. Die Landschaft wurde karger, dazwischen immer wieder kleine Ansammlungen verkrüppelter Palmen, Baumgerippen und verdurstender Büsche, ausgeliefert einer unbarmherzigen Trockenheit.

Samir war neben Lisa getreten, glich seinen Schritt dem ihren an und meinte: „In der Nähe von Merzouga gibt es Salzseen. Vielleicht haben wir Glück und sie sind noch nicht ausgetrocknet. Es ist ein einmaliges Erlebnis, in einer solchen Landschaft vor richtigen Seen zu stehen. Manchmal stolzieren rosafarbene Flamingos durch das Wasser." Er schaute prüfend zum Himmel auf. „Außerdem sieht es so aus, als würden Sie in den nächsten Stunden ihren ersten Sandsturm erleben", fügte aber hinzu: „Vielleicht zieht er auch nur fern von uns vorbei. Dennoch würde ich vorschlagen, dass wir nicht mehr zu lange mit dem Aufbau unseres Rastplatzes warten. Ich hätte da einen Vorschlag. Wir sind in der Nähe von Nomadenzelten, die oft Übernachtungsmöglichkeiten anbieten. Wenn Sie wollen, können wir dort bis morgen bleiben."

Lisa zögerte, dachte. Ein tolles Angebot. Muss interessant

sein, mal direkt bei einer Nomadenfamilie unterzukommen und an ihrem Alltag teilnehmen zu können. Aber wollten sie das wirklich jetzt schon? Sollten sie wirklich so bald den Schutz sicherer Wände und der Gegenwart vieler Menschen suchen? Aber dann überlegte sie, dass die Übernachtungsmöglichkeit für ihren Reisebegleiter wahrscheinlich gar nicht so wichtig war, er wollte ihnen wohl eher einen Einblick ins Leben seines Volkes geben. Nur so könnten sie über die Menschen mehr erfahren, intensiver in ihre Gewohnheiten und Lebensumstände eindringen. Vielleicht wollte er so auch Nähe zu ihren drei anderen Begleitern schaffen!

Als Samir ihr Zögern spürte, meinte er: „Ich möchte Ihnen gern zeigen, was es bedeutet, dass wir Wüstenbewohner uns keinem Ort mit seinen Bestimmungen und Bürokratien beugen. Sie bekommen nur immer Menschen zu sehen, die betteln, die neugierig angelaufen kommen, sowie irgendwo ein Fremder auftaucht. Man glaubt sich völlig allein, und plötzlich stehen da zerlumpte Kinder, Frauen mit Babys im Arm, bettelnd ..."

„Gehören nicht gerade sie hierher? Verkörpern sie nicht in ihrer Not die Unbarmherzigkeit dieser Landschaft?"

„Möglich, aber das sind nicht die Menschen, die hier sein wollen. Die hier leben, weil sie sich dafür entschieden haben, werden nicht bettelnd die Hand ausstrecken, damit würden sie sich denjenigen, die geben, untertan machen. Der Wüstenbewohner, den ich meine, möchte unabhängig, möchte frei sein, keiner bestechlichen Regierung ausgeliefert, keinem fremden Gesetz gehorchend, und noch weniger will er abhängig sein von irgendwelchen milden Gaben. Diese Bewohner sind stolz, ordnen sich nur der Natur und deren Gewalten unter."

Lisa verstand immer mehr, was Samir mit seinem Vorschlag bezweckte. Und war schon längst entschlossen, die Einladung in eines der verstreut liegenden Nomadenzelte anzunehmen, als Samir weiter sprach.

„Es werden immer weniger, die ein solches Leben suchen und auch auf sich nehmen so wie unser Tarik. Naim und René leben lieber in den Städten und begleiten nur zeitweise solche Wanderungen wie die unsrige. Und viele ziehen in die Städte, weil sie glauben, dass es ihnen dort besser gehen könne und tauschen doch nur eine erbärmliche Existenz gegen ihre Freiheit als Nomaden ein".

Er machte eine Pause und meinte dann noch: „Vielleicht möchte ich, dass Sie erkennen, wie sehr die Menschen hier ihr Gefühl von Freiheit lieben. Und welch tiefe Achtung sie vor der Natur haben."

Lisa hatte ihm aufmerksam zugehört, selten hatte er in der kurzen Zeit, die sie sich kannten, so viel von sich preisgegeben – denn dass er dieses Leben seines Volkes bewunderte, war nur zu deutlich zu erkennen. Als er von der Freiheit sprach, fühlte sie sich sehr angesprochen. War nicht auch für sie schon so lange Unabhängigkeit und Freiheit ihr Traum, wenn es hier auch um ganz andere Freiheiten, um andere Unabhängigkeit ging? Obgleich er Tarik besonders erwähnt hatte, wollte sie wegen ihrer Bedenken gegen Tarik noch nicht nachfragen, nahm sich aber vor, nicht zu lange damit zu warten. Es war so wichtig, hinter die Kulissen zu blicken.

Laut sagte sie jetzt nur: „Ich möchte ihren Vorschlag unbedingt annehmen, aber lassen Sie mich zuerst mit der Gruppe sprechen, ich möchte das nicht allein entscheiden."

Samir nickte und Lisa wandte sich an ihre Leute, die dicht beieinander gingen, und erklärte ihnen das Angebot. Obgleich alle mit der Idee einverstanden waren, spürte Lisa dennoch die gleichen Vorbehalte, die sie auch hatte. Noch nicht! Es ist noch zu früh! Und es war Regine, die meinte: „Lass uns noch ein paar Tage damit warten. Ich glaube, wir fangen gerade erst an, uns mit unseren Gefühlen und Gedanken auf die Wüste einzulassen." Christa nickte zustimmend und fügte den Worten von Regine noch hinzu: „Wir müssen erst noch eine Weile mit ihr allein sein. Zumindest empfinde ich es so." Birgitta und Felix schienen der gleichen Meinung zu sein. „Wir sind ja noch ein wenig länger unterwegs und eine solche Gelegenheit kommt immer wieder", nahm Samir die Entscheidung der Gruppe an.

Mittlerweile war kein Sturm, nur ein leichter Wind aufgekommen, der die Hitze, die sie mit jedem Schritt mehr und mehr umhüllte, kaum erträglicher machte.

Allerdings heute würden sie Merzouga nicht erreichen. War das überhaupt wichtig? Auf diese Bemerkung von Samir hin lachte Lisa. „Schnell ankommen – war das nicht ein Denken aus einem anderen Leben? Das wollten wir eigentlich hinter uns lassen."

Nach zwei weiteren Stunden wurden die Dromedare wieder von einem Teil ihrer Last befreit. Der Platz für diese Nacht war mit sehr viel Bedacht gewählt worden, nahe einer kleinen Oase, wo die Wasserschläuche und – behälter gefüllt wurden und dennoch weit genug entfernt, um ungestört die Nacht verbringen zu können.

Während die Männer alles für eine reichhaltige Abendmahlzeit vorbereiteten, entfernten sich Lisa und Regine vom Lager, auch Felix und Christa suchten sich einen Platz etwas abseits, nur Birgitta wollte heute allein sein.

Lisa und Regine setzten sich in den Sand, und hofften, den Sonnenuntergang beobachten zu können und Lisa dachte, da ist wieder das Empfinden, auf einem fernen Planeten gelandet zu sein – sandige Wüsten, schwarze Felsbrocken, Hügellandschaften und unendliche Weiten – immer wieder fremd und so unendlich beeindruckend.

Sie lauschten dem geheimnisvollen Wispern zwischen den Steinen und Palmen, das von unsichtbarem Leben zeugte, beobachteten eine kleine Echse, und Lisa bedauerte wieder wie schon in der vergangenen Nacht, sich so wenig mit der Fauna dieser Landschaft beschäftigt zu haben. Sie waren immer wieder Ziegen begegnet, hatten hoch beladene Esel gesehen und vor allem Dromedare, aber von wilden kleinen Bewohnern wusste sie nur wenig.

Die beiden Frauen genossen die Stille und gaben sich dem purpurnen Schauspiel hin, das sich am fernen Horizont abspielte. Langsam versank die glühende Sonnenscheibe, als würde sie von der Erde verschlungen. Sie blieben noch eine Weile in der aufkommenden Dunkelheit sitzen, als Regine das Schweigen brach. „Wie schön wäre es gewesen, wenn Simone hätte mitkommen können."

Vorsichtig fragte Lisa: „Wer ist Simone?"

„Meine Lebenspartnerin."

„Und warum konnte sie nicht mit?"

„Sie leidet unter schweren Depressionen", antwortete Regine leise. „Sie war eine Weile in einer Klinik, die sie nach einigen Monaten wieder verlassen konnte. Die Ärzte rieten ihr, für eine sehr gleichmäßige Umgebung ohne Aufregungen und zu hohen Anforderungen zu sorgen. Das hier wäre viel zu anstrengend für sie!"

Lisa ließ den Sand durch die Finger rieseln. „Darf ich – ich meine, darf ich fragen, woher diese Depressionen kommen oder möchtest du nicht darüber sprechen?"

„Nicht mit jedem, aber mit dir schon", antwortete Regine. „Ich hatte ja gehofft, dass wir uns alle auf dieser Tour ein wenig näher kämen. Simones Kindheit muss ein Alptraum gewesen sein. Die Mutter früh verloren, der Vater, der sich nicht um die Tochter kümmerte. Pflegeeltern. Genaueres weiß ich noch nicht. Es gibt Wunden, die man besser nicht berührt. Ihr Geigenspiel verrät viel mehr als Worte es könnten."

„Spielt sie beruflich Geige?"

„Erst ja, dann war auch das eine zu große Belastung. Jetzt spielt sie nur noch für mich oder für sich allein."

Was war sie von starken Frauen umgeben, dachte Lisa bewundernd und wollte das Vertrauen, das Regine ihr entgegengebracht hatte, erwidern. Deshalb erzählte sie von Lukas, von Caroline und verschwieg auch nicht ihr Verhältnis zu Philipp und warum er nicht auf diese Tour mitgekommen ist.

Regine wusste erst einmal nichts zu antworten. Nach einer Weile meinte sie: „Immer bekommt man nur die scheinbar intakten Fassaden der einzelnen Menschen mit. All der Mut und das Leid, die Sehnsucht nach einem glücklichen Dasein bleiben dahinter verborgen. Dabei sind es Überlebenskämpfe, die sich, unsichtbar für andere, abspielen. Ich wünsche dir und Philipp wirklich, dass ihr noch einen gemeinsamen Weg findet. Allerdings wenn ich mir vorstelle, wie man gleichzeitig mit der Liebe zu einem Menschen und der Schuld einem anderen gegenüber glücklich werden kann", sie beendete den Satz nicht.

„Du hast so recht, Regine. Das ist ja auch der Grund, warum ich hier bin, es ist aber auch der Grund, warum Philipp mit der Situation überfordert war. Ich habe zu lange geschwiegen. Für ihn war das fehlendes Vertrauen." Sie schwieg, fügte dann noch hinzu: „Dabei wollte ich nur für eine Weile das Unbeschwerte unserer Beziehung leben."

Mittlerweile war es völlig dunkel geworden. Die beiden Frauen erhoben sich, umarmten sich, dann gingen sie zurück zur Gruppe, dem Feuer, dem Geruch nach Essen und dem Gefühl der Gemeinschaft.

Nach dem Essen zogen sich Tarik, René und Naim zurück, während die Gruppe und Samir noch sitzen blieben, nachdem er noch einmal Holz und getrockneten Kameldung auf die züngelnden Flammen gelegt hatte.

Sie schwiegen. Lisa hatte die Arme um die Knie geschlungen, beobachtete Samir, sein Gesicht wurde vom flackernden Schein des Feuers erhellt. Er machte einen so ruhigen, gesammelten, in sich ruhenden Eindruck. Würde sie das jemals für sich erreichen?

Sie wandte den Blick ab, legte den Kopf zurück und blickte in den Sternen übersäten Himmel. Birgitta war es, die die Stille unterbrach: „Samir, darf ich Sie etwas fragen."

„Ich freue mich über jede Ihrer Fragen."

„Sie haben studiert, sie beherrschen drei Sprachen, von den verschiedenen Ihres Landes abgesehen, warum machen Sie solche Führungen?"

„Sie meinen, ich könnte „erfolgreicher" einen lukrativeren Beruf ausüben?"

„Nein, ich meinte es nicht im materiellen Sinn, sondern nur Ihren Voraussetzungen entsprechend."

Er schwieg eine Weile, bevor er wieder zu sprechen begann: „Birgitta, ich würde nie touristisch orientierte Gruppen führen, ich bin kein Reiseleiter. Ich möchte einfach nur Menschen begleiten, die aus anderen Gründen hierher kommen, als nur darum, ein Land, berühmte Orte, typische Plätze kennen zu lernen. Wir haben schon davon gesprochen, dass sie alle sehr eigene innere Erwartungen an diesen Aufenthalt hier haben. Ich liebe diese Landschaft, sie ist so sehr Teil von mir, dass ich darunter leide, wenn Fremde glauben, sie können hier mit ihren stinkenden Motorrädern durchbrausen, sie könnten Autorennen auf extra dafür hergerichteten Pisten oder quer über unberührtes Land veranstalten. Sie kennen und respektieren nicht die Würde dieser Landschaft."

Er hielt inne, als wolle er ihnen allen Gelegenheit geben zu antworten.

Als sie schwiegen, fuhr er fort: „Die Wüste ist keine Landschaft, die man beherrschen kann. Sie ist so undurchschaubar, oft grausam und tödlich, dann wieder faszinierend und vor allem, sie ist für mich mit ihrer Weite, mit dem Unbegrenzten wie ein Sinnbild der Ewigkeit. Sie ist ein von dauernder Trockenheit und Hitze gequältes Land, aber sie lässt sich nicht besiegen. Wir Menschen gelten hier gar nichts, wir sind ihr so hilflos ausgeliefert, wie ich mir das nur schwer von anderen Landschaften vorstellen kann. Das Einmalige ihrer Naturschauspiele, aber auch ihre bedingungslose Stille und Einsamkeit. Die furchtbaren Stürme, die die Unberührbarkeit oft tief verletzen, aber wirklich zerstören nein, zerstören werden sie sie nie können. Ich kann es nicht besser erklären, vielleicht – nein, hoffentlich verstehen Sie, was mir die Wüste bedeutet und warum ich sie Menschen wie Ihnen so und nur so erschließen möchte."

Er hatte sich bei den letzten Worten erhoben, als wollte er ihnen eine Antwort ersparen. Lisa war sich sicher, dass dies weder für sie noch für die andern der Augenblick wäre, von sich zu sprechen. So sagte sie nur leise: „Danke", erhob sich ebenfalls und holte sich die Decken aus ihrem Biwak. Heute würde sie die Enge eines Zeltes nicht ertragen. Sie hatte keine Angst vor dem Übernachten im Freien, nachdem Samir ihnen gleich am Anfang versichert hatte, dass die tödlichen Skorpione in diesem Monat noch im Winterschlaf verweilten, so dass sie ungefährdet im Freien schlafen könnten.

Als sie sich auf den noch warmen Boden legte, der kühle Wind über ihr Gesicht strich, in der Dunkelheit nur das Glitzern und Leuchten der Sterne, fiel ihr, schon halb im Schlaf, ein Satz ein, den sie in einem kleinen Buch über die Wüste einmal gelesen hatte. *„Wem die Wüste Heimat ist, dem wird das Nichts zum Haus."* Ob es mir je gelingen wird, dieses Nichts anzunehmen, war das Letzte, was sie dachte, bevor sie einschlief.

42

Der nächste Tag brach wolkenverhangen und windig an. Lisa war wiederum die Erste, die aufgestanden war. Tarik und Naim waren bei den Tieren und Samir kümmerte sich zusammen mit René um das Frühstück. Lisa beobachtete die Männer eine Weile, und da sie wusste, dass René sie nicht verstehen würde, meinte sie: „Samir, was ist mit Tarik." Sie merkte, dass er zauderte, dies aber verbergen wollte. Er holte das Fladenbrot aus dem glimmenden Feuer und fragte gespielt erstaunt: „Wieso fragen Sie? Haben Sie Klagen gegen ihn? Stimmt irgendetwas nicht?"

„Klagen, nein – aber dass etwas nicht stimmt, haben wir mittlerweile alle gemerkt. Wir verstehen zwar Ihre Sprache nicht, aber er ist so anders als Sie, und das macht uns schon ein wenig Angst." Ruhig schnitt Samir eine Melone in gleiche Teile, legte dann aber entschlossen das Messer auf die Seite und wandte sich Lisa direkt zu. „Ja, das versteh ich. Aber Angst? Angst brauchen Sie wirklich nicht zu haben. Wenn Tarik bei unseren Tieren beschäftigt ist, könnten wir, falls Sie einverstanden sind, heute Abend einen kurzen Spaziergang zu einer der vielen Dünen machen, die wir im Laufe des Tages erreichen werden. Und dann versuche ich, Ihnen etwas aus Tariks Leben zu erzählen, damit Sie ihn besser verstehen."

„Wird ihn das nicht verletzen, wenn er selbst nicht dabei ist", fragte Lisa vorsichtig.

„Nein, das glaub ich nicht, er kann es ja nicht ausdrücken. Vielleicht ist er sogar dankbar, wenn ich das mache. Außerdem sag ich es ihm natürlich."

Lisa war fürs Este beruhigt und nahm sich vor, nachher mit der Gruppe zu sprechen.

Als auch der letzte Krümel des Frühstücks vertilgt war, stand Lisa auf und wandte sich an die Gruppe.

„Bevor wir losgehen, möchte ich erst etwas mit Euch besprechen. Samir, sind Sie einverstanden", fragte sie. Samir nickte zustimmend, während die Gruppe eher erstaunt reagierte. Was gab es denn so Besonderes? Die Vier erhoben sich und gingen ein Stück abseits ihres Zeltlagers, setzten sich dort einfach in den Sand und blickten gespannt auf Lisa.

„Ich weiß nicht, ob ihr es auch beobachtet habt – ich möchte euch auch auf keinen Fall beunruhigen, es ist immerhin erst der fünfte Tag unserer Tour." Sie schluckte, da fiel ihr Felix schon ins Wort: „Du spielst auf Tarik an?"

„Tarik? Was ist denn mit ihm", Regines Stimme klang ehrlich erstaunt, während Birgitta murmelte: „Bitte, bitte nein, nur diesmal lass alles so weiter gehen, wie ich es mir vorgestellt habe – nur dieses eine einzige Mal."

Christa schaute verwundert von einem zum andern. „Hab ich was versäumt? Ich versteh überhaupt nichts."

Aber keiner hörte auf sie, und Lisa fuhr fort: „Danke Felix, ich bin froh, dass ich nicht allein den Verdacht habe, dass hier etwas nicht stimmt. Ich habe vor dem Frühstück mit Samir gesprochen, er wird es uns heute Abend erklären."

„Komisch", unterbrach Regine Lisas Erklärungen.

"Mir ist nichts Beängstigendes aufgefallen, höchstens eine", sie zögerte und sagte dann langsam, „eine innere Traurigkeit. Wir kennen ihn nicht, wir können nicht mit ihm sprechen, warum respektieren wir nicht einfach seine Art?", und fügte, als sie Christas ängstlichen Blick auffing, hinzu:

„Ich glaube kaum, dass es uns zu beunruhigen braucht."
„Regine hat recht. Warten wir es einfach ab. Heute Abend wissen wir mehr, einverstanden?"
Christa sah sich im Kreis um. „Dann müssen wir uns also keine Sorgen machen?" Felix trat zu ihr. Er legte sogar kurz den Arm um ihre Schultern und sagte leise.
„Du brauchst keine Angst haben. Wahrscheinlich sind es persönliche Sorgen, die er hat. Samir wird es uns schon erklären."
Der Blick, mit dem Christa Felix anschaut, könnte man direkt als liebevoll bezeichnen, dachte Lisa. Und sagte laut: „Benehmen wir uns Tarik gegenüber einfach wie bisher."
Langsam gingen sie zum Zeltplatz zurück, wo die Männer bereits mit dem Abbau der Biwaks begonnen hatten und die ganze Last den beiden Dromedaren aufluden. Fatima und Ata Allah bekamen nur wieder die persönlichen Sachen der Gruppe und einen Picknickkorb aufgebürdet.
Im Verlauf des Tages ließen sie auch Merzouga hinter sich. Die Landschaft hatte sich geändert, verschwenderisch blühende Gärten wechselten mit Dattelpalmen, Büschen, deren Namen Lisa nicht kannte und fremdartigen Gräsern in einer Licht flirrenden Landschaft, die in anderen Jahreszeiten, wie Samir ihr beteuerte, unfruchtbar und karg unter der tödlichen Hitze einer unbarmherzigen Sonne verdurstete. Überwältigt blieb Lisa immer wieder stehen, konnte kaum atmen, ergriffen von der grandiosen Schönheit und dem Licht, das in dieser Dünenlandschaft wirkte, als existiere dies alles schon seit ewigen Zeiten.
Aber es war nicht nur die Landschaft. Plötzlich waren sie da – die Vögel, verschiedenartig, farbenprächtig, singend. „Wo wart ihr denn?", rief Lisa aus. Merkte, wie sehr sie

diesen Gesang vermisst hatte. Wenn sie in Mainz manchmal noch vor den Kirchenglocken wach wurde, galt ihr erster Gang dem nur gekippten Fenster, das sie weit öffnete, ins Bett zurück kroch und dem erwachenden Tag mit seinen Vogelstimmen lauschte.

Samir unterbrach ihre Gedanken, als er jetzt meinte: „Ich glaube, wir sind wieder mal dem Sturm davon gelaufen."

„Wär es nicht interessant, die Wüste mal bei schlechtem Wetter zu erleben als nur immer im Sonnenschein, bei blauem Himmel und meist unerträglicher Hitze?", antwortete Regine, aber keiner stimmte ihr zu.

Nachdem sie ihren heutigen Rastplatz gefunden hatten, machten sie sich, wie abgesprochen, nach dem Abendessen mit Samir zu einer der umliegenden höheren Dünen auf. Tarik gab sich offensichtlich mit Samirs Erklärung zufrieden, dass er mit der Gruppe gemeinsam den Sonnenuntergang beobachten wollte.

Zunächst saßen sie still zusammen, die Stimmung mit Worten zu unterbrechen, schien allen ein Sakrileg. Auch den in allen Farben verglühenden Sonnenuntergang erlebten sie schweigend – jeder vertieft in das eigene innere Erleben.

Als das Zwielicht der kurzen Dämmerung erlosch, fing Samir leise an zu sprechen: „Lisa, Sie haben mich nach Tarik gefragt. Zuerst betone ich nochmals, seine Zurückhaltung hat mit Ihnen nichts zu tun."

Er schaute von einem Gesicht ins andere, spürte trotz der entstandenen Fragen Vertrauen und auch ein wenig Neugier.

„Also ich mach es kurz. Tarik war das sechste Kind seiner Eltern. Der Vater verließ die Familie, die Mutter musste mit den Kindern allein zurecht kommen. Auf dem Land zu

überleben, war unmöglich, also zogen sie nach Marrakesch."

„Marrakesch, das klingt so toll", schwärmte Regine, und
dachte an ihren ersten Marokkoaufenthalt.

Samir schien die Begeisterung nicht teilen zu können. Er
sagte ernst: „Stimmt, aber nicht, wenn man auf der Müllhalde leben muss in Schmutz, Gestank und Armut. Tarik
musste schon als Zehnjähriger für die Familie betteln gehen. Brachte er Geld nach Hause, war alles gut, aber wehe,
er kam mit leeren Händen, dann wurde er geschlagen."

„Wie schrecklich!" ‚sagte Lisa leise.

„Es kam noch schlimmer, denn mit elf ging er gar nicht
mehr nach Hause. Sofern man eine Müllhalde ein Zuhause
nennen kann."

Samir holte tief Luft, als wollte er sich selbst eine Pause
gönnen, bevor er weitersprach: „Der Junge schlief auf der
Straße, wurde verjagt, bettelte, stahl, wurde aber nie erwischt. Na ja, manchmal von ein paar Ladenbesitzern, die
prügelten ihn dann grün und blau."

Tiefes Mitleid klang aus Felix Stimme: „Wie entsetzlich!
Davon hatten wir natürlich keine Ahnung. Offenbar scheint
er seinen Weg trotzdem noch gefunden zu haben oder?"

„Tja – keine Schulbildung, keinen Beruf, Hunger, Schläge,
Verzweiflung! Sich nur nichts anmerken lassen, möglichst
unauffällig erscheinen. Wie viele Kinder existieren in Marokko unter gleichen Verhältnissen. Und niemanden interessiert dies wirklich. Tarik hat einmal in einer Gruppe von
fünf Gleichaltrigen gelebt. Voller Wut hat er mir erzählt,
dass da auch ein zehnjähriges Mädchen dabei war, das
noch ihr kleines Schwesterchen auf dem Rücken trug. Sie
nahm das Kind nur ab und legte es neben sich, wenn die

Männer kamen! Danach schnallte sie sich die Kleine wieder auf den Rücken."

„Um Gottes Willen, hören Sie auf, das ist ja fürchterlich!" Christa fing an zu weinen.

„Nein – nein, sprechen Sie weiter", Regines Stimme klang erschüttert.

„Irgendwann schloss er sich verschiedenen Gruppierungen an, lernte notdürftig lesen und schreiben, vor allem aber misstrauen und hassen."

Eine Weile herrschte entsetztes Schweigen. Dann warf Felix ein: „Warum merken die vielen Touristen, die Jahr für Jahr nach Marokko kommen, nichts von diesem Elend?"

„Haben Sie bei Ihrem letzten Marokkoaufenthalt irgendetwas davon mitbekommen?"

„Nein, nicht wirklich. Klar, da waren die vielen bettelnden Kinder, aber ...", Birgittas Stimme klang beschämt.

„Aber warum durften wir dann den Kindern, die wir unterwegs sahen, nichts geben?" ‚begehrte Regine auf.

„Ich sag es noch einmal", Samirs Stimme klang resigniert. „Sie können gar nichts machen! Das muss von oben kommen. Denn irgendwann sind diese Kinder erwachsen und dann ..."

Niemand brauchte diesen Satz zu beenden. Die Antwort spiegelte sich in den täglichen Horrornachrichten über Terrorismus.

Regine fragte leise: „Und wie kam er zu Ihnen?"

„Er fiel mir eines Tages auf, als ich ihn auf dem Kamelparkplatz – Sie erinnern sich in Erfoud?", er lächelte, "beobachtete, wie er mit den Tieren umging. Ich selbst habe in Fez noch eine kleine Reiseagentur, so konnte ich auch zwei meiner Angestellten, Naim und René davon überzeugen, hier mitzumachen. Wegen dieser kleinen Agentur und weil sie mich kennt, hat sich ja auch Monira Ayadi gerade mit mir in Verbindung gesetzt. Beim ersten Mal, als Monira bei mir anrief, hab ich Tarik gefragt, ob er mich bei Touren begleiten wolle.

Zuerst war er natürlich skeptisch, aber dann hat er sein Misstrauen überwunden, und seitdem machen wir alle Treckingtouren zusammen. Ich glaube, er würde mich mit seinem Leben verteidigen, wenn es je dazu käme."

Es war mittlerweile tiefschwarze Nacht geworden, kein Sternenlicht erhellte die Dunkelheit.

„Ich friere", obgleich Birgitta nur geflüstert hatte, empfand jeder, dass sie mit diesen Worten die Hilflosigkeit aller ausgedrückt hatte.

„Danke Samir, es tut mir leid, dass wir so misstrauisch waren", bedauerte Lisa.

„Das konnten Sie ja nicht wissen", antwortete er bestimmt, während er sich erhob und mit seiner Taschenlampe zum Nachtlager voranging, wo in der Zwischenzeit die Zelte aufgebaut worden waren.

Da das Feuer herunter gebrannt war und niemand Lust auf einen geselligen Abendplausch hatte, verabschiedeten sie sich nacheinander und krochen in ihre Zelte.

Bevor Lisa einschlief dachte sie noch: ‚Stolz bin ich nicht darauf, Deutsche zu sein, dafür kann ich nichts, aber so unendlich dankbar, dass ich in Deutschland geboren bin.'

43

Es war sechs Tage später. Sie hatten längst bedauernd das Gebiet der Erg Chebbi hinter sich gelassen, begeistert von der Landschaft mit ihren unzähligen Dünen, vom märchenhaften Spiel des wechselnden Lichtes mit den Farben des Sandes.

Kurz bevor die Gruppe nach der kurzen Mittagsrast aufbrechen wollte, fragte Felix: „Samir, was ist heute nur mit Ata Allah und Fatima los?"

„Warum?"

„Schauen Sie doch mal, wie unruhig die sind."

Die Tiere machten tatsächlich einen sehr nervösen Eindruck. Tarik, der allein für Ata Allah und Fatima sorgte, konnte sie kaum beladen und versuchte vergeblich, beruhigend auf sie einzureden.

„Wahrscheinlich das Wetter", war die ungewohnt kurze Antwort. Lisa schaute skeptisch zum Himmel, der sich wolkenlos in heiterem Blau präsentierte. „Ich kann nichts anderes entdecken als gestern auch", stellte sie fest. Dennoch riet sie, dass alle ihre Sachen schnell zusammen packen sollten, da die Anspannung ihres Reiseführers nicht zu übersehen war.

Heute gingen sie fast schweigend. Die Sonne brannte unbarmherzig. „Wir haben mindestens 35 Grad", murmelte Felix, immer wieder schien die Wasserflasche die letzte Rettung, und dennoch waren kurz nach dem Trinken die Lippen wieder spröde vor Trockenheit und das Sprechen fiel schwer. Am Horizont beobachteten sie kleine Tornados. Neugierig fragte Regine. "Regnet es da vor uns?"

„Nein, das ist Sand, der hochgewirbelt wird", antwortete Samir und wandte sich dann entschlossen an Lisa. „Es ist zwar noch früh, und wir haben nicht so viele Kilometer zurückgelegt, wie wir wollten, ich möchte dennoch schon die Zelte aufschlagen."

Die Besorgnis in seiner Stimme erstickte jeden Widerspruch. An einer halbwegs geschützten Stelle zwischen Dünen fingen die Männer an, rasch das Wichtigste von den Tieren abzuladen, das große Zelt, ebenso wie die Wasservorräte und Essenskörbe. Mittlerweile war der Wind heftiger geworden. Gemeinsam wurde das Zelt hergerichtet und diesmal packten alle beim Aufbau mit an. Heftige Windstöße rissen ihnen immer wieder die Zeltplane aus den Händen, die jetzt schon schmerzten, da sie voll kleiner Risse und Verletzungen waren. Nur mit Hilfe aller gelang es, die Verankerungen im Boden zu befestigen und daran die Halteleinen. René machte sich im Innern des Zeltes zu schaffen, legte Schlafsäcke aus, schaffte Trinkwasser und Kleinigkeiten zum Essen in die enge Behausung, Der Wind hatte mittlerweile Sturmstärke erreicht, und Lisa hatte das Gefühl, er käme aus allen Richtungen gleichzeitig. Das Atmen fiel zusehends schwerer, die Blicke zum Himmel wurden immer ängstlicher. Als alles untergebracht war, brachten Naim und René ihre beiden Tiere ziemlich weit vom Rastplatz unter und kehrten zur Gruppe zurück. Tarik wandte sich mit Ata Allah und Fatima in die entgegengesetzte Richtung, auch er suchte den Rastplatz für die Tiere außer Sichtweite der Gruppe. Diese stand aufgeregt herum, nur Birgitta saß teilnahmslos ein wenig entfernt von dem ganzen Geschehen und beobachtete entsetzt die meterhohe braune Wand, die sich langsam aber stetig näher heranschob.

Allmählich kroch auch die Angst in Lisa hoch, dennoch versuchte sie, nach außen Fassung zu bewahren. Nur wie? Das, was da auf sie zurollte, das war der Weltuntergang. Der Sturm steigerte sich zu einem Höllenlärm, rüttelte an den eben erst aufgebauten Planen. Wenn sie nicht bald ..., sie wagte nicht, den Gedanken zu Ende zu denken, sondern schrie plötzlich, auf die sich nähernde Wand deutend: „Samir, Samir", ihre Stimme überschlug sich. „Schaffen wir es noch?" Beschwichtigend legte er ihr die Hand auf die Schulter. „Wir sind fertig. Ich möchte, dass sie jetzt alle ins Zelt kommen. Verlieren Sie keine Zeit, dann wird nichts geschehen. "

Alle krochen so schnell als möglich ins Innere des Zeltes, Samir brachte sich als Letzter in Sicherheit und zog den Reißverschluss ihrer Behausung zu.

„Und die Tiere", fragte Regine.

Samir meinte beruhigend: „Für sie ist es nicht das erste Mal, dass sie so etwas erleben. Da brauchen wir uns keine Sorgen zu machen. Naim, der in einer Ecke neben René saß, nickte, als Samir sich, Bestätigung erwartend, an ihn wandte. Doch im gleichen Augenblick merkte er, dass etwas nicht stimmte und auch Regine, Christa und Felix schrien: „Tarik – wo ist Tarik, warum ist er draußen geblieben?" Samir schaute sich erschrocken um. „Er war doch eben noch hier und hat nochmals Trinkwasser gebracht!"

„Nein, als ich ihn zuletzt gesehen habe, hat er Ata Allah und Fatima irgendwohin geführt. Wir müssen das Zelt aufmachen, er kann einfach nicht da draußen bleiben", Felix Stimme klang völlig verzweifelt.

„Unmöglich, das machen wir nicht, dann sind wir alle in

Gefahr", war die bestimmte Antwort. „Tarik wird sich zu schützen wissen. Er will ganz sicher nicht, dass Ihnen etwas geschieht." Er sprach erregt auf Naim ein, offensichtlich verlangte er eine Erklärung, warum er und René allein zurückgekommen waren. Doch Naim kam nicht mehr dazu, Erklärungen abzugeben, denn über dem Zelt brach die Hölle los. Der Sturm rüttelte es hin und her, fegte fauchend über den Boden, wirbelte lärmend Sand über das Zeltdach, so dass alle unwillkürlich den Kopf einzogen. Das Dröhnen übertönte die ängstlichen Stimmen. Christa betete leise, während Felix schützend den Arm um sie gelegt hatte. Regine kauerte neben Lisa, nur Birgitta saß aufrecht mit geschlossenen Augen, als wäre sie nicht anwesend.

Es herrschte eine erdrückende Hitze. Alle hatten das Gefühl, die Luft würde nicht zum Atmen reichen. Samir versuchte zwar, Ruhe auszustrahlen, aber die Sorge um Tarik stand ihm im Gesicht geschrieben.

Felix heisere Stimme unterbrach die aufgeregte Ängstlichkeit. „Das ist eine Lehrstunde für uns."

Lisa hob vorsichtig den Kopf und schaute in die Richtung, aus der die Stimme von Felix gekommen war. „Lehre?"

„Ja, ich denke schon seit langer Zeit, wie unbarmherzig und brutal wir mit der Natur umgehen und nun zeigt sie uns, wie hilflos wir ihr ausgeliefert sind. Wir denken immer, es müsste sich alles so abspielen, wie wir es wollen – aber so ist es nun mal nicht. Die Natur ist immer die Stärkere, nur wir wollen das nicht wahrhaben."

Lisa stimmte ihm zu, während sich ihre Gedanken ängstlich überschlugen. Halten die Verankerungen dem Sturm stand? Würde sie je zurückkehren? War das jetzt das Ende? Musste sie deswegen hierher kommen? Eben war noch alles nur Abenteuer, vielleicht noch Meditation in der sie umgebenden Stille. Über sich selbst nachdenken, über Gefühle und Ängste. Der Versuch, sich über ihr eigenes Leben klar zu werden. Vielleicht sogar die Möglichkeit, irgendetwas noch ändern zu können und nun das Ausgeliefertsein, der Tod. Und plötzlich sehnte sie sich nach den Jahren mit Lukas, nach den Erfahrungen ihres gemeinsamen Glücks, nach den wunderbaren Augenblicken mit Caroline. Dabei aber auch gleichzeitig der immer stärker werdende Wunsch, Philipp möge bei ihr sein, sie einhüllen in seine beschützende Liebe.

Sie wusste nicht, wie viel Zeit vergangen war, als es schien, dass das ohrenbetäubende Brausen ein wenig nachließ. Lisa beobachtete Samir, der sich, so gut es bei seiner Größe ging, erhoben hatte. „Scheint so, dass ich Sie beruhigen kann. Wenn unser Zelt bis jetzt gehalten hat, dürfte die größte Gefahr gebannt sein. In ein oder zwei Stunden ist dieser Sandsturm, wohl ganz vorüber. Leider können wir kein Abendessen zubereiten. René hat vorsorglich im Zelt Fladenbrot, Trinkwasser und alles, was dazu gehört, untergebracht. Mehr gibt es jetzt halt nicht.“

„Ich habe keinen Hunger“, bemerkte Lisa. „Sollten wir nicht eher nach Tarik suchen? Ich jedenfalls mach mir Sorgen um ihn.“ Alle stimmten Lisa sofort zu, aber Samir sagte sehr entschieden: „Nein, draußen ist es längst dunkel, außerdem ist es noch viel zu gefährlich. Wenn Sie nichts essen wollen, schlage ich vor, sie versuchen, sich ein wenig hinzulegen. Es ist zwar ein wenig eng, aber es wird schon gehen.“

Endlich meldete sich auch Birgitta zu Wort, die während der vergangenen Stunden völlig verstummt war: „Denken

Sie wirklich, wir könnten schlafen, während irgendwo da draußen Tarik herumirrt, von dessen jahrelangem Leid wir gerade erst erfahren haben und der vielleicht verletzt ist, und jetzt wieder im Stich gelassen wird?"

„Ich verstehe Sie nur zu gut. Aber Sie und ich, wir können nichts machen. Absolut nichts. Ich hoffe, dass Tarik die letzten Stunden unversehrt überstanden hat. Ich werde morgen früh das Zelt öffnen, nach draußen gehen, aber Sie bleiben hier", den letzten Satz hatte er, völlig ungewohnt bei Samir, sehr entschieden gesagt.

„Samir hat recht", schaltete sich Lisa ein. „Wir können nichts machen. Versuchen wir uns hinzulegen. Vielleicht können wir, wenn es schon mit dem Schlafen nicht klappt, wenigstens ein bisschen ruhen."

Die Gruppe war nur unter Murren einverstanden, aber es war allen klar, dass es keine andere Möglichkeit gab und dass Samir hier der Einzige war, der Entscheidungen treffen konnte.

Außerdem merkten sie jetzt doch, wie müde und erschöpft sie waren. Obgleich das Zelt zuerst klein erschienen war, gelang es jedem, einen Platz zu finden, wo er sich ein wenig ausstrecken konnte. Und gerade als Lisa merkte, dass sie auf der Stelle einschlafen könnte, hörte sie leises Weinen. Es kam aus Christas Richtung. Lisa erhob sich vorsichtig. Samir war noch wach und warf ihr einen fragenden Blick zu, aber sie schüttelte nur den Kopf, legte sich dicht neben Christa, nahm sie in den Arm, fragte nicht nach dem Grund ihrer Tränen.

44

Es waren nur wenige unruhige Stunden vergangen. Die meisten der Gruppe hatten kaum geschlafen. Die Stimmung war gedrückt, und niemand hatte so recht Lust, ein Gespräch anzufangen. Noch immer wehte ein heftiger Wind, aber es schien, als habe er sich ausgetobt und was sie hörten, waren nur noch Ausläufer des gestrigen Aufruhrs. Als es heller wurde, entschloss sich Samir, nach draußen zu gehen. Vorsichtig zog er den Reißverschluss des Zelteingangs auf und Naim, René und er zwängten sich durch den engen Spalt. Naim und René wollten nach ihren Tieren sehen, während Samir sich zum Rastplatz „ihrer" Dromedare, wie die Gruppe Ata Allah und Fatima nannte, aufmachte.

Es dauerte lange, bis er erschöpft zurückkam.

„Haben Sie ihn gefunden?"

„Ist er verletzt?"

„Konnte er sich schützen?"

Die Fragen überstürzten sich, ohne dass er irgendeine Reaktion zeigte. Ein ungutes Gefühl beschlich Lisa. Da war mehr passiert. So gut konnte sich Samir nicht verstellen. Laut sagte sie: „Was ist los, Samir. Sagen Sie schon ..."

„Tarik ist verschwunden! Er hat Atah Allah und Fatima nicht bei den andern Tieren gelagert, sondern ist offensichtlich genau in die entgegengesetzte Richtung gegangen. Ich habe den Platz gefunden, aber Tarik war nicht dort. Das Gepäck hatte er gestern wohl noch abgeladen, verschnürt und mit einer den Verankerungen, die wir für die Zelte haben, im Boden befestigt. Was danach geschehen ist – ich weiß es nicht. Ata Allah hat offensichtlich alles gut überstanden. Noch weigert er sich, aufzustehen, aber das ist normal. Die Tiere wissen besser als wir Menschen, wie sie sich schützen können." Er verschwieg, dass der Platz, wo die Tiere gelagert hatten, voller Blutspuren gewesen war und dass er mit Sand versucht hatte, diese zu verwischen.

Jetzt wurde er von einem Chor aufgeregter Stimmen unterbrochen. „Und Fatima? Ist sie – ist sie auch nicht mehr da?"

„Was bedeutet Tariks Verschwinden?"

„Fatima ist nicht da. Mehr kann ich Ihnen leider im Augenblick nicht sagen. Tarik? Ich stehe selbst vor einem Rätsel. Natürlich mache ich mir Sorgen, auch wenn ich hoffe, dass nichts Ernstes geschehen ist." Und dachte, ich muss mit Lisa sprechen, dass meine Hoffnung in dieser Hinsicht nur sehr gering ist.

Es war Felix, der zuerst reagierte: „Wie können Sie glauben, dass ihm nichts Ernsthaftes zugestoßen ist? Nachdem wir ihn gestern einfach sich selbst überlassen haben. Wo kann er Schutz gefunden haben?"

„Das kann ich Ihnen nicht sagen. Tarik hat die Tiere ziemlich weit von hier in den Schutz von zwei Dünen geführt, ich habe mich nicht weiter von ihrem Rastplatz entfernt. Dort war er jedenfalls nicht."

„Armer Tarik, er wird sich wieder einmal verraten gefühlt haben – wie so oft in seinem Leben, und wir haben in der Zwischenzeit die Sicherheit dieses Zeltes genossen", Christa machte keinen Hehl aus ihrer Betroffenheit.

Wieder war es Felix, der, wahrscheinlich entgegen seiner eigenen Meinung versuchte, sie zu trösten. „Christa, vielleicht sollten wir wirklich einsehen, dass wir nicht anders handeln konnten, auch Samir nicht. Tarik ist viel erfahrener als wir alle, er kann mit Gefahren umgehen, und ich bin überzeugt davon, alles wird gut ausgehen."

Auch wenn Lisa die tröstlichen Worte von Felix nicht teilte, stimmte sie ihm zu. „Felix hat recht. Ich schlage vor, wir machen uns erst einmal etwas zum Frühstücken und danach gehen wir die nähere und weitere Umgebung ab, vielleicht finden wir etwas. Sind Sie damit einverstanden Samir?"

Samir war froh über Lisas Entschlossenheit, sie entband ihn vorläufig von weiteren Erklärungen. Er nickte zustimmend, während er sich vornahm, später mit ihr zu reden. Wann dieses „Später" allerdings sein würde, wusste er nicht. Er konnte seine Angst um Tarik nur schwer verhehlen, deshalb war er für die Ablenkung und den Zeitgewinn, den Lisas Vorschlag ihm bot, dankbar. Außerdem schien Lisas Ruhe sich ein wenig auf die andern übertragen zu haben.

Regine fragte: „Samir, wie ist es mit den Essensvorräten und vor allem dem Wasser?"

„Wie ich bisher feststellen konnte, ist alles vorhanden. Genauer werden wir das Gepäck nach dem Frühstück untersuchen. Aber an Essen und Wasser wird es nicht mangeln, dafür hat ja René gestern noch gesorgt."

Wenn auch eine gewisse Entspannung zu spüren war, schienen alle noch immer wie gelähmt. Bis Birgitta entschlossen anfing, nach der Möglichkeit eines Frühstücks zu suchen. „Können wir rausgehen, um ein wenig Luft zu schnappen und uns danach ans Frühstück machen?"

„Nein, das rate ich Ihnen noch nicht. Warten wir noch zwei drei Stunden, bis ich ganz sicher sein kann, dass die Ausläufer des Unwetters Ihnen nicht mehr schaden können."

Wie gut, dass Birgitta jetzt eine solche Entschiedenheit ausstrahlte. Alle bereiteten gemeinsam ein spartanisches Frühstück vor und waren bemüht, wenigstens ein bisschen Hoffnung aufkommen zu lassen.

Währenddessen versuchte Samir mit seinem Satelittentelefon, mit dem er während der Tour normalerweise auch frisches Essen anforderte, irgendeine Verbindung zu bekommen. Vergebens!

Nach dem Frühstück machten sich alle daran, im Zelt ein wenig Ordnung zu schaffen, die Reste des Frühstücks zu verstauen, denn jeder wusste, es war besser, irgendetwas zu tun als nur herum zu sitzen und zu warten, bis sie endlich etwas unternehmen könnten.

Nach zwei Stunden hielt Lisa es nicht länger aus. Sie schaute fragend zu Samir und als dieser nickte, stand sie auf, zog den Reißverschluss der Zeltwand auf und trat nach draußen.

Die Landschaft! Fassungslos sagte sie zu Birgitta, die neben ihr stand: „Ich glaub es nicht! Das ist ja eine völlig andere Landschaft als gestern!"

Die andern drängten nun auch aus dem Zelt und blieben genauso erstaunt stehen wie Lisa und Birgitta. Wo flache Steinebenen abwechselnd mit kleinen Dünen gestern noch ihren Weg gesäumt hatten, ragten nun vom Sturm geschaffene Hügel auf. Die Dünen schienen höher, die einzelne Tamariske wirkte noch einsamer in der Weite des gelben Sandes.

Ein eigentümlicher Zauber ging von dieser neuen Landschaft aus. Regine sagte leise: „Das ist wie Auferstehung."

Lisa nickte bestätigend und Christa fügte hinzu: „Eben noch das Gefühl von Weltuntergang und nun der fast wolkenlose blaue Himmel – unglaublich." Nur langsam konnten sie sich von diesem Bild lösen, bevor sie sich aufmachten, Ata Allah zu finden. Sie konnten ihn erst nach einer Weile, weit entfernt von ihrem Zelt hinter zwei Dünen entdecken. Er lag im Sand und machte keinerlei Anstalten, sich zu erheben. Die Ladungen von Fatima und Ata Allah lagen fest verankert und scheinbar unberührt im Sand. Bis Felix versuchte, die einzelnen Gepäckstücke zu trennen und bemerkte, dass all ihre Sachen durchwühlt waren und alles, was sie an Werten mitgenommen hatten, verschwunden war. Medikamente und Kleidungsstücke, persönliche Kleinigkeiten, aber das war alles nicht wirklich viel, denn das Meiste hatten sie, einschließlich ihrer Pässe, mit ins Zelt genommen, bevor der Sturm losgebrochen war.

In diesem Moment fing Regine hysterisch an zu lachen. „Überfall in der menschenleeren Wüste! Ich nehme ja nicht an, dass Tarik sich mit dem bisschen, was wir an Werten bei uns hatten, davon gemacht hat. Also – wer war es dann?“

In diesem Augenblick rief Felix: „Hier sind Motorradspuren! Das gibt es doch nicht!“

Alle schauten auf Samir. Der trat neben Felix, inspizierte die Abdrücke, meinte: „Wer immer das war, die Leute müssen nach dem Sturm hier gewesen sein, sonst hätte dieser die Spuren verweht.“ Er schaute sich um, entfernte sich ein Stück vom eigentlichen Lagerplatz der Tiere und deutete auf Spuren, die eindeutig von einem Kamel stammten, aber in eine andere Richtung wiesen.

„Ist Ihnen das alles nicht vorhin aufgefallen, als Sie nach Tarik gesucht haben?“ Birgitta blickte ihn zweifelnd an.

„Sie meinen, die Spuren? Doch, aber ich wollte Sie nicht noch mehr beunruhigen. Ich habe Ihnen vorhin noch etwas verschwiegen, um Ihnen keine Angst einzujagen. Auf dem

Platz hier waren Blutspuren. Ich habe sie ein wenig verwischt und wollte erst später mit Ihnen darüber sprechen." Lisa wollte ihn empört unterbrechen, aber er bat: „Lisa, lassen Sie mich erst einmal alles erklären. Mit dem Sturm, dem Verschwinden von Tarik und von Fatima, wurde Ihnen allen genug zugemutet. Ich wollte erst einmal Anhaltspunkte haben, statt haltlos zu spekulieren. Das mit Ihrem Gepäck konnte ich nicht sehen, es war ja inmitten all der anderen Gepäckstücke. Die Motorradspuren beruhigten mich aber vorhin erst einmal ein wenig."

„Beruhigen?" Felix schaute Samir fassungslos an.

„Ich weiß, das klingt seltsam. Ich habe Ihnen ganz am Anfang unserer Wanderung von meiner Wut über die Auto- und Motorradrennen, die rücksichtslos durch die Wüste gestartet werden, gesprochen. Ich nehme an, dass es sich hier um solche Biker handelt, die auch vom Sturm überrascht wurden und als sie kurz nach dem Unwetter hier vorbeikamen, sahen sie in allem, was hier herumlag, eine leichte Beute. Bis Tarik sie wahrscheinlich überrascht hat!"

„Warum haben die dann nicht uns überfallen? Warum hat Tarik nicht um Hilfe gerufen? Und warum ist er mit Fatima verschwunden?" Lisas Stimme wurde immer drängender.

„Wie Sie ja bemerkt haben, werden die Tiere bei Sturmwarnung ziemlich entfernt vom Zelt gelagert, obendrein haben Sie selbst festgestellt, wie sehr sich die Landschaft verändert hat, die haben uns einfach nicht gesehen. Und selbst wenn sie das Zelt entdeckt hätten, die wussten ja nicht, wer und wie viele Leute da drin sind, das hätte für sie gefährlich werden können. Ich hasse Spekulationen, aber im Augenblick bleibt uns nichts anderes übrig. Fakt ist, Tarik oder auch die Motorradfahrer sind verletzt und

Tarik ist, falls er dazu noch fähig war, losgezogen, um Hilfe zu holen."

„Ohne uns zu benachrichtigen? Vor allem, wenn es nach dem Sturm gewesen ist. Da stimmt einfach etwas nicht."

„Ich weiß es ja auch nicht. Möglicherweise wollte er auf gar keinen Fall auf Sie aufmerksam machen und ist deshalb ohne Bescheid zu geben, losgezogen. Die nächsten Nomadensiedlungen sind nicht so weit entfernt. Vielleicht sollten wir heute noch hierbleiben, damit ich gemeinsam mit Naim und René nach weiteren Spuren und nach Tarik suchen kann."

„Das überlassen wir Ihnen nicht allein", bestimmte Lisa. „wir machen uns gemeinsam auf die Suche." Sie wandte sich an die Gruppe: „Einverstanden?" Das allgemeine Nicken gab ihr Recht.

Samir wandte sich an die Gruppe: „Es wäre besser, Sie würden zusammen bleiben. Ich möchte nicht, dass Sie sich irgendeiner Gefahr aussetzen. Außerdem möchte ich mich sowieso bei Ihnen dafür entschuldigen, dass Ihre Reise", er lächelte traurig, „jetzt mit diesen Problemen belastet ist. Erst habe ich Sie mit Tariks Schicksal konfrontiert und nun auch noch das hier!"

„Für was denn entschuldigen, Samir? Sie sind doch nicht verantwortlich. Weder für Tarik noch für das Wetter, und auch nicht für alles, was sonst noch geschehen ist. Vielleicht", Christa zögerte einen Augenblick, „vielleicht ist es ganz gut, dass wir auch einmal das kennen lernen, was sich meist hinter der für uns Touristen aufpolierten Welt verbirgt. Wir wissen es ja eigentlich, aber wenn es einem leicht gemacht wird, das nicht sehen zu müssen, ist es uns doch meistens ganz recht oder?"

Birgitta mischte sich, an Christa gewandt, ein: „Christa, du hast völlig recht. Jeder ist für sich verantwortlich. Wir sind alle erwachsen, und wir haben uns nicht für einen Urlaub am Strand und in Nachtclubs entschieden. Wir wussten genau, dass auch Sandstürme zu dieser Landschaft gehören. Wichtiger ist doch, wie es nun weitergehen soll."

Als alle nickten, meinte Samir leise: „Danke. Ich hoffe, es klärt sich alles auf. Wir bleiben also noch bis morgen hier, vielleicht auch noch einen Tag länger, um Tarik zu suchen oder ihm die Möglichkeit zu geben, hierher zurückzukommen." ‚Falls er dazu überhaupt in der Lage ist', aber diese Gedanken äußerte er nicht laut. Weiter riet er: „Und danach machen wir uns zu den Übernachtungsmöglichkeiten meiner Landsleute hier in der Nähe auf, vielleicht erfahren wir da mehr. Sie wissen ja – das Wüstentelefon," fügte er noch hinzu.

Als niemand etwas dagegen einzuwenden hatte, entschied Lisa. „Fangen wir mit unserer Suche an, aber wir bleiben nicht alle zusammen, das schränkt sonst zu sehr ein," und sie vereinbarten einen Radius, in welchem sie sich zu Zweit in verschiedene Richtungen aufmachen wollten.

Regine und Birgitta zogen zusammen los, Christa und Felix stapften gemeinsam davon, Naim und René gingen in eine ganz andere Richtung, während Samir und auch Lisa allein auf die Suche gingen.

Es war seltsam – dieses Alleinsein in der leeren Landschaft. Lisa versuchte, ihr ruhiges Gehen der Vortage zu erreichen, während ihre Blicke suchend umherschweiften. Nirgends ein Lebewesen, nichts, was sich bewegte. Nur nackter Sand! Lisa fühlte sich, als sei sie völlig allein auf der Welt, aber nicht der bekannten, der lebendigen Welt. Nein, eher in

einer Wirklichkeit gewordenen Einsamkeit, aus der es kein Entrinnen geben konnte. Als hätte die Wüste von ihrem Sein Besitz ergriffen, veränderte es, schien die Gesetze aufzuheben, die in ihrem bisherigen Dasein gegolten hatten. Auch, völlig unerwartet, ihr ganz anderes Empfinden zum „Nichts" das sie so häufig in unkontrollierten Ängsten gefangen gehalten hatte. Sie war nichts mehr als ein Sandkorn unter Millionen, ein Wassertropfen im Meer, ein Alles oder ein Nichts. Zum ersten Mal verstand sie diese Worte, die vor Jahren die Leiterin der Meditationsgruppe, der sie eine Weile angehörte, gesagt hatte, als sie vom Sterben sprach – ein Wassertropfen im Meer. Aber es erschreckte sie nicht mehr. Aufbegehrend dachte sie, wenn nichts wichtig ist, muss dann nicht auch alles erlaubt sein? Keine Vorschriften. Keine Grenzen. Keine Ver- oder Gebote mehr. War das vielleicht die Lösung ihres inneren Zwiespaltes zwischen Liebe und Schuld? Käme vielleicht eines Tages der Moment, in dem sie nicht mehr fragen müsste – Lukas, würdest du mir je verzeihen, falls du irgendwann einmal in unsere Gegenwart zurückkehren wirst? Und welche Macht konnte ihr verbieten, Philipp zu lieben? Die gesellschaftlichen Normen? Wer hatte sie gemacht? Für wen gelten sie? Sie selbst war frei, war unabhängig. Das bedeutete ja nicht, dass sie keine Verantwortung mehr übernehmen wollte. Sie würde weiterhin für Lukas da sein, würde um die Liebe Carolines kämpfen, aber ihr Leben – ihr Leben gehörte ihr allein!'
Und tief innen die Gewissheit, dass alles in ihrem Leben ein Ganzes ist – wie hier der Sand und die Sonne, der Himmel und die Weite der Landschaft und zu Hause die Tage und Nächte, ihre Familie, aber auch ihre Liebe und ihre Kunst.

Was sie fühlte, war nicht greifbar und auch nicht begreifbar, es war einfach da.

Sie war immer weiter und weiter gegangen, hatte nicht Tarik gefunden, aber vielleicht einen Weg zu sich selbst. Sie
trat den Rückweg an, ihren eigenen Spuren folgend, die
noch kein Wind verweht hatte. Auch das ein Zeichen?

Mittlerweile waren alle zum Zeltplatz zurückgekehrt, die
enttäuschten Gesichter sprachen mehr als Worte – keine
Spur von Tarik und auch keine von Fatima. Eine bleierne
Müdigkeit lag über der Gruppe und auch aufmunternde
Worte von Samir konnten die Stimmung nicht verbessern.

Der restliche Tag verging mit Ausruhen und vielen kurzen
Spaziergängen, auf denen jeder Ausschau hielt, ob nicht
irgendwo doch eine bisher übersehene Spur von Tarik zu
entdecken wäre. Sie hatten gegen den Protest von René auf
eine Mittagsmahlzeit verzichtet, erst am Abend machten sie
sich alle gemeinsam daran, das Essen zuzubereiten. Der
Sturm und alles, was danach geschehen war, hatte nicht
nur unter der Gruppe, sondern vor allem auch im Verhältnis zu ihren Begleitern, vor allem aber zu Samir ein noch
engeres Miteinander geschaffen.

Als es längst dunkel war, breiteten Lisa, Birgitta und Felix
ihre Schlafsäcke auf dem Boden aus, während die andern
lieber im Zelt übernachten wollten. Samir hatte sich auf
eine der kleinen Dünen zurückgezogen, so, als wolle er die
Umgebung im Auge behalten, um auf jede Gefahr vorbereitet zu sein.

Lisa hatte dicke Strumpfhosen dabei und einen Pullover, all
das zog sie jetzt unter und über ihre normale Kleidung.
Auch den Schesch, den sie längst gelernt hatte, mit Leichtigkeit um Kopf und wenn nötig, übers halbe Gesicht zu

ziehen, wickelte sie sich um Kopf und Hals. Es schien so unglaublich, dass sich nachts die brennende Hitze des Tages in eisige Kälte verwandelte, aber sie hatten das bisher jeden Abend erlebt, wenn sie auch geschützter in ihren Biwaks waren als in einem Schlafsack auf Sandboden. Die anderen hatten ebenfalls über ihre Tageskleidung alles gezogen, was sie noch mitgenommen hatten, dann krochen sie in ihre Schlafsäcke.

45

Ungeduldig hob Monira Ayadi den Kopf, als der sanfte Ton der Türglocke erklang. Musste man sie gerade jetzt stören! Sie hatte eben erst über ihr Büro in Zagora von dem Sturm in der Nähe von Alnif gehört. Dort sollten jetzt Samir und Tarik mit Lisas Gruppe sein. Normalerweise verfolgte sie die Routen der Reisegruppen, die bei ihr gebucht hatten, nicht so genau. Aber Lisa hatte mit ihrem Mut und ihrer Entschlossenheit, mit ihrer Sehnsucht, etwas Besonderes erleben zu wollen, einen tiefen Eindruck auf sie gemacht. Auf ihre drängenden Fragen nach Samirs Gruppe hatte Kemal, ihr dortiger Büroleiter ihr versichert, dass sie den Sturm gut überstanden hatten. Sie hätte gern noch mehr erfahren, aber als sie jetzt zur Tür schaute, wer dort stand, beendete sie rasch das Gespräch.

„Sie hier?" Ihr Blick wanderte von Philipp zu der jungen Frau, die ihn begleitete. War sie der eigentliche Grund gewesen, warum er so kurzfristig die Reise nach Marokko abgesagt hatte? Sie entschied, dass sie dies nicht zu interessieren hatte, doch ihr Ton war nicht so freundlich wie immer, als sie sich dem Paar zuwendete.

„Frau Ayadi, Caroline," er deutete auf seine Begleiterin „die Tochter von Lisa Lohmann und ich sind gerade hier vorbei gekommen und da wollten wir fragen, ob Sie Nachrichten von Lisa haben."

‚Also nicht Geliebte, sondern Tochter von Lisa', dachte Monira erleichtert, obgleich sie sich fragte, was sie das eigentlich anging. Laut antwortete sie: „Ja, ich habe gerade eben mit meinem Büroleiter in Zagora gesprochen. Es muss in

den letzten Tagen wohl etwas stürmisch gewesen sein."
Caroline unterbrach sie ängstlich: „Sturm in der Wüste! Ich habe viel darüber gehört, das ist doch sehr gefährlich oder?"
Monira stand auf und legte Caroline beruhigend die Hand auf die Schulter. „Wenn etwas Gravierendes geschehen wäre, hätte ich längst Nachrichten von dort und Sie, Herr Hochheimer auch schon angerufen. So viel mir Kemal eben am Telefon versicherte, hat die Gruppe alles gut überstanden und es eher als weitere Mutprobe ihrer Wanderung empfunden."
Mutprobe?, dachte Caroline leicht geschockt. Schließlich ist so ein Naturereignis nicht ganz ungefährlich. Aber sie schwieg und überließ das Fragen und Reden lieber Philipp. Sie hatten sich für diesen Morgen noch einmal verabredet, eigentlich wollten sie nur ein paar Stunden gemeinsamen verbringen, vielleicht um sich besser kennen zu lernen. War es Zufall, dass sie am Reisebüro Ayadi vorbeigekommen waren? Oder hatte Philipp absichtlich diesen Weg gewählt, um ihr, Caroline, die Möglichkeit zu geben, sich nach ihrer Mutter zu erkundigen? Sie wusste es nicht, aber wieder merkte sie, wie verzweifelt sie darüber war, dass sie ohne Versöhnung nach Berlin gezogen war.
Neugierig fragte Philipp: „Können Sie mir sagen, wo sich die Gruppe jetzt ungefähr befindet?"
„Aber nur weil Sie es sind und die Reise eigentlich mitmachen wollten. Sonst darf ich keine solchen Auskünfte geben. Mehr oder weniger müssten sie jetzt auf der Höhe von Alnif sein. Man läuft bei einem solchen Unternehmen ja niemals die geraden direkten Strecken, schon um die von Touristenströmen heimgesuchten überlaufenen Gebiete zu

vermeiden."

Alle drei traten an eine Landkarte von Marokko, wo Monira außergewöhnliche Routen von Gruppen eintrug, denen eine solche Wanderung mehr bedeutete, als nur kurz einen halben Tag lang Wüstenluft zu schnuppern. So war auch Samirs, oder war es nicht eher Lisas Tour, genau eingezeichnet. Start in Erfoud, eventuelles Ende in Zagora.

Caroline staunte über die Länge des Weges – war ihre Mutter besonders mutig oder einfach nur waghalsig? Sie konnte sich diese Frage nicht beantworten.

Monira servierte ihren Besuchern noch einen marokkanischen Tee, dann verabschiedeten sie sich, nachdem Monira versprochen hatte, bei wichtigen Nachrichten entweder Philipp oder Caroline zu benachrichtigen.

Zwei Tage später läutete das Telefon im Reisebüro von Monira Ayadi. Da sie die Nummer kannte, fragte sie sofort: „Gab es noch etwas, das nicht klar war?"

„Ich möchte zur Gruppe stoßen. Könnten Sie mir bitte die entsprechenden Unterlagen fertig machen?"

„Von wo aus wollen Sie starten", fragte Monira sachlich nach, um sich ihr Erstaunen nicht anmerken zu lassen.

„Was raten Sie mir?"

„Ich buche Ihnen einen Flug nach Zagora und sage unserer dortigen Niederlassung Bescheid, die Sie abholen wird und dann alles Weitere arrangiert."

„Danke."

Monira lächelte, als sie das Telefon auf die Station zurückstellte.

46

Auch am nächsten Tag keine Spur von Tarik. Am Morgen des zweiten Tages fragte Samir: „Was denken Sie? Sollen wir noch warten, oder weitergehen?"

Lisa spürte die beklemmende Unsicherheit, die die Gruppe erfasste, so, als würde von ihr verlangt, ein Urteil zu sprechen und zu vollziehen. Außerdem merkte sie, dass auch sie selbst den Boden unter den Füßen verlor. Dabei konnte sie wahrlich nichts für den Verlauf der letzten Tage. Doch was nutzte es, noch länger zu warten? Sicher bot sich in den Nomadenzelten eher die Gelegenheit, Kontakt aufzunehmen, vielleicht sogar einmal mit Monira Ayadi zu sprechen. Außerdem lauerte in all den Ereignissen der letzten beiden Tage immer noch die unbestimmte Angst – wer steckte hinter all dem, was war geschehen und warum war Tarik verschwunden?

„Wir gehen weiter", entschied Lisa für die Gruppe. Sie hatte nicht nach der Meinung der andern gefragt, aber an der Reaktion merkte sie, dass sie mit ihrer Entscheidung richtig lag. Deshalb fügte sie noch hinzu: „Samir, ich glaube, noch länger zu warten, bringt einfach nichts. Ich bin überzeugt, dass Tarik sich trotz allem irgendwo in Sicherheit bringen konnte. Deshalb finde ich es allmählich wichtig, dass wir mit der Welt", sie lächelte herausfordernd, „endlich wieder in Verbindung treten."

„Nun, ganz aus der Welt sind wir nicht", ging Samir auf ihren leichten Ton ein. „In der Wüste funktioniert das Flüstertelefon viel effektiver als es ein technisches könnte. Es ist ihnen bestimmt aufgefallen, dass immer mal wieder in der

Ferne Menschen auftauchen, Kinder, Frauen, die sich uns aber nie nähern und trotzdem den Eindruck erwecken, als wüssten sie über alles Bescheid."

Lisa fragte leicht gereizt: „Warum kommen sie dann nicht näher? Wenn das Wüstentelefon, wie Sie es nennen, so gut funktioniert, müsste sich längst alles, was vorgefallen ist, herumgesprochen haben. Dann wissen sie auch, dass wir eine ganz harmlose Gruppe Wanderer sind. Sie hätten mit Ihnen oder den drei andern Männern sprechen können."

„Was hast du eigentlich erwartet Lisa", meldete sich Felix zu Wort. „Wir halten nicht an, wir geben ihnen nichts, wir kaufen ihnen nichts ab, und jetzt sollen sie uns unterstützen! Das finde ich ein wenig naiv."

„Du hast ja recht, aber wir dürfen nicht vergessen, dass wir keine Ahnung haben, wo Tarik sein könnte. Auch nicht, was passiert ist und", sie stockte, sollte sie diese Befürchtung aussprechen? Entschied sich aber doch dafür und fügte noch hinzu: „Und ob er überhaupt noch lebt! Das erleichtert unsere Lage nicht gerade. Aber diese Leute dort draußen wissen vielleicht etwas."

Jetzt schaltete sich Samir in die Diskussion ein: „Wir sollten nicht so viel spekulieren. Vielleicht können wir bei unserem Stopp in einer der Nomadeneinrichtungen, die wir heute erreichen wollen, Näheres erfahren. Jedenfalls hoffe ich das sehr."

„Nicht nur Sie", antwortete Lisa leise.

Sofort brach eine emsige Geschäftigkeit aus, als hätten alle auf die Aufforderung zum Aufbruch geradezu sehnsüchtig gewartet. Rasch waren ihre paar Sachen, die sie noch hatten, zusammen gepackt, Felix half Samir, alles auf Ata Allah unterzubringen, während René und Naim die anderen

Tiere beluden.

Als Lisa diese fast hektische Szene beobachtete, meinte sie an Samir gewandt: „Samir, wollen wir nicht in den Tagen, die wir noch unterwegs sind, die Biwaks verpackt lassen und statt dessen nur das große Zelt für alle nehmen? Wenn wir können, schlafen wir doch sowieso lieber draußen und wer das nicht will, kann im großen Zelt übernachten. Das macht weniger Mühe und mittlerweile sind wir uns ja wirklich nicht mehr so fremd, dass wir nicht für ein paar Nächte ein Zelt teilen könnten."

Samir schaute Lisa halb bewundernd und halb dankbar an. „Sie würden uns tatsächlich die Arbeit sehr erleichtern. Es soll Ihnen trotz allem an nichts fehlen, wir stellen auch gern jeden Abend die Klozelte auf, aber die Arbeit mit den Biwaks könnten wir uns sparen. Ich habe ja selbst schon gemerkt, dass einige von Ihnen sehr gern im Freien schlafen."

Lisa blickte die Gruppe auffordernd an: „Es tut mir leid, dass ich euch nicht zuvor gefragt habe, aber mir kam halt eben grad diese Idee. Seid Ihr damit einverstanden?"

„Ist schon gut", meinte Birgitta, „du brauchst dich nicht zu entschuldigen, wir hätten selbst auf diese Idee kommen können." Als die andern ihre Zustimmung signalisierten, war das Thema erledigt.

Obgleich sie früh aufgestanden waren, brannte die Sonne bereits erbarmungslos auf sie nieder und Samir meinte: „Wir sind spät dran. Deshalb schlage ich vor, wir gehen höchstens zwei Stunden und dann erst wieder gegen Abend. Wir sind ja auch ein wenig aus der Übung gekommen."

Eigentlich sollten die letzten Worte eher ein Scherz sein, aber nachdem sie eine Weile gelaufen waren, gab Regine

Samir recht. „Es fällt mir komischerweise wirklich schwer, wieder in meinen gewohnten Rhythmus zu kommen. Wahrscheinlich fehlt mir die innere Ruhe, der Abstand zu allem, was geschehen ist."

Schweigend gingen sie noch eine Weile weiter, bis die Sonne auch die geringsten noch verbleibenden Schatten verschluckt hatte und ihre Glut alles unbarmherzig in grelles Licht verwandelte. Allmählich kostete jeder Schritt eine schier unendliche Kraft.

Samir hörte diesmal nicht auf die immer lauter werdenden Klagen der Gruppe, meinte aber tröstend: „Halten Sie noch ein wenig durch, dann sind wir in einer ganz anderen Umgebung und finden ein angenehmes Nachtlager."

Er hatte nicht zu viel versprochen. Plötzlich tauchte eine winzige Oase auf mit einem Brunnen, der mit seinem Plätschern Leben verhieß. Keine Menschenseele weit und breit. Dafür die Reste eines Kamelskeletts, von der Sonne ausgebleicht. Die Anstrengung der letzten Stunde hatte die Gruppe so geschwächt, dass sie sich noch nicht einmal von diesem Anblick in ihrer Freude über das erfrischende Nass stören ließen. Nur Birgitta meinte: „Wie eng sind hier die Grenzen zwischen Leben und Tod."

Als Samir gegen Abend zum Aufbruch mahnte, schlug Felix vor: „Könnten wir heute Nacht nicht hier unseren Liegeplatz aufschlagen?"

Als alle sofort begeistert diesem Vorschlag zustimmten, ließ sich auch Samir überreden. „Dann müssen wir aber morgen wirklich ganz früh aufbrechen, damit wir weiter kommen. Wir haben schon sehr viel Zeit verloren. "

„Zeit?",fragte Christa ein wenig spöttisch. „Ich dachte, den Begriff hätten wir für ein paar Wochen aus unserem

Sprachschatz verbannt. War es nicht so?" Alle lachten.

„Nun, die Situation hat sich geändert. Ich glaube, wir alle wollen endlich Klarheit haben über das, was Tarik passiert ist", konterte Samir.

Sofort wurde die Stimmung der Gruppe, die sich ein wenig erholt hatte, wieder bedrückt, und Regine versuchte, ihre Stimme auf gar keinen Fall ängstlich klingen zu lassen, als sie jetzt fragte.

„Wie ist es hier eigentlich mit unserem Schutz?"

„Schutz? Vor was?", fragte Lisa betont forsch. Auch sie hatte sich schon das Gleiche gefragt, wollte es aber nicht zugeben.

Doch offensichtlich hatte keiner der andern Angst vor dieser Nacht im Freien. Sie bereiteten das Kuppelzelt vor, obgleich sowohl Felix als auch Lisa sofort erklärten, dass sie außerhalb des Zeltes schlafen wollten.

Beim rasch aus Couscous und Gemüse zubereiteten Abendessen kam sogar eine heitere Stimmung auf, als Christa aufzählte, wo sie überall den Sand spürte. „Sogar das Essen ist immer mit einer dünnen Sandschicht bedeckt durch diesen verflixten Wind, das knirscht so schön unter den Zähnen", fügte sie hinzu und Regine meinte: „Da haben wir wenigstens etwas, auf das wir uns zu Hause freuen können – auf sandfreies Essen."

„Eigentlich eine gute Erfahrung", lachte Felix. „Wir haben auf dieser Wanderung schon viel gelernt, vor allem mit wie wenig man auskommen kann und jetzt auch noch, welche Kleinigkeiten uns in Zukunft Freude bereiten werden."

„Aber nicht nur das", wandte Birgitta, ernst werdend, ein. „Geht es Euch auch so – manchmal kommt es mir vor, als ob alles, was ich bisher gefühlt oder gedacht habe, nicht mehr die gleiche Bedeutung wie früher hat. Dabei war es doch einmal mein Alltag. Aber hier? Und vor allem jetzt?"

„Wie gut kann ich dich verstehen, Birgitta, es geht mir ähnlich. Aber nun sollten wir überlegen, wie es weiter gehen soll", und Lisa dachte an ihr inneres Erlebnis vor zwei Tagen, von dem sie zu Niemandem gesprochen hatte.

Auch Samir mischte sich ein, der die ganze Zeit vor sich hin gegrübelt hatte. „Ich verspreche Ihnen, morgen wird sich alles aufklären, wenn wir endlich in der Nomadenoase ankommen."

„Wie können Sie uns das versprechen! Sie sind ja genauso von den Ereignissen überrumpelt worden wie wir."

„Lisa, das stimmt zwar, aber ich kenne Tarik seit vielen Jahren und von den vielen Touren, die wir gemeinsam gemacht haben. Er ist nicht einfach verschwunden, es muss ihm etwas geschehen sein. Ist er verletzt? Ist er entführt worden? Ich weiß es nicht. Jedenfalls blieb ihm offenbar keine Zeit mehr, mich zu benachrichtigen."

„Das klingt mir alles zu phantastisch", stellte Felix ärgerlich fest. „Kannten Sie ihn wirklich so gut, wie Sie uns erzählt haben? "

„Felix, nun komm mal wieder runter. Wir können Samir wirklich gar nichts vorwerfen", verteidigte Lisa den Reiseführer.

„Vielleicht haben Sie recht, Felix. Aber bisher konnte ich mir und meinem Gespür für Menschen meistens vertrauen. Warum sollte es diesmal anders sein. Und wenn von den Bikern keine Gefahr für Sie ausgegangen ist, dann verdanken wir das ausschließlich Tarik. Trotz allem, was geschehen ist, bin ich davon überzeugt, auch Ihre Wüstenwanderung wird zu genau dem Erlebnis, das Sie sich gewünscht haben."

„Nur eben noch ein bisschen spannender", bemerkte Christa spöttisch.

Lisa war stolz auf ihre Gruppe. Keiner flippte aus, keiner wurde aggressiv, sie hatten verständliche Befürchtungen, aber niemand wollte die Reise abbrechen.

Mittlerweile war das Abendessen beendet, auch das Feuer war herunter gebrannt, und keiner hatte den Sonnenuntergang mit seinem roten und goldenen, alles überstrahlendem Leuchten so richtig wahrgenommen, merkten sie doch alle, wie die Erlebnisse der letzten Tage ihre Spuren in ihnen hinterlassen hatten und eigentlich nur Müdigkeit übrig geblieben war.

So suchten sich Lisa und Felix einen Platz, wo sie die Nacht verbringen wollten, legten den Schlafsack aus, kramten dicke Pullis und alles, was noch wärmen könnte, hervor, während die anderen ihre paar Habseligkeiten im Zelt verstauten und Samir wie jeden Abend Ata Allah leicht die Vorderbeine zusammenband, damit sich das Tier nicht zu weit vom Rastplatz entfernen konnte. Und Naim mit Hilfe von René die anderen Tiere versorgte, sie schon mit allem, was sie morgen nicht brauchten, bepackten, damit einem frühen Aufbruch nichts im Wege stand.

Danach erkundete Samir das Gelände, während die Gruppe noch einmal gemeinsam eine der kleineren Dünen bestieg. Rasch war wie immer die Dunkelheit hereingebrochen, und es war Lisa, als wäre sie unversehens fähig, in der absoluten Stille die sie umgab, das Rieseln des Sandes zu hören, den Atem der Wüste, das Fallen eines Blattes von einem der Bäume.

‚Was für einen ungeheuren Lebenswillen mussten diese

Bäume haben, dass sie immer wieder grüne Blätter hervorbringen', dachte sie bewundernd.

In diesem Moment stieg ein fast runder Mond über dem Horizont auf und Lisa hatte bei seinem Licht den Eindruck, als hätte sich auch ihr Blick in den vergangenen Tagen geschärft, denn sie entdeckte im Licht des Mondes zuvor nicht wahrgenommene winzige Spuren im Sand, Spuren von Lebendigem, die davon zeugten, dass sie nicht allein in der Wüste waren, dass sie auch der Lebensraum für kleinste Tiere war. Hatte sich ihr Auge, ihr Ohr in diesen paar Tagen so gewandelt oder war es eher ihre Aufmerksamkeit? Sie hätte gern mit jemandem darüber gesprochen, aber nicht jetzt und nicht hier. Nichts durfte die sie umgebende Stille stören.

Plötzlich spürte sie, wie von beiden Seiten nach ihren Händen gegriffen wurde und merkte, dass sich alle die Hände gereicht hatten! Wortlos! Aber wofür brauchte es Worte? Es gab nur das Gefühl des Eins-Seins – untereinander und mit allem, was sie umgab.

47

Der nächste Tag fing so klar an wie die beiden vergangenen. Noch war die Sonne nicht aufgegangen, eine erste Morgendämmerung gab Umrisse frei – vom Zelt, von den Bäumen, von René, der bereits mit dem Frühstück beschäftigt war. Lisa streckte sich – noch eine Minute, dann steh ich auf. Langsam stieg die Sonne über den Rand des Horizonts. Lisa staunte. Eigentlich wundervoll, dieses Aufwachen am Morgen! Es ist, als würde das Licht die Welt jedes Mal neu erschaffen, die gestern Abend einfach in der Dunkelheit verschwunden war.

Sie erhob sich, zog die vielen warmen Kleidungsstücke aus, obgleich es immer noch ziemlich kalt war. Rollte ihren Schlafsack zusammen. Lief erst einmal zu den Klozelten. Freute sich, dass sie immer die Erste war, da konnte sie sich ein wenig mehr Zeit nehmen. Aber bald schon tauchten alle andern auf, denn jeder hatte Verständnis dafür, dass Samir so schnell als möglich aufbrechen wollte, bevor die Hitze wieder jede Bewegung, jeden Schritt verlangsamte.

So belegten sie sich nur rasch das Fladenbrot mit Ziegenkäse, tranken Wasser dazu, und sehnten sich nach einer warmen Dusche, nach einem ausgiebigen Frühstück, dem Duft von Kaffee und auch danach, sich keine Gedanken mehr über die nächsten Stunden machen zu müssen.

Felix, Samir und Christa bauten das Zelt ab, danach gingen alle mit Samir zu Ata Allah, während Naim und René zu den beiden anderen Dromedaren gingen. Birgitta konnte nur mit Mühe einen Schrei unterdrücken, als sie beobachtete, wie Samir sich bemühte, Ata Allah zum Aufstehen zu bewegen. Alle hielten den Atem an, als das Tier wiederum, wie schon vor Tagen bei Tarik in ein jämmerliches Geheul ausbrach. Für so gewalttätig hätten sie Samir nicht gehalten. Dieser drehte sich zur Gruppe um und als er die entsetzten Gesichter sah, lachte er. „Sie brauchen nicht zu erschrecken. Sie haben es ja schon einmal erlebt, das machen unsere Kamele oder Dromedare immer, wenn sie sich legen oder aufstehen sollen. Es klingt, als hätten sie Schmerzen, als koste es sie eine unannehmbare Überwindung, aufzustehen, so ist es aber wirklich nicht."

Felix meinte grinsend: „Dann scheine ich ja jeden Morgen eher ein Kamel zu sein als ich selbst. Ich könnte auch jedes Mal so klagen und schreien."

Mit den paar Worten hatte er die Szene entspannt und neugierig beobachteten sie, was weiter geschah.

Samir nahm die dünne Leine, die er mit ihrem verstärkten Ende durch die Nasenflügel von Ata Allah gezogen hatte und versuchte noch einmal, das Tier zum Aufstehen zu bewegen. „Das muss doch wahnsinnig weh tun", warf Lisa zögernd ein.

„Möglich, aber manchmal ist es die einzige Art, sie zur Folgsamkeit zu zwingen", war Samirs ruhige Antwort, während sich Ata Allah endlich unter spitzen Schreien erhob. Sofort entfernte Samir die schreckliche Schnur und strich ein paar Mal fast liebevoll über die Nüstern des Dromedars.

Dabei erklärte er: „Wussten Sie, dass diese Wüstentiere keinerlei Beziehung zu uns, ihren Besitzern aufbauen? Es scheint sogar, als wären wir den Kamelen völlig gleichgültig. Na ja, ist eben kein Haustier!" Mit diesen Worten führte er Ata Allah zu ihrem Rastplatz und belud ihn mit dem, was schon fertig gepackt vorbereitet war.

„Ich wäre eigentlich gern einmal auf einem unserer Dromedare geritten, aber jetzt dürfte es wohl zu spät sein", stellte Christa bedauernd fest, als sie sich ihren leichten Rucksack schulterte.

Wo war die Frau geblieben, die mit Rucksack und Koffer angereist war und so sehr um Aufmerksamkeit gekämpft hatte, dachte Lisa. Ihr scheint dieses Unternehmen wirklich gut zu bekommen.

Sie wanderten drei Stunden, machten den Rest des Tages Rast und näherten sich gegen Abend einigen verstreut stehenden großen Zelten.

„Bleiben Sie erst einmal zurück", wandte sich Samir an Lisa: „Ich möchte unseren Besuch ankündigen und fragen, ob überhaupt Platz für uns ist."

In diesem Augenblick schreckte ein Schrei von Felix alle auf. „Das ist doch Fatima! Schaut mal, ist das nicht unsere Fatima?" Sie rannten zu dem Dromedar, das sich, gemütlich kauend, niedergelassen hatte. „Woran willst du das denn erkennen", zweifelte Regine. Auch Samirs Stimme war die Freude, aber auch die Aufregung anzumerken, als er meinte: „Tatsächlich, das ist unsere Fatima. Dann – dann kann Tarik auch nicht weit sein!"

Er blickte sich um und als niemand aus dem Zelt trat, bat er die Gruppe nochmals eindringlich, einen Augenblick zu warten. „Bitte verstehen Sie mich, jetzt ist es noch notwendiger, dass ich erst einmal die Lage erkunde." Wenn seine Stimme auch beruhigend klingen sollte, spürte Lisa, dass es nicht mehr um ihren Rastplatz ging, sondern dass Samir erst herausbekommen wollte, warum Fatima hier war und ob das nicht eine Gefahr für die Gruppe bedeutete.

Nach endlos scheinenden zehn Minuten trat Samir in Begleitung von zwei jungen Männern wieder vor das Zelt. Bevor Samir irgendetwas sagen konnte, traten die beiden Männer, die sich als Omar und Achmed vorstellten, auf die Gruppe zu und baten sie mit freundlichen Gesten, in eines der Zelte einzutreten, während sie Naim und René einen Platz für die Tiere anboten.

„So luxuriös habe ich mir das nicht vorgestellt", sagte Christa leise, als sie die herrlichen Teppiche, die den Boden bedeckten, wahrnahm, die gemütlichen Sitzkissen vor niedrigen Tischen und sah, dass auch die Wände mit bunten Läufern bespannt waren. Die Decke war abgestützt durch Baumstämme, die wie Säulen den Raum aufteilten. Aber trotz ihrer Überraschung über den unerwarteten Luxus galten ihre drängenden Fragen dem Verbleib von Tarik.

Lisa sah forschend zu Samir, der nur leicht den Kopf schüttelte. Keine Regung in seinem Gesicht verriet, ob er irgendwelche Neuigkeiten erfahren hatte. Warum sagte Samir nichts?

Kurz entschlossen brach Lisa das Schweigen: „Samir, was ist? Wo ist Tarik? Warum ist Fatima hier? Was haben die Leute hier gesagt."

Samir sah Lisa bittend an. „Lisa, wir sprechen gleich darüber, aber jetzt verlangt es die Höflichkeit erst einmal, den Gastgebern zuliebe den Tee zu genießen, den sie für uns zubereitet haben."

In diesem Augenblick traten drei der anwesenden Frauen auf die Gruppe zu, begrüßten sie mit einem Lächeln, boten ihnen die besten Plätze auf den farbigen Kissen an und servierten Minzetee, dessen wohltuender Duft bald das Zelt durchzog. Lisa freute sich, mit welcher Selbstverständlichkeit die Frauen sich neben Omar und Achmed setzten und sich lebhaft an der Unterhaltung zwischen Samir und den Männern beteiligten. Sie erinnerte sich an ein Gespräch, dass sie mit Monira geführt hatte. Es ging um die Beschreibungen des Nomadenlebens in ihren Büchern. Auf ihre etwas zweifelnde Frage, ob das stimmte, dass die Berberfrauen eine ganz andere Freiheit genossen als die Frauen in der Gesellschaft Marokkos, hatte Monira damals lächelnd gemeint: „Sie bezweifeln das? Aber keine Angst, Sie können Ihren Büchern glauben, Lisa. Berberfrauen haben tatsächlich eine andere Stellung als Frau als allgemein angenommen wird. Sie gehen auch ohne Schleier und so einfach verheiraten lassen sie sich auch nicht, sie bestimmen mit."

Als Lisa Monira ein wenig skeptisch angeschaut hatte, fügte diese noch hinzu: „Sie können mir glauben, in der Sahara ist die Frau die gebildetere, die einzige, die noch die alte nationale Schrift des Berbertums lesen und schreiben kann. Die Berber sind Mutterrechtler, vor allem die Tuareg. Jetzt verrate ich Ihnen noch was, das die Männer nicht gerade in einem besonderen Licht zeigt. Denn die Frau weist den Mann sogar, wenn er alt ist, für den Abend aus dem Zelt, damit sich die jungen Frauen und Mädchen ungestört mit ihren Freunden versammeln können. Vielleicht auch ein Grund, warum es überhaupt noch Nomaden gibt, warum nicht alle längst in die Städte gezogen sind, um dort ein armseliges Dasein zu fristen. Diesen Stolz verkörpern bei den wenigen Nomadenfamilien, die noch übrig sind, vor allem die Frauen."

Lächelnd wandte sich Lisa jetzt der Frau, die neben ihr saß, zu. Wie sollte sie sie ansprechen? Sie erinnerte sich ihrer wenigen Französischkenntnisse, also bedankte sie sich stockend in dieser Sprache für den Tee und die Gastfreundschaft. Die Frau streckte ihr die Hand hin, offensichtlich erfreut, dass eine Verständigung möglich war und stellte sich vor: „Je suis Malika. Bienvenue, Madame. Voulez vous connecer de Maroc?"

Lisa nickte, das hatte sie gerade noch verstanden, aber jetzt musste Samir helfen. Auch die anderen Frauen, die sich als Nadia und Saida vorgestellt hatten, mischten sich in die Unterhaltung, die Lisa nun völlig Samir überließ.

Die anderen waren aufmerksam den paar Sätzen gefolgt, doch nun hielt es Birgitta nicht mehr aus und drückte ungeduldig aus, was die andern auch längst hatten fragen wollen. „Was ist los mit Tarik, Samir? Warum steht Fatima da draußen, und wo ist er selbst?"

Samir sprach eindringlich mit den beiden Männern und den Frauen, es fiel der Name Tarik und anscheinend sprachen sie auch von Fatima. Plötzlich sprang Samir auf – das war überhaupt nicht seine Art. Lisa schaute ihn entsetzt an, doch Samir gab ihr ein Zeichen, sich nicht aufzuregen. Auch Achmed hatte sich erhoben und gemeinsam verließen sie den Raum, um kurze Zeit später mit Tarik, den sie stützen mussten, zurückzukommen.

„Tarik – Tarik", alle schrien durcheinander, waren aufgesprungen, näherten sich dem Vermissten und blieben plötzlich entsetzt stehen.

Hilflos wandte sich Lisa an Samir: „Was haben sie mit ihm gemacht? Wer war das? Wie ist er hierher gekommen?"

Samir versuchte, die Fragen der Reihe nach zu beantworten. „Es waren wirklich Biker, die Tarik überfallen haben. Als er Ihre Habseligkeiten verteidigte, haben sie ihn brutal zusammen geschlagen. Er war aber noch fähig, den Kerlen weiszumachen, dass wir von einer paramilitärischen Gruppe begleitet wären, deshalb haben sie nicht gewagt, das Zelt anzugreifen."

Dankbar blickten die Fünf auf Tarik und Felix flüsterte: „Und wir haben gedacht, von ihm ginge eine Gefahr aus. Dabei waren wir die Gefahr für ihn."

„Nein", Samir schüttelte energisch den Kopf. „So dürfen Sie das nicht sehen. Er hat zwar Ihr Gepäck verteidigt und wurde deswegen so zusammengeschlagen, aber Tarik hat nichts anderes getan, als Sie mit all unseren Kräften zu schützen."

„Und wie ist er hierher gekommen", fragte Lisa.

„Die Kerle haben ihn einfach liegen gelassen, haben alle Wertsachen mitgenommen und sind abgehauen. Als Tarik zu sich kam, hat er sich mühsam auf Fatima gesetzt und ist in die entgegengesetzte Richtung davon geritten."

„Warum kam er denn dann nicht erst zu unserem Zelt?" Birgittas Stimme klang fassungslos.

„Warum? Weil er nicht wusste, ob die Biker noch irgendwo in der Nähe waren, und er wollte auf gar keinen Fall die Aufmerksamkeit auf uns lenken."

„Aber wenn sie das mit der paramilitärischen Gruppe geglaubt haben, hätten sie doch Angst haben müssen und nicht Tarik."

„Mensch, Felix, überleg' doch mal. Ich glaube kaum, dass Tarik in dem Augenblick, wo er sich, wahrscheinlich mit letzten Kräften entschied, mit Fatima weg zu reiten, fähig gewesen ist, noch sehr viel nachzudenken. Erst hat er sich zwischen den Kamelen vor dem Sturm in Sicherheit gebracht, dann haben ihn Biker zusammengeschlagen. Ich möchte nicht wissen, was für Verletzungen er noch abbekommen hat, und dann haben ihn die Leute hier gefunden und mitgenommen. Das war wahrscheinlich seine Rettung", erklärte Lisa sachlich.

„Besser hätte ich es auch nicht erklären können", meinte Samir, während er half, Tarik auf ein sofaähnliches Bett zu legen. Lisa ging zu ihm hin, strich Tarik über sein zerschundenes Gesicht und sagte beschämt: „Verzeih uns Tarik. Diese verfluchte Angst vor allem Fremden, mit dem man sich nicht verständigen kann, hat uns so misstrauisch gemacht."

Tarik versuchte zu lächeln, wobei er eine zuvor nicht dagewesene Zahnlücke entblößte, wohl auch das Ergebnis eines brutalen Faustschlags, wie Samir später sagte. Lisa spürte, dass Tarik, obgleich er ihre Worte nicht verstehen konnte, genau wusste, was sie gesagt hatte.

„Trotz allem finde ich es schrecklich, dass wir aus Angst um unsere eigene Sicherheit Tarik im Stich gelassen haben."

„Birgitta, Sie müssen mir endlich glauben. Wir hätten nichts machen können. Mir ist unendlich wichtig, dass Ihnen nichts passiert ist, dass Sie sicher sind." Samirs Stimme klang beschwörend. „Ich weiß ja selbst nicht, warum er sich noch bei den Tieren aufhielt, als der Sturm losbrach! Noch haben wir nicht darüber gesprochen. Aber Vorwürfe helfen jetzt nichts mehr. Übrigens – die Biker sind erwischt worden. Allerdings Ihre Sachen konnten nicht mehr sicher gestellt werden."

„Woher wissen Sie, dass die gefasst sind?"

Jetzt mischte sich Achmed ins Gespräch und Samir übersetzte wieder: „Ich nehme an, wir können der Nachricht glauben. Sie kommt aus sehr sicherer Quelle. Niemand würde sich wagen, diesem Mann nur von einem Gerücht zu berichten."

„Und wer ist dieser Mächtige?" Felix Stimme klang so spöttisch, dass ihn Achmed, obgleich er ihn nicht verstanden hatte, ärgerlich anblitzte – ganz kurz nur, denn diese Reaktion würde das Gebot der Gastfreundschaft verletzen, dann lächelte er wieder, während Malika, die bisher schweigend dieses Hin und Her beobachtet hatte, sich direkt an Felix wandte, während Samir wieder übersetzte: „Es herrscht eine ziemlich strenge Rangordnung bei den verschiedenen Stämmen, die einen ganz besonderen Respekt für den Anführer fordert. Wir haben die Nachricht von einem dieser Männer und wir glauben ihm."

Jetzt brachten zwei Männer Tarik wieder in den Raum, wo er untergebracht worden war, während Saida meinte, sie wolle der Gruppe endlich ihre Schlafmöglichkeiten zeigen und das kleine Zelt, wo sie sich ein wenig erfrischen könnten. Die anderen Zelte, die die Gruppe kurz besichtigte, waren eine Küche und die Schlafstätten, wiederum gemütlich hergerichtet mit bunten Teppichen, leichten Matratzen und Decken. Die tollste Entdeckung aber waren zwei kleine Zelte, nicht mit den obligatorischen Löchern im Sand, sondern mit richtigen Campingtoiletten und Waschgelegenheiten. Am liebsten hätten sich alle sofort die Kleider vom Leib gerissen, um das in letzter Zeit so sparsam vorhandene Nass zu genießen. Aber sie beherrschten sich und einer nach dem andern verzog sich nach und nach in diese Zelte, aus denen bald unterdrückte Begeisterungsschreie zu hören waren.

Als alle das Gefühl hatten, neu geboren zu sein, versammelten sie sich auf dem Platz vor dem großen Zelt, wo schon eifrig Vorbereitungen für sie getroffen wurden. Die Frauen trugen Essensvorräte zusammen, während die Männer ein großes Feuer entfachten – in gebotenem Abstand vom Zelt. Sie luden die Gruppe mit freundlichen Handbewegungen ein, rund ums Feuer Platz zu nehmen und bald erfüllte der köstliche Duft nach kurz angebratenem Gemüse, Couscous und dem Fladenbrot, das unter der Glut des Feuers im heißen Sand gebacken wurde, den Abend.

In die Stille hinein, die nach dem Abendessen nur unterbrochen wurde durch das Knistern des Feuers, fragte Felix leise: „Wie soll es mit unserer Tour jetzt eigentlich weitergehen?"

Lisa ging zu ihm hin und strich ihm beruhigend über die Schulter. „Felix, mach dir nicht so viele Gedanken. Ich schlage vor, wir setzen unsere Tour fort, freuen uns auf alles, was wir noch erleben werden und versuchen jeder das aus diesem Aufenthalt für sich mitzunehmen, was der Grund gewesen ist, uns auf dieses Abenteuer einzulassen."

Nach Lisas Worten erhob sich Samir und meinte: „Gut, machen wir es so, wie Lisa gesagt hat. Wir genießen den Aufenthalt hier bei unseren Gastgebern heute noch und gehen morgen in aller Frühe weiter. Außerdem, vergessen Sie Naim und unseren Koch René nicht, so unversorgt sind wir nun auch wieder nicht. Aber ich habe noch eine Überraschung", er machte bewusst eine Pause, bis er hinzufügte: „Achmed, den wir heute ja schon kennen lernten, hat mir versprochen, er wird ab heute unsere Gruppe begleiten. Immer vorausgesetzt, Sie sind damit einverstanden."

„Was sagen Sie da, Samir?" Die Gruppe wusste nicht, wie

sie ihr Erstaunen ausdrücken sollte. „Das ist ja toll", Lisa stotterte fast vor Freude, um dann ganz förmlich Achmed für sein Angebot zu danken.

Danach saßen sie noch lange am erlöschenden Feuer zusammen, lauschten der Musik, die ihre Gastgeber zu ihrer Unterhaltung machten. Uralte berberische Volkslieder wechselten mit arabischen „Gstanzin" ab, wie Samir ihnen flüsternd erklärte. Als Musikinstrumente dienten leere Wasserkanister aus Plastik, die zusammen mit alten berberischen Trommeln einen ganz besonderen Klang erzeugten. Malika bot Knoblauchmilch an, deren Zimtduft sich mit dem Geruch nach verbranntem Holz mischte.

Die Zeit verstrich! Sie hatte keine Bedeutung mehr. Die Männer hatten die Instrumente zur Seite gelegt. Langsam war das Feuer niedergebrannt. Über ihnen die Sterne, die mit ihrem Leuchten Geschichten von der Unendlichkeit der Schöpfung erzählten.Ringsum herrschte tiefer Frieden und allmählich spürte Lisa, wie sie sich von all ihrer inneren Unruhe freimachen konnte. Sie war sehr müde, aber das Gefühl der Geborgenheit, das sie bei den Menschen hier empfand, die Stille, die Belanglosigkeit der Zeit hatten alle Schrecken der vergangenen Tage zum Verstummen gebracht – als würde man zu sich selbst zurück geführt, als verstummte alles, was bedrängte, beschäftigte, irgendwann wichtig erschienen war. Als sich die Gruppe nach und nach ins große Schlafzelt zurückzog, fiel Lisa zum ersten Mal ohne zu grübeln, zu hadern und alles zu hinterfragen in einen tiefen, traumlosen Schlaf.

48

Früh am nächsten Morgen, als alle erwacht waren, schlug Lisa vor, für die Familie, die sie so freundlich aufgenommen hatte, zu sammeln und obgleich sie keinen Betrag nannte, war sie gerührt, wie alle ihre großzügige Gabe in den Spendentopf warfen. Danach begaben sie sich nach draußen, wo schon die Morgendämmerung das Ende der Nacht ankündigte. Samir saß mit seinen neuen Freunden zusammen. Sie unterhielten sich sehr lebhaft, und aus dem Klang ihrer Worte und den Gesten konnten sie leicht erkennen, dass es sich um ein ernstes Thema handelte.

Samir bestätigte dies auch, als er ein wenig später davon sprach, wie sehr das Volk in den einzelnen Ländern Afrikas anfing, sich gegen die politischen Missstände zu wehren. „Aber das sind unsere Probleme. Damit möchte ich Sie nicht belasten. Ich schlage vor, wir machen es jetzt so, wie gestern beschlossen, und gehen nach dem Frühstück los, allerdings heute vielleicht nicht so weit, denn es wird wohl etwas später werden."

Lisa übergab ihm die Spende, die sie gesammelt hatten. Sie wusste nicht genau, ob das richtig aufgefasst würde, und sie damit nicht den Stolz der Gastgeber verletzen würden. Aber Samir beruhigte sie, er fand die Geste sehr schön und die zurückhaltende Freude der Familie war Dank genug.

Danach wurden Fatima und Ata Allah bepackt, während sich Naim und René mit den beiden anderen Tieren schon auf den Weg machten. Die Gruppe verabschiedete sich von Tarik, der heute in die nächstgelegene Stadt gebracht werden sollte, wie Achmed versicherte, der ebenfalls reisefertig war. Anschließend gab es ein großes Abschiednehmen, und noch lange ging ein Winken, vor allem von Malika und Saida, hin und her, bis der Zeltplatz hinter mehreren hohen Dünen langsam verschwand.

Nur allmählich fanden alle erneut ihren Rhythmus beim Gehen, trotzdem war Erleichterung darüber zu spüren, dass sie sich jetzt keine Sorgen mehr zu machen brauchten und dass sie aufgebrochen waren, nach wie vor mit einem festen Ziel.

„Wissen Sie eigentlich, dass wir seit fünfzehn Tagen unterwegs sind", fragte Samir.

Birgitta wandte sich an Samir. „Samir, wie viel Kilometer sind wir ungefähr schon gelaufen und welcher Tag ist eigentlich heute? Ich habe völlig mein Zeitgefühl verloren."

„Dann haben Sie ja schon ziemlich viel von dem erreicht, was Sie alle wollten, nämlich aus der Zeit fallen", stellte Samir zufrieden fest. „Also, ich nehme an, meine Berechnungen sind exakt. Wir haben etwa mit allen Umwegen, damit wir nicht die Autostraßen streifen, 270 km geschafft, wenn wir die eingeschobenen Kurzstrecken, die zwei Tage, bis wir überhaupt starten konnten und die beiden Tage Stopp in der Wüste nach dem Sturm und kurz bevor wir die Zelte unserer Gastgeber erreichten abrechnen, kommen wir immerhin auf etwa 20 km täglich."

„So wenig", wunderte sich Regine.

„Wenig? Sie sind Wüstenwanderungen nicht gewohnt, wir sind gerade am Anfang und auch zwischendurch weniger gelaufen und außerdem legten wir Pausen ein, also ich finde das eine großartige Leistung", entgegnete ihr Samir.

„Ich finde auch, dass wir uns tapfer gehalten haben. Schließlich wollten wir nie Hochleistungssport treiben."

Lisa lachte: „Trotzdem bin ich jetzt mal neugierig, wie viel Kilometer liegen eigentlich ungefähr noch vor uns bis Zagora?"

„Nun – zuerst werden wir in der Nähe von Oum Jrane vorbei wandern, so ungefähr 80 km von hier. Und von Oum Jrane sind es nochmals etwas über 80 km nach Zagora. Die werden wir aber wahrscheinlich im Jeep zurücklegen, denn der Weg über den Tizi'n'Tafilalet ist ziemlich beschwerlich."

Und dann meinte er noch: „Ich bin froh, Lisa, dass Sie es genauso sehen wie ich, wir wollten ja wirklich keinen Hochleistungssport betreiben."

Plötzlich schlug die lockere Stimmung der Gruppe um. Nachdenklichkeit und auch ein wenig Traurigkeit machte sich breit ... nur noch so wenige Tage, dann wäre auch dieses Erlebnis Vergangenheit? Alles, worauf sie sich monatelang gefreut hatten, wäre schon wieder vorbei! Und was würde sie erwarten?

Nach einer ausgedehnten Mittagspause liefen sie noch zwei Stunden, bis sie diesmal in der Nähe einer der geteerten Pisten einen Rastplatz fanden, der dennoch sehr einladend wirkte mit seinen Tamarisken, verkrüppelten Zypressen und Sträuchern.

Lisa konnte sich nicht erklären, warum sie diesmal so nah an einer Straße rasteten. Neugierig fragte sie Samir nach dem Grund und wunderte sich über das Lächeln auf seinem Gesicht, während er meinte: „Das ist reiner Zufall."

Lisa konnte ihm nicht das Gegenteil beweisen, dennoch blieb ein kleiner Zweifel.

In der Zwischenzeit hatten die andern Feuerholz gesammelt, Samir und René kümmerten sich, leise summend, um das Entfachen des Feuers, nachdem sie Ata Allah und Fatima von ihrer Last befreit hatten und Naim und Achmed bereits einen Platz in der Nähe für alle vier Dromedare suchten.

Den Tieren war der Aufenthalt bei der Familie von Omar und Malika gut bekommen, sie hatten ihren Wasserhaushalt auffüllen können und machten sich jetzt schmatzend über die Afezupflanzen her.

Die Gruppe bereitete gemeinsam das Abendessen. Eine wohlige Stimmung breitete sich aus.

Lisa unterbrach die Stille. „Leute, ich bin unendlich glücklich, dass wir das Wagnis dieser Wanderung auf uns genommen haben. Die letzten beiden Wochen gehören zu den intensivsten meines Lebens. Ich hoffe so sehr, dass es Euch genauso geht. Ich bin einfach nur froh, dass ich vielleicht sogar eine Lösung für mich gefunden habe. Denn", ihre Stimme wurde sehr leise. „ich freue mich auf Philipp."

Ein wenig wunderte sie sich, dass keine Fragen aufkamen, doch es war nicht mehr wichtig, ob es ihr gelungen war, ihr Schicksal zu verheimlichen. Sie empfand nur eine tiefe Freundschaft zu den Menschen, die die beiden letzten Wochen mit ihr geteilt hatten.

Birgitta war die erste, die antwortete. „Ich hatte vor Monaten gedacht, meine Krebserkrankung bedeutete das Ende meines Lebens. Dabei war sie der Anfang einer hoffentlich lebenswerten Zukunft. Unser Hiersein hat mir so viel Lebensmut zurückgegeben, Ihr könnt Euch nicht vorstellen, wie glücklich ich darüber bin."

Auch Christa mischte sich jetzt in das Gespräch ein. „Wir

wollten ja Privates und unsere Reise getrennt halten und möchten wahrscheinlich auch weiterhin nicht über unsere inneren Erfahrungen sprechen, nehme ich an. Das habe ich auch nicht vor. Nur, was ihr, Birgitta und du Lisa eben gesagt habt, geht mir genauso. Wenn ich an den Anfang dieses Abenteuers denke, an die verwöhnte, unsichere Frau, die ich gewesen bin",sie lächelte etwas schüchtern, „was Ihr wohl alle gedacht habt, als ich als einzige mit einem Koffer ankam – diese Frau habe ich irgendwo unterwegs in der Wüste gelassen. Ich weiß nun, was ich will. Vor allem möchte ich frei sein, nicht mehr in einer Verbindung leben, die mich, die mein Leben erstickt."

Sie schaute sich verlegen im Kreis um. „Ich hoffe, das war eben nicht zu persönlich."

In diesem Augenblick stand Felix auf und nahm Christa wortlos in den Arm und die andern klatschten Beifall. Es bedurfte keiner Worte oder Erklärungen, die Beiden würden ihren Weg wohl gemeinsam gehen. Wie lange? War das wichtig?

Regine hatte bisher geschwiegen. Alle schauten sie fast zärtlich an und Lisa meinte: „Regine, Du brauchst nichts zu sagen, ich habe vorhin nur ganz spontan reagiert, als ich davon sprach, was mir dieser Aufenthalt gebracht hat. Das sollte keine Aufforderung sein."

„Ich habe nichts zu verbergen", antwortete Regine. „Ich weiß nicht, ob ich wirklich sagen kann, welche innere Erfahrung ganz besonders wichtig für mich war. Ich weiß nur, dass auch ich wieder Mut geschöpft habe, weiterhin Simone zu begleiten, bis sie all ihre Ängste überwunden hat. Und dann", sie lachte, „dann mach ich noch einmal eine solche Wanderung – aber gemeinsam mit Simone."

Alle stimmten in ihr Lachen ein und alle träumten davon, diese Wanderung noch einmal gemeinsam zu machen.

49

Es war noch dunkel, als Lisa am nächsten Morgen beschloss, aufzustehen, um den Sonnenaufgang einmal ganz allein zu genießen. Sorgsam faltete sie ihren Schlafsack zusammen, denn nach dem Frühstück sollte es ja gleich weiter gehen. Samir und Achmed waren offenbar schon auf, denn auf dem Rastplatz prasselte bereits ein einladendes Feuer. René war mit der Zubereitung des Frühstücks beschäftigt, während sie gerade noch sah, wie sich Naim aufmachte, die Dromedare zum Rastplatz zu bringen. Sie staunte kurz, dass vier Personen sich am Feuer wärmten, bisher war noch nie jemand vor ihr aufgestanden. Das war aber im Augenblick nicht wichtig, sie wollte einmal mit Niemandem zusammen sein. Sie wandte sich ab, lief zur nächsten etwas höher gelegenen Düne, die sie mit einer Leichtigkeit erklomm, wie sie es sich vor zwei Wochen niemals hätte vorstellen können.

Sie fror ein wenig und war froh, dass sie den Schech mitgenommen hatte, in den sie sich einhüllen konnte. Sie ließ sich auf dem nackten Boden nieder. Noch umgab sie Dunkelheit, nur der Sternenhimmel über ihr – Milliarden Sterne, Galaxien, Welten! Bevölkerte Welten? Sie würde es nie erfahren. Sie fühlte sich klein angesichts der Ferne des Universums, das hinter jedem Stern weiter und immer weiter in die unbekannte Unendlichkeit reichte.

Warum sich klein fühlen? War sie nicht auch ein Teil dieses Universums? Es war nicht vorstellbar, aber ein wenig erlebbar hier in dieser Einsamkeit. Warum hatte sie denn diese Wanderung durch die Wüste gesucht? Hatte sie nicht vom ersten Augenblick an vor dem Schaufenster der Buchhandlung schon gewusst, als die Bücher über die Wüste sie mit einer ihr völlig unerklärlichen Magie angezogen hatten, dass sie am Ende doch nur sich selbst suchen würde – sich selbst in der Wüste, beim Erlebnis des Schritt- für Schritt-Gehens, fern jeden Überflusses, jeder äußerlichen Regelung ihres Alltags. Und sie wollte eine innere Entscheidung treffen, die Entscheidung für Philipp, aber auch für Lukas. Letztlich aber doch die Entscheidung für sich!

Wie verlockend die Weite, die sich ihrem Blick darbot, als sie sich auf der Düne umschaute. Noch sah sie das Feuer ihrer Lagerstätte und die Umrisse von zwei Menschen. Allmähliche Dämmerung gab der Landschaft einen unwirklichen Zauber. Eigentlich hatte sie Lust, noch ein wenig weiter zu gehen. Sie hatte den Gedanken noch nicht zu Ende gedacht, da ging sie auch schon einfach drauf los. Was konnte schon passieren, sie brauchte sich doch nur umzudrehen und in die gleiche Richtung, aus der sie gekommen war, zurück zu laufen. ‚Ich gehe aus meiner Gegenwart hinaus immer weiter, nichts hält mich, niemand hindert mich, ich bin frei, so frei wie niemals zuvor in meinem Leben.' Wirklich niemals? War es nicht eine gipfelstürmende Zeit gewesen, damals – während sie studierte, als sie noch dachte, die Welt verändern zu können und so unerschütterlich an das Gute im menschlichen Dasein glaubte? Unter ihren Freunden war immer sie es gewesen, der kein Problem unlösbar erschienen war, die gekämpft hatte, für sich und oft auch für die andern. Grenzen gab es nicht, auch wenn sie manchmal unvermeidbar gewesen waren. Freiheit – das war immer ihr Zauberwort gewesen.

Aber im Innern wusste sie, dass dies nur ein Gefühl war,

die Wirklichkeit sah anders aus, und dennoch war zum ersten Mal ihr Wunsch nach Freiheit und Unabhängigkeit stärker als die Realität. Sie merkte nicht, dass sie sich immer weiter vom Lager entfernte. Inzwischen tauchten die ersten Strahlen der Morgensonne über dem Horizont auf. Noch war es kühl, aber schon bald würde die sengende Hitze jeden Schritt begleiten. Ausnahmsweise hatte sie heute keine Uhr dabei. Sie erschrak, als sie merkte, dass sie die Zeit völlig ausgeschaltet, die Gruppe und ihre Verantwortung vergessen hatte.

Sie drehte sich um, wollte den Rückweg antreten. Doch vor ihr, hinter ihr und neben ihr nichts als Leere, nichts als weite Flächen gelben Sandes.

Bleib ganz ruhig! Du hast nicht einen Augenblick die Richtung geändert, also geh einfach gerade zurück!

Aber wo war dieses Zurück?

Angst überfiel sie! Ihr fielen die Beschreibungen von Leuten ein, die sich verirrten. Vor allem, dass es in den Berichten immer geheißen hat, dass diese Menschen dann meistens im Kreis liefen und oft nach Stunden an der gleichen Stelle wieder ankamen, von der sie aufgebrochen waren. Sie hatte keinen Fixpunkt, von dem aus sie losgehen konnte. Eine Sanddüne glich der andern, also auch keine Möglichkeit, sich an irgendetwas zu orientieren. Wieder versuchte sie, sich Mut zuzureden.

Bleib ruhig, bleib jetzt erst einmal ganz ruhig.

Sie setzte sich in den Sand. Das gibt es doch nicht. Wie kann ich nur so blöd sein! Und wenn ich mir vorstelle, was die Gruppe sagen wird! Wo wollen die mich überhaupt suchen? Wie kann ich nur so verantwortungslos handeln?

Suchen? Blödsinn. Sie würde ihren Rückweg allein finden

und das bevor alle wach waren oder gefrühstückt hatten. Trotz all ihrer aufbegehrenden Gedanken spürte sie, wie Panik hochstieg, die sie zu überfluten drohte. Sie griff nach der Wasserflasche, die jeder immer bei sich tragen musste, darauf hatte Samir von Anfang an bestanden. Noch war es kühl, also brauchte sie nicht zu trinken, ermahnte sie sich selbst. Außerdem sollte sie mit dem Wasser sehr sparsam umgehen. ‚Wenn die Flasche leer ist, habe ich keine Überlebenschancen mehr.'

Eine tote Stille umgab sie, nur in ihr selbst tobte der Sturm. In welche Richtung sollte sie gehen? Noch bildete sie sich ein, genau den Verlauf des Rückwegs zu kennen, aber wie schnell würde sie die Orientierung verlieren.

Philipp – Philipp hilf mir, ich hab Angst.

Sei ruhig, sei um Gottes Willen einfach nur ruhig. Es hört dich doch eh niemand! Niemand, niemand! Du musst jetzt nüchtern denken. Wie leicht sich das anhörte – nüchtern denken! Wie viel Zeit war mittlerweile vergangen? Sie wusste es nicht. Doch als sie schließlich merkte, dass Furcht und Entsetzen in jede Zelle ihres Körpers krochen, siegte ihr Überlebenswillen. Entschlossen stand sie auf. ‚Die Rumheulerei bringt doch nichts. Lisa, nimm dich zusammen. Du hast dir das eingebrockt, also such nach der Lösung.' Und das konnte nur bedeuten, den Rückweg anzutreten in der großen Hoffnung, sich weder zu irren, noch im Kreis zu laufen.

Sie ging weiter in die Richtung, von der sie annahm, dass sie von dort gekommen war. Vielleicht gab es noch einige verwehte Abdrücke ihrer eigenen Schritte. Noch war nicht so viel Zeit vergangen, vielleicht hatte sie Glück und ihre eigenen Spuren würden sie zurückführen. Doch diese

Hoffnung zerbrach im Meer unzähliger Sandkörner. Zögernd ging sie weiter. War das der Weg? Oder doch eher der andere? Sie stolperte, vor ihr ein verkrüppelter Baum oder das, was Wind, Sonne und Stürme von ihm übrig gelassen hatten. Aber er bedeutete einen Hauch von Schatten. Schwerfällig ließ sie sich nieder, öffnete schon wieder ihre Wasserflasche. Wenn ich den letzten Tropfen getrunken habe, bleiben mir, glaube ich, noch sechs Stunden, bis alles zu Ende ist.

Sechs Stunden! Wie oft hatte sie sich schon gefragt, wie es wäre, wenn sie noch ein Jahr, sechs Monate oder eine andere begrenzte Zeit zu leben hätte und diese Vorstellungen hatten immer nur diese irrwitzige Todesangst in ihr ausgelöst, vor der sie stets geflohen war, weil sie sich nicht mit ihr auseinandersetzen wollte. Sie erinnerte sich an das Gespräch mit Philipp über die Zeit und den Tod und die Gegensätze. Aber Philipp war weit, zu weit weg und der Tod war nah. Und nun waren es vielleicht nur noch sechs Stunden! Sechs Stunden ...!

,Nicht aufgeben, Lisa, du kannst, du wirst nicht aufgeben ... Bevor die Mutlosigkeit und Verzweiflung über ihre Kraft siegen würden, stand sie auf und bestieg wieder -.wie oft eigentlich schon? – eine der vielen kleinen Dünen ringsum. Oben angekommen drehte sie sich noch einmal schwer atmend langsam im Kreis, um die ganze Gegend überblicken zu können. Doch da waren nichts weiter als riesige Sandfelder, braunrote Bergketten und der ferne, der endlose Horizont und sie selbst als Fremde in einer fremden Umgebung.

Sie hatte keinerlei Zeitempfinden mehr, merkte nur das Fortschreiten des Tages an der immer stärker werdenden

Hitze.

Sie stolperte weiter, immer weiter, und versuchte sich gleichzeitig nicht völlig besiegen zu lassen von der Angst und Unsicherheit.

Sie ging doch genau den Weg zurück, den sie gekommen war, begehrte sie immer wieder gegen das Gefühl der Hilflosigkeit auf.

Wieder ließ sie sich einen Augenblick im Sand nieder, der mittlerweile so heiß war, dass sie ihren Schech nun als Unterlage benutzte. Ihr Blick schweifte wieder einmal, wie schon so oft in den letzten Stunden, über die unendliche Weite, die sie umgab.

Doch da – war es Einbildung? War sie schon Opfer der Hitze und des Durstes? Wie oft hatte sie in den vergangenen Tagen gedacht, in der Ferne etwas zu entdecken, das sich als Fata Morgana herausstellte, je näher sie kamen. Und dennoch – war das nicht das Lager? Dort unten? Klein, winzig klein noch! Aber liefen da nicht Gestalten herum? Waren da nicht Tiere?

Sie schrie auf, winkte, rief und wusste doch, noch konnte man sie nicht erkennen und auch nicht hören. Wie eine Last fiel die Angst von ihr ab, pulsierte heiß und drängend Lebensfreude durch den Körper, durch jede Zelle, jeden Blutstropfen.

Als sie sich ein wenig beruhigt hatte, die Frage – warum hat sie die Gruppe nicht früher entdeckt? War sie, gesteuert von ihrer Panik und der verzweifelten Suche nach Spuren, so schnell orientierungslos geworden und tatsächlich zuerst in die entgegengesetzte Richtung gegangen?

Angetrieben von einem alles überströmendem Glücksgefühl kniete sie sich im heißen Sand auf dem Hügel nieder

und flüsterte: „Danke – einfach nur danke." Wem sie dank-
te, wusste sie nicht.

50

Samir wurde immer unruhiger. „Das sieht Lisa so gar nicht ähnlich. Sie weiß, dass wir früh aufbrechen wollten. Und nie geht sie so weit vom Lager weg, dass sie uns nicht mehr sehen kann."

Die Gruppe stand schweigend um ihn herum. Keiner hatte Lust zu frühstücken, obgleich René ihnen extra Kaffee gekocht hatte. Die Furcht kroch wie ein schleimiges, klebriges Tier zwischen ihren Füßen umher, versuchte, sie völlig in ihre Gewalt zu bekommen. Sie wussten alle, was es bedeutete, sich in der Wüste zu verlaufen. Sie dachten an den Schreck, den sie gerade erst wegen Tarik erlebt hatten. Sie konnten sich einfach nicht vorstellen, dass Lisa so gedankenlos handeln würde.

„Jetzt ist die wunderbare Überraschung, die wir geplant hatten, hinfällig", wandte sich Samir an den Ankömmling von heute Nacht.

Philipp spürte die Besorgnis, die Samir erfüllte. Längst war die Wiedersehensfreude der Angst gewichen, die ihn lähmte. Er hatte sich so sehr auf diesen Augenblick gefreut, auch wenn er nicht wusste, wie Lisa reagieren würde.

Wie groß war das Erstaunen der Gruppe heute Morgen gewesen, als sie ihn am Lagerfeuer entdeckten und wie sehr hatte er sich geschämt, dass er sie allein gelassen hatte – aus egoistischer Enttäuschung heraus, aus dem vagen Gefühl Zeit zu brauchen, um mit dem fertig zu werden, was die schmerzvolle Schattenseite von Lisas Leben ausmachte.

„Wann gehen wir los, um Lisa zu suchen? Je heißer es wird,

desto gefährlicher wird es doch für sie!"

„Philipp, wir müssen jetzt vor allem Ruhe bewahren. Ich weiß nicht, was Lisa veranlasst hat, einfach wegzugehen. Wenigstens hat sie ihre Wasserflasche dabei, obgleich das alles zu sein scheint, was sie mitgenommen hat. Ihre Uhr liegt im Zelt, aber mittlerweile weiß sie vielleicht schon so viel vom Sonnenstand, dass sie sich wenigstens zurechtfindet. Und wenn wir ganz großes Glück haben, dann kann sie sogar die Richtung danach bestimmen." Samirs Stimme sollte positiv klingen, aber die Sorge überwog.

„Was heißt hier Sonnenstand und Richtung", warf Felix ein. „Ich wüsste doch gar nicht, wo wir im Augenblick sind. Was heißt also Richtung? Das wird Lisa nicht anders gehen."

„Mein Gott, dann lassen Sie uns doch etwas unternehmen", mischte sich Birgitta ein, und die andern stimmten ihr sofort zu.

„Vielleicht ist das, was Tarik geschehen ist, jetzt so was wie unser Glück gewesen."

„Wie bitte? Samir, haben Sie den Verstand verloren? Das erschwert die Sache doch noch zusätzlich." Felix war außer sich.

„Felix, bitte, regen Sie sich nicht so auf. Es hat keinen Sinn, dass wir uns hier gegenseitig angreifen. Wir alle sind entsetzt, dass Lisa – bezeichnen wir es wirklich als das, was es ist – so verantwortungslos gehandelt hat, indem sie allein gegangen ist. Aber warum ich das mit Tarik sagte, hatte einen ganz klaren Grund, und der heißt Achmed."

„Achmed, wieso Achmed?", fragte Regine zweifelnd.

„Weil er von hier ist, weil er die Gegend kennt, weil er vielleicht auch noch andere Landsleute aus dieser Gegend zu

Hilfe rufen kann, weil wir dadurch ganz andere Möglichkeiten haben, unsere Suchaktion zu starten."

Alle blickten zu Achmed, der eifrig in sein Satellitentelefon sprach.

„Samir hat recht, warten wir einfach auf die Vorschläge von Achmed. Seine Leute haben Autos, damit werden sie uns rasch erreichen." Birgitta versuchte, ihrer Stimme einen hoffnungsvollen Klang zu geben.

„Können wir nicht den ungefähren Umkreis abstecken, in dem sie sich bewegt haben muss. Anhand der wenigen Spuren, die noch nicht verweht sind, können wir zumindest die Richtung ausmachen, in die sie losgelaufen ist. Und dann berechnen wir, bis wie weit sie bisher gekommen sein kann." Auch Felix bemühte sich jetzt um Sachlichkeit.

Mittlerweile hatte Achmed aufgehört zu telefonieren und sprach auf Samir ein.

„Also Achmed hat erreicht, dass in etwa einer Stunde drei Freunde von ihm mit Geländewagen hier sein werden, dann machen wir uns auf die Suche", übersetzte Samir Achmeds Botschaft.

„Und in der Zwischenzeit?" Philipps Stimme klang sehr ungeduldig.

„Philipp – nicht! Wir hier", und Samir deutete auf die Gruppe, „haben uns in den Tagen, die wir unterwegs gewesen sind, schon ein wenig an die Wüste gewöhnt, sofern das überhaupt möglich ist. Ich meine, wir haben Laufen gelernt, wir können unsere Kräfte einschätzen und einteilen, und vor allem wissen wir, dass kopfloses Handeln das Falscheste in dieser Situation ist. Wir müssen warten. Dann verteilen wir uns auf die Landrover, denn viele Augen sehen mehr, und wir beginnen mit der Suche. Trinken wir doch jetzt zuerst einmal den Kaffee, den René gekocht hat und vielleicht sollten wir auch etwas essen, denn der Tag wird lang, und ich weiß nicht, wann wir wieder ein Lager aufschlagen können." Philipp spürte ein klein wenig Ärger in Samirs Stimme und konnte es ihm nicht verübeln. Erst die Reise kurzfristig abbrechen, dann überraschend auftauchen und nun einem erfahrenen Wüstenwanderer widersprechen, das ging nicht.

Stillschweigend setzten sie sich auf die Matten, die Naim noch nicht seinen Dromedaren aufgeladen hatte. Tranken den heißen Kaffee. Wie sehr hatten sie sich am ersten Tag über dieses überraschende Angebot Samirs gefreut, als sie alle noch nichts von ihren neuen Lebensumständen, ihren Essens- und Trinkgewohnheiten gewusst und den Kaffee als etwas Wunderbares empfunden hatten. Heute war es anders – allein die Sorge um Lisa erfüllte ihre Gedanken, außerdem stellten sie fest, dass Kaffee etwas war, das zu ihrem anderen Leben gehörte. Sie folgten auch Samirs Rat, wenigstens ein klein wenig zu essen, während ihre Blicke immer wieder die Gegend absuchten. Mittlerweile war es bereits wesentlich heißer geworden. Naim hatte sich gemeinsam mit René und den Tieren schon langsam auf den Weg gemacht, nachdem alle Dinge, die nicht auf Ata Allahs oder Fatimas Rücken gehörten, abgebaut worden waren.

Philipp suchte leise das Gespräch mit Samir, wollte ihm jetzt persönlich erklären, warum er vor Wochen so plötzlich seine Teilnahme an diesem Unternehmen, auf das auch er sich so gefreut hatte, abgesagt hatte. Aber Samir schnitt ihm freundlich, aber bestimmt seine Rede ab. „Philipp, wir alle haben mit der Zeit von den Gründen ihrer Absage erfahren.

Aber auch ohne dass wir davon gewusst hatten, war es uns rasch klar gewesen, dass Sie niemals aus einer Laune heraus Lisa allein gehen lassen würden, dass sie niemals einfach nur so auf ein solches Abenteuer verzichtet hätten. Jetzt sind Sie hier und ich kann mir vorstellen, wie sehr Lisa sich darüber freuen wird." In Gedanken fügte er hinzu, wenn sie hoffentlich bald auftaucht oder wir sie mit Achmeds Hilfe finden werden. Die Zeit verrann und auch seine Angst um Lisa wurde immer größer. Er kannte die Unwägbarkeiten dieser Landschaft, er wusste um die Gefahren, die überall lauerten, wenn man die Vorsicht außer acht ließ. Er erhob sich, sammelte das wenige ein, was noch zu verpacken war, um der Gruppe das Gefühl zu geben, dass er noch mit einem baldigen Aufbruch rechnete. Nur seine Ruhe konnte verhindern, dass unter ihren Freunden Panik ausbrach.

Gerade als in der Ferne die Staubwolke der ankommenden Landrovers, die Achmed verständigt hatte, Hilfe ankündigte, ging plötzlich ein Aufschrei durch die Gruppe: „Da vorne ist etwas! Es bewegt sich! Das ist ein Mensch, kein Tier! Seht ihr andern es auch? Das kann doch nur Lisa sein! Nein, das muss sie sein." Alle schrien durcheinander, bevor sie sich erleichtert um den Hals fielen, lachend und schluchzend zugleich.

Felix rief: „Kommt, wir laufen ihr entgegen. Irgendetwas muss geschehen sein. Lisa hätte nie so verantwortungslos gehandelt, hätte uns nie durch Unvorsichtigkeit oder Unüberlegtheit allein gelassen."

Samir hielt die Vier zurück und wandte sich an Philipp. „Ich glaube, Sie sollten ihr allein entgegen gehen. So kann sie doch noch, auch wenn anders als geplant, die Überraschung erleben, und ich nehme an, nach der Erfahrung der letzten Stunden wird diese ganz besonders intensiv sein."

51

Lisa schritt jetzt energischer aus. Welch ein Unterschied, wenn man das Ziel vor Augen hat, statt in die Ungewissheit hinein zu laufen.

Wie lieb, da kommt ihr jemand entgegen. Es wird gewiss wieder Felix sein. Das hat er ja schon einmal getan, als er wegen der Dunkelheit Angst um sie gehabt hat.

Was sie wohl alle von mir denken mögen? Den frühen Start hatte sie ihnen jedenfalls gründlich verdorben. Ob Samir sehr ärgerlich ist? Noch selten hatte sie sich so geschämt, gestand sie sich verlegen ein.

Die Sonne blendete, auch wenn sie denjenigen, der ihr entgegen kam, nicht erkennen konnte, dachte sie: Nein, Felix ist es nicht. Abrupt blieb sie stehen: Das kann doch gar nicht sein. Das ist eine Halluzination! Aber so lange war sie doch gar nicht in der prallen Sonne gelaufen!

„Philipp?" Leise sprach sie den geliebten Namen aus. Und noch einmal „Philipp", und dann immer lauter und lauter „Philipp – Philipp!" Sie stolperte vorwärts, fiel hin. In diesem Augenblick hatte Philipp sie erreicht, hob sie vorsichtig hoch, hielt sie in seinen Armen.

„Philipp", sie schluchzte auf, „wie kommst du hierher? Was machst du? Warum ...?" Ihr versagte die Stimme, während er sie nach wie vor in seinen Armen hielt und leise auf sie einsprach. „Du bist in Sicherheit. Es ist alles vorbei! Alle warten unten auf dich! Wir haben solche Angst gehabt. Aber jetzt ist alles gut, hörst du, alles ist gut."

Langsam löste sie sich aus seinen Armen, wischte mit dem Handrücken über ihr Gesicht. Überall Sand mit Tränen vermischt. Es war nicht wichtig.

„Ich schäme mich so", flüsterte sie. „Wie konnte ich nur so kopflos reagieren? Wie konnte ich die Gruppe, meine Gruppe nur derartig beunruhigen. Ich versteh es nicht. Plötzlich war ich allein, völlig desorientiert."

„Nun mach dir keine Sorgen. Wir sind alle nur froh, dass du doch in die richtige Richtung gegangen bist, dass wir dich entdeckten und ...", er wollte noch etwas sagen, verschob es auf später. Jetzt sollten sie nur so rasch als möglich zur Gruppe gehen.

Lisa folgte Philipps Schritten, der voran gegangen war. Sie fühlte sich immer unsicherer, je näher sie der Gruppe kamen. Aber dann war der Empfang ganz anders, als sie es sich vorgestellt hatte. Alle umarmten sie, kein böses Wort fiel, keine Fragen. Nur Samir war wesentlich zurückhaltender als sonst, aber das konnte sie ihm wirklich nicht verübeln. Später würde sie mit ihm sprechen. Jetzt wollte sie zuerst wissen, wieso Philipp nun doch noch gekommen war. Aber auch da musste sie vorerst noch auf Antworten warten, denn Samir wollte tatsächlich noch weitergehen, nachdem er festgestellt hatte, dass es Lisa besser ging als erwartet und sie sich noch ein wenig ausgeruht hatte. Lisa wusste, dass er das absichtlich tat – denn wenn auch alle nur froh waren, dass sie wieder da war, hätten sie doch jedes Recht gehabt, ihr wegen der Gefährdung ihrer Wanderung die schwersten Vorwürfe zu machen.

Achmed hatte in der Zwischenzeit seinen Freunden, die mittlerweile mit ihren Landrovern aufgetaucht waren, die Situation erklärt und sie wieder nach Hause geschickt, nachdem Samir ihnen für ihre schnelle Bereitschaft zu helfen noch ein paar Geldscheine zugesteckt hatte. Danach begannen er und Achmed Atah Allah und Fatima zu beladen, alle anderen hatten ihre Rucksäcke geschultert und gemächlich machten sie sich auf den Weg. Philipp staunte über den gleichmäßigen Schritt, in dem sich die Gruppe bewegte, jeder hatte seinen eigenen Rhythmus gefunden. Auch er wurde langsam hineingezogen in dieses Sich-Leiten-Lassen von der Weite der Landschaft, die jede Eile ausschloss. Durfte er Lisa jetzt ansprechen oder gehörte Schweigen zum Ritual des Gehens? Fragend schaute er zu Samir, der seine Gedanken erraten zu haben schien, denn er nickte kaum merklich. Philipp fasste es nicht als Erlaubnis auf, eher als ein gemeinsames Verstehen. Seltsam, wir kennen uns doch überhaupt nicht und eigentlich müsste er mir eher mit völligem Unverständnis wegen meiner plötzlichen Entscheidung, die Reise doch nicht mitzumachen, begegnen. Und jetzt bin ich hier! Er bewunderte Samirs Souveränität. Er wusste nicht, ob er selbst auch so gehandelt hätte, gestand er sich im Stillen ein.

Lisa war etwas zurückgeblieben. Hatte sie absichtlich einen Abstand zwischen den Freunden und sich geschaffen, um Philipp Gelegenheit zum Sprechen zu geben? Er wusste es nicht, wartete auf sie und als sie nebeneinander gingen, gelang es ihm sogar, sich ihrem Schritt anzupassen.

„Du fragst nichts?"

„Du wirst es mir schon noch erklären."

„Ich habe Caroline getroffen."

Es war, als würde sie einen Augenblick den Atem anhalten, doch sie sagte nichts.

Nach einer langen Weile des Schweigens erzählte Philipp: „Sie leidet sehr, dass sie sich von dir im Streit getrennt hat. Und sie hat mir die Augen darüber geöffnet, wie egoistisch ich selbst gehandelt habe. Nicht einen Augenblick, seit du weg bist, habe ich aufgehört, mir Vorwürfe zu machen."

„Du? Ich war doch der Feigling! Ich wollte einfach nur mal glücklich sein! Ich habe dich betrogen!"

„Vielleicht! Aber heute verstehe ich es. Übrigens", er schluckte und meinte dann, „ich habe Caroline gesagt, wo du bist."

„Und?"

„Sie bedauerte es dann noch mehr, dass sie nicht versucht hatte, dich zu verstehen."

Lisa griff nach Philipps Hand, flüsterte kaum hörbar „ich liebe dich." So gingen sie schweigend weiter, bis Samir entschied, dass es Zeit sei, einen Rastplatz für die nächsten Stunden zu suchen.

52

Sollten sie tatsächlich schon in drei Tagen in Oum Jrane sein? Und von dort würde es dann mit dem Jeep oder dem Lokaltransit nach Zagora weitergehen, weil die Strecke zwischen diesen beiden Orten für sie als zu anstrengend betrachtet wurde. Vorstellen mochten sie es sich nicht – die Zeit war so unfassbar schnell verflogen. Vor allem Lisa hätte am liebsten die Wanderung noch um viele Tage ausgedehnt. Es war noch einmal eine ganz neue Erfahrung für sie, mit dem Menschen, den sie liebte, diese langen schweigenden Stunden einfach nur zu gehen, an den Abenden am warm glimmenden Feuer zu sitzen, im Gefühl, nicht mehr allein zu sein. War es die Entfernung von zu Hause oder die Erfahrung der Erlebnisse der letzten Wochen, sie fühlte sich Lukas gegenüber nicht mehr schuldig. Ob das auch so bliebe, wenn sie wieder eintauchen würde in ihr normales Leben zwischen Pflegeheim, Atelier, Caroline und Philipp wusste sie nicht, wollte sich aber auch im Augenblick nicht damit auseinandersetzen.

Die Gruppe war schweigsamer geworden. Vertraute sich der Führung durch Samir und Achmed an. Genoss die Mahlzeiten, die René zubereitete, während sie zu Naim keine richtige Verbindung herstellen konnten, so sehr befand er sich in Einheit mit seinen Tieren und dem ruhigen Gehen. Außerdem ging er meist schon wesentlich früher los als die andern.

Starker Wind war aufgekommen, der Sand durch die Luft wirbelte, so dass sich alle den Schech umbanden, um gegen den Angriff der Sandkörper gewappnet zu sein. Reden war kaum möglich, was aber auch keiner zu vermissen schien. Zu sehr waren sie berührt von den wechselnden Bildern der Landschaft, den teils sichelförmigen und dann wieder abgerundeten sanften Dünen, den grünen Oasen, dazwischen im Nirgendwo ein Brunnen, ein runder Turm! Stein für Stein aufeinandergefügt. Auf dem Brunnenrand ein großer brauner Krug, um das so lebensnotwendige Wasser nach oben zu befördern.

Sie tranken nicht davon, nachdem Samir sie gewarnt hatte, da es nach Phosphat roch. Aber für Fatima und Ata Allah und die anderen Tiere schien es Labsal zu sein.

Die Landschaft änderte sich, die Berge wurden höher, schwarz glänzend in der Sonne hielten sie ein wenig den Wind ab. Was vielleicht auch daran lag, dass der Boden jetzt viel steiniger war, braune oder rötliche Farben bestimmten die Landschaft.

Dazwischen Akazien, dürres Gebüsch und Halfagras, den Tieren gönnten die Männer kleine Fresspausen. Dazwischen sahen die Berge und Täler aus, als hätte man sie künstlich oder besser gesagt künstlerisch gestaltend in diese Form gebracht.

Doch es war nicht nur die Landschaft, das stete Vor-Sich-Hinschreiten, das Schweigen, es war auch eine Traurigkeit, sanft und doch bedrängend, obgleich niemand erklären konnte, woher dieses ,Gefühl' kam. Eigentlich sollte es doch ganz anders sein, sie hatten eine ereignisreiche, eine einmalige Zeit erleben dürfen und das nicht nur in der räumlichen Wahrnehmung der Wüste, nein, auch ihre inneren Erfahrungen hatten sie zu Erkenntnissen gebracht, die sie sich so zwar erhofft, sich ihre Verwirklichung aber nicht hatten vorstellen können.

Im Schatten einiger Arganbäumen schlug Samir vor, eine Pause zu machen. René bereitete gleich einen Tee, der Mund und Hals vom Sand befreite.

Nachdenklich meinte Samir: „Eben hat Achmed mir etwas über den Tee erklärt, an das ich mich nicht mehr erinnerte. Natürlich weiß ich, dass er dreimal aufgegossen wird, und wir uns bei der Zeremonie des Trinkens dreimal „Saha" wünschen, was so viel wie Gesundheit bedeutet. Aber er sagte noch etwas, nämlich – dass das erste Glas Tee bitter wie das Leben schmecke, das zweite süß wie die Liebe und das dritte sanft wie der Tod."

„Und wie schmeckt der Tee, wenn man Abschied nehmen muss?", fragte Birgitta leise. Samir schenkte ihr ein sanftes „Saha", immer von neuem staunten sie über das tiefe Verstehen, das sich zwischen der Gruppe und Samir gebildet hatte.

Nachdem sie am Nachmittag noch zwei Stunden gegangen waren, kamen sie an einen durch Büsche und schief gewachsenen Palmen geschützten Rastplatz, auf dem Naim und René schon das Nachtlager aufgeschlagen hatten.

Wäre sie jetzt nicht doch froh, wenn wieder ein Biwak aufgeschlagen würde, eines für Philipp und sie ganz allein, fragte sich Lisa heimlich. Aber sie sprach das Thema nicht an. Wenn sie etwas auf dieser Wanderung begriffen hatte, dann die Tatsache, wie wenig Zeit bedeutete. Das war etwas ganz anderes als ihre theoretischen Gespräche darüber. Auch Philipp schien gar nicht auf den Gedanken zu kommen, dass sie beide irgendwo allein übernachten könnten – außer unter dem Sternenhimmel im Sand. Sie hatten schnell gelernt, eine Kuhle unter dem Schlafsack zu buddeln, damit sie in der Nacht eine ideale Schlafposition hätten. In diesen wenigen Stunden des Alleinseins genügte es ihnen, dass sich ihre Hände fanden, dass sie sich von den letzten Wochen erzählen konnten und die wunderbare Gewissheit einer gemeinsamen Zukunft spürten.

53

Während der nächsten beiden Tage bestimmte nur das Gehen, der ruhige Rhythmus der Sahara, der Wind und die Hitze wieder die Gegenwart. Lisa staunte, wie schnell Philipp sich eingefunden hatte in diesen steten Tagesablauf zwischen gehen, ruhen, essen, weitergehen und rasten am Abend. Als sie ihn darauf ansprach, meinte er: „Ich hätte das auch nicht gedacht. Ich hatte es mir sehr schwer vorgestellt, sich vom Alltag zu trennen. Von Uhr, vom Telefon und vom Notebook! Immer denkt man doch, der Tag kann ohne diese Einteilungen, ohne diese Forderungen nicht existieren, oder besser gesagt, man selbst kann ohne diese Abhängigkeiten nicht mehr leben. Und jetzt? Nur da sein. Nur diese atemberaubende Landschaft, das stete Gehen, das Schweigen."

„Ja", Lisa unterbrach ihn. „Und das Besondere an diesem Schweigen ist für mich, dass es mich nicht absondert, nicht von den anderen trennt. Eher das Gegenteil – es verbindet, so, als würde es Verborgenes in jedem von uns erst sichtbar machen. Aber nicht nur das. Samir hat einmal ganz zu Beginn unserer Wanderung gesagt, in der Wüste gehen wir nicht nur mit unseren Füßen, sondern auch mit unserer Seele. Und er hat recht gehabt."

Und wie so oft, seit sie Philipp kannte, fühlte sie die Gewissheit, ohne weitere Erklärungen verstanden zu werden.

Der Boden unter ihren Schritten wurde steiniger, viele kleine Sanddünen säumten ihren Weg. Nach einer weiteren Stunde wurden die Berge höher, fast schwarz glänzten sie in der Sonne. Akazien luden zu einer Mittagspause ein.

Nachdem sie den von René und Achmed zubereiteten Salat aus Tomaten, Äpfeln, kaltem lecker gewürztem Couscous und Oliven verspeist hatten und einige sich in den Schatten der wenigen Akazien zu einem kleinen Nickerchen zurückgezogen hatten, erhob sich Samir, was immer ein Zeichen war, dass sich alle wieder einfinden sollten, um weiter zu gehen. Doch diesmal schien Samir es nicht eilig zu haben.

Lisa, die ihn beobachtete, dachte noch ‚er sieht fast ein wenig feierlich aus', als er sich, mit ineinander gelegten Händen, eine Geste, die er immer machte, wenn er etwas Besonderes sagen wollte, vor der Gruppe leicht verneigte, bevor er fast behutsam meinte: „Ich habe es Ihnen nicht früher gesagt, um unsere letzten Tage dieser Reise nicht von Abschied oder gar Trauer zu überschatten, aber jetzt muss ich Ihnen sagen, dass der morgige Tag und die beiden kommenden Nächte das Ende unseres", er zögerte, bevor er lächelnd fortfuhr „Ihres Wüstenabenteuers sein wird."

Warum? Wieso? Schon? Die Stimmen schallten durcheinander.

Alle hatten es mehr oder weniger gewusst, wenn auch nicht den genauen Zeitpunkt des letzten Tages, der letzten Nächte und dennoch empfanden sie diesen Satz von ihm als Schock. Schweigen breitete sich aus, legte sich über die Gruppe, über die sie umgebende Natur, hüllte jede Düne, jeden Stein, jeden Strauch ein mit seiner leisen Traurigkeit, bis Lisas Stimme die Gruppe wieder in die Gegenwart zurückholte.

„Samir, wollten Sie uns nicht noch etwas erklären."

Er hatte das Schweigen der sechs Menschen akzeptiert. Konnte er doch, zumindest ein wenig, nachempfinden, was seine Worte ausgelöst hatten. Auch er hatte in diesen Wochen eine ihm bisher unbekannte Verbundenheit zu diesen vier Frauen und zu Felix erleben dürfen, was ihm bei anderen Führungen so nicht geschehen war. Philipp zählte in diesem Augenblick nicht, zu kurz war das Zusammensein gewesen.

Samirs Stimme klang jetzt seltsam dozierend, als wollte er sich hinter klaren Sätzen und Aufzählungen verstecken. „Die Strecke zwischen Oum Irane und Zagora ist außergewöhnlich schwierig zu laufen, das kann ich als ihr Reisebegleiter nicht verantworten. Wir werden morgen Abend in Oum Jrane ankommen. Auch das werden keine leichten Stunden sein. Sie haben schon gemerkt, die Umgebung gleicht jetzt oft einer Mondlandschaft, zumindest wie wir sie uns vorstellen. Sehr kahl, sehr steinig und staubig, ein paar Akazien, kaum Schatten spendend. Aber das ist Ihnen ja nicht unbekannt, zumindest Ähnliches haben wir in den letzten Wochen ja schon erlebt", versuchte er die Situation ein wenig zu entspannen, bevor er fortfuhr: „Nach Ihrer letzten Nacht im „Millionen-Sterne-Hotel" etwas außerhalb der Ortschaft, wird uns übermorgen unser altbekannter Landrover erwarten, und ich bringe Sie dann bis nach Zagora. Es sind etwa 86 km, die Fahrt wird ein interessanter und gewiss schöner Abschluss Ihrer Wanderung sein."

Gab es dazu noch etwas zu sagen? Sich gegen Samirs Entscheidung zu wehren, hatte sowieso keinen Sinn, weil niemand von ihnen wusste, was er nach all dem, was hinter ihnen lag, als Schwierigkeit empfand, der sie nicht gewachsen wären.

Bevor irgendwelche Einwände aufkommen konnten, fuhr er auch schon fort: „In Zagora habe ich in einem typischen Hotel, dem Riad Dar Sofian Zimmer bestellt. Ich hoffe, dass ich damit die Umgebung gefunden habe, die Ihnen nach diesen Wochen gefallen wird. Riad ist arabisch und bedeutet „Garten der Bäume" und genau das bietet dieses Hotel. Außerdem dachte ich, gegen ein wenig Luxus haben Sie nach den letzten Wochen vielleicht doch nichts. Und ... ", er schwieg, alle schauten ihn gespannt an, als er lachend fortfuhr, „es hat einen ganz tollen Pool."

„Einen Pool!" Alle schrien durcheinander und einen Augenblick war die Beklemmung, die Samirs Worte zuvor ausgelöst hatten, einer fast ausgelassenen Stimmung gewichen: „Wenn morgen die letzte Nacht in der Wüste ist, schlafe ich übermorgen im Pool", verkündete Felix und alle gaben ihm lachend recht.

Dennoch war dann der Aufbruch nach dieser Mittagspause anders als sonst – ruhiger, bedächtiger, in sich gekehrter.

„Am liebsten würde ich jeden Schritt zweimal machen", sagte Regine leise zu Lisa. „Ich kann es mir einfach noch nicht vorstellen, dass wir bald wieder in unserem ganz normalen Leben, in unserem Alltag sein werden und all das, was wir hier innerlich und äußerlich erlebt haben, zur Erinnerung wird."

Lisa konnte nur nicken. Noch war das gewohnte Leben so fern, dass es ihr schwerfiel, überhaupt daran zu denken. Sie beobachtete Christa und Felix. Er hatte wie beschützend den Arm um ihre Schultern gelegt, ein einträchtiges Bild und ihr gemeinsamer Weg würde sicher hier nicht enden, sie würden sich bestimmt auch in Zukunft wiedertreffen.

Birgitta hatte sich etwas abgesondert. Ganz offensichtlich wollte sie im Augenblick allein sein, so dass Lisa nicht wagte, in dieses Alleinsein einzudringen.

Auch Philipp hielt sich ein wenig abseits – als wollte er

damit seinen Respekt der Gruppe gegenüber ausdrücken, zu der er zu spät gehört hatte. Lisa sah das anders – da war eine so stürmische Zärtlichkeit in ihr und eine tiefe Freude, dass er doch noch nach den vielen Wochen gemeinsamen Planens, der Vorbereitungen und Erwartungen, wenn auch nur kurz, an ihrem großen Erlebnis teilgenommen hatte.

Am Abend wurde nur das große Zelt aufgebaut, aber fast alle legten ihren Schlafsack draußen auf den Boden. Die vorletzte Nacht im „Millionen-Sterne-Hotel" wie Samir gesagt hatte, erschien ihnen beim Abschied angemessener.

Diesmal setzten sich auch Achmed und René, ja, sogar Naim und natürlich Samir zu der Gruppe. Sie holten ihre Instrumente hervor, kippten einen leeren Wasserkanister um, auf dem Naim leise Rhythmen schlug, die die Berber-trommeln begleiteten. Es ist eine so eingängige Melodie, dachte Lisa. Komisch, da hatte sie sich zu Hause eine CD mit dieser Musik gekauft, wollte sich damit ein bisschen auf das, was sie erwartete, einstimmen, doch empfinden konnte sie gar nichts. Es war einfach nur fremd. Und jetzt? Jetzt ist alles so anders. Die letzten Wochen hatten so viel in ihrem Denken und in ihrem Fühlen verändert.

Es schien nicht nur ihr so zu ergehen. Gewiss herrschte heute Abend eine eher traurige Nachdenklichkeit, aber ir-gendwie gab es auch das Gefühl, sich etwas Fremdes zu eigen gemacht zu haben, ohne es durch ungerechtfertigte Besitznahme zu beeinträchtigen.

54

Der nächste Tag brach windig und bewölkt an. Lisa hatte den Eindruck, die Wüste stöhnte unter der Hitze, und glühender Atem entstiege der trockenen Erde. Die Stimmung der Gruppe war bedrückt und selbst das Frühstück, das René vorbereitet hatte, hellte sie nicht auf. Über allem schienen die Worte zu schweben „zum letzten Mal". Bis Christa das Schweigen brach: „Also auf eines freue ich mich zu Hause – auf ein Essen ohne Sandkörner."

„Und ich werde einen Tag in der Badewanne liegen, auch wenn wir jetzt erst einmal in den Genuss eines Pools kommen und wehe, jemand stört mich", fügte Felix hinzu.

Lisa war den Beiden dankbar, plötzlich schien es gar nicht mehr so schwer, die paar Habseligkeiten zusammen zu packen, den langen Schesch kunstvoll um Gesicht und Kopf zu schlingen, während sie sich lachend daran erinnerte, welche Schwierigkeiten sie am Anfang mit diesem langen Schal gehabt hatten.

‚Wenn man auch merkt, dass diese Heiterkeit eher gewollt klingt, hat sie doch bewirkt, dass wir ein wenig befreiter losgehen können', dachte Birgitta, als sie sich neben Regine auf den Weg machte.

Gegen Abend erreichten sie Oum Irane.

„Der Name bedeutet übrigens Mutter des Frosches", meinte Samir, konnte aber auch nicht erklären, woher der Ort diesen Namen hatte.

Dieser Abend bedeutete Abschied von Naim und René, von Achmed, von Atah Allah und von Fatima, die sie auf diesem langen Weg begleitet hatten. Lisa blieb lange bei Atah

Allah und Fatima sitzen, obgleich sie sich erinnerte, dass Samir irgendwann gesagt hatte, dass gerade die Dromedare keine Bindung an Menschen eingehen. Dennoch hatte sie das Gefühl, eine Weile bei ihnen sitzen zu wollen, ihnen zu danken, den mahlenden Geräuschen ihrer Mäuler zu lauschen und die Stimmung der Wüste in sich aufzunehmen.

Sie hörte von fern der Musik zu, die die Männer auf ihren Instrumenten spielten. Nach einer Weile gesellte sich Philipp zu ihr, schweigend genossen sie dieses Zusammensein, das sie sich so lange gewünscht hatten.

Und wieder legten alle ihre Schlafsäcke auf den Boden, wenn er diesmal auch steinig und härter war. Niemand wollte sich vorstellen, in einem Zelt zu übernachten, wenn über ihnen Millionen von Sternen ihr Glitzern und Glänzen zur Erde sandten.

Am Morgen der letzte grandiose Sonnenaufgang ihrer Reise. Das allmählich wachsende Licht, das sich da aus der Dämmerung langsam hervortastete. Fast andächtig beobachteten sie noch einmal dieses Schauspiel.

Nach dem Frühstück verabschiedeten sich alle Männer bis auf Samir und Achmed mit Atah Allah, der mit ihrem wenigen Gepäck beladen wurde. Danach machten sie sich langsam auf zu den letzten Kilometern bis zu dem Punkt, an dem Samir den Landrover hinbestellt hatte. Der Weg war steinig, in der Ferne umrahmten Bergketten das Tal.

Nach zwei Stunden erreichen sie die Lichtung, auf der der Wagen geparkt war.

„Wer hat denn den Landrover gebracht?", fragte Christa neugierig.

„Der steht schon seit gestern Abend hier, der Fahrer wird sich in eines der Camps zurückgezogen haben, die hier in der Nähe sind."

Die Rucksäcke wurden auf das Dach des Wagens gepackt, im Wageninnern erkannte Christa amüsiert ihren Koffer, während die sechs, nachdem sie sich noch einmal von Achmed und Atah Allah verabschiedet hatten, zögernd einstiegen.

Auch an diesem Auto hatte Samir oder wer auch immer einen kleinen Spruch in der Landessprache angebracht, den Samir ihnen auf ihren Wunsch hin übersetzte: „Wer in die Wüste geht und zurückkommt, ist nicht mehr derselbe."

Regine wandte sich an Lisa: „Erinnerst du dich an den Spruch vor unserem Abenteuer? Es ist doch erst so kurz her, dass wir ihn gelesen haben und dennoch scheint es mir, als lägen Welten dazwischen."

Lisa nickte: „Außerdem haben all diese Aussagen eines gemeinsam, sie sind so wahr. Sind wir wirklich noch dieselben wie vor unserem Abenteuer?"

Birgitta schüttelte den Kopf: „Ich jedenfalls nicht. Diese Tage haben mir unendlich viel gezeigt. Vor allem aber haben sie mir die Angst vor der Zukunft genommen, die mich so lange nach der Scheidung und der Krebserkrankung gelähmt hatte. Ich weiß jetzt, dass ich Kraft habe, dass ich kämpfen werde und das ist ein gutes Gefühl."

‚Ich auch', dachte Lisa und zum ersten Mal war sie in Gedanken wieder bei Lukas. Aber nicht mit Schuldgefühlen und dem Empfinden, weiterhin unlösbar an ihn gebunden zu sein. Noch kostete es sie Überwindung zu denken, ‚ab jetzt lebe ich mein Leben', aber sie wusste, dass sie dazu fähig war, sich zu ihrem eigenen Dasein zu bekennen.

Bevor sie losgefahren waren, hatte Samir gefragt, ob er ein wenig marokkanische Musik einstellen dürfte. Alle waren damit einverstanden und die Klänge der Lieder „Karawan-sereien" oder „Himmel über Marokko" begleiteten sie, während die Fahrt immer höher hinauf ging.

Und Lisa spürte wieder, wie schon am Abend zuvor, wie sehr sie die Lieder über die Wüste berührten. Philipp schien das Gleiche zu empfinden, denn bei dem Lied „written in sand"[14] legte er zärtlich seine Hand auf ihre und sie fühlten sich verbunden wie vielleicht noch niemals zuvor. So, als hätten sie alle Zweifel und alle Schuldgefühle wirklich ‚in Sand geschrieben' zurückgelassen.

Allmählich näherten sie sich der Passhöhe zwischen Tafilalet und dem Draatal, in der Ferne die Palmenhaine des Draatals und irgendwo hinter einer Bergkette ihr letztes Ziel – Zagora.

Sie machten eine kurze Rast auf der Passhöhe und während sie, vielleicht zum letzten Mal, die leckere nach Zimt schmeckende Knoblauchmilch genossen, meinte Christa ein wenig kleinlaut, so als fiele es ihr schwer, zuzugeben, dass ihrer aller Kraft auch Grenzen gesetzt waren: „Diese letzten Kilometer wären wohl wirklich schwierig zu laufen gewesen."

„Das kannst du laut sagen", beruhigte Lisa sie. „Wir haben ja in den letzten Wochen schon einige Strapazen gut über-standen, aber als Abschluss unserer Tour so einen Anstieg, nein danke!"

„Deshalb fahren wir mit meinem Jeep. Aber nicht nur das, ich habe noch eine Überraschung für Sie."

„Überraschung", riefen alle neugierig im Chor, während

---

[14] „written in sand" von Karen Azedia

Lisa dachte, ‚dem Klang seiner Stimme nach muss es etwas Positives sein. Etwas anderes möchte ich jetzt auch nicht mehr erleben.'

„Und was ist es", fragte Felix und versuchte gleichzeitig, seine Neugier zu überspielen.

Samir wich einer kleinen Ansammlung von Ziegen aus, was seine ganze Aufmerksamkeit erforderte, bevor er erklärend begann:

„Von Zagora fliegt die Royal Air nur einmal wöchentlich nach Casablanca. Da habe ich mir folgendes überlegt: Meine Reiseagentur verfügt über eine Cessna für 6 bis 8 Personen natürlich plus Pilot und Copilot. Ich biete Ihnen an, dass wir morgen mit dieser kleinen Maschine von Zagora nach Casablanca fliegen."

„Samir", ein wahrer Begeisterungssturm löste diese Eröffnung aus und Lisa bedauerte es, dass sie ihm nicht spontan um den Hals fallen konnte. Wieder einmal dachte sie voller Dankbarkeit an Monira, sie hatte ihnen einen wunderbaren Reisefreund empfohlen, was sich jeden Tag wieder und wieder bewahrheitete.

Lachend sagte Samir: „Ich hoffe, Sie vertrauen meinen Fähigkeiten als Pilot."

Felix klopfte ihm kameradschaftlich auf die Schulter und meinte: „Ich glaube, wir haben Ihnen unser Leben schon in anderen Situationen anvertraut."

Nach knapp 100 km tauchte in der Ferne die Silhouette von Zagora auf. Zuerst riesige, moderne Neubauviertel, was die Gruppe enttäuschte, sie hatten sich die Stadt anders vorgestellt. Aber Samir tröstete sie: „Nicht erschrecken. Das Bild ändert sich gleich im Zentrum des Städtchens."

Und so war es. Bald schon erreichten sie die Innenstadt mit

ihren rosafarbenen Häusern und Geschäften unter Arkaden. Sie hatten heute keine Lust für einen Stadtbummel und waren froh, dass Samir sie wortlos verstand und die etwas mehr als zwei Kilometer bis zum Hotel weiterfuhr. Als Samir an einer wenig befahrenen Straße am Ende von Zagora hielt, traute die Gruppe ihren Augen nicht. Waren sie keinen Luxus mehr gewohnt oder breitete sich hier vor ihnen so etwas Ähnliches wie eine Geschichte aus Tausend und einer Nacht aus? War es übertrieben, von einem Kunstwerk zu sprechen – ein Kunstwerk aus Mosaiksteinen, Palmen, Gartenanlagen und Stille? Zur Begrüßung wurden sie mit Tee und frischen Datteln empfangen, dargereicht von drei freundlichen Angestellten. Doch bevor die Gruppe in die reservierten Zimmer wollte, fragten sie fast drängend nach dem Pool.

„Oh Gott ist das schön", war das einzige, was ihnen dazu einfiel. Ein wunderschöner Innenhof, blaues Wasser, überall Tische, Liegen.

„Können wir denn hier draußen auch essen?", Samir nickte nur zu Christas Frage.

„Offensichtlich gefällt es Ihnen hier", freute er sich.

„Gefallen?!" Wie im Chor die Antwort der sechs Begeisterten.

„Na, dann werden Sie gewiss auch Ihre Zimmer mögen, wollen wir sie uns anschauen?"

Sie gingen durch prächtige, mit Schnitzereien geschmückte Flure zu ihren Zimmern.

„Samir, können wir hier nicht zwei Tage bleiben? Sozusagen als Abschluss einer einmalig schönen Zeit", fragte Lisa leise. Sie wollte nicht, dass es die Gruppe schon hörte, um sie nach einem Nein von ihm nicht zu enttäuschen.

„Das bedeutet zwar einen kleinen Extrapreis, aber warum nicht? Meine nächste Reisegruppe kommt erst in 10 Tagen, ich habe also auch keine Eile und meine Cessna wartet geduldig."

„Leute, wir bleiben zwei Tage hier", Lisa konnte die Freude in ihrer Stimme kaum unterdrücken, fügte aber trotzdem noch hinzu: „Natürlich nur, wenn es Euch recht ist."

„Recht? Das ist toll, einfach nur toll", tönte es voller Begeisterung zurück.

„Und wo schlafen Sie, Samir", fragte Philipp.

„Da machen Sie sich keine Gedanken. Wir Reiseführer haben in den Hotels freie Unterkunft und Essen. Schließlich hab ich dem Haus ja sechs tolle Gäste gebracht", fügte er noch hinzu. „Ich habe für heute Abend einen Tisch für Sie bestellt und zwar am Pool, ich hoffe, dass es in Ihrem Sinn ist."

„Was heißt hier für die Gruppe", fragte Felix. „Wir hoffen doch, dass Sie uns auch diese beiden Tage noch begleiten. Sie gehören einfach dazu."

Samirs Freude war so offensichtlich, dass Lisa sich schnell wegdrehte, damit er nicht bemerkte, wie gerührt sie war. Noch konnte sie sich den Abschied von ihrem Reiseleiter nicht vorstellen, doch dann verdrängte sie rasch diesen Gedanken. Zwei wunderschöne Tage lagen noch vor ihnen und die sollten durch nichts getrübt werden.

Ein Hotelboy hatte mittlerweile das wenige Gepäck gebracht und nacheinander begaben sich alle in ihre Räume, während Lisa und Philipp zu einem Zimmer im Dachgeschoss geführt wurden, erreichbar über eine Treppe, denn bis dort oben gab es keinen Aufzug. Das Zimmer war klein, dafür hatte es eine Dachterrasse, diskret und von niemandem einsehbar.

„So schön hab ich es mir nicht vorgestellt. Das ist ja ein Traum", staunte Lisa, während Philipp leise hinter dem Hotelboy die Tür schloss. Und dann standen sie sich gegenüber – fast so verlegen wie damals am Bodensee. Es war ja das erste Mal, nach allem, was in der Zwischenzeit geschehen war, dass sie wieder allein waren. Behutsam nahm Philipp Lisas Gesicht in seine Hände, in seinen Augen das zärtlichste Lächeln, das Lisa je gesehen hatte und sagte leise: „Komm, gehen wir an den Pool zu den andern."

55

Die beiden Tage, die sich die Gruppe selbst geschenkt hatte, vergingen wie im Flug. Wenn sie nicht im Innenhof am wunderschönen Pool lagen, das Ausruhen und das Baden genießend, durchstreiften sie die kleine Stadt mit ihren engen Gassen zwischen rosafarbenen Häuserfronten oder saßen im Café Tamount zu einem kleinen Extrafrühstück. In der Boutique Ali erstanden die Frauen bunte Schals und hätten doch lieber bei den handgearbeiteten farbigen Teppichen mit den vielen Farbnuancen zugegriffen.

„Das Schild steht tatsächlich hier", staunte Regine, als sie die Tafel entdeckten mit dem Hinweis „noch 52 Tage bis Timbuktu", das in jedem Reiseführer immer extra erwähnt wurde.

„Aber jetzt machen wir uns nicht mehr auf den Weg", lachte Felix und alle stimmten ihm zu.

„Habt Ihr eigentlich die vielen kleinen Verzierungen an den Häuserfronten, über Fenstern oder Türen gesehen? Ich wüsste zu gern, ob es nur Schnörkel sind oder ob sie eine Bedeutung haben", meinte Christa, während Lisa die Freunde aber auch auf die verwahrlosten Mauern, die rings um alte Villen und Anlagen gebaut waren, aufmerksam machte. Nein, die Armut war auch hier nicht zu übersehen, aber als Birgitta einwarf „und wir genießen die Tage in einem Luxushotel", wehrten die andern einstimmig ab.

„Wir können das doch nicht vergleichen", hakte Philipp nach. „Das sind zwei Welten und, Birgitta, uns ist auch nichts geschenkt worden. Deswegen sollten die Völker sich zwar gegenseitig helfen, aber schuldig brauchen wir uns nicht zu fühlen."

„Und wenn ich an die Paläste der Regierenden, den Luxus, den das Königshaus sich leistet, wie wir es in den verschiedensten marokkanischen Städten auf unserer ersten Fahrt gesehen haben, denke, dann gebe ich Samir recht. Das Volk muss aufstehen, da können wir uns nicht einmischen", erinnerte Lisa die Gruppe an ein Gespräch, das sie mit Samir geführt hatten, als es um die bettelnden Frauen und Kinder auf ihrer Wanderung gegangen war.

Als sie am letzten Abend im zauberhaft beleuchteten Innenhof neben dem blauen Wasser des Pools ihr letztes Abendessen dieser Reise zu sich nahmen, stimmungsvoll umgeben von Palmen und Vogelgezwitscher, stellte Felix die Frage, die sich alle Mitglieder der Gruppe schon gestellt hatten: "Was schenken wir eigentlich Samir für diese unvergleichlichen Wochen?"

Da Samir sich für heute Abend verabschiedet hatte, weil er den Flug morgen nach Casablanca vorbereiten wollte, konnten sie endlich offen darüber sprechen.

„Geld auf gar keinen Fall", entschied Birgitta sehr energisch. „Das wäre eine Beleidigung, auch wenn er es vielleicht gut brauchen könnte."

„Tja, darüber habe ich natürlich auch schon nachgedacht", schaltete sich Lisa in das Gespräch ein. „Geld! Da bin ich völlig Eurer Meinung, geht gar nicht. Aber was haltet Ihr davon. Wir laden ihn ein!"

„Einladen? Zu was denn?" Christas Stimme klang mehr als skeptisch.

„Natürlich nicht zu irgendeiner Kleinigkeit, nein, aber zu unserer nächsten größeren Tour. Wir hatten ja vor, diesmal eventuell nach Portugal zu fahren, vielleicht – wenn er Zeit und Lust hat, können wir ihn dazu überreden."

„Portugal finde ich eine tolle Idee. Ich kenne das Land und habe mich sofort in Lissabon und vor allem in die vielen traumhaften Strände verliebt," bestätigte Birgitta.

Alle waren sofort von dieser Idee begeistert und Lisa meinte: „Komisch, dass ich daran nicht gedacht hatte. Es ist einfach gut, wenn man eine so tolle Gruppe hat wie Ihr es seid."

„Na na, mach halblang Lisa, wir wollen eben nicht alles dir allein überlassen", und alle stimmten in Felix' Lachen ein.

Es wurde ein langer Abend, niemand wollte schlafen gehen. Wenn sie daran dachten, dass sie schon morgen wieder ihren Alltag leben würden, erschien ihnen das so undenkbar, dass sie jede Sekunde dieser so ganz besonderen Reise bis zum letzten Augenblick festhalten wollten.

Plötzlich fragte Philipp eher etwas vorsichtig: „Was haltet Ihr davon, wenn wir noch einen kleinen Spaziergang machen?"

Nichts war mehr von eventueller Müdigkeit zu spüren, alle stimmten sofort zu, während Lisa leise fragte: „Warum klang dein Vorschlag so vorsichtig?"

„Ich möchte hier nichts anregen, was ich nicht vorher mit dir besprochen habe. Ich habe dann einfach das Empfinden, als würde ich mich in etwas einmischen, das bis vor wenigen Tagen Euch allein gehört hat."

Zärtlich berührte Lisa kurz Philipps Gesicht: „Ich bin so froh, dass du doch noch gekommen bist." Mittlerweile hatten alle noch rasch eine Jacke geholt, denn es war ziemlich kühl geworden, dann verließen sie das Hotel. Sie gingen langsam durch den Palmenhain mit seinen riesigen Bäumen, deren Blätter den Blick zum Nachthimmel verbargen.

335

Doch dann spürten sie noch einmal Sand unter den Füßen und über ihnen der glitzernde Himmel mit seinen leuchtenden Sternen – ein Augenblick der Unendlichkeit, unvergesslich und so vielleicht nie mehr erlebbar. Die Gruppe ließ sich auf dem Boden nieder, schweigend in einem Gefühl intensiven Zusammenseins. Es brauchte keiner Worte, es war für jeden von ihnen ein Abschiednehmen, schmerzlich und doch tief beglückend.

Langsam gingen sie ins Hotel zurück, verabschiedeten sich still vor ihren Zimmern voneinander.

Sie brauchten kein Licht zu machen, das Dachgeschosszimmer war vom Sternenlicht hell erleuchtet. Sie lagen zärtlich umschlungen auf dem breiten Bett. „Willst du?"

„Warum fragst du," auch Lisas flüsterte.

„Ich hatte das Empfinden, als wolltest du mit diesem Aufenthalt hier etwas zu Ende bringen. Erst dann würdest du dich für unser Leben, für unsere Liebe wirklich entscheiden können."

Sie strich leicht über seinen nackten Körper „ich sehne mich so nach dir, ich mag nicht mehr warten. Es ist doch längst alles entschieden – ich liebe dich."

Die Nacht erfüllt von Begehren, von Berührungen, Lust und einer nicht enden wollenden Zärtlichkeit.

56

Die Cessna setzte behutsam auf der Landebahn des Flughafens Mohammed V. von Casablanca auf. Noch einmal waren diese letzten Stunden für die Gruppe zu etwas Besonderem geworden, denn niemand war bisher in einer so kleinen Maschine geflogen. Es war ein seltsames Gefühl, die großen Flieger scheinbar in unmittelbarer Nähe vorbeifliegen zu sehen, aber Angst kam keine Sekunde auf. Die Sicherheit Samirs hatte sich auf die Reisenden übertragen.

Der Abschied auf dem Flughafen fiel allen schwer und nur, weil sie Samir versprechen konnten, dass sie sich auf jeden Fall wiedersehen würden, kam keine wirkliche Traurigkeit auf. Eher Freude darüber, dass sie für ihren Reiseleiter eine so freundschaftliche Verbundenheit fühlen konnten. Noch hatten sie ihm nichts von ihrem Vorhaben mit Portugal erzählt, das hatte im Augenblick keine Wichtigkeit. Aber alle hatten in die verborgen stehende Sparkasse in seinem kleinen Reisebüro eine größere Summe hineingesteckt. Wussten sie doch, dass dies für Samirs großen Traum, seinem Land eines Tages helfen zu können, bestimmt war.

Diesmal hatten sie keinen längeren Aufenthalt wie am Tag ihrer Ankunft. Keiner hätte heute aber auch Lust gehabt, noch etwas in dieser hellen Stadt zu besichtigen. Samir hatte dafür gesorgt, dass ihr Gepäck bereits aufgegeben war.

Sie kamen sich ein wenig verloren vor, als sie im Flughafen darauf warteten, dass ihre Maschine aufgerufen würde. Und fühlten fast so etwas wie Erlösung, als es endlich hieß, dass sie an Bord gehen konnten.

Der Rückflug war sehr unruhig und als dann kurz vor ihrer

Ankunft in Frankfurt über Bordfunk auch noch der Wetterbericht durchgegeben wurde: Regen, neblig, kalt – sank auch bei der Gruppe die Stimmung auf den Nullpunkt.

Am Flughafen in Frankfurt verabschiedeten sich alle rasch und emotionslos, so, als hätten sie es vorher abgesprochen. Sie wussten, dass die Worte „bis bald" alle freundschaftlichen Gefühle ausdrückten.

„Soll ich ...", Philipp schaute Lisa fragend an.

„Ja, du sollst. Wir gehen jetzt zu mir und Caroline rufe ich erst morgen an." ‚Woher nahm sie nur so viel Entschlossenheit', fragte Lisa sich erstaunt. Es war doch erst ein paar Wochen her, dass alles, was sie tat, was sie sich wünschte, was sie in Zweifel zog, wonach sie sich sehnte, mit Schuldgefühlen beladen war. Und jetzt diese Gewissheit, wichtige Entscheidungen treffen zu können. Sie wusste, dass dieser Zustand nicht allen vor ihr liegenden Herausforderungen standhalten würde und je mehr sich das Taxi ihrer Wohnung näherte, desto mehr hatte sie das Empfinden, dass das Gestern sie einholen wollte, dass es versuchte, Macht über sie zu bekommen. Doch was hatte sie denn erwartet? Dass sie alles im Wüstensand zurücklassen könnte, was die letzten fünf Jahre ihr Leben gewesen ist?'

Philipp spürte ihre Stimmungsschwankungen. Als Lisa in der Wohnung trotz Regen und Kälte erst einmal alle Fenster aufriss und er die Rucksäcke abgestellt hatte, nahm er Lisa liebevoll in den Arm: " Lisa, wir machen, was du willst. Ich möchte auf keinen Fall, dass du dich zu irgendetwas zwischen uns gezwungen siehst."

„Ach Philipp, lass uns heute gar nichts entscheiden oder besprechen. Ich habe mir etwas vorgemacht, als ich dachte, alles Bedrückende hinter mir lassen zu können. Andererseits stehe ich heute zu meiner Liebe zu dir, zu meiner Entscheidung für dich. Ich muss nur, na ja, ich weiß selbst nicht so genau, was ich jetzt erstmal muss. Ich möchte mit Caroline sprechen, ihr verständlich machen, dass ich ab jetzt zuerst mein Leben leben werde. Und ich möchte ins Marienstift ..."

Philipp gefiel es gar nicht, dass er im Augenblick so völlig von Lisas Entscheidungen abhängen sollte, sah aber für sich auch keinen anderen Weg als den, über den sie gerade gesprochen hatte. Auch für ihn hieß es ja, zu entscheiden, wie und vor allem wo er in Zukunft wohnen wollte. Und wenn er wirklich nach Mainz käme, wollte er auf keinen Fall in dieser Wohnung sein zukünftiges Leben verbringen. Das würde bedeuten, immer gleichzeitig auch mit Lisas Erinnerungen ganz dicht und unabänderlich leben zu müssen und das wollte er auf keinen Fall. Aber er sah ein, dass jetzt gar nichts entschieden werden konnte. Plötzlich wusste er, dass es für ihn nur einen Weg gab – er wollte heute noch nach Konstanz fahren. Sein Motorrad war im nächsten Parkhaus bei der Römerpassage geparkt, noch war es früh genug, um loszufahren.

„Lisa, ich hoffe, du – du verstehst", das war schwieriger, als er gedacht hatte. Was sollte diese Herumdruckserei. Wieder setzte er an: „Ich mein, hoffentlich kannst du verstehen, dass ich heute zuerst mal nach Konstanz möchte. Glaub mir, das bedeutet nicht, dass ich dich wieder im Stich lasse, aber im Augenblick, na ja im Augenblick müssen du, aber auch ich eine Lösung für unsere Zukunft, unsere gemeinsame Zukunft finden oder?"

Lisa fiel ein Stein vom Herzen.

„Philipp, danke! Du kannst mir bei dem, was jetzt kommt,

sowieso nicht helfen. Die nächsten Tage muss ich erst einmal allein durchstehen, bis ich mit meinem neuen Leben beginnen kann."

Noch einmal schmiegte sie sich in seinen Arm. Sie sagte nicht, komm gut an, sondern zärtlich „komm gut wieder."

57

Am nächsten Morgen wagte eine schwache Aprilsonne die grauen Wolken zu verjagen. Lisa stand lange am Fenster ihres Wohnzimmers, den Blick auf den Dom genießend. Versprach sie sich, obgleich sie an nichts glaubte, doch eine gewisse Kraft von dem, was dieses Bauwerk verkörperte? Achselzuckend wandte sie sich ab.

Sie war froh, dass Philipp gestern noch gefahren war, sie brauchte jetzt Zeit. Zeit für Caroline, Zeit für Lukas und Zeit für innere Klarheit. Erstaunt stellte sie fest, dass sie zum ersten Mal zuerst an Caroline gedacht hatte und nicht an Lukas.

Caroline – sie war sich bewusst, dass sie endlich den Schritt machen musste, dass sie sich endlich mit ihrer Tochter in Verbindung setzen wollte. Nur einfach so hinzufahren wollte sie nicht mehr. Dafür war zu viel Gravierendes seit dem letzten Treffen geschehen. Noch immer fühlte sie die Demütigung, die ihr beim Besuch in Carolines Wohnung widerfahren war. Demütigung? Das war wohl nicht der richtige Ausdruck. Es waren Trauer und Hilflosigkeit und ein Verlorenheitsgefühl, das sie nicht noch einmal erleben wollte.

Sehr langsam griff sie zum Telefon – zögerte. Legte es wieder weg. Feigling! Und dann machte sie etwas, das sie bisher bei Caroline nur ein einziges Mal gemacht hatte, sie rief nicht an, sie schickte ihr eine SMS: ‚Wollen wir uns sehen'? Sehnsüchtig wartete sie auf eine Antwort. Eine solche Nachricht brauchte doch nur Sekunden! Warum antwortete Caroline nicht? Hatte Philipp vielleicht etwas völlig falsch verstanden? Er hatte ihr doch gesagt, dass Caroline in diesen Wochen wahrscheinlich in Mainz wäre. Aber das bedeutete schließlich nicht, dass ihre Tochter mit dem Telefon in der Hand auf ein Lebenszeichen der Mutter wartete.

Sie wollte gerade zum Domplatz in eines der Lokale zum Essen gehen, als es an ihrer Tür Sturm läutete und eine aufgeregte, weinende, lachende Caroline ihr um den Hals fiel. Die Stunden danach angefüllt mit Erzählen, Erklären, mit dem Wunsch zu verstehen und verstanden zu werden und immer wieder unterbrochen von der Freude darüber, wieder zusammen sein zu können.

Gemeinsam beschlossen sie, Philipp anzurufen und vorzuschlagen, dass sie sich zu dritt in Konstanz treffen könnten. Da Caroline wieder nach Berlin zurück musste, machten sie gleich ein Treffen fürs nächste Wochenende aus. Diesmal erwähnte Caroline ihren Vater mit keinem Wort, auch wenn sich Lisa sicher war, dass sie eigentlich darauf wartete, dass die Mutter von ihm sprechen würde. Aber sie hatte Angst, dass dieser glückliche Moment, der nur ihr und Caroline gehören sollte, wieder getrübt würde.

Und doch sagte sie irgendwann an diesem Nachmittag: „Ich möchte jetzt zu Lukas gehen! Möchtest du mitkommen?", und hoffte im Stillen, dass Caroline ablehnen würde.

Diese meinte zaudernd: „Willst du ... willst du, dass wir zusammen gehen?" Das war Antwort genug, auch Caroline scheute offensichtlich diese gemeinsame Konfrontation mit der Situation ihres Vaters und so lehnte Lisa liebevoll ab. Sie wollte diesen Weg des ersten Besuches nach den vergangenen Wochen allein gehen. Und Caroline schien erleichtert, obgleich ihre Frage gewiss ehrlich gemeint war.

Sie machten einen Zeitpunkt für ein Treffen am nächsten Freitag aus, und als Caroline sich nach einer innigen Umarmung verabschiedete, fühlte sich Lisa stark genug, zu Lukas zu gehen.

Die Schwestern im Marienstift begrüßten Lisa zwar freundlich und dennoch spürte sie eine Zurückhaltung, die vor ihrer Auszeit nicht da gewesen war.

Als sie zögernd an Lukas Tür klopfte, wie sie es bisher ja immer getan hatte, überwältigte sie plötzlich eine unsagbare Traurigkeit.

Was war geblieben von all den Jahren ihrer Liebe, von ihren gemeinsamen Plänen, von den erfüllten Tagen und den zärtlichen Nächten. Was von ihrer Ehe, von der zusammen erlebten Zeit der Kindheit und Jugend ihrer Tochter – nichts war geblieben außer Erinnerungen.

Langsam öffnete sie die Tür. Der erste Weg wie immer ans Fenster, um es weit zu öffnen. Luft sollte herein, Licht sollte herein und dennoch war das Zimmer erfüllt vom „Nichtdasein". Nichts hatte sich verändert seit dem letzten Mal, als sie hier gewesen war. Sie trat ans Bett, zog sich einen Stuhl heran, setzte sich, nahm die leblose Hand von Lukas in ihre warmen Hände und ... war entsetzt über die Leere, die sich in ihr ausbreitete. Wo waren all die Gefühle, von denen sie geglaubt hatte, sie seien gültig bis in alle Ewigkeiten. Wo das Empfinden ‚wir gehören zusammen", wo die gemeinsame Lebensfreude, wo die Zärtlichkeit? Hier lag ihr Mann, und er war doch nicht ihr Mann. ‚Ich liebe ihn nicht mehr. Das Einzige, was ich noch fühle, ist ein riesengroßes Mitleid und vielleicht ein fürsorgliches Empfinden von Verantwortung – das reicht nicht dafür, um sich lebendig zu fühlen.'

Und sie wusste, dass dies nichts mit Philipp zu tun hatte. Die Frau, die einst ihr Leben mit Lukas geteilt hatte, gab es nicht mehr. Sie war mit ihm gestorben, denn das Dasein, das Lukas heute verkörperte, war der Tod, war die Hoffnungslosigkeit.

Sie fühlte sich nicht schuldig. Sie wusste, dass sie weiterhin hierher kommen würde, wenn auch nicht mehr so regelmäßig wie vor ihrer Reise. Er sollte sich bis zum Schluss auf sie verlassen können, auf ihre Verbundenheit durch all die gelebten Jahre. Die Erfahrungen der letzten Wochen hatten sie frei gemacht – frei für ihr eigenes Leben, für ihre Liebe zu Caroline, für Philipp und für ihre Arbeit.

Sie stand auf, beugte sich über Lukas, streifte mit ihren Lippen leicht seine Stirn, stellte den Stuhl wieder an seinen Platz und verließ das Zimmer, das Stift, den Park und drehte sich nicht mehr um.

58

Es war in der Nacht nach dem Besuch bei Lukas. Der Traum! Angst in einer grell leuchtenden Landschaft. Einer gewalttätigen Landschaft aus Sand! Gelber Sand, der alles zu verschlingen drohte, die Hügel, vereinzelte Büsche, Gräser, die Luft zum Atmen, jede Bewegung. Und mitten drin ein Turm aus Sand – nicht hoch. Rechteckig, aber in der Mitte unterteilt durch eine grob in den Stein gehauene große asymmetrische Öffnung. Am Rand dieses Durchgangs eine Figur – unscharf, kaum erkennbar. Es blieb das Empfinden von Flucht. Vor wem? Oder vor was?

Der Traum war ihr die Antwort schuldig geblieben, erschrocken war sie aufgewacht, einsam und hilflos.

Was wollten ihr die Bilder sagen?

War ihre Entscheidung für Philipp doch falsch?

Nein, das konnte nicht sein. Sie war nicht aus einer Laune heraus getroffen worden. All die inneren Erfahrungen in der Wüste. Waren sie es nicht gewesen, die ihr die Klarheit gebracht hatten für eine Zukunft mit dem geliebten Mann? Und hatte nicht auch Carolines Zustimmung die letzten Schuldgefühle ausgelöscht?

An Schlaf war nicht mehr zu denken, ihre Gedanken kreisten um den Turm.

Und plötzlich die Erkenntnis – dieser Turm war es! Nicht die Trilogie, nicht das Erlebnis vom Schloss Sayn, nicht die Verwirklichung des Davonfliegens sollte ihr nächstes Werk sein. Der Turm – diesen Turm wollte sie erschaffen und die Figur darin sollte lebendig werden, sie, Lisa, konnte entscheiden, ob sie floh oder den Turm durchschreiten würde.

Entschlossen warf sie die Decke zurück und stürmte in ihr Atelier, das sie bisher noch nicht wieder aufgesucht hatte.

Langsam kroch das Morgenlicht durch das große Fenster, breitete sich über ihre Arbeiten, spielte mit dem Schwarz ihrer Frauengestalt, blieb an dem Macael hängen, dem Stein, der sie vor Wochen so begeistert hatte. Von dem sie überzeugt gewesen war, dass er und nur er ihre nächste Zeit im Atelier beherrschen würde. Sie strich über seine glatte Oberfläche, flüsterte ‚du musst noch warten, du bist nicht der Stein, den ich jetzt brauche.'

Rasch trat sie an ihren großen Tisch, holte Stift und Papier hervor und begann, die Umrisse ihres Traum-Turmes in groben Zügen zu skizzieren.

Nachdem sie geduscht und gefrühstückt hatte, setzte sie sich sofort an ihren Computer. Gab in Google den Begriff ‚Steinvielfalt' ein, grenzte nach und nach ihre Fragen immer weiter ein.

Welcher Stein für welche Arbeit? Und entschied – Sandstein. Sandstein musste es sein. Es gab doch gar keine andere Wahl – Wüste – Sand – der Traum, der in dieser Landschaft gespielt hatte und all ihre Erlebnisse der letzten Wochen.

Aber welcher Sandstein? Es gab so viele verschiedene Sorten. Stundenlang durchsuchte sie im Internet die Gebiete, wo er vorkam, die Steinbrüche, wo er abgebaut wurde. Schaute sich die Verschiedenartigkeit der Farben an, fragte sich, welche passt zu meinem Projekt. Las über ihre Härte und Beschaffenheit.

Nachdenklich fragte sie sich, warum hatte sie sich schon bei ihrer Frauengestalt und nun auch wieder bei dem Sandturm für relativ große Steine entschieden? Wann hatte sie die Welt der kleinen Skulpturen verlassen und warum? War es die Herausforderung?

Stein war etwas Vertrautes und dennoch widersetzte sich dieses Vertraute oft dem Zugang, dem Eindringen. Wollte sie dieses Widersetzen aufbrechen? Warum war sie erst nach dem Unfall von Lukas so aktiv mit der Kunst und da insbesondere mit Stein geworden? Eine Art Abrechnung mit dem Schicksal? Sie wehrte sich gegen solche Gedanken. Sie machten aus etwas, das ihr viel bedeutete, ein simples Machtspiel. Nein, diese Gedanken sollten nicht ihren Morgen verdüstern. Und sie auch nicht an ihrem Wunsch zweifeln lassen, diesen Sandturm zu erschaffen.

In Berichten aus verschiedenen Gegenden Deutschlands entdeckte sie den feinsandigen Stein, von dem sie das Gefühl hatte, der musste es sein. Er war es, der all das verkörperte, was bisher nur Gedanke und vage Empfindung gewesen waren.

Doch bevor sie die Verbindung zu einer entsprechenden Firma aufnahm, wollte sie in die Entstehungsgeschichte des Sandsteins eintauchen. Wollte alles über ihn kennen lernen, über seinen Zerfall durch die zerstörerischen Einflüsse auf dem Festland oder über seinen langen Weg durch Flüsse und Meeresströmungen bis dorthin, wo aus Sand durch Druck der Stein entstand. Kam nicht jeder Stein aus seiner eigenen Welt? Sie war überzeugt davon, dass er eine Persönlichkeit hat und dass man nur mit ihm arbeiten konnte, wenn man dieses Eigene achtete. Allein schon aus diesem Grund sollte es nicht einfach nur ein beliebiges Material sein, mit dem sie etwas erschaffen wollte.

In einem ihrer Kurse bei einem Steinmetz prägte der Leiter des Kurses, der sie wegen seiner Empathie sehr beeindruckte, den Satz: ,*Eine Skulptur entsteht in einer Umarmung mit zwei Händen'* – ein Bild, das sie sehr berührte.

Spontan entschied sie, den Stein nicht per Telefon zu bestellen und sich auch nicht auf diese unpersönliche Art beraten zu lassen. Sie würde erst nach Internetfotos den Sandstein aussuchen, der ihr in Farbe und Beschaffenheit am besten gefiel und dann selbst in den entsprechenden Ort fahren – sie wollte die Steine vorher sehen, sie wollte sie fühlen, ihre Beschaffenheit ertasten, vielleicht sogar selbst in die Steinbrüche gehen, um auch ihre Umgebung, ihr Vorkommen kennen zu lernen.

Sie hatte nicht gemerkt, wie schnell der Tag vergangen war. Doch als sie endlich ihren Computer ausmachte, war sie erfüllt von der Gewissheit, die richtige Entscheidung getroffen zu haben. Der Sandturm musste es sein, es gab keinen besseren äußeren Ausdruck ihrer inneren Reise.

59

Lisa trat die Fahrt mit Caroline nach Konstanz mit ge-
mischten Gefühlen an, war in ihr doch immer noch eine
gewisse Unsicherheit Caroline gegenüber. Woher kam bei
ihrer Tochter dieser abrupte Sinneswandel? Warum hatte
sie der Mutter so plötzlich verziehen, dass sie Lukas nicht
nach Hause geholt hatte? Was war in ihrer Abwesenheit
passiert? Philipp hatte zwar über das Treffen mit Caroline
gesprochen, aber nie wirklich gesagt, was an diesem Tag so
Entscheidendes passiert war, das es möglich gemacht hat,
Caroline wieder näher zu kommen. Ihr Verhältnis war ja
stets von Liebe und Verständnis geprägt gewesen. Direkt
fragen wollte Lisa auch nicht, eine Erklärung musste schon
von ihrer Tochter selbst kommen. Auch Caroline schien zu
spüren, dass sich die Situation zwischen ihr und ihrer Mutter nur wieder völlig entspannen konnte, wenn sie klare
Worte fand. Auf der Fahrt schließlich sprach sie ausführlich
von dem Treffen mit Philipp und was an diesem Tag mit
ihr geschehen war. Vor allem davon, wie entsetzt sie über
ihr eigenes vorschnelles Urteilen gewesen war, als sie ihn
und auch die Mutter angeklagt hatte, die Ehe ihrer Eltern
zerstört zu haben.

„Er hat ja gar nichts von Papa gewusst! Nichts von seinem
Unfall! Nichts von seinem Zustand – einfach nichts!'"

Es wurde ein langes, ein sehr gutes Gespräch, in dem Lisa
versuchte, ihre eigene Handlungsweise, das Warum ihres
Verschweigens, ihre Sehnsucht nach Problemlosigkeit, nach
der Einfachheit eines Gefühls ohne die Belastung durch
Schuld und Vorwürfe und Selbstzweifel verständlich zu

machen. Und Caroline verstand, fragte dennoch: „Und was wird jetzt aus Papa?"

Lisa steuerte den Wagen auf den nächsten Parkplatz. Dort nahm sie ihre Tochter in den Arm: „Caroline, ich brauchte lange, bis ich akzeptierte, dass mein Mann, dein Vater nicht mehr zu uns zurück kehren wird. Eigentlich wusste ich es schon, als Professor Zimmer das Wort „austherapiert" benutzte, aber ich wollte es nicht glauben. Es folgten die Wochen, Monate, Jahre der Hoffnung – jedes Mal, wenn ich die Klinik betrat, dachte ich, hoffte ich ‚vielleicht hat der Arzt sich doch geirrt'.

Bis ich einsehen musste, dass unser gemeinsames Leben nicht mehr existierte. Das war, abgesehen davon, dass ich körperlich und auch seelisch nicht in der Lage bin, eine solche Arbeit verantwortungsvoll zu erfüllen, der wirkliche Grund, warum ich ein Heim gesucht habe, ein Heim, das all meine Vorstellungen vom weiteren Dasein meines Mannes erfüllen sollte. Im Marienstift fand ich es. Es wurde zu seinem beschützenden Zuhause, nicht unsere Wohnung in Mainz – denn meinen Mann, deinen Vater gibt es nicht mehr. Er lebt in seiner eigenen Welt, in der wir ihn nicht erreichen können."

Noch einmal bäumte sich Caroline gegen die Endgültigkeit der Aussage auf: „Und wenn doch ....?", aber es war eher der Versuch, es sich nicht eingestehen zu wollen und nicht irgendeine Spur von Hoffnung, dass sich noch einmal etwas ändern könnte.

Unvermutet entschloss sich Lisa, als sie weiterfuhren, Caroline in ihre neue Arbeit einzuweihen. Das hatte sie bisher noch nie getan, aber diesmal sollte alles anders sein, diesmal war es ein unwiderstehlicher Wunsch, Caroline an ihrer Arbeit teilnehmen zu lassen. Falls sie selbst das denn wollte.

„Caroline, nachdem ich zum ersten Mal nach meiner Rückkehr bei Lukas war, hatte ich in der Nacht darauf einen schrecklichen Traum", sie suchte nach Worten und sprach in kurzen Sätzen von der Landschaft, von dem Turm und der Figur.

„Warum ich dir das erzähle? Weil das meine nächste Arbeit sein wird, der Turm und die Figur, die irgendwo im Hintergrund steht und sich anscheinend noch nicht ganz sicher ist, wohin sie ihr Weg führen wird, zurück oder durch das Tor des Turms in eine unbekannte Zukunft. Ich glaube aber, dass ich heute weiß, welche Entscheidung sie treffen wird und diesen Turm möchte ich erschaffen. Und", sie zögerte, doch dann sprach sie entschlossen weiter, „und es wäre so schön, wenn du diese Arbeit begleiten würdest."

Den Gedanken ‚aber Caroline ist doch in Berlin, wie soll das denn gehen' verwarf sie und sagte stattdessen rasch: „Das geht natürlich auch über die Entfernung, wenn du in Berlin und ich in Mainz bin. Schließlich haben wir Internet und Fotos."

Der dichte Verkehr erforderte jetzt erst einmal ihre ganze Aufmerksamkeit, doch nach einer Weile fuhr sie fort: „Noch bin ich auf der Suche nach dem Sandstein, dem einzig richtigen Sandstein, so, wie ich ihn mir vorstelle. Ich habe viel recherchiert und weiß heute, wo ich ihn bekommen kann. Ich würde – ach Schatz, es wäre so schön, wenn ich dich diesmal ins Entstehen meiner Arbeit miteinbeziehen könnte, in den Kauf und danach in den Schaffensprozess. Hättest du – ich meine, hättest du Lust dazu?"

„Gibt es hier in der Nähe noch einen Parkplatz." Lisa

schaute erstaunt zu ihrer Tochter hin und sah in ein lachendes Gesicht: „Ich möchte dich nämlich auch umarmen! Du kannst dir gar nicht vorstellen, wie wunderbar ich diesen Vorschlag finde. Ich habe noch acht Tage Urlaub, die können wir nutzen und Mama – es macht mich unendlich stolz und froh, dass du mich dieses Mal die Entwicklung deiner Arbeit miterleben lässt!"

Lisa hatte vor der Fahrt nach Konstanz noch Kontakt mit einem Steinmetz in Britten aufgenommen, der genau diesen Sandstein, den sie sich für ihre Arbeit vorstellte, verkaufte. Und schon kurz nach ihrer Rückkehr aus Konstanz buchte sie bereits ein Zimmer in einem Hotel in Losheim. Schließlich musste Caroline nach Berlin zurück, deshalb traten sie diese Fahrt so schnell wie möglich an. Sie hatte ihrer Tochter Bilder des Hotels gezeigt, das malerisch an einem Stausee gelegen war und nicht weit entfernt vom letzten Steinbruch, der im weiten Umkreis noch vorhanden war.

Für Lisa war das Wochenende mit ihrer Tochter und Philipp ein wunderbares Geschenk gewesen. Die beiden Menschen, die ihr das Wichtigste in ihrem Leben bedeuteten, hatten einen Weg zueinander gefunden. Auch wenn der Kontakt zwischen ihnen gewiss nie sehr intensiv sein würde, so herrschten doch keine Vorwürfe mehr, keine Vorbehalte. Sie war unsagbar dankbar dafür, dass Caroline sich wieder zu ihr, zu ihrem Wunsch nach eigenem Leben bekannte und dazu gehörte auch Philipp.

Nachdem sie ihr Zimmer bezogen hatten und im Restaurant eine Kleinigkeit zu Abend gegessen hatten, saßen sie noch lange am See. Es war für Mai eine laue Nacht und da in dieser Jahreszeit noch keine Touristen die Gegend heimsuchten, genossen sie die Stille, lauschten den Vogelstimmen und fühlten eine Nähe zueinander, wie schon lange nicht mehr.

„Warum hast du eigentlich nach dem Unfall von Papa mit dem Arbeiten in Stein angefangen?, unterbrach Caroline die Stille.

„Du hast recht, früher war Fotografieren für mich wesentlich. Allerdings haben mich Steine schon als Kind begeistert. Vielleicht war ich auch einfach nur auf der Suche nach etwas, das mich mehr herausforderte als fotografieren. Obgleich – es ist schon seltsam, ich hatte nämlich gleichzeitig Angst, es tatsächlich zu entdecken. Konnte ich innerlich wirklich annehmen, was ich finden würde Und dann merkte ich – der Stein fordert deine ganze Kraft – er macht dir den Zugang zu ihm so schwer und das gleiche Empfinden hatte ich dem Schicksal gegenüber."

Sie schwieg, bis sie leise hinzufügte: „Wenn ich es fertig brächte, in den Stein einzudringen, würde ich vielleicht auch das Schicksal eher akzeptieren."

„Und, ist es dir gelungen, ich meine wirklich gelungen?"

„Zuerst nicht und es wird auch heute noch Rückschläge geben. Aber ich glaube, deshalb musste ich die Wüste erfahren. Ich wusste lange nicht, warum mich diese Idee damals vor dem Buchgeschäft so sehr gefangen genommen hat, warum ich so überzeugt davon war, dass diese Erfahrung für mich unendlich wichtig sein würde."

Sie schwiegen, bis Lisa noch hinzufügte: „Die Arbeit, die Skulptur, die ich mir jetzt vorgenommen habe, soll sozusagen einen Teil meines Lebens beenden, auch wenn das eigentlich gar nicht geht. Ich habe von dem Schweizer Bildhauer Alberto Giacometti einen Satz gelesen, der dem, was ich mit diesem Sandturm schaffen möchte, vielleicht am nächsten kommt. Er schrieb: ‚*Eine Skulptur ist kein Gegenstand, sie ist eine Prüfung, ist eine Frage, eine Antwort.*‘“

„Es ist alles so interessant, so faszinierend. Ich würde gern noch ein wenig vom Stein und deiner Beziehung dazu hören. Wir haben doch noch Zeit oder?“, fragte Caroline.

„Du weißt gar nicht, welche Freude du mir mit dieser Frage machst“, Lisa griff zärtlich nach Carolines Hand. „Ich habe ja schon versucht, zu erklären, dass die Arbeit mit Stein für mich eine Herausforderung ist. Das ist vielleicht die wichtigste Antwort, die ich dir geben kann. Und doch ist es noch mehr. Ich sehe zuerst nichts weiter als einen Stein, seinen Umriss und seine Fläche, aber er ist so viel mehr, als ich auf den ersten Blick wahrnehmen kann. Er ist mir eine Ewigkeit voraus, er ist Vergangenheit, Gegenwart und Zukunft zugleich. Und dabei liegen all die Steine still an einem Ort, bis sie entdeckt werden, oder bis sie wieder in ihren Ursprungszustand zurückkehren, indem sie sich in die Bestandteile auflösen, die sie einmal gewesen waren. Ob sie uns überhaupt wahrnehmen, weiß ich nicht. Aber für mich haben Steine eine Seele. Welche Erinnerungen mögen allein in dem Sandstein schlummern.“

Lisa hielt einen Augenblick inne: „Langweil ich dich, ist dir das alles zu ausführlich?“

Caroline legte den Arm um die Mutter: „Hätte ich dich sonst gebeten, mir mehr vom Stein und was er für dich bedeutet, zu erzählen? Ich finde es hoch spannend. Mach bitte weiter.“

„Ich habe gerade den Sandstein erwähnt, weil ich mich für meinen Sandturm für ihn entschieden habe. Im Grunde entsteht dieser Stein doch durch die Verwitterung von Pflanzen und Tieren, die durch einen enormen Druck zu

Sandsteinen werden", sie lachte, „du weißt ja, dass ich mit meinen Pflanzen spreche und dass Tiere eine Seele haben, daran habe ich noch nie gezweifelt. Wenn er aber – bleiben wir beim Sandstein – aus diesen Lebewesen entstanden ist, ist es doch gar keine Frage für mich, dass er eine Seele hat. Und nun stell dir vor, du stehst vor diesem Stein. Noch ist er nichts anderes als das – eben ein Stein, aber du weißt schon, dass er bald etwas ganz anderes sein wird, weil in ihm deine eigenen Vorstellungen, Wünsche und schöpferischen Phantasien schlummern und dann wird es ein unendlich persönliches Verhältnis, das sich in diesem Augenblick aufbaut. Grundsätzlich kann man mit jedem Stein arbeiten, wenn du ihn zu dem machst, was dir für ihn vorschwebt. Erinnerst du dich an „den kleinen Prinz", es war lange dein Lieblingsbuch, da heißt es *„mache deine eigenen Erfahrungen, achte und ehre den Stein, es gibt ihn nur einmal und kein anderer gleicht deinem Stein."*[15]
Genauso fühle ich auch.

Nach einem ausführlichen Frühstück am nächsten Morgen machten sich Lisa und Caroline auf nach Britten zu dem Steinmetz, bei dem Lisa im Internet den Sandstein entdeckt hatte, den sie sich heute anschauen wollte.
Voller Interesse wollte Caroline wissen: „Wir haben gestern vom Sinn deiner Arbeit mit Steinen gesprochen und davon, wie du versuchst, mit deinem Leben ohne Papa zurechtzukommen, aber nun einmal etwas ganz Praktisches: Hast du dich eigentlich noch nie ernsthaft verletzt? Wenn ich mir nur vorstelle, wie du den Hammer schwingst, ja, ja ich

---

[15] ‚Der kleine Prinz' von Antoine de Saint-Exupéry Kapitel 21

weiß, das heißt bei euch Knüpfel, landest du dann immer auf dem Meißel?"

„Na ja – bis jetzt hatte ich wahrscheinlich Glück, richtig schwere Verletzungen gab es noch nicht. Dafür schon mal Blasen an den Händen. Aber irgendwann verlieren diese Äußerlichkeiten an Wichtigkeit. Es ist ein einmaliges Abenteuer, jeden Tag mitzuerleben, wie der Stein, den ich mir ausgesucht habe, nach und nach alle Hüllen fallen lässt. Ich erinnere mich daran, wie ich mit meiner Knieenden gesprochen habe, wie sie zu einer Persönlichkeit wurde, das war oft ein Zwiegespräch mit der Skulptur, die doch noch im Entstehen war, die sich zwar im Stein verbarg, in mir aber schon so lebendig war. Irgendwie war ich manchmal sogar dankbar für den Schmerz der Arbeit, vielleicht ähnlich wie bei einer Geburt?" Sie schwieg einen Augenblick, bis sie noch hinzufügte: „Es war ein so wunderbares Erlebnis, dieses intensive Zusammengehörigkeitsgefühl, vor allem, wenn ich vor der fertigen Arbeit stand, vor etwas, das ich geschaffen, das ich erdacht hatte. Dann waren alle Mühe, auch die Schmerzen und eventuelle Verletzungen, der oft ermüdende Kraftaufwand, auch die Zweifel, ob ich das, was ich mir vorgenommen hatte, verwirklichen könnte, vergessen."

„Das kann ich mir gut vorstellen. Aber wie beginnst du überhaupt? Ich kann ja verstehen, dass für dich deine Skulpturen erst mal etwas sehr Persönliches sind, dass es dir schwerfällt, etwas, das erst im Entstehen ist, mit jemandem zu teilen. Aber jetzt darf ich ja dabei sein und da bin ich halt neugierig, um es ein wenig banal auszudrücken."

„Caro, ich freu mich doch über deine Neugier, wie du es nennst. Ich empfinde es eher als Interesse von dir und dieses Gefühl bedeutet mir so viel. Zu deiner Frage – erst kommen ausführliche Skizzen mit genauen Maßen, dann eventuell ein Modell in Ton, was diesmal wegfällt, da ich eine klare Vorstellung von meinem Projekt habe und dann beginnt die Arbeit – für mich nenne ich es lieber Abenteuer. Erst gibt es ganz einfache Äußerlichkeiten, wie den Stein gut befeuchten wegen des Staubes, selbst entsprechende Kleidung und vor allem eine Schutzmaske anziehen, damit man von den herumfliegenden Splittern nicht verletzt wird. Und dann – einfach viel viel Zeit und Ungestörtsein, denn mit jedem Schlag, den ich gegen den Stein führe, nähere ich mich ein bisschen mehr der Skulptur, wie ich sie verwirklichen möchte."

Mittlerweile hatten sie Britten erreicht und Caroline meinte: „Schau mal das Wappen, was soll das denn darstellen?"

„Ach, davon hab ich gelesen. Weil es hier vor dreihundert Jahren zahlreiche Steinbrüche gegeben hat, heute gibt es ja nur noch einen, hat der Ort Steinwerkzeuge in seinem Wappen."

„Hm, zumindest originell", bemerkte Caroline, bevor sie ihre Mutter darauf hinwies, dass sie wohl am Ziel wären, da sie das Schild des Steinmetzes entdeckt hatte.

Als sie nach Stunden aufklärender Gespräche mit dem freundlichen Steinmetz Herrn Albers über seine Arbeit, über den Steinbruch, aus dem seine Steine stammten, über Bildhauerei, vor allem aber über den rechteckigen Stein, den Lisa sich ausgesucht hatte, die Verkaufsstätte verließen, wusste sie, dass sie wieder einen großen Schritt auf dem Weg, den sie sich vorgenommen hatte, gegangen war. Leise sagte sie zu Caroline, die jede Erklärung, jede Minute des Aussuchens, des Wählens an diesem Nachmittag aufmerksam verfolgt hatte: „Ich fühle mich ein wenig wie vor der Buchhandlung in Mainz, als ich den Band über die Wüstenwanderung entdeckte. Damals dachte ich, genau dieses Buch, dieser Moment hätte auf mich gewartet, und genauso ging es mir heute Nachmittag. Nichts war mir wirklich fremd, ich wusste einfach, alles, was mir begegnete, musste so sein."

Zärtlich berührte Caroline einen Augenblick die Hand der Mutter: „Ich bin so froh, dass wir hier waren und dass ich dieses Mal dabei sein kann."

60

Und dann war er da – der große Tag, an dem der Stein geliefert wurde. Nachdem er von den hilfreichen Nachbarn in ihr Atelier transportiert worden war, versank die Welt rund um Lisa. Wichtig waren allein die Stunden in ihrem Atelier. Sie fühlte sich lebendig mit jedem Atemzug, war sich selbst so nah wie selten in ihrem Leben.

Caroline war wieder nach Berlin abgereist, telefonierte aber täglich mit ihrer Mutter per Skype, um am Fortschritt des Projektes teilzunehmen.

Nur wenn Philipp kam, tauchte Lisa aus ihrer Welt auf, obgleich ihr das nicht leicht fiel. Philipp spürte das und meinte eines Tages: „Lisa, ich glaube, du brauchst eine Auszeit von allem, was außerhalb deines Ateliers liegt. Und ich verstehe dich nur zu gut, geht es mir beim Schreiben doch oft genauso. Was hältst du davon, ich komme eine Weile nicht. Nein, keine Angst, in Gedanken bin ich eh ständig bei dir. Kannst du dir das vorstellen oder hast du dann Zweifel an mir, an uns?"

Lisa schwieg lang. Sie wusste, wie sehr sie Philipp vermissen würde. Die Stunden tagsüber mit ihm, ihre Gespräche, ihr gemeinsames Ausgehen.

Und ... die Nächte. Die Zärtlichkeit, die leidenschaftliche Erfüllung all ihrer Begierden, das Empfinden, auch körperlich lebendig zu sein wie seit langem nicht mehr. Sie merkte, wie das Leben mit Lukas zu einer zärtlich-fernen Erinnerung wurde. Mit Philipp konnte sie all ihre Wünsche und ihr Verlangen leben – heiß und lustvoll.

Sein fragender Blick holte sie in die Gegenwart zurück. Zögernd erzählte sie ihm von dem, was sie gerade gedacht und gefühlt, von ihren Vorstellungen, die sie durchlebt hatte, von ihrer Sehnsucht nach seiner Berührung, nach seinen Händen, seinem Körper, seinem Geruch. Niemals zuvor hatte sie sich so sehr einem Menschen geöffnet wie in diesem Augenblick.

Behutsam nahm er sie in die Arme, strich über ihr Gesicht, seine Hände berührten wie ein Windhauch ihren Hals, ihre Arme, ihre Brust – sie erschauerte, wartete auf mehr und noch mehr, aber er hielt inne: „Noch nie hast du so offen mit mir gesprochen, dich mir so hingegeben", seine Stimme rau vor Ergriffenheit und vor Begierde. „Ich liebe dich – ich liebe dich mit allem, was ich bin."

Stunden später kam Lisa auf Philipps Frage zurück, ob sie eine Auszeit nehmen sollten.

„Ich glaube, das ist ein guter Weg, auch wenn ich dich sehr vermissen werde. Aber es ist mir so unendlich wichtig, dieses Werk zu schaffen. Ich habe einfach das Empfinden, dass ich erst danach wirklich frei bin für uns, für ein neues Leben – mein Leben mit dir. Es muss ja keine wirkliche Auszeit sein, das klingt so nach Trennung. Vielleicht einige Treffen weniger, vielleicht komme ich erst mal nicht mehr nach Konstanz, wenn du das akzeptieren kannst."

„Ich liebe dich – daran wird keine Trennung und keine Auszeit mehr irgendetwas ändern." Philipps Worte waren kein Versprechen, sie bedeuteten ganz einfach ... Liebe.

Zu Lukas ging Lisa allerdings regelmäßig, wenn auch bei weitem nicht mehr so oft wie früher. Sie fühlte sich in seiner Nähe unsichtbar, als gäbe es sie nicht wirklich. Dennoch erzählte sie ihm ausführlich von ihrer Arbeit, mehr noch vom Arbeitsvorgang. Und sie versuchte, es so genau wie möglich zu beschreiben. Wie sie sich mühselig im Stein voran arbeitete, wie sie zuerst die Maße des Durchgangs als Umriss mit einem Winkelschleifer, dem Meißel und einem Bohrer markierte. „Du kannst dir nicht vorstellen, Lukas, was für eine Millimeter-Arbeit das ist – jeden Tag ein wenig tiefer in den Stein einzudringen. Jeder Schlag nimmt der Masse des Steins ja ein Stückchen weg, was nicht mehr zu ersetzen ist."

Sie hielt einen Augenblick inne. Wie schön wäre es, wenn er sie verstehen könnte, wenn sie all diese Erfahrungen mit ihrem Lukas, dem Lukas von einst teilen könnte. Zögernd fuhr sie fort zu sprechen und bildete sich einfach ein, er könne sie verstehen. „Es ist oft so, als würde der Stein sich sträuben, als wollte er die Skulptur, die ich aus ihm machen möchte, nicht freiwillig hergeben. Möchte er, dass ich sie mir erkämpfen muss? Irgendwie kann ich das verstehen. Da liegt er oft so lange ganz still an einem Ort. Die Erde hat Jahrmillionen gebraucht, bis genau dieser Stein, den ich jetzt bearbeiten möchte, überhaupt entstanden ist. Ich denke manchmal über den Unterschied vom Stein zu den Pflanzen nach. Blumen, Sträucher, Bäume kommen wieder, aber ein Stein ist etwas Einmaliges, er hat sozusagen nur ein Leben!"

Wieder schwieg sie – waren das nicht Gedanken, die sie so häufig auch über ihr eigenes Leben dachte? Ein Leben und dann nie wieder, nie wieder! Rasch verdrängte sie diese Vorstellungen und meinte noch: „Lukas, und dann werde ich immer vorsichtiger mit der Bearbeitung, denn sie hat nichts mehr mit Modellieren oder Ähnlichem zu tun, das ist eine körperliche, aber auch seelische Herausforderung."

Wochen später machte sie Fotos vom Fortschritt des Sand-turms und brachte sie mit ins Heim, zeigte sie Lukas und erklärte ihm, was auf den Fotos zu sehen war. Und fühlte sich gleichzeitig völlig hilflos – ausgeliefert einer tiefen Traurigkeit, wenn sie auf den Mann schaute, der stumm in seinem Bett lag.

Heute sagte sie leise zu ihm: „Bald ist meine Arbeit an dem Sandturm beendet. Ich verlasse meinen Turm auf dem Weg in mein neues Leben. Doch – dich werde ich nie allein las-sen – ich komme wieder."

61

Es war etwas mehr als ein Jahr vergangen. Kein einsames Jahr! Aber ein Jahr des Alleinseins und der Stille. Selten unterbrochen von den Besuchen Carolines, vom begleitenden Dasein Philipps, von den regelmäßigen Besuchen bei Lukas. Einmal hatte sie sich auch mit ihrer Reisegruppe im Café dell'Arte getroffen und gemerkt, wie eng die Beziehung zu Birgitta, Regine, Felix und Christa geworden war. Und sich gefreut, dass alle, die zu ihrer Gruppe gehörten, verstanden, dass sie ein Jahr lang keine Reisen machen wollte, dass diese 12 Monate ihr gehören sollten.

In der Gruppe der Wüstenwanderer hatte es offensichtlich Veränderungen gegeben, Christa kam mit Felix und flüsterte Lisa zu: „Ich habe endlich den Schritt gewagt und bin ausgezogen."

Regine war in Begleitung von Simone und meinte voller Freude: „Lisa, Simone möchte auf eine unserer nächsten Reisen eingeladen werden."

Simone lächelte Regine an: „Das kann ich auch selbst sagen, Liebes. Aber du hast natürlich recht. Lisa, ich würde mich sehr freuen, wenn ich diesen Schritt mit dir und Deiner Gruppe machen darf." Lisa schloss sie wortlos in die Arme. Mehr brauchte dazu nicht gesagt zu werden.

Birgitta fragte vor allem nach Lisas Arbeit, obgleich sie einschränkend meinte: „Vielleicht möchtest du darüber aber gar nicht sprechen, denn ich stelle mir oft vor, wie anstrengend es sein muss, einem Stein ein eigenes Werk aufzuzwingen."

„Ich glaube nicht, dass dies etwas mit Zwang zu tun hat.

Eher mit dem Ausarbeiten einer Idee, der Verwirklichung eines Traumes, den mit der Zeit auch der Stein teilt. Oder ist das zu übertrieben ausgedrückt."

„Ganz und gar nicht, ich kann es verstehen. Denn im Grunde geht es mir in meinem Beruf nicht anders – als Architektin versuche ich ja auch, aus etwas Nichtbestehendem Wirklichkeit werden zu lassen. Ich spezialisiere mich übrigens seit einiger Zeit auf den Brückenbau. Die Vorstellung, Gegenden mit Brücken zu verbinden, bisher nur schwer zugängliche Landschaften durch Brücken erreichbar zu machen, war ja der eigentliche Antrieb für mein Studium gewesen. "

„Mensch, Birgitta, das ist ja wunderbar! Wir haben eigentlich alle einen neuen Weg beschritten, nachdem wir von unserer Wanderung zurückgekehrt sind."

„War das nicht der wirkliche Grund für dieses Abenteuer?", fragte Birgitta leise und Lisa wusste, dass es dieser Frau gelungen war, auch innerlich Brücken zu schlagen von einem abgeschlossenen Leben zu einem neuen Dasein voller Herausforderungen und Wagnissen.

Doch solche turbulenten Tage, angefüllt mit menschlichen Begegnungen, waren selten in Lisas augenblicklicher Gegenwart.

Und dann kam er – der Tag, an dem eine frühe Morgensonne den Blick freigab auf einen hellen Turm mit einem unregelmäßigen Durchgang und einer dunklen Gestalt, die auf den Torbogen im Sandturm zuging. Lisa hatte für die Figur einen etwas rötlicheren Sandstein genommen, den sie damals im Brittener Steinbruch entdeckt und von dem sie noch nachträglich einen kleinen Steinbrocken bei Herrn

Albers bestellt hatte.

Sie wollte mit dem dunkleren Stein die Person deutlich sichtbar machen. Niemand sollte mehr daran zweifeln, dass sie sich nicht mehr abwandte, nicht mehr floh wie in ihrem einstigen Traum vom Sandturm, sondern dass sie ins Jetzt ging, sich in eine Zukunft voller Hoffnungen und Erwartungen aufmachte.

Sie ließ sich noch einige Tage Zeit, bevor sie Philipp und Caroline anrief, um sich mit ihnen in ihrem Atelier zu verabreden. Dabei merkte sie, dass sie doch sehr aufgeregt war, wenn sie daran dachte, dass sie zum ersten Mal das fertige Werk sehen würden. Deshalb war sie auch recht froh, als beide meinten, dass sie leider erst nächste Woche kommen könnten. Es wunderte sie zwar ein wenig, dass sowohl Caroline als auch Philipp den gleichen Tag, nämlich den Samstag für ein Treffen mit ihr ausmachten, fand es aber ganz angenehm, denn jetzt wollte sie vor allem ihr Atelier so herrichten, dass es ganz im Zeichen ihres Sandturms stand. Viel zu selten hatte sie so intensiv in diesem Raum Ordnung geschaffen, aber diesmal hatte sie das Empfinden, dass sie ihrem Werk gegenüber dazu verpflichtet sei. Es war ja nicht nur eine einfache Skulptur. Sie war der Ausdruck ihrer Wüstenwanderung und den dort gelebten inneren Erfahrungen. Sie war das Bekenntnis zur eigenen Freiheit und zu ihrer Liebe zu Philipp und zu Caroline. Und sie war das Versprechen an Lukas, dass sie auch immer in seine Richtung gehen würde. Dass sie nicht mehr fliehen würde, sondern dass sie das, was geschehen war, annimmt, vor allem aber, dass sie ihn nie im Stich ließe.

Am nächsten Tag ging sie ins Marienstift. Die Schwestern

schienen mittlerweile akzeptiert zu haben, dass sie nach mehr als sechs Jahren wieder ein unabhängiges eigenes Leben führen wollte und begegneten ihr mit der früheren Freundlichkeit.

Sie blieb einen Augenblick vor der geschlossenen Tür zu Lukas' Zimmer stehen. Erinnerte sich an ihr jahrelanges Zögern, das Zimmer zu betreten, ausgelöst durch einen winzig kleinen Rest von Hoffnung. Sie spürte, dass sich auch dieser Rest aufgelöst hatte in der Akzeptanz einer Tatsache, die nicht mehr zu leugnen war, die keinen Spielraum mehr ließ für Träume, für Zukunft, für Gemeinsamkeit.

Leise trat sie jetzt ins Zimmer. Heute störte es sie nicht mehr, dass es leicht abgedunkelt und dennoch genügend Helligkeit da war, um nicht nur Umrisse, sondern Möbel, Tisch und Stühle, den einzigen Sessel und auch das Bett wahrzunehmen, in dem Lukas lag. Still setzte sich Lisa neben ihn, nahm seine Hand, streichelte über sein Gesicht, strich eine in der Zwischenzeit weiß gewordene Haarsträhne aus der Stirn. Es war ein seltsam gegenwartsloser Augenblick an diesem Bett. Sie wartete nicht mehr auf ein Lächeln, aufs Öffnen der Augen, auf eine Bewegung der Hand. Trotz allem fing sie an, ihm vom fertigen Sandturm zu erzählen, vom aufgeräumten Atelier, vom bevorstehenden Besuch von Caroline und wie selbstverständlich nannte sie auch Philipps Namen. Sie empfand keine Schuldgefühle mehr, nur noch ein tiefes, unendlich intensives Mitleiden mit dem Menschen, der vor langer Zeit ihr Leben gewesen war.

62

Früh am Samstagmorgen erhob sich Lisa zu den Schlägen der Domuhr – es war 6 Uhr 16. Sorgfältig wählte sie ihre Kleidung, schminkte sich, wozu sie in den letzten Monaten wenig Lust gehabt hatte, aber heute war für sie ein so wichtiger Tag, da musste alles stimmen. In ein paar Stunden kämen Caroline und Philipp und sie würde ihnen ihr fertiges Werk präsentieren. Sie hatte Caroline zwar am Werden des Sandturms teilnehmen lassen, aber nichts über die Figur und ihre Entscheidung erzählt. Deshalb war es auch nicht nur eine künstlerische Präsentation, sondern das Ergebnis langer Jahre der getroffenen und immer wieder verworfenen Entscheidungen.

Sie hatte am Vortag noch einen Großeinkauf im nächstgelegenen Supermarkt gemacht. Jetzt kühlte der Sekt im Eisschrank, Gebäck und belegte Brote waren auf Platten angerichtet und für ihr eigenes gemütliches Frühstück an diesem Morgen hatte sie auch vorgesorgt. Es war schon so lange her, dass sie sich einen solchen Tagesanfang gegönnt hatte.

Danach richtete sie die Kaffeemaschine, um später rasch Kaffee kochen zu können. Stellte Sektgläser bereit, bereitete einen festlich gedeckten Tisch vor.

Und wartete.

Ihren unter einem weißen Tuch verborgenen Sandturm hatte sie schon auf den Platz mit dem besten Sonnenlicht gestellt, und das Wetter ließ sie heute auch nicht im Stich.

Pünktlich um elf Uhr schellte es.

Seltsam aufgeregt ging Lisa zur Tür. Öffnete und wurde von einem Chor begeisterter Stimmen überrascht. Es kamen nicht nur Caroline und Philipp, nein, ihr ganzer Reisekreis und sogar Samir standen lachend vor ihr.

Birgitta trat vor, umarmte Lisa und sagte: „Philipp hat uns Bescheid gegeben, dass heute hier eine ganz besondere Ausstellung stattfinden soll – die wollten wir auf keinen Fall versäumen. Schließlich interessiert es uns, was unsere wunderbare Reiseleiterin noch so macht, außer tolle Touren zusammenzustellen."

Lisa spürte, wie sie rot wurde. So viel liebevolle Anteilnahme. Gerührt umarmte sie jeden einzelnen, auch Samir, der meinte: „Ich weiß nicht, ob es Ihnen angenehm ist, dass ich auch dabei bin, aber Philipp hat darauf bestanden."

„Ich freue mich, ich freue mich von ganzem Herzen, lieber Samir. Sie haben doch auch einen Teil zu diesem Tag beigetragen."

Danach folgten sie alle Lisa nach oben in ihr Atelier. Noch immer war sie gerührt, fast aufgewühlt, weil sie nicht erwartet hatte, dass sie sich diesen Menschen so verbunden fühlen würde.

Langsam gingen sie von Figur zu Figur, bewunderten den Vogel, dann blieben sie lange vor der liegenden Frau stehen.

„Diese Skulptur sagt so viel über dich aus", meinte Felix, der, den Arm um Christa gelegt, ganz nah an die Steinfrau herangetreten war.

„Wie meinst du das?", fragte Lisa gespannt.

„Nun, ein bisschen wissen wir ja aus deinem Leben und diese Figur verkörpert für mich deinen Kampf. Kampf ums

Überleben, die Suche nach einem neuen Anfang, sich nicht besiegen lassen."

Die andern nickten zustimmend.

Danach traten sie alle gemeinsam vor die verhüllte Arbeit der letzten Tage, Wochen und Monaten.

Plötzlich erfüllte Lisa eine zittrige Aufregung – hatte sie diesem Sandturm zu viel Wichtigkeit beigemessen? Drückte er vielleicht gar nicht das aus, was sie sagen wollte? Würde Caroline, würde Philipp den tieferen Sinn dieser Arbeit erkennen?

Philipp schaute sie so wissend an, dass sie Tränen nur schwer zurückhalten konnte. Er verstand, was in diesem Augenblick in ihr vorging.

Entschlossen lüftete sie das Tuch über der Skulptur und da stand er – ihr Sandturm, sonnenüberstrahlt, leuchtend in einem zarten Sandgelb, uneben die Oberfläche, unregelmäßig die Seitenwände und der Durchgang und doch strahlte er eine Geschlossenheit aus, die Unebenheiten und Unregelmäßigkeiten mit einschloss. Und von hinten näherte sich eine Frauenfigur aus rötlichem Sandstein. Ihre Gestalt drückte Kraft, Vertrauen und Entschlossenheit aus und gleichzeitig eine innere Ruhe.

Philipp umarmte Lisa und sein leise geflüstertes „danke" umschloss sie mit all seiner Liebe, seiner Zärtlichkeit und seinem Vertrauen, während die Gruppe nach einer Weile der Stille anfing zu applaudieren.

Caroline legte den Arm um die Mutter: „Es ist eine ganz besondere Botschaft, die dir gelungen ist, bewusst zu machen", sie zögerte einen winzigen Augenblick lang und fügte dann noch hinzu: „Auch Papa würde sich darüber freuen", und es war Lisa nach diesen Worten ihrer Tochter, als hätte sich in wunderbarer Weise der Kreis ihres bisherigen und zukünftigen Lebens geschlossen.

ENDE

DANKE

Dieses Buch gäbe es ohne meine Familie, meine Freunde und Bekannten nicht. So viele haben mich beim Gelingen dieses Themas unterstützt, dass ich nicht alle namentlich hier nennen kann. Ich danke Euch allen für Eure Zeit, für Eure Geduld, für Eure Objektivität und sachliche Hilfe. Ich danke Euch aber auch dafür, dass Ihr mir immer wieder Mut gemacht habt, weiter zu schreiben.

Hilde Möller